ammann

Zora Neale Hurston

Ich mag mich, wenn ich lache

Autobiographie

Aus dem Amerikanischen übersetzt
und mit Anmerkungen versehen
von Barbara Henninges

Ammann Verlag

Der Originaltitel »Dust Tracks On a Road«
erschien 1991 bei
HarperCollins in New York City.

1. Auflage

Homepage: http://www.ammann.ch

Satz: Dörlemann Satz, Lemförde
Druck und Bindung: Clausen & Bosse, Leck
ISBN 3-250-10403-5

I
Mein Geburtsort

Gleich scheinbar totem, kaltem Gestein trage ich in mir die Spuren der Materie, die einst daranging, mich zu machen. Zeit und Ort haben das ihre beigetragen.

Also müssen Sie etwas über Zeit und Ort meiner Herkunft erfahren, um sich die Ereignisse und Wendungen meines Lebens erklären zu können.

Ich wurde in einer Negerstadt geboren. Damit meine ich nicht den schwarzen Hinterhof einer gewöhnlichen Stadt. Eatonville in Florida ist und war zur Zeit meiner Geburt eine reine Negerstadt – mit Gründungsurkunde, Bürgermeister, Gemeinderat, Gemeindepolizist und allem, was dazu gehört. Eatonville war nicht die erste Negergemeinde in Amerika, aber die erste rein schwarze Gemeinde, die als Körperschaft des Öffentlichen Rechts eingetragen war, der erste Selbstverwaltungsversuch von Negern in den Vereinigten Staaten.

Man könnte sagen, Eatonville ist wie das Korn, das vom blinden Huhn gefunden wurde. Die Stadt war ursprünglich nicht vorgesehen. Sie ist das Nebenprodukt von etwas anderem.

Alles begann mit drei weißen Männern auf einem Schiff vor der brasilianischen Küste. Sie waren Offiziere der Nordstaatenarmee gewesen. Nachdem der erbitterte Krieg für ihre Seite siegreich geendet hatte, waren sie nach Südamerika aufgebrochen. Vielleicht hatte das Nachkriegselend ihnen die Heimat verleidet.

Vielleicht wäre ihnen, jung wie sie waren, nach dem aufregenden Soldatenleben die Rückkehr in den Alltagstrott schwergefallen, und sie hatten sich wie viele andere junge Männer zu neuen Horizonten aufgemacht.

Aber sie gingen nie in Brasilien an Land. Bei ihren Gesprächen auf dem Schiff kamen sie zu dem Entschluß, in die Vereinigten Staaten zurückzukehren und ihr Glück im wilden Süden Floridas zu versuchen. Zweifellos bewegte sie der gleiche Gedanke, der sie nach Brasilien geführt hatte, sich für Süd-Florida zu entscheiden.

Seit Mitte des achtzehnten Jahrhunderts hatte dieses Land etwas Düsteres und Gewalttätiges. Auf seinem Boden waren Ströme spanischen, französischen, englischen, indianischen und amerikanischen Blutes vergossen worden.

Der letzte große Kampf wurde zwischen den aufgebrachten Indianern und den weißen Pflanzern von Georgia, Alabama und Süd-Carolina geführt. Unterstützt von den aus verschiedenen Stämmen zusammengewürfelten Seminolen plünderten die starken und kampferprobten Cherokee die Plantagen und verschleppten Negersklaven ins spanisch besetzte Florida. Vordergründig wurden diese als Sklaven für die Indianer entführt, in Wirklichkeit dienten sie den indianischen Kriegern als Verstärkung gegen die weißen Plantagenbesitzer. Während der Kampfpausen wurden Verträge unterzeichnet und unweigerlich wieder gebrochen. Die heikle Frage der Rückgabe entlaufener Neger konnte für keine der Parteien befriedigend geregelt werden. Wer war Indianer, und wer war Neger? Die Weißen behaupteten: alle Menschen mit Negerblut. Die Indianer behaupteten, jeder, der indianisch spreche, gehöre zu ihnen. Da es ein Leichtes war, einem Sklaven in kurzer Zeit ausreichend Indianisch beizubringen, konnte die Frage nie geklärt werden. Also gingen die Kriege weiter.

Seitens der weißen Kriegspartei sind Namen wie Oglethorpe, Clinch und Andrew Jackson wohlbekannt. Bei den Indianern sind es Miccanopy, Billy Bow-Legs und Osceola. Der edle Osceola war nur Unterhäuptling, aber er galt auf beiden Seiten bald als der Fähigste. Wäre er nicht durch Verrat in Gefangenschaft geraten, hätte der Kampf viel länger gedauert. Man bot ihm Freundschaft und ein neues Gewehr (manche sagen, ein schönes Schwert), lockte ihn damit in ein Fort, etwa zehn Kilometer außerhalb von St. Augustine, und nahm ihn fest. Er wurde im düsteren Fort Marion, das noch heute in dieser Stadt steht, eingekerkert, entkam, wurde wieder gefangengenommen und starb elend im Kerker einer Festung in Beaufort in Süd-Carolina. Ohne seine Führung brach der indianische Widerstand zusammen. Die Cherokee und die meisten Seminolen wurden zusammen mit ihren schwarzen Kampfgefährten nach Westen, weit weg von den damaligen Siedlungen der Weißen, ins Territorium des heutigen Oklahoma deportiert. Dort schien nichts zu sein, was die Weißen haben wollten, also war es der richtige Ort für Indianer. Hinfort war in der Wildnis von Florida kein Schlachtengetümmel mehr zu hören.

Ungefähr ein Menschenleben lang trieb die urwüchsige Welt weiter ihr Wesen im Äther. Die Zeit schuf einige Menschen und machte sie wieder zuschanden. In diesen paradiesischen Frieden kamen die drei Glücksucher. Er war ihnen so verheißungsvoll erschienen, daß sie nach der Ankunft vor der brasilianischen Küste kehrtgemacht hatten, ohne überhaupt zu landen. Die jungen Männer waren keine armen, Zuflucht suchenden Landfahrer. Sie waren gebildete Männer aus besseren, wohlhabenden Kreisen.

Die Ufer von Lake Maitland waren schön, vermutlich einer der Gründe, warum sie beschlossen, sich an seiner Nordseite niederzulassen. Dort stand eines der alten, gegen die Indianer errichteten Forts. Colonel Maitland hatte es befehligt, und so waren See und Siedlung nach ihm benannt worden. Der Landstrich hieß damals Mosquito County, und das zu Recht. Heute heißt er aus ebenso gutem Grunde Orange County. Die Männer überredeten Freunde aus dem Norden, sich zu ihnen zu gesellen, und so entstand in Windeseile die Stadt Maitland.

Für die Rodungsarbeiten fanden sich Neger. Unablässig war aus den Wäldern der Lärm von Äxten, Sägen, Hämmern und niederkrachenden Urwaldriesen zu hören. An den Ufern von Lake Maitland wuchsen stattliche Häuser inmitten herrlicher Grundstücke in die Höhe. Weitere Siedler strömten aus dem Hinterland von New York, aus Minnesota und Michigan herbei, und Maitland entwickelte sich zu einem Zentrum von Wohlstand und Lebensart. Innerhalb von knapp zehn Jahren wurden die Verantwortlichen des »Plant System«, das später in der »Atlantic Coast Line Railroad« aufging, dafür gewonnen, einen südlichen Ableger der Eisenbahn durch Maitland zu legen, und Privatwaggons von Millionären und Würdenträgern aus Nord und Süd wurden ein vertrauter Anblick auf der Strecke. Sogar ein Präsident der Vereinigten Staaten besuchte Freunde in Maitland.

Die prunkvollen Villen, die prächtigen Kutschen, bespannt mit Vollblutpferden und besetzt mit wohlgekleideten Menschen, boten ein wundersames Schauspiel inmitten von Sumpfwäldern, so dicht, daß es darin selbst mitten am Tage noch dunkel war. Das Gelände wimmelte von tödlichen Diamant-Klapperschlangen, und an den unbewohnten Ufern der Seen brüllten riesige, jahrzehntealte Alligatormännchen ihre Kampfbereitschaft in die Welt hinaus. Wenn man abends aus dem Hause ging, mußte man eine Laterne mitnehmen, um auf den Straßen von Maitland nicht über die riesigen Reptilien zu stolpern.

Straßen entstanden wie von allein, indem man einfach mit Einspännern und Fuhrwerken auf dem zehn Kilometer langen Fußweg zwischen Maitland und Orlando hin- und herfuhr. Das Gelände war topfeben und steinlos. Die Straßenmacher brauchten nur die vielen großen Kiefern und Eichen zu umfahren. Offenbar fand man es nicht der Mühe wert, sie zu fällen. Deshalb sah die Straße aus, als sei sie von einer verspielten Schlange angelegt worden. Hier und da fällte jemand einen gar zu störenden Baum. Mit der Zeit wurden die Baumstümpfe entlang der Straße lästig. Die Wagenräder rumpelten und holperten darüber, daß es das Fahrvergnügen verleidete. Da wurde ein Mann mit der Verbesserung der Straße beauftragt. Er wurde angewiesen, die Oberkanten aller Stümpfe so abzuflachen, daß Räder, wenn sie schon darauf stießen, sachte abglitten, anstatt den Fahrzeuginsassen die Zähne auszuschlagen wie zuvor. Nachdem das geschehen war, flitzten die flinken Vollblutgespanne sorgloser dahin.

Gleichzeitig mit den Weißen siedelten sich Neger in Maitland an. Sie wurden gebraucht und fanden lohnende Beschäftigung. Arbeitgeber und Arbeitnehmer unterhielten beste Beziehungen zueinander. Während die Anwesen der Weißen am fünf Kilometer langen Ufer von Lake Maitland erblühten, bauten die Neger ihre hastig zusammengezimmerten Hütten um St. John's Hole, einen See, so rund wie ein Dollar und nicht mal einen Kilometer breit. Heute ist er ein beliebter Ausflugsort im Herzen von Maitland, dicht am United States Highway Nummer siebzehn, und nennt sich Lake Lily.

Werktags sah man die Negerfrauen um St. John's Hole herum ungeniert in der Hocke Wäsche waschen und angeln, während ihre Männer dem Broterwerb nachgingen, indem sie Bäume abholzten, Häuser bauten und Orangenplantagen anlegten. Alles ging so flott vonstatten, daß es reichlich gutbezahlte Arbeit gab. In Georgia und West-Florida hörten andere Neger vom Aufschwung in Süd-Florida, von Crescent City bis nach Cocoa, und eilten herbei. Keine über Baumwollreihen gekrümmten Rücken mehr, keine Angst mehr vor dem Wüten der Rekonstruktion. Gute Bezahlung, wohlwollende Weiße und billiges Land, das dem Pflug willig nachgab. Man ließ Verwandte und Freunde nachkommen.

Zwei Jahre, nachdem die drei Abenteurer die Urwälder von Mosquito County betreten hatten, war Maitland groß und gesetzt genug, um sich eine ordentliche Stadtverwaltung zu geben.

Nun hatten aber die Stadtväter allesamt Leben und Besitz für die Freiheit der Neger aufs Spiel gesetzt. Manche hatten bei den Unionstruppen gekämpft und ihr Gewicht für die Befreiung der Sklaven in die Waagschale geworfen. Und die Eatons, Lawrences, Vanderpools und Hurds, die Halls, die Hills, die Yatesens, die Galloways und alle anderen einschließlich Bischof Whipple, dem Leiter der Diözese von Minnesota, kamen gar nicht auf den Gedanken, die Neger von den anstehenden Wahlen auszuschließen. Die Weißen nominierten ihren Kandidaten, und die Neger, angeführt von Joe Clarke, einem muskulösen, streitbaren Neger aus Georgia, stellten Tony Taylor als ihren Bannerträger auf.

Ich weiß nicht, ob es an der zahlenmäßigen Überlegenheit der Neger lag oder ob einige der Weißen ihre Stimmen aus tiefer Überzeugung den Negern gaben. Jedenfalls wurde Tony Taylor der erste Bürgermeister von Maitland, und Joe Clarke setzte sich als Town Marshal, als oberster Ordnungshüter, durch. Dies war eine völlig unerwartete Wendung, aber niemand erhob öffentlich Einspruch. Der schwarze Bürgermeister, der schwarze Marshal und die weißen Stadträte traten friedlich ihren Dienst an und leisteten ohne Zwischenfälle ihre einjährige Amtszeit ab.

Aber im Laufe dieses Jahres reifte eine Saat heran. Joe Clarke warf die Frage auf, warum nicht eine Negerstadt? Wenige Neger zeigten Interesse. Das überstieg ihr Fassungsvermögen. Eine reine Negerstadt! Wenn niemand außer ihresgleichen darin lebte, wer sollte dann die Stadt regieren? Woher sollten sie wissen, was sie zu tun hatten, wenn keine Weißen da waren, die ihnen Befehle gaben? Joe Clarke traute sich die Sache durchaus zu, aber den wenigsten anderen wollte so was in den Kopf.

Absichtlich oder unabsichtlich erzählte Joe Clarke eines Tages Captain Eaton von seinen Plänen, und der fand sie machbar. Er besprach sie mit Captain Lawrence und anderen. Gegen Ende des Jahres war es soweit. Lawrence und Eaton kauften fünfzehn Kilometer westlich von Maitland Baugelände für eine neue Stadt. Der Rückhalt der Weißen half Joe Clarke, die übrigen Neger zu überzeugen, und die Sache wurde besiegelt.

Captain Lawrence ließ auf seine Kosten auf dem Gelände eine solide Holzkirche errichten, und Captain Eaton baute ein Versammlungsgebäude und übergab es der neuen Siedlung. Wenig später ließ die Frau von Bischof Whipple die erste Kirche auf die andere Straßenseite schaffen und an der ursprünglichen Stelle eine noch größere Kirche errichten. Das erste Gebäude wurde in eine Bibliothek umgewandelt und mit Büchern bestückt, die die weiße Gemeinde gestiftet hatte.

Am 18. August 1886 erhielt die Negerstadt Eatonville, so benannt nach Captain Eaton, von der Hauptstadt Tallahassee ihre Gründungsurkunde und ging als erste ihrer Art in Amerika, ja vielleicht in der Welt, in die Geschichte ein. In diesem springlebendigen Vorposten der Zivilisation wurde also das Experiment der Selbstverwaltung von Negern unternommen. Seit nunmehr sechsundfünfzig Jahren haben das weiße Maitland und das schwarze Eatonville ohne einen einzigen Akt der Feindseligkeit in engster Nachbarschaft existiert. Der Geist der Gründerväter hat über deren Gräber hinausgewirkt.

Das gesamte Seengebiet von Florida brodelte nur so von Leben. Die Menschen kamen überwiegend aus dem Norden, und Wohlstand breitete sich aus. Aber Ende der achtziger Jahre erlosch der Glücksstern. Viele der ersten Siedler datieren ihre Ankunft auf die Zeit »kurz bevor« oder »kurz nachdem der Glücksstern erlosch«.

2
Meine Angehörigen

In diese rauhbeinige, brodelnde, rabiat individualistische Welt spazierte eines Tages ein großer, baumstarker Mulatte, der den Entschluß faßte, hier Wurzeln zu schlagen.

John Hurston, knapp dreißig Jahre alt, war aus Macon County in Alabama fortgegangen, weil die Fron der Pfandschuldpacht auf einer Baumwollplantage im Süden Alabamas niederschmetternd für seinen Unternehmungsgeist war. Die Sache hatte keine Zukunft.

Er war in der Nähe von Notasulga in Alabama geboren worden, in einem entlegenen Landstrich, in dem landlose Schwarze lebten – und Weiße, denen es nicht viel besser ging. Das war »drüben überm Fluß« gewesen, was gleichviel bedeutete wie »auf der falschen Seite der Eisenbahnschienen«. Irgendwie hatte John Hurston zwischen dem Hacken der Baumwollfelder und dem Baumwollpflücken lesen und schreiben gelernt und hätte sich damit einigermaßen zufriedengeben können. Aber irgendwie verfiel er auf den Gedanken, in die Macedonia Baptist Church auf der richtigen Seite des Flusses zu gehen. Dabei begegnete er der dunkelbraunen Lucy Ann Potts, einer Tochter des landbesitzenden Richard Potts. Mag sein, daß er sich deshalb die Kirchbesuche auf der anderen Seite angewöhnte.

Er war damals knapp zwanzig, sie war vierzehn. Meine Mutter behauptete immer mit einem Lächeln, sie habe gesehen, wie er nach ihr da oben im Chor guckte und guckte, und habe sich gefragt, wozu er sie denn so anguckte. Sie hatte doch mit *ihm* nichts im Sinn. Dann, als der Gottesdienst vorüber war und er immer noch in ihrer Nähe herumstand, fragte sie jemanden: »Wer isn der hochgestochne gähle Nigger?«

»Och, das is ein von die Niggers von drüüm überm Fluß, ein von die Hurstons – John heißter, glaub ich.«

Damit war der Fall erledigt. Nigger von drüben überm Fluß schlugen sich von einer Plantage von Weißen zur anderen durch. Lebten von der Hand in den Mund. Besaßen nicht mal Pötte zum Reinpinkeln und schon gar keine Betten zum Pöttedrunterschieben. So wenig Stolz im Leib, daß sie sich bei weißen Habenichtsen verdingten. Hinten und vorne nix dran. Lucy Ann Potts hatte sich demzufolge nach einem Niemand erkundigt und Bescheid bekommen.

Mama dachte nicht weiter mehr an ihn, sagte sie. Allerdings konnte sie nicht umhin festzustellen, daß seine graugrünen Augen und seine helle Haut abstachen von den schwarzhäutigen, schwarzäugigen Menschen seiner Umgebung. Und außerdem hatte er eine Figur zum Hingucken. Ein bullig aussehendes Mannsbild wie er hätte in Zeiten der Sklaverei gutes Geld eingebracht. Hätte er nicht beharrlich da herumgestanden, wo sie ihn einfach nicht übersehen konnte, dann wäre ihr bestimmt nicht wieder eingefallen, daß sie ihn schon zwei- oder dreimal an der Baumwollentkernungsmaschine von Notasulga und einmal in einem Laden gesehen hatte. Damals hatte sie sich gefragt, wer das wohl war, der da mit Baumwollballen hantierte wie mit Koffern.

Nach jenem Sonntag wurde er richtig lästig. Spielte ihr zwischen den Seiten von Gesangbüchern Zettel zu und ähnliches mehr. Es wurde so schlimm, daß sie sich nach wenigen Monaten entschloß, ihn zu heiraten, nur um ihn los zu werden. Und sie setzte den Entschluß gegen den verbissenen Widerstand ihrer Familie in die Tat um. Sie zog das selbstgenähte kleine Seidenkleid an, dessen Zutaten sie von gespartem Eiergeld gekauft hatte. Am Abend ihrer Hochzeit machten sich ihre achtzig Pfund Courage alleine auf den Weg, da mit Ausnahme ihres Bruders Jim niemand aus der Familie ihren großen Abstieg in der Welt mitansehen wollte. Sie, die weit und breit als das hübscheste und begabteste schwarze Mädchen galt, warf sich selber weg und brachte Schande über die Pottsens, indem sie einen Nigger von drüben überm Fluß heiratete, und einen Bastard obendrein. Es hieß, er sei der Sohn eines gewissen Weißen. Und da schickte sie sich an, abends alleine drei Kilometer zu laufen, um in der Kirche das Versprechen einzulösen, das sie ihm gegeben hatte. Ihr Vater, der toleranter als ihre Mutter war, entschied, daß seine Tochter nicht alleine zu ihrer Hochzeit gehen würde, und schon gar nicht zu Fuß. Also schirrte er den Einspänner an und fuhr sie hin. Kaum einer war da. Bruder Jim kam hereingeschlüpft, als sie gerade vor den Altar treten wollte.

Und so gab sie ihr Jawort, schloß den Bund fürs Leben und machte sich mit John Hurston auf den Weg zu einer Landarbeiterhütte auf einer Plantage. Sie vergaß nie, wie die Sichel des zunehmenden Mondes an diesem Abend schien, als John mit seinen hundertachtzig Pfund Knochen und Muskeln die Tür aufstieß und sie auf den Armen über die Türschwelle trug.

Diese Hütte auf der Plantage eines Weißen mußte fürs erste genügen. Man hatte ihr ausdrücklich zu verstehen gegeben, daß es das Land der Potts für sie nicht mehr gab. Der Vater wurde bald weich und fand sich mit den Dingen ab, aber die Mutter nie. Bis zu ihrem Sterbetag war der Ehemann ihrer Tochter für sie nicht John Hurston. Er blieb immer »dä gähle Bastard«. Vier Jahre nach der Hochzeit, während ihrer dritten Schwangerschaft, kamen meiner Mutter immer wieder die zwei Hektar Pfirsichbäume ihres Vaters in den Sinn, und ihr Verlangen wurde so stark, daß sie fünf Kilometer weit lief, um sich ein paar von den saftigen Früchten mit dem festen Fleisch zu holen. Mit der einen Hand hielt sie die Zipfel ihrer Schürze, und mit der anderen pflückte sie Pfirsiche, als ihre Mutter sie erspähte und des Orts verwies.

Nach der Hochzeit wuchs in meinem Vater der Wunsch nach mehr. Das Dasein auf der Plantage verdroß und lähmte ihn. Sein Dasein als »Mann von drüben« war für ihn zu Ende. Er wollte wissen, was es für einen Mann wie ihn sonst noch gab. Da ließ er seine Frau mit den drei Kindern allein und ging sich umsehen.

Monate später stürzte er sich ins turbulente Treiben von Süd-Florida. Er hörte von Leuten, die eine Stadt aus lauter Farbigen gründeten. Das schien ihm der richtige Ort zu sein. Schon bald sollte er für drei Amtsperioden zum Bürgermeister von Eatonville gewählt werden und die Gemeindesatzung schreiben. Bis heute wird die Ortschaft Eatonville nach der Satzung verwaltet, die mein Vater formulierte. Der Amtsvorsteher schlägt noch immer in der Kopie der Originalausgabe nach, die offenbar als einzige erhalten blieb. Ich habe mit allen Mitteln versucht, dieses Exemplar für meine Bibliothek zu bekommen, aber bislang vergeblich. Einmal war es schon in meinem Besitz, aber der Amtsvorsteher kam und verlangte es zurück.

Ein Jahr, nachdem mein Vater in Eatonville ansässig

geworden war, kam meine Mutter nach und brachte ein paar kunterbunte, aus Flicken gesteppte Überdekken, ihre mit Federn gefüllte Matratze und ihr Bettgestell mit. Damit mußten sie in der ersten Nacht im Haus vorliebnehmen. Zwei Jutesäcke wurden mit Spanischem Moos ausgestopft, darauf schliefen die beiden größeren Kinder. Das jüngste kam zu den Eltern ins Bett.

So begannen die beiden ihr neues Leben. Sie schworen sich, daß sich alles zum Besseren wenden würde, und so war es auch. Sie kauften Land, bauten ein geräumiges Haus, bestellten die Felder und ernteten. Ein Kind nach dem anderen kam auf die Welt – noch mehr Mäuler zum Stopfen und noch mehr Füße zum Beschuhen. Keinen von beiden schien das zu kümmern. Im Gegenteil, mein Vater brüstete sich vor anderen Männern nicht nur mit seinem »Stall voll Jung'schen«, sondern er rühmte sich auch, er habe seiner Frau nie gestattet, einen Tag ihres Lebens auch nur einen Finger für irgendwen krumm zu machen. Schwächen hatte er mehr als genug, und ich weiß, daß meine Mutter manchmal sehr unglücklich war, aber keiner von beiden machte je Anstalten, die Sache aufzukündigen. Zweimal habe ich meinen Vater sogar drohen gehört, er werde meine Mutter umbringen, wenn sie auch nur einen Schritt Richtung Gartentor mache, um ihn zu verlassen. Er war außer sich, als sie eines Tages nebenbei bemerkte, wenn er für sie und seine Kinder nicht sorgen wolle, dann fände sich draußen vorm Gartenzaun ein anderer, der nur darauf warte, für ihn einzuspringen. Das ist so eine Redensart, und Papa hatte sie Hunderte von Malen von anderen Frauen gehört, aber er war empört, sie von Mama zu hören. Noch ehe sein Tobsuchtsanfall vorüber war, hatte sie ein für allemal begriffen, daß diese Redensart nicht für ihre Lippen bestimmt war.

Ein anderes Mal hatte Papa den Einfall, die Frau eines seiner besten Freunde auszuführen und Mama von diesem Freund ausführen zu lassen. Mama schien sich allerdings besser zu amüsieren, als Papa angebracht fand – obwohl sie dagegen gewesen war, als der Gedanke aufkam –, und die Sache endete damit, daß Papa die Frau seines Freundes auf dem Fest stehenließ und Mama und den Freund nach Hause verfolgte, wo er Mama mit der Winchesterbüchse im Rücken ins Haus abführte. Die in der Festhalle alleingelassene Frau des Freundes erteilte sowohl ihrem Mann als auch Papa tags darauf einen gehörigen Anpfiff. Mama wagte nicht zu lachen, aus Sorge, Papa noch mehr aufzubringen. Es dauerte etwa einen Monat, ehe das Eis zwischen beiden Familien wieder schmolz. Und selbst dann durfte das Thema weder vor Papa noch vor der Frau des Freundes angesprochen werden, obwohl beide auf das Experiment ganz erpicht gewesen waren.

Meine Mutter rückte einmal einer Frau wegen Papa mit der Reitpeitsche zu Leibe, und eine andere kanzelte sie in aller Öffentlichkeit ab. Anstatt Papa zu ärgern, schien ihm das ungemein zu behagen. Die Abgekanzelte drohte meiner Mutter Prügel an. Mama war sehr klein, die andere Frau ein Trumm. Als Papa von den Drohungen gegen Mama hörte, ließ er der Nebenbuhlerin bestellen, wenn sie nicht imstande sei, ihn gleich mit zu verprügeln, dann solle sie sich den Unfug besser aus dem Kopf schlagen. Die Frau verschwand von der Bildfläche, ohne jemals wieder ein einziges Wort mit Papa zu wechseln. Niemand bei uns hat je erfahren, was aus ihr wurde.

Rückblickend denke ich, daß Papa und Mama einander wirklich liebten, obwohl er immer wieder auf Abwege geriet. Womöglich war er nur zu früh geboren worden.

Wir lebten auf einem großen Grundstück mit zwei schattigen Paradiesbäumen am Gartentor und über und über blühenden Kap-Jasminsträuchern entlang den Gehwegen. Als Kind liebte ich die vollen, duftenden weißen Blüten, ohne ihnen viel Beachtung zu schenken. Sie waren ein allzu vertrauter Anblick in meiner Heimat. Als ich nach New York kam und feststellte, daß sie dort Gardenien hießen und daß eine Blüte einen Dollar kostete, staunte ich nicht schlecht. Die Leute daheim lachten, als ich ihnen nach meiner Rückkehr davon erzählte. Manche wollten mir nicht glauben. Ein Dollar für eine Kap-Jasminblüte! Die mußten ja verrückt sein, da oben im Norden.

In unserem Garten wuchsen Orangen, Grapefruits, Mandarinen, Guaven und andere Früchte in Hülle und Fülle. Wir hatten einen zwei Hektar großen Garten, in dem lauter eßbare Dinge wuchsen, so daß wir nie zu hungern brauchten. Huhn und selbstgeräuchertes Fleisch kamen bei uns oft auf den Tisch, und Eier, soviel wir nur wollten. Für uns Kinder war es gang und gäbe, den Wasserkessel mit Eiern zu füllen und sie zu kochen. Dann machten wir es uns im Garten gemütlich und aßen uns daran satt. Übriggebliebene, hartgekochte Eier ließen sich immer als Geschosse verwenden. Auch Fische gab es in Hülle und Fülle in den umliegenden Seen. Wir hatten alles, was wir brauchten. Nur Rindfleischeintopf gab es selten. Wenn Papa nach Orlando fuhr und eine Köstlichkeit wie Schmorfleisch mitbrachte, war die Freude immer groß. Huhn und Fisch waren zu alltäglich. Ähnlich begehrt waren

Äpfel bei uns. Orangen, Mandarinen und Grapefruits setzten wir als Handgranaten gegen Nachbarskinder ein. Aber Äpfel gab es so gut wie nie. Sie kamen von ganz weit oben aus dem Norden.

Unser Haus hatte acht Zimmer, und wir nannten es zweistöckig. Später erfuhr ich, daß es eigentlich ein einstöckiges Haus mit einem Speicher war. Dort oben schliefen die großen Jungen. Außerdem bot er sich als Versteck an, wenn man sich davor drücken wollte, die Veranda zu fegen oder den Garten zu harken.

Unten im Eßzimmer stand ein alter Vorratsspind mit einem Lochmuster in den Blechtüren. Darin wurden Marmeladengläser mit Guavengelee und große Einmachgläser voll Birnen, Pfirsichen und anderen Früchten verwahrt. In den unteren Fächern standen Reste gekochter Speisen.

Wir waren acht Kinder, und vom Nachhausekommen nach der Schule bis zur Schlafenszeit war unser Haus von Lärm erfüllt. Nach dem Abendessen versammelten wir uns in Mamas Zimmer, dort mußten alle ihre Hausaufgaben für den nächsten Tag machen. Mit Hilfe von Kreidediagrammen auf einer Tafel half Mama uns über die Hürden der Dezimalrechnung in Mathematik und der Satzteilbestimmung in Grammatik. So weit war sie selber gekommen. Danach wurden die jüngeren von uns meinem großen Bruder Bob anvertraut, und Mama blieb dabei und sah zu, daß wir auch aufpaßten. Wir mußten alles so lange wiederholen, bis es saß. Wie ich das Einmaleins haßte – vor allem die Siebenerreihe!

Wir besaßen eine große Scheune und ein Stück Land, das dicht mit Bermudagras bewachsen war. An mondhellen Abenden spielten zwei Drittel der Dorfkinder zwischen sieben und achtzehn Jahren »Hide-

and-Whoop«, »Chick-Mah-Chick«, Verstecken und andere ausgelassene Spiele in unserem Garten. Ein- bis zweimal im Jahr bekamen wir die Erlaubnis, zum Spielen in ein anderes Haus zu gehen. Aber das war eine große Ausnahme. Mama meinte, wir hätten genug Platz zum Spielen, genug Spielsachen und im übrigen seien wir selber genug an der Zahl, um einander Gesellschaft zu leisten. Wenn es nach ihr ginge, würde sie ihre Kinder so erziehen, daß sie zu Hause blieben. Sie sagte, wir hätten es nicht nötig, wie nichtsnutzige Neger und weißes Gesindel zu leben, bei denen es zu Hause so ärmlich zuging, daß sie wegen jedem bißchen Vergnügen auf die Straße gehen oder in den Häusern von anderen Leuten herumlungern müßten. Wer auch immer von ihren Kindern derlei Neigungen verspüre, müsse das von den Hurstons haben. Auf keinen Fall von den Pottsens. Bei solchen Anlässen bekam ich einen Vorgeschmack vom weitverbreiteten weiblichen Evangelium, wonach sämtliche guten Wesenszüge und Neigungen von der mütterlichen Seite stammen.

Mama ermunterte ihre Kinder bei jeder Gelegenheit, »nach der Sonne zu springen«. Wir mochten vielleicht nicht auf der Sonne landen, aber immerhin würden wir uns vom Boden erheben. Papa war da nicht so zuversichtlich. Besser vorliebnehmen mit dem, was man hatte. Übermut bekam Negern nicht gut. Er würde mir den meinen schon noch austreiben, und wenn er mich dabei umbringen mußte. Meine Mutter stellte sich immer zwischen uns. Sie räumte ein, ich sei frech und aufsässig, aber sie wolle mir »den Mumm nicht ausbleuen«, aus Sorge, daß ich mich sonst später als maulfromme Memme entpuppen würde. Papa fuhr immer aus der Haut, wenn Mama so was sagte. Ich weiß nicht, ob er wegen meiner Widerspenstigkeit um meine Zukunft bangte oder ob er aus Mamas Bemerkung einen Seitenhieb gegen sich selber heraushörte. Er sagte, es würde noch schlimm enden mit mir. Die Weißen würden sich das nicht bieten lassen. Ich würde gehängt werden, noch ehe ich erwachsen sei. Irgendwer würde mich zur Strafe für mein unverschämtes Mundwerk über den Haufen schießen. Mama würde es bitter bereuen, daß sie die Unarten nicht aus mir herausgeprügelt hatte, bevor es zu spät war. Früher oder später würden »Posses« mit Stricken und Gewehren kommen und mich abschleppen wegen der bockbeinigen Tour, die ich am Leibe hatte. Ich mit meiner vorlauten Art, ich würde später mal Kohldampf schieben. Meine ältere Schwester sei so bescheiden und sanftmütig. Die würde immer zurechtkommen. Warum konnte ich nicht sein wie sie? Mama fuhr mit ihrer Beschäftigung fort und entgegnete: »Zora is mein Jung'sche. Sarah deine. Ich garantier dir, meine wird mal n Mordserfolg. Laß sie ja in Ruhe. Ich knöpf sie mir schon vor, wenn ich find, sie hats nötig.« Damit wollte sie sagen, Sarah habe ihre Anlagen von Papa und ich meine von ihr.

In solchen Augenblicken war man hinter Mamas Schaukelstuhl gut aufgehoben. Papa würde Mama nicht schlagen. Er bestand aus hundertachtzig Pfund Knochen und Muskeln, und Mama wog um die achtzig Pfund. Wenn jemand ihn frotzelte, daß Mama die Hosen anhätte, sagte er immer, er könne ihr ihren Dickschädel schon abgewöhnen, wenn er wolle, aber sie sei so winzig, daß er an ihr keine Stelle zum Draufhauen fände. Onkel Jim, Mamas Bruder, war da ganz anderer Meinung. Er erklärte, wenn eine Frau was hätte, das groß genug sei, um drauf zu sitzen, dann hätte sie auch was, das groß genug sei, um drauf zu hauen. Das sei seine Überzeugung und an der werde er festhalten, solange das untere Ende seines Rückgrats zum Boden zeigte – egal, wer die Frau war, wie sie aussah oder wo sie herkam. Männer wie Papa, die anderer Auffassung waren, seien bloß Drückeberger und Duckmäuser und würden im übrigen dastehn wie der Ochs vorm Tor.

Papa schüttelte immer nur den Kopf und sagte: »Was soll ich mich an sone armselige halbe Portion vergreifen? Man muß sich ihnen eh fügen. Hat doch kein Zweck, se verhaun und nachher hingehn und se um Verzeihung bitten.«

Womöglich nahm Papa Onkel Jims Rat im Grunde nur deshalb nicht so ernst, weil er sah, wie dieser sich bei ihm zu Hause auswirkte. Onkel Jim konnte Tante Caroline zwar niederringen, aber er hatte alle Hände voll zu tun, sie wirklich zu besiegen. Ein K.o. überzeugte sie keineswegs davon, daß ein Kampf beendet war. Sie stand auf und ging gleich wieder in die vollen. Sie gab nicht klein bei. Man billigte Onkel Jim zu, daß er ihr im Zweikampf überlegen war, wenn er ihr mit Hammer oder Zugkette kam, aber ansonsten behielt sie die Oberhand. Eine Weile sah sie sich gewöhnlich seine Seitensprünge mit an, dann schritt sie zur Tat. Nachdem sie wieder einmal wortlos zugesehen hatte, beobachtete sie eines Samstag nachmittags, wie er mit einer Schachtel neuer Schuhe herbeigeeilt kam und diese, da er sich unbeobachtet wähnte, in den Stall schaffte, um sie dort zu verstecken, bis es Zeit zum Ausgehen war. Kaum daß die Sonne unterging, verließ er das Haus, holte seine Schachtel und strebte quer durch die Orangenpflanzung in Richtung Dorfladen.

Dort kehrte er gerade lange genug ein, um ein Kilo Erdnüsse und zwei Stengel Zuckerrohr zu kaufen, dann spazierte er weiter zu dem Häuschen im Wald, wo eine seiner flüchtigen Flammen hauste. Tante Caroline bügelte unbeirrt weiter, bis er beim Dorfladen angekommen war. Dann schlüpfte sie in ihre Schuhe, ging in den Hof, nahm die Axt, hängte sie sich über die Schulter und wanderte in aller Ruhe hinter ihm her.

Die Männer auf der Veranda vor dem Laden hatten Onkel Jim lachend auf den Weg geschickt. Sie wußten alle, wohin er ging und warum. Die Schuhe waren vor ihren Augen im Laden gekauft worden. Und nun kam »dat Cal'line« mit der Axt über der Schulter daher. Keine Chance, Onkel Jim noch zu warnen. An Mord dachte keiner, aber sie wußten, daß ihm jede Menge Ärger bevorstand. Also blieben sie einfach sitzen und warteten ab. Cal'line hatte Jims Flammen schon so viele zwerchfellerschütternde Streiche gespielt – ohne dabei ein Wort zu verlieren –, daß sie darauf brannten zu erfahren, wie es weiterging.

Etwa eine Stunde später, es war schon nahezu stockfinster, sahen sie eine weiße Gestalt geduckt von Baum zu Baum huschen und schließlich über den Zaun von Clarks Erdbeerfeld hüpfen und in Richtung von Onkel Jims Haus verschwinden.

»Sah ja mächtiglich aus wien Mann in lange Unterbuxen, mit sonst nix an«, bemerkte Walter Thomas. Alle pflichteten ihm bei. Aber wer oder was konnte es sein?

Als die Stadtlaterne vor dem Laden angezündet wurde, tauchte Tante Caroline aus der Schwärze auf, die den Wald verbarg, und kam am Laden vorbei. Sie hatte die Axt noch immer geschultert, nun aber mit Onkel Jims Hosen, Hemd und Jacke verziert. Ein Paar neue Damenhalbschuhe baumelten an den Schnüren vom Stiel herunter. Über der anderen Schulter hatte sie zwei Stengel Zuckerrohr liegen. Sie sagte nur: »Guten Abend, die Herren« und ging zielstrebig weiter heimwärts.

Die Veranda tobte vor Lachen. Nun hatten sie die Antwort auf alles. Später, als sie Onkel Jim fragten, wie Cal'line es bewerkstelligt hatte, in das Haus der Dame hineinzugelangen, lächelte er säuerlich und sagte: »Die Axt war ihr Schlüssel.« Als sie ihn weiter frotzelten, sagte er: »Och, das olle sture Weib, was meine Frau is, das is einfach unbelehrbar. Die kannsde doch keine Maniern nich beibring.«

Ein anderes Mal brachte sie es irgendwie fertig, daß noch so eine Lady, die der Stadt nichts zu geben hatte als nur Liebe, Baby, die steilen, hohen Kirchenstufen hinunter und auf den Kopf fiel. Tante Cal'line mochte es aus purer Neugier getan haben, hatte es doch geheißen, der Lady sei es lästig, unten drunter anderes als einen Unterrock zu tragen. Vielleicht wollte Tante Caroline nur überprüfen, was an dem Gerücht dran war. Der Verlauf des Sturzes ließ keinen Zweifel. Die Lady war wirklich eine freizügige Seele. Tante Caroline war sichtlich empört, sie mußte spontan ausspucken, und ihr Auswurf landete rein zufällig da, wo die Lady entblößt war. Offenbar wollte Tante Caroline ihren Fehler wiedergutmachen, und so beeilte sie sich, die Spucke mit dem Fuß zu zerreiben. Wie immer verlor sie kein Wort, und die Lady muß Tante Carolines Wißbegier mißverstanden haben. Sie verließ die Stadt Hals über Kopf und auf Nimmerwiedersehen.

Papa nahm also, wie gesagt, Onkel Jims Ansichten im Umgang mit Frauensleuten nicht übermäßig ernst. Jedesmal, wenn Mama ihn wegen irgendeiner Sache zur Rede stellte, drohte er, einen Stuhl über ihrem Kopf zu Kleinholz zu machen. Sie würdigte die Drohung nicht einmal einer Antwort und fuhr ungerührt fort, ihm Fragen zu stellen und diese selber zu beantworten, bis Papa türknallend das Haus verließ und dabei ein Gesicht machte, als hätte er mit Pfirsichruten eine Tracht Prügel bezogen. Mir durfte bei solchen Anlässen kein Kichern entschlüpfen, sonst wäre es mir schlecht ergangen.

Wir hatten ein sehr offenes Haus. Durchreisende Pfarrer, Mitarbeiter von Sonntagsschulen und der Baptist Young Peoples' Union oder einfach Freunde kamen zu Besuch. Für Besucher gab es Brathähnchen und was das Haus sonst noch an Gastlichkeit zu bieten hatte.

Papas Schlafzimmer war unser Gästezimmer. Auf dem Waschtisch wurden gekaufte Handtücher aus der alten Truhe mit dem gewölbten Deckel in Mamas Zimmer zurechtgelegt. Waschkrug und Schüssel mußten erst gründlich geschrubbt werden, bevor sie zum Wohle des Gastes mit frischem Wasser aus dem Brunnen gefüllt werden konnten. Feinseife war für Gäste da. Das wußten wir. Für unsere Körperhygiene gab es nur Octagon-Kernseife. Im Alltag dienten der Familie gebleichte Mehlsäcke zum Abtrocknen, damit die im Laden gekauften Handtücher adrett und sauber blieben für die Gäste.

Besucher bekamen auch das bessere Toilettenpapier. Für die Familie wurde altes Zeitungspapier ins Klohäuschen gelegt. Wenn Besuch ins Haus stand, gab es Besseres. Mittelprächtige Gäste kriegten zerschnittene Seiten aus dem alten Sears-Roebuck-Katalog. Für wirklich feinen Besuch sortierte Mama alte Schnittmuster aus, das Örtchen wurde gründlich gereinigt, Kalk hineingestreut und das weiche Seidenpapier der Schnittmuster auf einen Nagel gepiekst, damit sich unsere Gäste wohl fühlten.

3
Ich werde geboren

Es ist alles reine Mutmaßung. Mag sein, daß manche Einzelheiten meiner Geburt, die ich nur vom Hörensagen kenne, ein wenig ungenau sind. Aber es ist eine einigermaßen gesicherte Tatsache, daß ich geboren wurde.

Angeblich trug es sich folgendermaßen zu. Meine Mutter stand kurz vor der Niederkunft, und mein Vater war nicht zu Hause. Er war viel unterwegs, nicht nur in seiner Eigenschaft als erfolgreicher Zimmermann, der bei manchen Aufträgen sogar Gehilfen beschäftigte, sondern auch als Prediger. Diesmal war er anscheinend mehrere Monate von zu Hause fort. Ich habe nie erfahren, warum. Es hieß lediglich, er habe gedroht, sich die Gurgel durchzuschneiden, als er von meiner Geburt hörte. Offenbar meinte er, mehr als eine Tochter könne er nicht verkraften. Meine Schwester Sarah war sein Lieblingskind, aber ein Mädchen war genug. Noch jede Menge Söhne, aber keine kleinen Mädchen mehr, die nur Schuhsohlen durchliefen und nichts einbrachten. Ein Krümel Zucker von mir süßte ihm den Kaffee in Nullkommanichts. Das ist so eine Redensart von Negern, die besagt, daß ihm mit mir rasch der Geduldsfaden riß. Ein paar Widerworte von mir – ich bin nun mal ein Widerspruchsgeist –, und schon drohte er mir mit der Peitsche. Nichtsdestoweniger sah ich ihm ähnlicher als irgendein Kind im Hause. Als ich auf die Welt kam, war es natürlich zu spät für irgendwelche Änderungswünsche, und mein alter Herr mußte sich mit mir abfinden. Er machte sogar gute Miene zum bösen Spiel. Er steckte mich nicht in einen verschnürten Sack, um mich in den See zu werfen, was er vermutlich am liebsten getan hätte.

Es wurden gerade Süßkartoffeln geerntet, und obendrein war Schlachtzeit. Nicht bei uns zu Hause, aber so gut wie überall ringsum, denn es war Januar und recht kühl. Die meisten Leute schlachteten entweder für sich selber oder halfen anderen beim Schlachten, was fast auf das gleiche herauskam. Es ist eine fröhliche Zeit. In einem großen Topf brodeln Innereien mit reichlich Gewürzen, und in Pfannen brutzeln dünne Scheiben frisch geschlachteten Schweinefleischs, damit sich die Helfer nach getaner Arbeit stärken können. Mehr als gutnachbarliche Hilfsbereitschaft zählen Essen, Trinken und Geselligkeit.

Und so waren keine Erwachsenen in der Nähe, als Mamas Fruchtblase platzte. Sie schickte eines der kleineren Kinder nach Tante Judy, der Hebamme, aber die war zum Schlachtfest ins drei Kilometer entfernte Woodbridge gegangen. Das Kind sollte Tante Judy dorthin folgen und sie herüberbitten. Aber die Natur, die nichts auf menschliche Vorkehrungen gibt, war ungeduldig. Meine Mutter mußte sich alleine behelfen. Nachdem ich mich überstürzt hinausgedrängt hatte, war sie zu schwach, um noch irgend etwas aus eigener Kraft zu tun, und so lag sie bloß da, erschöpft und bang, was aus ihr und mir werden sollte. Sie war so schwach, daß sie nicht einmal die Hand nach mir ausstrecken konnte. Ihr einziger Trost war die Gewißheit, daß ich nicht tot war, denn ich schrie kräftig.

Hilfe kam von gänzlich unerwarteter Seite. Ein weißer Mann, Herr über viele Hektare und Dinge, der unsere Familie gut kannte, hatte am Tag zuvor geschlachtet. Er wußte, daß Papa unterwegs war und daß wir kein frisches Fleisch im Hause hatten, also beschloß er, die acht Kilometer herüberzufahren und uns ein halbes Ferkel, Süßkartoffeln und andere Feldfrüchte zu bringen. Wenige Minuten, nachdem ich geboren war, kam er bei uns an. Als er die Haustür offenstehen sah, trat er ein und rief laut: »He da! Ruft eure Hunde!« Auf dem Lande ist es üblich, sich so anzukündigen, weil fast jeder, der etwas Schützenswertes besitzt, bissige Hunde hält.

Niemand antwortete, aber später behauptete er, ich hätte meine Stimme über ganz Orange County erschallen lassen, und da habe er die Tür aufgestoßen und sei ins Haus gestürmt.

Er folgte der Stimme, sah die Bescherung und nahm, wie es sich für einen Mann seines Schlages gehörte, sein Barlow-Messer, schnitt die Nabelschnur durch und versah, so gut er konnte, alles andere. Als die Hebamme, die man bei uns in der Gegend »Granny« nannte, etwa eine Stunde später kam, brannte ein Feuer im Herd, und reichlich heißes Wasser war aufgesetzt. Ich war recht und schlecht abgerieben worden, und Mama hielt mich in den Armen.

Als die alte Frau ankam, lud der Weiße seine Mitbringsel ab und fuhr davon. Dabei lästerte er lauthals über nichtsnutzige Elemente, die man nie zu fassen kriegte, wenn man sie brauchte.

Tante Judy dankte es ihm nicht, sondern grollte ihm noch jahrelang. Sie beschwerte sich, die Nabelschnur sei nicht durchtrennt worden, wie es sich gehörte, und die Nabelbinde nicht fest genug angelegt. Sie sorgte sich mächtig, daß ich einen schwachen Rücken bekommen und bis zur Pubertät Mühe haben würde, mein Wasser zu halten. So war es auch.

An einem der darauffolgenden Tage kam eine Mrs. Neale, eine Freundin von Mama, zu Besuch und erinnerte sie an ihr Versprechen, daß sie dem Baby einen Namen geben dürfe, wenn es ein Mädchen sei. Irgendwoher hatte sie einen Namen, den sie sehr hübsch fand. Vielleicht hatte sie ihn irgendwo gelesen, oder irgend jemand in der Gegend rauchte damals türkische Zigaretten. So wurde aus mir Zora Neale Hurston.

Man gewinnt andere Menschen um so lieber, je mehr man für sie tut. Deshalb kam auch der Mann, der für mich Granny gespielt hatte, am nächsten Tag wieder vorbei, um nachzusehen, wie ich mich machte. Vielleicht war es Stolz auf seiner Hände Werk und auf die eigene Geistesgegenwart, daß er am Ball bleiben wollte. Er bemerkte, ich sei ein verfluchtes Prachtbaby, schön dick und kräftig auf den Lungen. Mit der Zeit wurden seine Besuche unregelmäßiger, aber irgendwie behielt er immer ein Quentchen Interesse an meinem Wohlergehen. Anscheinend war ich eine Augenweide, wuchs wie eine Kürbisranke und brüllte mit einer Baßstimme wie ein Alligator. Er war kein Freund von halben Sachen, daher war ich ganz nach seinem Geschmack. Er fand, meine Mutter tat recht daran, mich zu behalten.

Aber es gingen neun Monate ins Land, und ich wollte einfach mit der Lauferei nicht vorankommen. Ich war kräftig, konnte gut krabbeln, zeigte aber keine Neigung, meine Füße zu gebrauchen. Nebenbei bemerkt, ich gehe auch heute nicht gern zu Fuß. Selbst als ich über ein Jahr alt war, wollte ich noch immer nicht laufen. Man hielt mir mein Gewicht zugute, aber das war eigentlich kein Grund, es nicht wenigstens zu versuchen.

Es heißt, eine alte Muttersau habe mir Beine gemacht. Sie brachte mir zwar nicht die Feinheiten bei, aber sie überzeugte mich, daß ich es endlich versuchen sollte.

Und das ging so zu. Meine Mutter wollte Staudenkohl zum Abendessen zubereiten und ging mit der Abwaschschüssel zum Brunnen, die Kohlblätter zu waschen. Sie ließ mich auf dem Fußboden sitzen und gab mir ein dickes Stück Maisbrot, um mich friedlich zu stimmen. Alles ging so lange gut, bis die Sau sich plötzlich, flankiert von ihren Ferkeln, vor der Tür aufbaute. Sie mußte das Maisbrot gerochen haben, mit dem ich herummanschte und krümelte. Und da kam sie schnurstracks herein und begann umherzuschnüffeln.

Meine Mutter hörte meine Schreie und kam herbeigelaufen. Ihr Herz mußte ausgesetzt haben, als sie die Sau da drinnen sah, denn Schweine sollen schon Menschenfleisch gefressen haben.

Aber ich dachte nicht daran, der Situation sitzend zu begegnen. Ich war neben einen Stuhl auf den Boden gesetzt worden, und als meine Mutter hereinkam, hatte ich mich am Stuhl hochgezogen und hangelte mich ganz geschickt daran entlang.

Dabei war die arme, mißverstandene Schweinedame gar nicht an mir interessiert, sondern an meinem Brot. Ich hatte es verloren, als ich mich hochrappelte, und sie fraß es nun auf. Sie hatte es viel weniger auf Mamas Baby abgesehen als Mama auf ihre Ferkel.

Es scheint, daß ich mich ohne weitere Ermunterungen durch die Sau oder sonstwen aufs Laufen verlegte und dabei blieb. Das Allermerkwürdigste war, daß meine Füße, nachdem ich ihren Gebrauch einmal entdeckt hatte, sich das Wandern angewöhnten. Ich wollte ständig irgendwohin gehen. Geleitet von einem inneren Drang, spazierte ich mutterseelenallein in den

Wald. Das versetzte meine Mutter in Angst und Schrecken. Sie sagte immer, sie glaube, daß eine Frau, die ihr übel wolle, am Tag meiner Geburt »Wanderstaub« auf der Türschwelle verstreut habe. Anders konnte sie es sich nicht erklären. Ich verstehe nicht, warum sie nie auf den Gedanken kam, meine Wanderlust mit meinem Vater in Verbindung zu bringen, den es nie an einem Ort hielt. Das hätte ihr zu denken geben müssen. Manche Kinder schlagen einfach nach ihren Vätern, trotz aller Beschwörungen der Frauen.

4
Die innere Suche

Erwachsene wissen, daß sie nicht immer alles über das Warum der Dinge wissen, und selbst wenn sie meinen, Bescheid zu wissen, können sie nicht sagen, woher sie ihre Weisheit haben. Darum sind sie so irritiert, wenn Kinder nicht aufhören zu fragen, ob eine Sache so und so ist und wie die großen Leute das beweisen wollen. Es ist ihnen so lästig, weil es das Schubladendenken durcheinanderbringt. Es ist beunruhigend, weil Erwachsene, solange sie nicht zu einer Antwort gezwungen werden, nie überprüfen, ob etwas wirklich so ist, wie sie behaupten, oder woher sie haben, was als Beweis für die Richtigkeit ihrer Annahmen gilt. Wenn also die Aufforderung, wieder spielen zu gehen, den fragenden Kleinen nicht genügt, muß eine ordentliche Tracht Prügel als unumstößlicher Beweis für alles herhalten, von der Schreibweise von Konstantinopel bis zur Antwort auf die Frage, wie das Salz ins Meer kommt. Die Großen hatten es so gesagt bekommen, und sie waren's zufrieden gewesen, oder, um es mit einer Neger-Redensart auszudrücken, niemand hatte ihnen nix Genaues gesagt, aber sie hatten es gehört. Irgendwas stimmte nicht mit einem Kind, das die Götter der Schubladenwelt in Frage stellte.

Ich fragte beständig und benahm mich wie die Krähe im Taubennest. Ich machte es meiner Familie und meiner Umwelt schwer, und sie machten es mir schwer. Damals wußte ich nicht, was ich heute weiß, daß Menschen nämlich dazu neigen, die Person, als die sie sich gern sehen, zum Denkmal zu machen. Und wenige Menschen wollen gern genötigt werden, sich zu fragen: »Und was, wenn es ein Ich wie mein Denkmal gar nicht gibt?« Lieber verjagen sie das Gespenst der Angst mit dem Besen des Zorns.

Wie viele andere Kinder war ich voll Neugier, und wie sie schenkte ich der Heiligkeit von Denkmälern etwa so viel Beachtung, wie es ein Pulk Tauben tut, der sich um einen Palast tummelt. Ich bekam nur wenige Antworten, aber ich fragte unbeirrt weiter, weil ich mir nicht anders zu helfen wußte.

Natürlich war ich wie andere Kinder überzeugt, daß Tod, Zerstörung und andere Unbill mich niemals treffen würden. Derlei widerfuhr anderen Menschen, und was Wunder. Sie waren anders als ich und die Meinen. Und natürlich machten das Weltall und die Firmamente kleine Schlenker, um mir Ungelegenheiten zu ersparen. Das Weltall ging sogar noch weiter – es brach bereitwillig mir zuliebe ein paar Naturgesetze.

So frohlockte ich lange Zeit insgeheim über den beglückenden Umstand, daß der Mond, wenn ich bei Mondschein im Freien spielte, mir folgte, wohin ich auch lief. Der Mond freute sich so, wenn ich zum Spielen herauskam, daß er mir quietschvergnügt hinterherlief wie ein niedlicher junger Hund. Die anderen Kinder zählten gar nicht für ihn.

Damit hatte es schlagartig ein Ende, als ich meiner Spielkameradin Carrie Roberts mein Glücksgeheimnis anvertraute. Es war grausam. Sie lachte mich nicht nur aus, sie sagte, der Mond hätte mit mir gar nichts im Sinn. Der Mond, mein ureigenster fröhlicher Spielkamerad, würde sich nur da draußen tummeln, um mit ihr um die Wette zu laufen und zu spielen.

Wir erörterten die Angelegenheit hitzig und eifersüchtig, und es blieb uns nichts anderes übrig, als ein Wettrennen zu veranstalten, um festzustellen, wen von uns der Mond liebhatte. Zuerst rannten wir um die Wette nebeneinander her, aber das bewies nichts, weil jede von uns behauptete, der Mond bewege sich ihretwegen in diese Richtung. Ich *wußte* einfach, daß der Mond mit mir zusammensein wollte, aber Carrie behauptete steif und fest, der Mond habe sie lieber. Da kam mir der Gedanke, daß wir in entgegengesetzte Richtungen laufen mußten, damit Carrie zur Vernunft käme und kapierte, daß der Mond mir gehörte. Also stellten wir uns Rücken an Rücken vor unserem Gartentor auf, zählten bis drei und sausten jede in eine andere Richtung los.

»Siehsde! Siehsde, Carrie!« schrie ich triumphierend. »Da siehsde, der Mond kommt mit mir mit!«

»Och, du bist eine Lügnerin! Du weißt ganz genau, daß er hinter mir herrennt.«

Carrie und ich waren stinkwütend aufeinander und gingen uns von da an aus dem Weg. Als die anderen Kinder erfuhren, weswegen wir uns gezankt hatten, lachten sie uns aus. Sie sagten, der Mond komme immer mit ihnen mit. Die Untreue des Mondes kränkte mich zutiefst. Mein Mond lief hinter Carrie Roberts her. Mein Mond lief hinter Matilda Clarke und Julia Moseley und Oscar und Teedy Miller her. Aber nach einer Weile hörte ich auf, mich darüber zu grämen, daß der Mond so viele liebte. Ich fand Trost in dem Umstand, daß ich, wenn schon nicht die einzige Freundin des Mondes, so doch eine von denen war, die ihm sagen konnten, wohin er gehen sollte. Ich begann zu ahnen, daß die Erde weder unter meinen Fußtritten ins Wanken geriet noch sich schief legte, bloß um mir einen Gefallen zu tun.

Aber, ob meine Erkundungen mich nun glücklicher oder trauriger machten, ich sondierte beharrlich weiter, um den Dingen auf den Grund zu kommen. So hegte ich zum Beispiel eine alte unerfüllte Sehnsucht. Ich kletterte gern auf einen der hohen Paradiesbäume, die unser Gartentor bewachten, und schaute in die Welt hinaus. Das Interessanteste, was es von da oben zu sehen gab, war der Horizont. Wo ich mich auch hinwandte, er war da, und er war immer gleich weit weg. Demnach stand unser Haus in der Mitte der Welt. In mir wuchs der Wunsch, zum Horizont zu gehen und nachzusehen, wie das Ende der Welt beschaffen war. Die Verwegenheit des Gedankens hielt mich eine Zeitlang zurück, aber dann wurde er so beherrschend, daß ich meine Freundin Carrie Roberts einweihte und sie aufforderte mitzukommen. Sie willigte ein. Wir setzten uns in die Bäume hinauf und ereiferten uns darüber, wie wir das Ende der Welt vorfinden würden, ob es mehr oder weniger eingeschlagen war wie der Saum eines Kleides oder einfach schroff ins Nichts abfiel. Dann beschlossen wir, uns am nächsten Morgen in aller Frühe von zu Hause wegzustehlen und nachzusehen.

In dieser Nacht konnte ich vor Aufregung kaum schlafen. Monatelang hatte ich mir sehnlichst gewünscht dahinterzukommen, wie das Ende der Dinge beschaffen war. Über die Anfänge hatte ich keine Zweifel. Die lagen irgendwo auf den zwei Hektar Grund und Boden, die mein Zuhause waren. Am ehesten in Mamas Zimmer. Nun war ich auf dem besten Wege, das Ende zu sehen, und dann würde ich zufrieden sein.

Gleich nach dem Frühstück verdrückte ich mich zum vereinbarten Treffpunkt im Zwergpalmenhain unweit unseres Hauses und wartete. Als Carrie nicht kam, ging ich auf Umwegen zu ihrem Haus, und da kam sie mir entgegen, aber nur, um mir mitzuteilen, daß sie nicht mitgehen könne. Es sei so weit weg, daß wir womöglich nicht bis Sonnenuntergang zurück wären, und dann würden wir beide Dresche bekommen. Wenn wir groß genug wären, um lange Kleider zu tragen, könnten wir ausgehen und so lange wegbleiben, wie wir wollten. Dann könnte uns keiner mehr verdreschen. Wie sehr ich auch bettelte, sie war nicht zu bewegen. Die Sache war nun mal zu waghalsig für ihren Geschmack. Wir zankten uns. Um nicht zu ersticken vor Zorn, mußte ich Carrie verhauen. Dann bereute ich, meine Freundin gehauen zu haben, ging nach Hause und verzog mich mit meinem Weltschmerz in den Kriechraum unters Haus. Aber ich gab den Gedanken an meinen Ausflug nicht auf. Ich vermißte nur jemanden, der beherzt genug war, ihn mit mir zusammen in die Tat umzusetzen. Carrie wäre mir am liebsten gewesen. Sie war eine lustige Spielgefährtin und tat immer, was ich sagte. Na ja, meistens. Diesmal war selbst ihre Treue überfordert. Sie versuchte sogar, mir mein Vorhaben auszureden. Aber ich konnte es nicht aufgeben. Es bedeutete mir zu viel. Ich beschloß, die Sache aufzuschieben, bis ich irgendwas Reitbares hatte, dann würde ich mich alleine auf den Weg machen.

Wochenlang sah ich mich nun im Geiste auf dem Rücken eines schmucken Pferdes. Meine Schuhe hatten himmelblaue Sohlen, und ich ritt auf und davon, mir die Nabelbinde der Welt zu besehen.

Es war Sommer, und die Spottdrosseln sangen die ganzen Nächte lang in den Orangenbäumen. Die Alligatoren trompeteten aus ihrer Hochburg im Lake Belle. Der Herbst verging, und dann kam Weihnachten.

Wenige Tage vor Weihnachten tat Papa etwas Ungewöhnliches. Nach dem Abendessen stemmte er beide Hände gegen die Tischkante, lehnte sich zurück und fragte uns alle, was wir uns von Santa Claus wünschten. Meine großen Brüder wünschten sich Baseballsachen. Ben und Joel wünschten sich Luftgewehre. Meine Schwester wünschte sich Lacklederpumps und einen Gürtel. Dann war ich an der Reihe. Plötzlich sah ich eine wunderschöne Erscheinung vor mir. Mein Weihnachtsgeschenk würde mich ans Ende der Welt bringen.

»Ich wünsche mir ein schönes schwarzes Reitpferd mit Sattel und Zaumzeug aus weißem Leder«, teilte ich Papa fröhlich mit.

»Du, was ...?« stieß er hervor. »Was hast du da gesagt?«

»Ich hab gesagt, ich wünsch mir ein schwarzes Reitpferd mit ...«

»Ein Reitpferd!« Papa platzte. »Eine Sünde und eine Schande! Ich sag dir eins, junge Dame: Du bist nicht weiß.* Reitpferd! Immer große Töne spucken! Ich weiß eh nich, wie du in die Familie gekommen bist. Du bist anders wie alle meine übrigen Sprößlinge.«

»Wenn ich kein Reitpferd nich krieg, dann will ich gar nix haben«, tönte es eigensinnig von meinen Lippen, aber innerlich stieß es mir bitter auf. Mein ersehnter Ausflug schien unmöglich.

»Ich werd dir was von wegen Reitpferd, Madam!« brüllte Papa und sprang auf. Aber da ich am anderen Ende des langen Tisches saß, an dem alle zehn Fami-

* Das ist eine Redensart unter Negern. Sie bedeutet: »Sei nicht so anspruchsvoll. Du bist ein Neger, und die können nur soundsoviel haben.«

lienmitglieder Platz fanden, hatte ich es nicht weit bis zur Küchentür und war Papa eine gute Nasenlänge voraus. Er verfolgte mich bis zum seitlichen Gartentor, dann kehrte er um. Ich bekam also kein Reitpferd, um an den Rand der Welt zu reiten. Ich bekam eine Puppe zu Weihnachten.

Da Papa mir kein Reitpferd kaufen wollte, erfand ich mir eines. Niemand in meiner Umgebung wußte, wie oft ich auf meinem stolzen Pferd ausritt, noch was ich alles in der Ferne erlebte. Mein kleiner Hund Jake begleitete mich immer, und wir staunten Bauklötze über all die Dinge, die es zu sehen und zu essen gab. Wir fanden es beide gleich schön, ständig irgendwas zu futtern.

Beim Spielen mit gleichaltrigen Mädchen machte ich die Entdeckung, daß ich ganz schön stark war. Da ich die Wucht meiner spielerischen Schläge nicht abzuschätzen vermochte, tat ich ständig jemandem weh. Die anderen sagten dann immer, ich hätte es absichtlich getan, ließen mich stehen und liefen nach Hause. Wenn ich dagegen mit Jungen spielte, war alles in Butter. Unter Jungen galt es als schmachvoll zuzugeben, daß einem etwas weh tat. Außerdem konnten Jungen selber austeilen, und sie fanden mich in Ordnung, weil ich das einzige Mädchen war, das ein paar ordentliche Püffe einstecken konnte, ohne nach Hause zu laufen und zu petzen. Der einzige Haken war, daß es in meiner Familie für Mädchen als undamenhaft galt, mit Jungen zu spielen. Selbst wenn man noch so jung war, es konnte zu nichts Gutem führen. Ich fragte mich immer, was so verwerflich daran war, mit Jungen zu spielen. Niemand sagte es mir. Es gehörte sich eben nicht. Punkt. Was ich gegen meine Baby-Puppen hätte? Warum ich mich nicht friedlich hinsetzen und neue Kleider nähen könne für meine Puppen?

Ich kam nie dazu. Puppen gerieten in meiner Nähe immer in Teufels Küche. Sie fingen Raufereien an und ließen schon vor Neujahr Sägemehl unter sich. Sie sprangen vom Scheunendach und stürzten sich in den See. Vielleicht hatten die Puppen, die für mich gekauft wurden, einfach zu wenig Ähnlichkeit mit den Puppen, die ich erfand. Die konnten nämlich alles. Die gekauften Dinger mußten dagegen herumgeschleppt und betuttelt werden. Ohne es zu wissen, lechzte ich nach dramatischer Handlung.

Mir blieb nur der innere Rückzug. Im verborgenen führte ich ein aufregendes Leben. Einen Menschen gab es allerdings, über dessen Gesellschaft ich mich immer freute. Das war der Mann, der mir auf die Welt geholfen hatte. Als ich noch ganz klein war, kam er öfter zu Besuch und frotzelte mich, um mich dann zu loben, wenn ich nicht weinte. Als ich so alt war, daß er mit mir etwas anfangen konnte, kam er hin und wieder nachmittags vorbei und fragte, ob er mich zum Angeln mitnehmen dürfe. Er sagte, er habe keine Lust, seine Angelhaken selber mit Ködern zu spicken und nach Würmern zu buddeln. Wenn wir dann tief im Wald an irgendeinen See kamen, stellte sich regelmäßig heraus, daß er eine Büchse voll Köder dabeihatte. Es ging ihm gar nicht um die Köder für seine Angelhaken. Während er seiner Angelei nachging, unterhielt er sich mit mir auf eine Art, die mir gefiel – als sei ich ebenso erwachsen wie er. Er erzählte mir lustige Geschichten, in denen es von Kraftausdrücken nur so wimmelte. Dann mußte ich ihm erzählen, was ich so trieb, und er sagte mir, wie ich an die Dinge herangehen sollte. Er nannte mich *Snidlits*, weil er fand, daß Zora ein lausiger Name sei für ein Kind.

»Snidlits, werd nie ein Nigger*«, sagte er immer wieder zu mir. »Nigger lügen wie gedruckt! Immer wenn du Leute beim Lügen ertappst, haben sie Schiß vor irgendwas. Wer lügt, is feige. Leute mit Mumm in den Knochen lügen nich. Sie sagen die Wahrheit, und wenn's sein muß, prügeln sie sich dafür. Wenn du lügst, gibst du dir ne Blöße. Der andre weiß sofort, du hast Schiß vor ihm, und dann fackelter nich lange mit dir. Aber wenner dir nix antun tut, dann kuckter von da an bloß noch auf dich runter. Die Wahrheit sagen isn Zeichen von Mut. Ich will, daß du dir mit der Zeit Mumm zulegst. Ich will nie zu hören kriegen, daß du gelogen hast. Du kommst prima klar, wenn du machst, was ich dir sag. Dir kann keiner, wenn du nie Schiß kriegst.«

Einmal war mein Gesicht ganz zerkratzt von einer Rauferei. Da fragte er, ob ich mich von einem anderen Gör hätte zusammenschlagen lassen. Ich erzählte ihm, Mary Ann und ich hätten angefangen, uns zu prügeln, und ich hätte mich gut geschlagen, bis ihre große Schwester Janie und ihr Bruder Ed, der etwa gleich groß war wie ich, dazugekommen wären und sich mit vereinten Kräften über mich hergemacht hätten.

»Also, Snidlits, da muß ich mal n Wörtchen mit dir reden. Versuch ja nich und prügel dich mit dreien auf einmal, außer du kommst gar nich drumrum. Wenn's nich anders geht, dann gib dein Bestes. Aber merk dir eins: Tu dir nich mehr zumuten, wie dein Hintern verkraften kann. Kalkulier deine Schlagkraft, und dann gehst du ran. Wenn du dir zu viel vornimmst und

* Das Wort »Nigger« hat in diesem Zusammenhang nichts mit Rasse zu tun. Es bezeichnet eine schwache, verachtenswerte Person gleich welcher Rasse.

kriegst Dresche, dann haben die Leute erst Mitleid mit dir, und nach ner Weile verachten sie dich, und das is nix. Gebrauch dein Grips!«

»Werd tun, was ich kann«, versicherte ich ihm, stolz, daß er mir das zutraute.

»Das is n Wort, Snidlits. Das hör ich gern. Und wenn wir schon dabei sin: Daß du dich ja nie von niemand nich anspucken oder mit Füßen treten läßt. Wer sich so was gefallen läßt, is kein Schuß Pulwer wert, hörs du?«

»Jawoll, Sir.«

»Kann nix so was wieder reinwaschen als wie Blut. Wenn dir jemals einer so was antun tut, gibt's bloß eins: Machn mausetot und geh in Knast dafür. Hörs du?«

Ich versprach ihm, daß ich es versuchen würde, und er holte einen Erdnußriegel aus der Tasche und gab ihn mir.

»Noch was, Snidlits. Droh keinem, mit dem du dich nich prügeln willst. Manch einer macht vielleicht nen Rückzieher, wenn du ihm alles mögliche androhst, aber irgendwann kriegst dus mit Leuten zu tun, die dir aufn Zahn fühlen, und wenn du noch so große Töne spuckst. Und wenn dann deinen Sprüchen keine Taten folgen, dann kannst du was erleben. Ich hab noch keinen erlebt, dem sie nich früher oder später auf die Schliche gekommen sin. Steh zu deinem Wort, dann respektiern sie dich, auch wenn sie dich hassen wie die Pest. Aber dadrum brauchst du dich nich sorgen. Irgendwer wird dich immer hassen, egal, was du tust. Und wenns schon sein muß, dann gib ihnen wenigstens n guten Grund, das is meine Devise. Und mach nich zu viele Worte, wenn du dich prügeln willst. Hau drauf, dasses raucht, gleich beim ersten Schlag, und laß ja nich locker. Ich hab manche Schlägerei gesehen, die war mit dem ersten Schlag zu Ende. Die meisten ertragens nich, wenns weh tut. Aber du mußt dir im klaren sein, daß Wehtun zum Raufen dazugehört. Mach trotzdem weiter. Wer dem andern am dollsten weh tut, der gewinnt. Versuch nich, nen Kampf mit Pöbeleien zu gewinnen. Anpöbeln kannst du sie hinterher, soviel du willst. Das is der richtige Moment dafür.«

Niemand brauchte mir zu erklären, daß er nicht meine Rassenzugehörigkeit meinte, als er mir riet, mich nie wie ein Nigger aufzuführen. Es ging ihm mehr um Klasse als um Rasse. Er spendete oft Geld für Negerschulen.

Solche Gespräche führten wir, bis ich etwa zehn Jahre alt war. Dann wurde dieser Mann, der ritt und soff und fluchte wie ein Henker und es dennoch zu etwas gebracht hatte, von seinem Pferd abgeworfen und starb. Niemand hatte erwartet, daß er im Bett sterben würde, und so hatte alles seine Richtigkeit. Alle sagten, er sei ein nützlicher Bürger gewesen, nur eben ein mächtiger Heißsporn.

Er war ein geschäftstüchtiger Mann und treusorgender Familienvater gewesen, der seine Schulden zahlte und die Wahrheit liebte. Das waren die Tugenden, auf die es ankam. Mehr hätte man gar nicht zu schätzen gewußt. Er ritt wie der Teufel, konnte lange Strecken schwimmen, traf mit Pistole oder Gewehr ins Schwarze und ließ sich von niemandem etwas vormachen. Er galt als unverwüstlich, und man erzählte sich, daß er nicht mal umgefallen sei, als er vom Blitz getroffen wurde. Der Blitz habe sich vielmehr humpelnd in den Wald getrollt. In einem Land, in dem Körperkraft und Mut zu den höchsten Tugenden zählten, hatte niemand an einem solchen Mann etwas auszusetzen. Hier hieß es, sein Schicksal selber in die Hand nehmen, ohne zu lamentieren.

So erschienen einmal zwei Männer vor dem Friedensrichter von Maitland. Der Angeklagte hatte den Kläger dreimal mit der Faust geschlagen und ihn viermal getreten. Der Friedensrichter verurteilte ihn zur Zahlung von vier Dollar – einen Dollar für jeden Fußtritt. Der Angeklagte nahm seine Brieftasche und zahlte das Bußgeld mit einem Lächeln. Dann verurteilte der Friedensrichter den Kläger zu zehn Dollar Bußgeld.

»Wofür?« wollte der wissen. »Herr Richter, der Mann hat mich niedergeschlagen und mich getreten, und ich habe nicht mal die Hand gegen ihn erhoben.«

»Deshalb verurteile ich Sie ja, Sie gelbbäuchige Sumpfschildkröte!* Niemand mit einem bißchen Mumm im Leib hätte einen Faustkampf vor Gericht geregelt.«

Die Leute fanden, der Richter habe recht gesprochen. In einer Gegend, wo Bären und Alligatoren Schweineställe plünderten, wo Wildkatzen in den Gärten Hunde überfielen, wo meterlange, armdicke Klapperschlangen sich an Hintertüren herumtrieben, war eine Schlägerei eine Lappalie. Wie in allen Vorposten der Zivilisation war entschlossenes Handeln gefragt. Es war wider allen Anstand, sich erst verprügeln zu lassen und dann Anzeige zu erstatten. Die meisten Siedler betrachteten ein Gericht als einen Ort, wo über Grundstücksgrenzen und ähnliche Dinge »gerechtet« wurde. Das heißt, man regelte derlei vor Gericht, sofern keine der Parteien allzu ausfallend oder persönlich wurde. Wenn es dazu kam, konnten die Erben der

* *A coudar is a fresh-water terrapin.* Ein »coudar« ist eine Süßwassersumpfschildkröte. Dazu Anm. d. Üb.: Auf dt. könnte man hier sagen: »Sie plattköpfiger – oder farbloser – Grottenolm!«

einen wie anderen Seite die Sache nach der Beerdigung vor Gericht bringen.

So starb der alte Mann als allseits hochgeschätzte Persönlichkeit. Er hatte gelebt, wie es sich für einen Mann gehörte. Niemand fand etwas dabei, daß er oft in die Kreishauptstadt geritten war, sich besoffen und seinen Maulesel gleich mit abgefüllt hatte und dann, mitsamt seinem angeheiterten, wiehernden Reittier, grölend und singend die Landstraße dahergekommen war. Da schied ein echter Mann dahin!

Ich bezog oft auf dem Torpfosten an der Gartentür Stellung und beobachtete das Leben und Treiben. Eine der Straßen nach Orlando führte an unserem Haus entlang, also mußten Kutschen und Automobile an mir vorbeifahren. Ich genoß es, dem Treiben zuzusehen. Oft grüßten mich die weißen Reisenden mit einem Zuruf, aber noch öfter rief ich ihnen einen Gruß zu und fragte: »Wolln Sie, daß ich n Stückchen mitfahr?«

Sie wollten immer. Heute weiß ich, daß ich sehr zu ihrer Erheiterung beitrug, aber allein meine Zuversicht muß überzeugend gewirkt haben, denn ich wurde immer eingeladen mitzukommen. Ich fuhr vielleicht einen Kilometer weit mit und lief dann zu Fuß zurück. Ich tat es weder mit Wissen noch mit Erlaubnis meiner Eltern. Wenn sie später davon erfuhren, bezog ich meistens Prügel. Meine Großmutter sorgte sich wegen meiner Vorwitzigkeit. Sie hatte die Sklaverei noch miterlebt, und für sie war meine Dreistigkeit unerhört.

»Komm runta von den Pfosten! Du klein Mistviech, du! Komm runta! Da oben hocken un die weiße Leute direkt im Gesicht kucken! Die wern dich noch lynchen. Und steh nich am Tor rum und glotz die Leute an. So frech, wie du bist, wirs du nich lange leben.«

Trotzdem guckte ich die Leute weiter an und fuhr »ein Stückchen« mit, wann immer ich es einrichten konnte. Das Dorf kam mir meistens langweilig vor. Falls es irgendeinen Zauber besaß, muß er mir entgangen sein.

Etwa ein Jahr bevor der alte Mann starb, lernte ich noch zwei Weiße kennen. Zwei weiße Frauen.

Das kam so: Die Weißen, die aus dem Norden zu uns kamen, wurden oft von Freunden nach Eatonville gebracht, um die Dorfschule zu besichtigen. Eine Negerschule war für sie etwas Ungewohntes, und obwohl sie sich immer wohlwollend und freundlich gaben, muß auch Neugier im Spiel gewesen sein. Sie kamen und gingen, kamen und gingen. Jedesmal wurde der Schulraum hastig aufgeräumt und uns Kindern ein sofortiger und grausamer Tod angedroht für den Fall, daß wir uns in Anwesenheit der Fremden auch nur einen einzigen Streich erlaubten. Wir sangen jedesmal ein Spiritual, das Mr. Calhoun persönlich dirigierte. Mrs. Calhoun stand immer hinter uns und hielt zur Abschreckung den entblätterten Stiel eines Palmwedels in der Hand. Wir waren kleine Engel, weil uns nichts anderes übrigblieb. Unter halb gesenkten Lidern warf sie uns Blicke zu, die nichts Gutes verhießen, dann wandte sie ihr Gesicht den Besucherinnen zu und strahlte, als wolle sie sagen, es sei ihr eine große Ehre und Freude, so reizende Kinder wie uns zu unterrichten. Die Besucherinnen konnten hinter den vielen Bänken die Palmrute in ihrer Hand nicht sehen, aber wir wußten, wo unser engelgleiches Verhalten herkam.

Für gewöhnlich meldeten sich Besucher einen Tag vorher an, und wir wurden angehalten, Schuhe anzuziehen, unsere Haare zu kämmen und Ohren und Fingernägel zu überprüfen. Bevor wir an einem solchen Morgen in den Schulraum marschierten, wurde ein Kind nach dem anderen gründlich inspiziert. Wer verfilzte Haare, schmutzige Ohren und Fingernägel hatte, wurde aus der Schlange herausgeholt, kriegte mit dem Riemen eins übergezogen und wurde nach Hause geschickt, um sich noch mal von oben bis unten striegeln zu lassen.

Die beiden jungen Damen aber platzten eines schönen Nachmittags einfach herein. Mr. Calhoun war ganz aus dem Häuschen, versuchte aber, sich so gut wie möglich in Szene zu setzen. Er schickte die Klasse, die er gerade in der vorderen Raumhälfte unterrichtete, nach Hause und ließ die fünfte Klasse zum Vorlesen antreten. Das war meine Klasse.

Also nahmen wir unsere Lesebücher und gingen nach vorn. Wir stellten uns in der gewohnten Reihenfolge auf und schlugen die Geschichte von Pluto und Persephone auf, die wir gerade im Unterricht behandelten. Es war ein neuer Stoff, mit dem die Klasse sich schwertat, und Mr. Calhouns Unbehagen wuchs, während die Vorlesenden durch den Text haspelten und manche Wörter versuchsweise mit den Lippen formten und vor sich hinmurmelten, bevor sie sie den Ohren des Lehrers darboten.

Dann, als fünfte oder sechste, kam ich an die Reihe. Die Geschichte war mir nicht neu, da ich mein Lesebuch gleich in der ersten Woche, nachdem es mir von Papa gekauft worden war, von Buchdeckel zu Buchdeckel durchgelesen hatte.

So kam es, daß ich die Augen nicht auf dem Text hatte, um den Absatz vorzubereiten, von dem ich mir ausrechnen konnte, daß er der meinige sein würde. Statt dessen beäugte ich unsere Besucherinnen, die zwischen sich ein Buch hielten, um gemeinsam dem Unterricht zu folgen. Sie hatten glänzende, überwiegend bräunliche Haare. Die eine hatte eine lange Goldkette um den Hals geschlungen. Die andere war ganz in Schwarz und Weiß gekleidet und trug einen hübschen Fingerring an der linken Hand. Was meine Augen aber vollends in Bann zog, waren ihre Finger. Sie waren lang und dünn und sehr weiß, außer an den Fingerspitzen. Dort waren sie babyrosa. Solche Finger hatte ich noch nie gesehen. Eine faszinierende Entdekkung für mich. Ich hätte gern gewußt, wie sie sich anfühlten, und ihnen noch mehr Aufmerksamkeit gewidmet, aber die Schülerin vor mir war fast fertig. Als nächste war ich dran, also riß ich mich zusammen, richtete den Blick wieder ins Buch und vergewisserte mich meiner Textstelle. Einige der Geschichten hatte ich mehrere Male gelesen, und diese griechisch-römische Sage gehörte zu meinen Lieblingsgeschichten. Ich war hingerissen davon, und so las ich meinen Abschnitt entsprechend.

»Ja, Jupiter hatte sie« – Persephone – »erblickt. Er hatte das junge Mädchen auf der Wiese Blumen pflükken sehen. Er hatte gesehen, wie der Wagen des finsteren Herrschers der Unterwelt neben dem Mädchen anhielt. Wie er Persephone an sich riß. Wie die schwarzen Pferde in den feurigen Schlund des Ätna hinunterstürmten. Persephone war nun in Plutos dunklem Reich, und er hatte sie zu seiner Frau gemacht.«

Die beiden Frauen guckten erst sich und dann mich an. Mr. Calhoun setzte unter seinem stoppeligen Schnurrbart ein stolzes Lächeln auf, und anstatt das nächste Kind da weiterlesen zu lassen, wo ich aufgehört hatte, bedeutete er mir mit einem Kopfnicken fortzufahren. Also las ich die Geschichte bis zum Ende, wo der geflügelte Merkur, der Götterbote, Persephone wieder auf die sonnenbeschienene Erde, in die Arme ihrer Mutter Ceres zurückbrachte, um der Welt Frühling und Sommerblumen, Herbst und Erntezeit zu bescheren. Aber da sie während ihres Aufenthalts in Plutos Reich vom Granatapfel gekostet hatte, mußte sie jedes Jahr drei Monate lang zu ihm zurückkehren und seine Königin sein. Bis zu ihrer Rückkehr herrschte auf der Erde in dieser Zeit immer Winter.

Die Stunde war beendet, und die Gäste entließen uns lächelnd und vertieften sich einige Minuten lang mit gedämpften Stimmen in eine Unterhaltung mit Mr. Calhoun. Ein- oder zweimal blickten sie in meine Richtung, und mir wurde mulmig. Ich war nicht nur barfuß, meine Füße und Beine waren obendrein noch staubbedeckt. Mein Haar war schlechter gekämmt als gewöhnlich, und meine Nägel waren alles andere als strahlend sauber. O weh, gleich setzt es was. Diese Damen haben mich auch gesehen, und Mr. Calhoun versichert ihnen jetzt, daß ich was erleben werde. Dachte ich.

Dann rief Mr. Calhoun nach mir. Während ich zu ihm ging, dachte ich, wie furchtbar es war, vor Gästen Prügel zu beziehen. Zu allem Übel hörte ich ein Wiehern durch den Raum gehen. Hennie Clark und Stell Brazzle kicherten ungeniert laut, damit ich sie auch ja hören mußte. Sie würden es dieser Angeberin schon zeigen. Ich schob verstohlen eine Hand nach hinten und schnippte als Zeichen meiner Verachtung einen Zipfel meines Kleides in ihre Richtung.

»Komm mal her, Zora Neale«, gurrte Mr. Calhoun, als ich beim Pult ankam. Er legte mir die Hand auf die Schulter und gab mir kleine Klapse. Die Damen lächelten und streckten mir ihre blütengleichen Finger entgegen. Ich nutzte die Gelegenheit, sie mir gründlich anzusehen.

»Gib den Damen die Hand, Zora Neale«, forderte Mr. Calhoun mich auf, und eine nach der anderen nahm lächelnd meine Hand. Sie fragten, ob ich gern in die Schule ginge, und ich log, daß dem so sei. *Etwas* Wahres war dran, weil ich Erdkunde und Lesen und die Pausenspiele mochte. Wer auch immer Schreiben und Rechnen erfunden hatte, erntete von mir allerdings keinen Dank. Ebensowenig gefiel mir der Umstand, daß der Lehrer mit einem Palmstengel da vorn sitzen und mir damit eins überziehen konnte, wann immer es ihm paßte. Dinge, an denen ich nichts ändern konnte, waren mir verhaßt. Aber ich hütete mich, das in diesem Augenblick anzusprechen, daher sagte ich, ja, ich ginge *sehr gern* in die Schule.

»Das merkt man«, strahlte Brauner Taft. Sie tätschelte mir den Kopf und konnte von Glück sagen, daß sie keine Kletten in die Finger bekam. Kinder, die sich in Florida im Gras wälzen und tummeln, kriegen mit größter Wahrscheinlichkeit welche in die Haare. Sie schüttelten mir noch einmal die Hand, und dann kehrte ich wieder an meinen Platz zurück.

Als um drei Uhr die Schule aus war, forderte Mr. Calhoun mich auf zu warten. Nachdem alle gegangen waren, sagte er, ich solle am nächsten Nachmittag ins Park House – das Hotel von Maitland – gehen und dort Mrs. Johnstone und Miss Hurd aufsuchen. Ich solle Mama ausrichten, sie möge zusehen, daß ich von Kopf bis Fuß blitzsauber sei, und ich solle Schuhe und Strümpfe anziehen. Die Damen hätten Gefallen an mir gefunden, sagte er, und ich müsse mich von meiner besten Seite zeigen.

Am nächsten Tag durfte ich eine Stunde früher aus

der Schule nach Hause gehen, wo man mich in eine Wanne voll Seifenlauge steckte und abschrubbte und mir in die Ohren fuhr. In meinem sandbraunen Haar prangte ein rotes Band, abgestimmt auf mein rot-weiß gewürfeltes Gingham-Kleid, welches so gründlich gestärkt war, daß es von alleine stand. Mama paßte auf, daß jeder meiner Schuhe am richtigen Fuß saß, da ich mich um links und rechts wenig scherte. Zuletzt bekam ich ein Taschentuch in die Hand gedrückt, wurde nochmals zu manierlichem Verhalten ermahnt und zusammen mit meinem großen Bruder John, der mich bis zum Hoteleingang begleiten sollte, auf den Weg geschickt.

Als erstes boten mir die Damen wunderliche Dinge wie gefüllte Datteln und kandierten Ingwer an und ermunterten mich, davon zu essen, soviel ich wollte. Dann zeigten sie mir ihre japanischen Puppen und plauderten fröhlich drauflos. Schließlich reichten sie mir ein Heft von *Scribner's Magazine* und forderten mich auf, eine bestimmte Passage daraus vorzulesen. Nach ein oder zwei Absätzen wurde mir lächelnd bedeutet, daß das genüge.

Ich wurde in den Hotelpark geführt und unter einer Palme fotografiert. Sie reichten mir ein schweres, in kostbares Papier eingewickeltes und mit einem Band verschnürtes zylindrisches Paket und verabschiedeten sich von mir mit der Aufforderung, es erst zu Hause auszupacken.

Mein Bruder wartete unten am See auf mich, und wir rannten nach Hause, begierig zu sehen, was das Gebilde enthielt. Für Konfekt oder derlei war es zu schwer. John wollte es unbedingt für mich schleppen.

Meine Mutter befahl John, es mir zurückzugeben und mich auspacken zu lassen. Vielleicht würde ich nie wieder solche Freude erleben. Das einzig annähernd vergleichbare Erlebnis sollte später das Telegramm sein, das mir die Annahme meines ersten Buches ankündigte. Vorerst rollten einhundert funkelnagelneue Pennies aus dem Zylinder. Ihr Glanz ließ die Welt erstrahlen. Was mich bewegte, war nicht Geldgier. Es war die Schönheit der Dinger. Ich war auf dem Gipfel der Glückseligkeit. Mama ließ mich eine Weile mit meinen Pennies spielen, dann räumte sie sie weg, um sie für mich zu verwahren.

Das war nur der Anfang. Am nächsten Tag bekam ich ein in weißes Leder gebundenes Gesangbuch der Episkopalkirche mit einem aufgeprägten goldenen Kreuz, ein Exemplar des Abenteuerromans *Der schweizerische Robinson* von dem Schriftsteller Johann Rudolf Wyß und ein Märchenbuch.

Ich ging daran, die Lieder auswendig zu lernen. Das Gesangbuch enthielt keine Noten, nur die Liedtexte. Dennoch spürte ich Musik zwischen den Zeilen. Der Choral »When I Survey the Wondrous Cross« gefiel mir am besten, deshalb lernte ich ihn als ersten auswendig. Manche Lieder fand ich langweilig und blutleer, die überging ich einfach. Wenn die Weißen solche lausigen Lieder mochten, mußten sie irgendwas Komisches an sich haben, das mir früher nicht aufgefallen war. Ich hielt mich an die schönen Lieder, deren Wortmelodie mir unter die Haut ging.

Etwa einen Monat nachdem die beiden jungen Damen nach Minnesota zurückgekehrt waren, schickten sie mir eine riesige, mit Kleidern und Büchern vollgepackte Kiste. Ein roter Mantel mit einem weiten, runden Kragen und eine rote Schottenmütze hatten es mir von den Anziehsachen am meisten angetan. Meine Spielgefährtinnen taten, als gefiele ihnen nichts davon, aber ich spürte, daß sie nur neidisch waren. Die alte Angeberin hatte ihnen mal wieder den Rang abgelaufen. Die Kleider waren nicht neu, aber sie waren sehr gut. Ich strahlte wie die Morgensonne.

Die Bücher bereiteten mir jedoch noch mehr Freude als die Kleider. Ich war nie darauf erpicht gewesen, mich feinzumachen. Das setzte schmerzhafte Abreibungen voraus, bei denen mir Octagon-Seifenlauge in die Augen rann und mir ziemlich unsanfte Finger den Hals schrubbten und die Ohren ausputzten.

In der Kiste lagen *Gullivers Reisen, Grimms Märchen*, die Geschichte vom legendären Rittersohn Dick Whittington, griechische und römische Mythen und, was am schönsten war, altnordische Sagen. Ich weiß nicht, warum mir die nordischen Dichtungen so nahegingen. Mir war, als hätte ich schon gesehen, wie Thor den mächtigen Hammer mit dem kurzen Griff schwang und donnergrollend über den Himmel stürmte, daß die Hufe seiner Rösser und die Räder seines Streitwagens nur so Funken sprühten. Und den großen, guten Wotan, der hinunterfuhr, um an der Quelle des Wissens zu trinken, und erfahren mußte, daß der Preis für einen Schluck aus dieser Quelle ein Auge war. Odin tat einen tiefen Schluck, riß sich ohne Murren ein Auge aus, reichte es dem grauhaarigen Hüter und ging von dannen. Das war Würde!

Von den Griechen berührte mich Herakles am meisten. Ich folgte ihm begierig bei der Bewältigung seiner zwölf Aufgaben. Die Geschichte des jungen Herakles am Scheideweg, als er dem Genuß und der Tugend begegnet, seine Hand in die Hand der Tugend legt und ihr auf dem steilen Weg in die blauen Berge des Ruhms und der Ehre folgt, die sie ihm schließlich zeigt, bewegten mich zutiefst. Ich beschloß, zu werden wie er. Die Ränke und Schliche der übrigen Götter und Göttinnen ließen mich kalt. Es waren noch andere dünne Bücher in dem Paket über dieses oder jenes liebreizende kleine Mädchen, das sein Herz dem Herrn Jesus und guten Werken weihte. Fast alle starben daran und verkündeten, während sie ihr Leben aushauchten, das Evangelium. Ihr Tod berührte mich herzlich wenig. Erstens konnte ich mir den Tod nicht vorstellen, und zweitens taugten ihre Beerdigungen nicht die Bohne, und deshalb war es mir gleichgültig, wie früh sie ihre seelenvollen, großen blauen Augen gen Himmel verdrehten und den Löffel abgaben. Sie hatten einfach kein Blut in den Adern.

Ich lernte aber auch Hans Christian Andersen und Robert Louis Stevenson kennen. Sie schienen zu wissen, was ich hören wollte, und erzählten es so, daß ich eine Gänsehaut bekam. Gleich nach diesen Freunden kam Rudyard Kipling mit seinem *Dschungelbuch.* Ich liebte seine sprechenden Schlangen ebensosehr wie den Helden.

Zur Bibellektüre kam ich durch meine Mutter. An einem Nachmittag bezog ich einmal Prügel, weil ich etwas nachplapperte, das ich von einer Nachbarin aufgeschnappt hatte, als sie sich mit meiner Mutter unterhielt. Nachdem meine Mutter mich verdroschen hatte, schloß sie mich in ihr Zimmer ein, und das einzige, was ich dort zu lesen fand, war die Bibel. Ich schlug sie zufällig an der Stelle auf, an der David ein mächtiges Gemetzel anrichtet, und mein Interesse erwachte. David ging hierhin und dorthin, und wohin er sich auch wandte, metzelte er seine Gegner erbarmungslos nieder. Dann sang er eine Weile zur Harfe, und schon zog er wieder los und streckte noch ein paar nieder. Kein einziges Mal stellte David sich hin und predigte von Sünde und dergleichen. David wollte bloß von Gott wissen, wen er töten sollte und wann. Alles übrige erledigte er selber. Ohne Rast und ohne Ruhe. Er gefiel mir ausnehmend gut. Also schmökerte ich noch weiter in der Bibel herum auf der Suche nach anderen Tatmenschen wie David. Abgesehen von der schönen Sprache von Lukas und Paulus ist das Neue Testament für mich bis heute nur ein müder Abklatsch des Alten Testaments. Die Juden hatten einen Gott, der zupackte, wenn sie Ihn brauchten. Ich sah keinen Sinn darin, bis zum Jüngsten Tag zu warten, um einem Mann, der einen blutigen Tod verdiente, zu sagen, er solle in der Hölle schmoren. So einen sollte man erst mal abmurksen, fand ich, und wenn er danach in der Hölle schmorte – um so besser.

Auf meiner Suche nach weiteren Davids stieß ich im Alten Testament auf das Buch Leviticus. Darin fanden sich aufregende Neuigkeiten für ein Kind, das über die Dinge des Lebens Bescheid wissen will. Ich erzählte Carrie Roberts davon, und wir verbrachten lange Nachmittage damit nachzulesen, was Moses den Leviten alles verbot. Auf diese Art entdeckte ich so manches, was die Erwachsenen mir nicht verraten hätten. Da sie nicht wußten, was wir wirklich lasen, ernteten wir viel Lob für unsere andächtige Beschäftigung mit der Bibel.

Nachdem ich mir das alles zu Gemüte geführt und das Doktorbuch durchforscht hatte, das meine Mutter sicher vor mir versteckt wähnte, las ich alles, was Kinder an die Wände von Aborthäuschen schreiben. Dadurch verlor ich die Lust auf pornographische Literatur. Leute, die so was mögen, sind meiner Meinung nach als Kinder in Sachen Abortsprüche zu kurz gekommen.

Diese frühen Leseerlebnisse stürzten mich in meiner Kindheit und Jugend in einen tiefen Zwiespalt. Meine Seele war bei den Göttern, und mein Körper war im Dorf. Und die Menschen wollten sich ganz und gar nicht wie Götter verhalten. Rindfleischeintopf oder gebratener und gepökelter Rückenspeck waren kein Ambrosia aus Walhall. Hinterhöfe harken und Nachttöpfe raustragen waren keine Aufgaben für Thor. Ich wollte hinaus aus häuslicher Öde und meine Kräfte in edlem Wettstreit erproben. Glücklich war ich nur im Wald und wenn der überschäumende Florida-Frühling vom Meer herbeiflanierte und die Welt verklärte. Dann versteckte ich mich im hohen, seidigen Hafergras, das wie ein glitzernder Schleier wogte. Dort knabberte ich an Süßgrasstengeln und lauschte dem Wind, der in den Wipfeln der hochaufragenden Kiefern ächzte und seufzte. Ich freundete mich besonders mit einem riesigen Baum an, zwischen dessen Wurzeln ich immer spielte. Ich nannte ihn »Schmusekiefer«, und unter diesem Namen lernten ihn auch meine Spielgefährten kennen.

Anders als alle Menschen in meinem Umkreis hatte ich keine Angst vor Schlangen. Sie faszinierten mich auf eine Art und Weise, die mir bis heute unerklärlich ist. Ihr Tod war für mich kein Anlaß zur Freude.

Ich weiß nicht, wann die Gesichte anfingen. Bestimmt war ich nicht älter als sieben, aber ich erinnere mich noch ganz deutlich an das erste Mal. Mein Bruder Joel und ich hatten einer Henne ein Ei noch mal zum Brüten untergelegt und waren dabei erwischt worden, als wir sie wieder laufenließen. Wir wußten, daß uns etwas blühte, und beschlossen, das Weite zu suchen, bis sich die Aufregung gelegt hatte. Joel versteckte sich im Stall, aber ich wollte Vorsicht mit Vergnügen verbinden und machte mich aus dem Staub. Das Haus unsres Nachbarn Mr. Linsay stand seit einiger Zeit leer, weil er auswärts arbeitete. Ich hatte nicht vorgehabt, dort einzukehren, als ich loslief, aber ich sah eine große Traube auf der Veranda liegen und hielt kurz inne, um sie zu verspeisen. Da die Veranda kühlen Schatten verhieß, setzte ich mich und verfiel alsbald in einen sonderbaren Schlummer. Ich sah zwölf Szenen vor mir aufleuchten, gestochen scharf wie die Bilder einer Laterna magica. Jedes Bild blieb so lange, bis ich es in allen Einzelheiten gründlich betrachtet hatte, dann trat ein anderes an seine Stelle. Es waren keine fortlaufenden Bilder wie in einem gewöhnlichen Traum. Nur zusammenhanglose Szenen, eine nach der anderen, mit Lücken dazwischen. Ich wußte, daß sie mir die Wahrheit zeigten, eine Vorausschau künftiger Dinge, und meine Seele schrak schaudernd davor zurück. Aber ich wußte auch, daß es kein Ausweichen gab. Diese Dinge mußten geschehen. Ich wachte nicht auf, als das letzte Bild aufflackerte und verlosch, ich richtete mich nur auf und sah die Methodistenkirche, die Reihe bartflechtenbehangener Eichen und zur Linken unser langgestrecktes Erdbeerfeld.

Als ich von der Veranda hinunterstieg, ließ ich vieles hinter mir. Auf mir lastete eine ungewollte Macht. Ich wußte vor der Zeit, was mir bevorstand. Ich kannte mein Los. Ich wußte, daß ich Waise werden und kein Zuhause mehr haben würde. Ich wußte, daß mein vertrauter Familienkreis zerbrechen würde, während ich noch schutzbedürftig war, und daß ich freundlos durch die Kälte wandern mußte, bis mein Schicksal erfüllt war. In einer Zeit tiefster Verzweiflung würde ich an einem dunklen Teich stehen und einen riesigen Fisch langsam wegschwimmen sehen. Getrieben von Zweifeln und Ängsten, würde ich hinter einem Zug herhasten und an einem Ort Trost suchen, ohne ihn zu finden. Dann würde ich viele Schienen überqueren, um wieder in den Zug einzusteigen. Ich wußte, daß ein Haus, ein notdürftig zusammengezimmertes Haus, das einen neuen weißen Anstrich brauchte, Unheil barg für mich, dennoch mußte ich hineingehen. Ich sah betrogene Liebe, aber ich mußte sie spüren und erleben. Es führte nichts daran vorbei. Zuletzt würde ich zu einem großen Haus gelangen. Dort erwarteten mich zwei Frauen. Ihre Gesichter konnte ich nicht sehen, aber ich wußte, daß die eine jung und die andere alt war. Eine von ihnen arrangierte merkwürdig gewachsene Blumen, wie ich sie noch nie gesehen hatte. Wenn ich bei diesen Frauen ankam, würde ich am Ende meiner Pilgerschaft sein, nicht aber am Ende meines Lebens. Erst jetzt würde ich Frieden und Liebe erfahren und alles, was dazugehört, vorher nicht.

Diese Gesichte sollten in unregelmäßigen Abständen wiederkehren. Manchmal in zwei oder drei aufeinanderfolgenden Nächten. Manchmal lagen Wochen oder Monate dazwischen. Es gab keine Vorwarnung. Ich ging ins Bett, und sie kamen. Abgesehen vom letzten Bild glichen sie sich bis in die Einzelheiten. Ein- oder zweimal sah ich die gesichtslose alte Frau vor dem Haus neben einer hohen Pflanze mit der immer gleichen ausgefallenen weißen Blüte stehen. Sie wandte sich unvermittelt davon ab, um mich zu begrüßen. Ich wußte, was im Hause vor sich ging, ohne hineinzugehen, so vertraut war mir alles.

Ich erzählte niemandem von diesen unerhörten Vorkommnissen. Sie waren zu abwegig. Man würde mich auslachen und als Schwindlerin abtun. Außerdem hatte ich das Gefühl, anders zu sein als meine Mitmenschen, und ich wollte nicht, daß es herauskam. Ach, wie ich flehte, so zu sein wie alle anderen! Aber die Stimme sagte: Nein! Ich mußte gehen, wohin man mich schickte. Die Last des Gebots wog schwer und bedrückte mich manchmal. Als ich noch ein gewöhnliches Kind gewesen war, ohne Wissen von irgend etwas, das über meinen Alltag hinausging, hatte ich einigermaßen glücklich gelebt. Jetzt hoffte ich, daß der Ruf mich nie wieder ereilte. Aber noch während ich hoffte, wußte ich, daß der Kelch, der für meine Lippen bestimmt war, nicht an mir vorübergehen würde. Ich mußte den bitteren Trunk leeren. Ich sah mich um, ob es nicht irgend jemanden gab, der mein Los abwenden konnte. Aber eine Stimme in mir sagte, daß niemand da war. Ich fühlte mich furchtbar allein. Die Zusammengehörigkeit mit meinesgleichen war dahin, und das war schlimmer, als wenn es sie nie gegeben hätte. Es gibt nichts Trostloseres als einen Ort, an dem das Leben erloschen ist, das ihn einmal erfüllte. Ich stand auf einer klanglosen Insel in einem gezeitenlosen Meer.

Die Zeit sollte die Wahrheit meiner Visionen erweisen, denn sie gingen eine nach der anderen in Erfüllung. Sobald eine sich bewahrheitet hatte, hörte sie auf, mir zu erscheinen. Als ich das erkannt hatte, hakte ich sie eine nach der anderen ab und bezog jedesmal Trost aus der Tatsache, daß wieder ein Stück Weg hinter mir lag und ich mich dem Ende meiner Prüfungen und dem großen Haus mit den freundlichen Frauen und den fremdartigen weißen Blumen näherte.

Jahre später, nachdem die letzte Prüfung gekommen und überstanden war, stieß ich hin und wieder auf einen Satz oder eine Passage in den Leitartikeln von O. O. McIntyre, die vielleicht den Millionen seiner Leser nicht viel bedeuteten, mir aber in kaum merklichen

Andeutungen offenbarten, daß er ähnliche Erfahrungen gemacht hatte. Auch Kipling hatte das Gefühl gekannt, denn in seinen *Schlichten Geschichten aus Indien* schrieb er unmißverständlich darüber. Ich schöpfte Trost aus der Gewißheit, daß diese beiden auf meiner wundersamen Wanderschaft meine Weggefährten waren.

Ich denke, meine wahre Kindheit endete mit den Verkündigungen. Wohl spielte, raufte und lernte ich mit anderen Kindern, aber innerlich stand ich immer abseits. Oft befand ich mich in einer menschenleeren Wildnis, in der mir absonderliche Vorkommnisse und Heimsuchungen widerfuhren, während andere Kinder unbekümmert im gleichen Garten spielten. Ich fragte mich: Warum gerade ich? Warum? Warum? Kosmische Einsamkeit war mein Schatten. Nichts und niemand um mich her berührten mich wirklich. Es ist eine der Segnungen dieser Erde, daß nur wenige Menschen Gesichte sehen und Träume träumen.

5
Phantasiegestalten

Nichts von dem, was Gott je gemacht hat, ist für mehr als eine Person das gleiche. Das ist nur natürlich. Jedes Ding hat viele Gesichter, denn das Auge des Betrachters sieht es aus seinem jeweiligen Blickwinkel. Ein jeder schmeckt sein Essen mit seiner Gewürzdose ab.

Natürlich erfaßte ich die Abbilder des Lebens ringsum mit meinen Sinneswerkzeugen und verarbeitete, was ich wahrnahm, gemäß meiner Gemütsart.

Es gab bei uns zwei Kirchen – eine Methodisten- und eine Baptisten-Kirche – und eine Schule. Die meisten würden sagen, diese Einrichtungen seien immer die Haupteinflüsse in jeder Stadt. Sie würden es sagen, weil es sich so gehört. Aber ich weiß, daß Joe Clarkes Laden Herz und Lebensquell der Stadt war.

Im Laden hockten Männer auf Kisten und Bänken und kauten diese Welt und die nächste miteinander durch. Richtig und falsch, das Wer, Wann und Warum wurden herumgereicht, und jeder wußte, was daraus zu folgern war. An den Samstagabenden standen Frauen im Laden und führten der Einwohnerschaft vor Augen, daß ihre Gatten treusorgende Ernährer waren, alles Geld bei ihren Gattinnen ablieferten und sie überhaupt vergötterten. Oder es wurde vor aller Welt offenbar, daß ein Mann eine andere Frau aushielt, weil man sah, was diese sich alles auf seine Rechnung kaufen durfte. Manch einer fand, seine Frau trüge öfter, als er es sich leisten konnte, ein Paar nagelneue Schuhe.

Andere fragten sich, was ihre Frauen mit ihrer Zeit anfingen, während sie unterwegs waren und Geld verdienten. Mitunter brauchten sie nicht lange zu fragen. Auf Joe Clarkes Veranda blieb kein Lebensumstand unterm Mantel der Verschwiegenheit. Freundlichkeit, Wut, Haß, Liebe, Neid und Konsorten traten nackt zutage. Nach dem Motto »Wie du mir, so ich dir«. Man bekam, was man sich einbrockte. Das galt nicht nur für Eatonville. Der gleiche Geist herrschte damals überall in diesem neuen Teil des Bundesstaates, und er herrscht überall dort, wo Menschen Neuland besiedeln.

Für mich war die Kramladenveranda der interessanteste Ort, den ich mir vorstellen konnte. Natürlich durfte ich dort nicht herumsitzen. Aber ich konnte jedesmal, wenn ich nach irgend etwas geschickt wurde, beim Hinein- und Hinausgehen trödeln, damit, was auch immer gesagt wurde, in meinen Ohren hängenblieb. Hier und da schnappte ich aus dem typisch zweideutigen Erwachsenengerede, das ich hin und wieder verstand, einen Fetzen Dorfklatsch auf. So gab es schlüpfrige Anspielungen auf die körperliche Beschaffenheit bestimmter Frauen, auf außereheliche Affären und Prahlereien über Manneskraft seitens der Herren der Schöpfung. Ich brauchte nicht lange, um zu merken, was gemeint war, wenn es von einem Mädchen hieß, »die is fertich« oder »dick gemacht«.

Jemand mochte beispielsweise sagen: »Die Ada Bell hats erwischt, wißter.« »Tja, hab ich auch schon gehört. N Krug geht ne ganze Weile zum Brunnen, aber früher oder später gehter ebent zu Bruch.« Oder irgendeine Frau oder ein Mädchen kam hüftschwenkend an der Ladenveranda vorbei, und ein Mann rief ihr zu,

»He, Süße! Was is im Busch für den Specht?« Dann wieder hörte ich einen Mann sagen: »Ich brauch einfach meine eiserne Ration. Wenn mir ne Frau die nich verschaffen kann, dann nehm ich mir ebent ne andre.« Ein Mann sagte zu einer Frau, sie solle ihm ihr Ohr reichen, weil er ihr einen Floh reinsetzen wolle. Er saß auf einer Holzkiste. Sie beugte sich zu ihm, um zu hören, was auch immer er ihr zuflüstern wollte. Sie richtete sich abrupt auf und wich vor ihm zurück. »Also, Sie sind mir ja einer!« rief sie aus. »Wie komm Sie auf sone Idee! Mir mit so was kommen, wo Sie genau wissen, daß ich ne gute Gemeindehelferin bin und Sie n Diakon!« Er schien sich überhaupt nicht zu schämen. »Da will ich ja grade drauf raus, Schwester. Zwei saubre Laken könn sich doch gengseitig nich schmutzig machen, nich wahr?« Alle lachten, während der Diakon seinen Fuß wegnahm, damit ich zur Ladentür hereinkonnte. Zufällig hörte ich einen Mann in tadelndem Tonfall zu einem anderen sagen: »Meine Seele, ich versteh ja nich, wozu du mit der angebändelt hast. Genausogut kannsde dir ne alte Blechdose ausm Abfall holen.«

Aber am liebsten hörte ich zu, wenn die Mannsbilder sich eine Runde Lügenmärchen erzählten. Das heißt, wenn sie einander um die Wette Geschichten erzählten. Gott, der Teufel, Bruda Hase, Bruda Fuchs, Schwesta Katze, Bruda Bär, Löwe, Tiger, Geier und all die Waldwesen handelten und sprachen wie richtige Menschen. Aus den umliegenden Hinterhöfen mochten die Ehefrauen der Geschichtenerzähler noch so laut zum Wasserschleppen oder zum Holzhacken für den Küchenherd nach ihnen rufen, keiner rührte sich vom Fleck. Die übliche Erwiderung war: »Och, die hat noch reichlich Holz. Du kannst noch soviel Holz hakken, so ein Weib tut doch alles für ne einzige Mahlzeit verfeuern. Hat sie n paar Scheite, kommt sie damit aus. Hackst du ihr ne ganze Kiste voll, verfeuert sie alles bis zum letzten Span. Hör gar nich hin.« Und die Erzählerei ging weiter.

Ich lungerte oft noch ein Weilchen im Laden herum und hörte zu, während Mama auf den Zucker oder den Kaffee für den Nachtisch nach dem Abendessen wartete, bis sie schließlich ihre Stimme auf eine Art und Weise über die Baumwipfel erhob, die mir sagte, daß ihre Geduld am Ende war: »Du, Zora-a-a! Wenn du nich gleich kommst, kannst du was erleben!« Das verhieß Pfirsichruten, und ich mußte einfach gehen. Aber immerhin hatte ich bis dahin von Geschichtenerzählern wie Elijah Moseley, besser bekannt als »Lige«, erfahren, wie und warum Schwesta Schnecke ihren Mann verlassen hatte. Wer die näheren Umstände des Falles kennt, mag meine Bummelei entschuldigen oder auch nicht:

Eines Morgens in der Frühe traf Lige am gegenüberliegenden Straßenrand auf Schwesta Schnecke. Er war in den vergangenen Jahren mehrere Male dort vorbeigekommen und hatte Schwesta Schnecke in Richtung Straße kriechen sehen. In den letzten drei Jahren war er mehrmals über sie hinweggeschritten, während sie sich immer geradeaus über die Straße mühte. Aber an diesem Morgen war sie schon auf der anderen Straßenseite angelangt und schien tief zufrieden zu sein mit sich. Da blieb er stehen und fragte, wohin sie denn unterwegs sei.

»Ich geh auf Weltreise«, erzählte sie ihm. »Ich hab nemmich mein Mann für immer verlassen.«

»Aber wieso denn, Schwesta Schnecke? Er tut dich doch überhaupt nich schlecht behandeln, oder?«

»Kamman nich direkt sagen, Bruda Lige, aber manches

kamman ebent nur so und so lange ertragen, und dann kammans nich mehr ertragen. Irngwann has du n Kanal voll. Der Mann kimmt mir einfach zu langsam voran un sieht nich so aus, daß ich ihn das abgewöhn kann. Da hab ichn ebent für immer verlassen un bin auf un davon. Ich für mein Teil, ich kumm ganz schön fix voran, un ich kann mich einfach nich mit jemand abgeben, was so langsam vorankimmt wie er.«

»Och, tu doch den Mann nich so hastig verlassen, Schwesta Schnecke. Vielleicht machter doch noch ein schön Tag so fix voran wie du? Warum tusde nich den arm Kerl gut zureden un sagst ihn, wie dir zumute is?«

»Hab ich ja versucht, bis meine Geduld alle gewesen war. Un wat er zuletzt gemacht hat, das hat das Faß zum Überlaufn gebracht. Weißde, ich lag krank im Bett – ich hatt so schlimm das Reißen im Kreuz gehabt, daß ichs nichma nich im Bett ausgehalten hab. Er hat gehört, wie ich am Stöhn war, und hat mich gefragt, was los is. Ich hab ihm gesagt, wie krank, daß ich war. Hab ihm gesagt, Gott, ich bin ja so krank! Da sagt er, Wennsde so krank bis, geh ich un hol den Doktor für dich. Ich sag, da wär ich dir aber mächtich verbunden, wennsde das tätst. Da ist er hingegang un hat gesagt, ich will nich, daß du daliechs und so leiden muß. Ich geh auf der Stelle den Doktor holen. Laß mich nur ma eben mein Hut holn.

Da lag ich nu in meim Bett un war am Warten, dassern Doktor holt. Gott! War ich krank! Ich hab mich rum- un rumgewälzt. Sieben Jahre später hör ich an der Tür n Geräusch un sag, Herrje, ich bin ja so froh! Das is bestimmt mein Mann, was den Doktor mitgebrung hat. Da hab ich gerunfen und gefrach, Liebchen, bis du das, was den Doktor mitgebrung hat? Da kommter un knurrt mich an, hetz mich bloß nich! Ich war noch gar nich losgegang. Hat der Mann doch Tazache sieben Jahre gebraucht, dasser sein Hut holt un an die Tür kimmt. Da bin ich einfach los un habn verlassen.«

Eines schönen Tages, es ging schon gegen Abend, erklärte eine Frau, die sich Gold nannte und von woanders in die Stadt gekommen war, auf der Ladenveranda das Wie und Warum der verschiedenen Rassen, und das gefiel mir weit besser als alles, was ich später in Ethnologie über die Herkunft der Rassen lernen sollte. Ihre Erklärung lautete folgendermaßen:

Gott hat die Menschen nicht alle auf einmal gemacht. Er hat die Menschen sozusagen in Seiner Freizeit gemacht. Eines Tages hat Er beispielsweise n bißchen Zeit übriggehabt, und da hat Er den Lehm hergenommen und hat ihn so angemacht, wie Er ihn hat haben wollen, und dann hat er ihn wieder beiseite gelegt und was Wichtigeres erledigt. N andren Tag hat Er wieder n paar Augenblicke übriggehabt, und da hat er den Lehm ausgerollt und menschliche Figuren draus ausgeschnitten. Die hat Er alle zum Trocknen an Seinem langen goldnen Zaun aufgestellt, weil Er noch paar wichtige andre Sachen am Erschaffen war. Dann sind die Menschenfiguren alle trocken geworden, und wie Er wieder Zeit gehabt hat, hat Er ihnen den Lebensatem eingepust. Später hat Er sie hin und wieder alle aufgerufen und ihnen noch allerlei Zubehör gegeben. Eines Tages hat Er zum Beispiel alle aufgerufen und Füße und Augen ausgeteilt. Ein andres Mal hat der ehrwürdige Schöpfer Zehennägel ausgeteilt, die sie seiner Meinung nach brauchen konnten. Jetzt hatten sie fast alles, was sie bis heute haben. Da hat Er eines schönen Tages gesagt, »Morgen früh um Punkt *sieben will ich Farbe austeilen. Seid alle pünktlich da. Ich hab morgen ne Menge Schöpfungsarbeit zu tun, und ich will diese Farben austeilen und die Sache hinter mich bringen. Versammelt euch also* alle *morgen früh um sieben um den Thron!« Am nächsten Morgen um sieben ist Gott also mit Seiner großen Krone auf Seinem Thron gesessen, und sieben Sonnen sind um Seinen Kopf gekreist. Ganze Völkerscharen warn um den Thron rum versammelt und am Warten, daß sie ihre Farbe kriegen. Gott ist da oben gesessen und hat gen Osten geschaut, und Er hat gen Westen geschaut, und Er hat gen Norden geschaut und Er hat gen Australien geschaut, und gleißende Welten sind aus Seinen Zähnen gefallen. Da hat er zu seiner Linken geschaut und seine Hände über eine Menschenmenge bewegt und gesagt, »Ihr seid gelbe Menschen!« Sie haben sich alle tief verbeugt und gesagt, »Danke, Gott«, und sind gegangen. Da hat er eine andere Menschenmenge angeguckt, Seine Hände über sie bewegt und gesagt, »Ihr seid rote Menschen!« Sie haben sich verneigt und gesagt, »Danke, ehrwürdiger Schöpfer«, und sind gegangen. Er hat zur Mitte geschaut und seine Hände über eine weitere Menschenmenge bewegt und gesagt, »Ihr seid weiße Menschen!« Sie haben sich tief verbeugt und gesagt, »Verbindlichen Dank, Herr Jesus«, und sind fortgegangen. Dann hat Gott weit nach rechts geguckt und gesagt, »Guck mal da, Gabriel, ich vermiß heut morgen ne Menge Völkerscharen vor meinem Thron.« Gabriel hat sich auch umgeguckt und gesagt, »Ja Sir, heute morgen fehlen ne Menge Völkerscharen vorm Thron.« Eineinhalb Stunden lang ist Gott dagesessen und hat gewartet. Dann hat Er Gabriel gerufen und gesagt, »Kuckma, Gabriel, ich hab die Nase gestrichen voll von der Warterei. Ich hab heute morgen noch viel Schöpfungsangelegenheiten zu erledigen. Geh mal diese Leute suchen und sag ihnen, sie solln sich gefälligst sputen, wenn sie noch ne Farbe abhaben wollen. Wehe, die halten mich zum Narren, dann teil ich eben keine mehr aus.«*

Da is Gabriel los und hat mit Suchen angefangen. Nach ner ganzen Weile hat er die fehlenden Völkerscharen gefunden. Sie sind am See des Lebens im Gras gelegen und haben tief und fest geschlafen. Gabriel hat sie aufgeweckt und gesagt, »Ihr steht besser auf und kommt rauf zum Thron und holt euch eure Farbe. Der Liebe Gott is die Warterei gründlich leid. Wehe, ihr haltet Ihn zum Narren, dann teilt er keine Farbe mehr aus.«

Wie die Völkerscharen das hörten, sind sie alle aufgesprungen und zum Thron gelaufen und haben geschrien, »Gib uns unsre Farbe! Wir wolln unsre Farbe! Wir haben genauso ein Recht auf Farbe wie alle andren.« Die ersten, die beim Thron ankamen, wollten stehenbleiben und höflich abwarten. Aber die hinter ihnen kamen, waren am Drängeln und Schubsen, so daß die vordersten gegen den Thron geschoben wurden und der Thron nach einer Seite gekippt ist. Da hat Gott gesagt, »Na! Na! Macht mal Platz! Macht mal Platz!« Aber sie haben solchen Radau gemacht, daß sie ihn falsch verstanden haben, und dachten, Er hätte gesagt, »Ich mach euch schwarz!« Da sind sie eben schwarz geworden und haben sich damit abgefunden.

Ich hörte Dutzende solcher oder ähnlicher Erzählungen. Mein Vater und seine Amtsbrüder erzählten die besten Kirchengeschichten. Als Vorsteher der South Florida Baptist Association hatte Papa vor den Sitzungen immer zahlreiche Predigerkollegen zu Besuch, um Kirchenangelegenheiten auf die Reihe zu bringen. Wenn dann beschlossen war, wer in der Versammlung diesen oder jenen Antrag stellen und wer ihn unterstützen würde oder wem mein Vater als erstem das Wort erteilen würde und derlei mehr, hob auf der Veranda vor unserem Haus ein großes Geschichtenerzählen an, und dabei wurden hochkomische Schwänke auf Kosten von Predigern und Gemeindemitgliedern zum besten gegeben.

Zweifellos kamen all diese Geschichten über Gott und den Teufel, über Tiere und Naturelemente den meisten Dorfbewohnern kreuzgewöhnlich vor. Aber viele davon beflügelten meine Phantasie. Daß Tiere sprachen, überraschte mich nicht im geringsten. Ich hatte es längst vermutet. Oder sagen wir, ich wollte es mir gern einbilden. Das Leben nahm andere Dimensionen an, wenn es solche Dinge zuließ. Ich klaubte Wortfetzen und Gedankensplitter aus dem Gehörten und verwahrte sie zur eigenen Verwendung. Der Wind fuhr pfeifend durch die Wipfel der hohen Langnadelkiefern und redete mit mir. Ich hörte die Worte heraus, die die Geräusche mir nahelegten. Etwa: »Huuh huuh, du Schuhuuh!« Die Bäume sprachen mit mir, auch wenn ich die Worte nicht mitbekam. Der Baum in der Nähe unseres Hauses, mit dem ich mich so anfreundete, daß ich ihn »Schmusekiefer« nannte, erzählte mir alle möglichen Geschichten. Ich konnte stundenlang an seinem Fuß sitzen und mich ohne irgendwelches Spielzeug vergnügen. Wir sprachen über alles miteinander, was sich in meiner Welt abspielte. Manchmal frönten wir einfach der Sangeslust. Dieser Baum hatte eine tolle Baßstimme, wenn er es sich wirklich in den Kopf setzte, sie erschallen zu lassen.

Es gab noch einen anderen Baum, der sich bei Sonnenuntergang immer dicht ans Haus heranstahl und mir drohte. Wenn ich nach dem Abendessen im Dunkeln auf die hintere Veranda gehen mußte, um vor dem Zubettgehen die Füße zu waschen, setzte er immer einen Totenschädel mit einer Krone auf und machte mir Zeichen. Tagsüber wurde er nie aufdringlich. Dann war er bloß ein schlichter Baum, um die dreißig Meter hoch, der mit Kopf und Schultern die umstehenden Bäume überragte. Aber sobald die Dämmerung hereinbrach, setzte er diese Krone auf seinen Schädel und kam immer näher herbeigekrochen. Niemand außer mir schien zu bemerken, was er trieb. Ich wünschte mir, er würde sich zum Teufel scheren. Aber jeden Abend mußte ich nachsehen, und jedesmal war er zur Stelle, bibberte und bebte und nickte mir zu. Ich fragte mich immer, ob er wohl eines Tages ins Haus kommen würde.

Wann ich begann, Geschichten zu erfinden, kann ich nicht sagen. Ein Einfall kam zum anderen, ein Detail zum anderen, bis sie mir wahr erschienen. Die Menschen nehmen selten wahr, wie sie sich verändern. Ich dachte mir einfach kleine Geschichten für mich selber aus. An einige der frühesten kann ich mich noch gut erinnern.

Eines Tages kam ich vom Spielen und erzählte meiner Mutter, ein großer Vogel hätte mit mir gesprochen. Er hätte einen ganz langen Schweif gehabt, der über den Boden schleifte, obwohl der Vogel im Wipfel einer Kiefer saß. Es sei ein weicher schöner Vogelschweif gewesen, über und über blau und rosa und rot und grün. Ich sei sogar an diesem Schweif hinaufgeklettert und hätte im Baum gesessen und mich mit dem Vogel unterhalten. Er habe meinen Namen gekannt, wieso, wüßte ich auch nicht. Der Vogel sei von weit her gekommen, nur um sich mit mir zusammenzusetzen und mit mir zu unterhalten.

Ein anderes Mal platzte ich in die Küche und erzählte Mama, der See hätte mit mir gesprochen und mich eingeladen, auf ihm umherzuspazieren. Ich hätte ihm gesagt, ich hätte Angst zu ertrinken, aber der See hätte mir versichert, er dächte nicht daran, *mir* so was anzutun. Woher denn! Komm nur und geh auf mir spazieren! Na, und da sei ich auf den See hinausgegangen und darauf hin- und herspaziert. Nicht mal nasse Füße hätte ich bekommen. Ich hätte alle Fische und was es so gab unter mir umherschwimmen sehen, und alle hätten mich begrüßt, aber keiner hätte mir was angetan. Ob das nicht schön sei?

Meine Mutter pflichtete mir bei. Meine Großmutter

starrte mich mit blankem Abscheu an und schnaubte verächtlich.

»Luthiiie« – sie stieß mit der Zunge an – »hör dir das Blag an! Stellt sich hin und lügt wie gedruckt! Und du tus nix und treibs ihr das nich aus? Knöppse dir vor! Zieh ihr das Fell über die Ohren und schlag ne Handvoll Pfirsichruten auf ihrm Hinterteil kaputt! Hause windelweich! Mach sie fertig!«

»Ach, sie is bloß am Spielen!« sagte Mama nachsichtig.

»Am Spielen! Die kleine Griefe lügt doch, daß sich die Balken biegen. Verbiet ihr das! Versohl ihr das Hinterteil. Wetten, wenn ichse in die Finger krieg, läßtse das sein. Is mir ein Scheuß so ein Lügenmaul.«

Mama versuchte nie, meinen Willen zu brechen. Manchmal hörte sie mir zu, manchmal nicht. Sie äußerte sich nie abfällig. Aber ihre Mutter schäumte. So sicher, wie eine Pistole aus Eisen sei, würde ich hängen, noch bevor ich erwachsen war! Ein paar saftige Backpfeifen seien das Mindeste, was Mama tun könne, um mich zur Räson zu bringen. Daß sie es nicht tue, schreie zum Himmel. Mama würde sich am Jüngsten Tag für mein schlimmes Ende verantworten müssen. Sie versündige sich an der ewigen Gerechtigkeit, damit sie es nur wisse. Wenn es nach ihr ginge, würde meine Großmutter mich bändigen oder mich umbringen, das walte Gott. Umbringen schien sowieso das Gescheiteste zu sein. Ich sei ja zu nichts nütze, als auf der faulen Haut zu liegen und die halbe Zeit ins Bett zu machen und Lügen zu erzählen, ganz abgesehen davon, daß ich diesem nixnutzigen gählen Bastard wie aus dem Gesicht geschnitten sei. Ich sei die Strafe Gottes dafür, daß Mama Papa geheiratet habe. Man solle mich den Schweinen zum Fraß vorwerfen, das solle man. Ich würde Prügel brauchen, solange ich lebte.

Ich wußte, ich brauchte das, was die alte Dame sagte, nicht allzu ernst nehmen. Wie wollte sie überdies wissen, was sich in meinem Inneren abspielte? Ich konnte meine Einfälle auch für mich behalten, und das tat ich denn auch die meiste Zeit.

Einmal sollte es geröstete Maiskolben zum Abendessen geben, und ich war dabei, als Mama den Mais enthülste. Ich nahm ein Büschel innere Hüllblätter mit nach draußen, um es zu betrachten. Dieses hauchzarte Grün! Ich robbte durch die seitliche Öffnung in den Kriechraum unterm Haus, um es für mich allein zu hätscheln.

Binnen weniger Minuten hatte es sich in Fräulein Hülsebüll verwandelt und brauchte natürlich Haare. Also ging ich wieder hinein, holte mir eine Handvoll Maisfasern und befestigte sie am spitz zulaufenden Ende. Einen oder zwei Tage lang vergnügten wir uns wunderbar miteinander, dann bekam Fräulein Hülsebüll Sehnsucht nach mehr Gesellschaft.

Vermutlich hätte die Einsamkeit sie nicht so heftig geplagt, wenn ich nicht zufällig ein Stück Feinseife in Mamas Kommodenschublade entdeckt hätte. Es war ein Stück parfümierter Pears-Seife, durchsichtig wie Bernstein. Es entzückte meine Sinne ebenso wie die zartgrüne Maishülse. Natürlich verliebte sich Fräulein Hülsebüll auf der Stelle in Herrn Duftwolke. Dennoch sagte sie, sie könne sich keinesfalls mit ihm abgeben, wenn er nicht angezogen sei. Ich trieb ein Stück rot-weißen Bindfaden auf, mit dem Lebensmittel verschnürt gewesen waren, und fertigte ihm daraus einen Anzug an. Da er in der Mitte dicker war als an beiden Enden, rutschten ihm die Hosen immer wieder runter – mal über den Kopf, mal in die andere Richtung. Daher schnitt ich ihm seitlich kleine Kerben in den

Leib und band seinen Anzug fest. Manch einen mochte er wie ein mit Zwirn umwickeltes Seifenstück anmuten, aber Fräulein Hülsebüll und ich wußten, daß er die elegantesten Kleider der Welt trug. Herr Duftwolke zog jeden Tag etwas anderes an, denn er achtete sehr auf sein Äußeres. Außerdem wollte er von Fräulein Hülsebüll bewundert werden.

Herrn Duftwolkes Herkunft war geheimnisumwittert. Wäre Mama danach gefragt worden, hätte sie vermutlich gesagt, es sei die Gästeseife, da es für die Familienmitglieder zum Waschen nur schlichte gelbe Octagon-Kernseife gab. Aber vor meinem Zufallsfund hatte ich von der Existenz von Herrn Duftwolke nichts gewußt. Er mochte schon jahrelang dort gelegen haben. Wenn Fräulein Hülsebüll ihn fragte, wo seine Heimat sei, sagte er immer, es sei ein Geheimnis, das er lüften werde, sobald sie verheiratet seien. Es spielte sowieso keine große Rolle. Wir wußten, daß er ein hochrangiger Mensch war und von weit her kam – je weiter, desto besser.

Bedauerlicherweise sollten Fräulein Hülsebüll und Herr Duftwolke nie heiraten. Sie waren immer gerade im Begriff, es zu tun, jedesmal machte Fräulein Maiskolben Scherereien. Eines Tages fanden wir sie in der Nähe der Küchentür. Sie folgte uns unters Haus und fing gleich mit ihren Gemeinheiten an. Sie war neidisch auf Fräulein Hülsebüll, weil sie so hübsch und grün war und so langes, seidiges Haar hatte. Deshalb erfand Fräulein Maiskolben alle möglichen gehässigen Geschichten über sie. Einmal sollte es ein großes Fest geben, als die Spulianer zum ersten Mal zu Besuch kamen. Sie waren nacheinander von Mamas Nähmaschinentisch heruntergehüpft, bis eine beachtliche Menge versammelt war – mindestens fünfzehn an der Zahl.

Sie taten nicht viel, außer ja und amen zu sagen zu allem, was jemand anders tat oder von sich gab. Offenbar waren sie das einfache Volk.

Auch Hochwürden Türknauf war mit von der Partie. Er hatte früher an der Innenseite der Küchentür gewohnt, aber eines Tages kullerte er herunter und gesellte sich zu uns unterm Haus. Unfreiwillig hatte er in seinem Gehabe viel von Bürgermeister Joe Clarke. Er war rundlich, hatte eine rötlich-braune Hautfarbe und lachte lauter als alle anderen, wenn etwas Lustiges passierte. Die Spulianer lachten, wann immer er lachte. Sie weinten, wann immer Herr Duftwolke oder Fräulein Hülsebüll weinten. Sie taten immer, was sie andere tun sahen. So waren Spulianer eben.

Als Herr Duftwolke damals seine vornehme Behausung in der Kommodenschublade verließ, führte ihn sein Weg durch die Küche, und er brachte eine halbe Dose Kondensmilch als Leckerei mit. Alle mochten Kondensmilch gern. Aber Fräulein Maiskolben kam angeschlichen und futterte alles auf. Dann erzählte sie überall, Fräulein Hülsebüll hätte genascht. Das traf Herrn Duftwolke so tief, daß er nach Hause zurückkehrte und Fräulein Hülsebüll an diesem Tag nicht mehr heiraten konnte. Hochwürden Türknauf war so zornig auf Fräulein Maiskolben, daß er sie in hohem Bogen übers Haus schmiß, so daß sie in der Pferdetränke landete. Alle fanden, ihr sei recht geschehen.

Vor lauter Trauer darüber, daß er an diesem Tag nicht heiraten konnte, wurde Herr Duftwolke von einer Art Fieber geschüttelt und lag mehrere Tage krank darnieder. Fräulein Hülsebüll besuchte ihn jeden Tag. Weil das so lieb war von ihr, ließ er sie ein bißchen von seinem Duft abhaben.

Nach einer Weile hätte manch einer Fräulein Hülsebülls grünes Kleid ausgeblichen und ihr seidiges Haar ganz vertrocknet gefunden. Aber nur weil sie im Grund keine Ahnung hatten. Sie hatte lediglich einen bräunlichen Umhang übergezogen, um sich nicht schmutzig zu machen. Ich durfte ihr Kleid und ihre Haare sehen, sooft ich wollte, weil sie mich lieber hatte als alle anderen. Ausgenommen Herrn Duftwolke natürlich. Sie lag jede Nacht unter meiner Daunenmatratze. Herr Duftwolke kehrte immer in seine Wohnung in der Kommodenschublade zurück. Die Spulianer schliefen auf dem Querbalken zwischen den Stützpfosten unterm Haus, weil auch Hochwürden Türknauf dort schlief. Sie waren nicht imstande, etwas anderes zu tun, als was ihnen irgendwer vormachte. Sie trugen eine Schnur um die Taille, um wie Herr Duftwolke gekleidet zu sein.

Einmal spielte Fräulein Maiskolben einen tückischen Streich. Fräulein Hülsebüll und Herr Duftwolke sollten unten am See Hochzeit halten. Der See hatte sich freundlicherweise aus diesem Anlaß in die Waschschüssel begeben. Ein Rest Maisbrot hatte sich in einen herrlichen Hochzeitskuchen verwandelt, und ein Stück Rasierseife hatte reichlich Eierlikör ergeben. Braut und Bräutigam standen Seite an Seite und waren bereit. Und was tat Fräulein Maiskolben? Sie schubste Hochwürden Türknauf in den See, weil sie wußte, daß er nicht schwimmen konnte. Alle standen wartend da, und niemand hätte gewußt, wo der Priester steckte, wenn ihn nicht einer der Spulianer am Grunde des Sees strampeln sehen und gerettet hätte.

Während Hochwürden sich abtrocknete und einen frischen Anzug anlegte, stiftete Fräulein Maiskolben unseren alten Dominecker Hahn an, den Hochzeitskuchen zu stibitzen. Da mußte die Hochzeit auf Weihnachten verschoben werden, weil es erst dann genug Kuchen für alle geben würde. Die Spulianer sagten, ihnen sei es recht, schließlich müsse der Kuchen für alle reichen, wenn man eine richtig schöne Hochzeit haben wolle. Der See verabschiedete sich allerseits, sprang in den Garten und ging nach Hause. Er durfte nicht allzu lange wegbleiben, sonst würden die Leute ihn vermissen und gar nicht wissen, woran sie waren.

Eine Woche lang versteckte sich Fräulein Maiskolben in einer Schildkrötenhöhle. Nachts weinte sie so laut, daß wir sie im Haus hören konnten. Sie hatte nämlich Angst im Dunkeln. Ihre Mama verabreichte ihr eine ordentliche Tracht Prügel, als sie wieder nach Hause kam, und alle standen drum herum und riefen: »Au ja! Au ja! Au ja! Au ja! Au ja!« Das verdirbt jedem die Laune. Kein Kind hört gern ein anderes schadenfroh »Au ja!« schreien, wenn es ihm an den Kragen geht.

Alle diese Figuren trieben jahrelang ihr Wesen im Haus, hielten Beerdigungen und Beinah-Hochzeiten ab und reisten mit mir dahin, wo der Himmel die Erde berührt. Ich kann mich nicht genau erinnern, wann sie mich verließen. Sie hatten mir lange Zeit Gesellschaft geleistet. Aber eines Tages waren sie verschwunden. Wohin? Ich weiß es nicht. Es gibt ein Alter, in dem Kinder sich prächtig mit Geistern verstehen, solange sie noch nicht zu viel Erdenschwere angenommen haben und sich noch mit den umherschweifenden unsichtbaren Wesen tummeln können. Als ich später die Wiesen wiedersah, auf denen wir miteinander Blumen gepflückt hatten, waren meine Freunde nirgends zu sehen. Das Sonnenlicht, in dem ich sie verloren hatte, war noch immer aus Midas-Gold, aber was mit mir in

Berührung kam, verwandelte sich unversehens in Katzengold. Und zu den leuchtenden Gefilden zurückkehren, auf denen sie entschwunden waren, konnte ich nicht. Ebensowenig konnte ich andere fragen, ob sie gesehen hatten, wo meine Gefährten abgeblieben waren. Sie waren zu scheu gewesen, um sich anderen zu zeigen. Hin und wieder, wenn der Himmel den richtigen Blauton hat, wenn die Luft weich ist und die Wolken Heldengestalten annehmen, erspähe ich sie einen Augenblick lang und glaube wieder, daß es die halkyonischen Tage wirklich gegeben hat.

Als die unbelebten Dinge aufhörten, mit mir zu verkehren wie leibhaftige Menschen, hielten andere Träume Einzug in mein Leben. Tiere bekamen Lebensläufe und Wesenszüge, von denen niemand außer mir etwas ahnte. Kleinigkeiten, die Menschen taten oder sagten, wuchsen sich zu sagenhaften Geschichten aus.

Da gab es zum Beispiel einen Mann, der sich mir zuliebe in einen Alligator verwandelte. Er tat nichts weiter, als allein in einem Einzimmerhaus am Ufer des Lake Belle zu wohnen. Den Rest besorgte ich. Eines Abends kam er, als es dämmerte, ins Dorf und kehrte im Laden ein. Jemand hänselte ihn, weil er so alleine da draußen lebte, und prophezeite ihm, er würde sich, wenn er sich nicht mit dem Heiraten beeilte, noch in ein reißendes Tier verwandeln.

Ich sah, wie er den lieben langen Tag seinen kleinen Garten versorgte und ansonsten ein ganz normaler Mensch war. Aber für die Zeit nach Einbruch der Dunkelheit schuf ich mir ein ganz anderes Bild von ihm. In meiner Phantasie wuchsen sich seine Alltagshände und -füße dann zu den Reptilienklauen eines Hechtalligators aus. Eine zählederne, höckerige Haut kroch über ihn, und sein Mund verwandelte sich in eine Riesenschnauze mit kräftigen, spitzgezahnten Kiefern. In der Dunkelheit der Nacht, wenn die Panzerechsen hinter dem Vorhang aus Sumpfzypressen, der den Lake Belle fast ganz verhüllte, ihr geheimnisvolles nächtliches Wesen trieben, sah ich ihn von seiner Haustür fortkriechen. Er schwang seinen häßlichen Kopf von links nach rechts, um sich zu vergewissern, ob ihm jemand zusah, und dann glitt er hinunter ins dunkle Wasser zu seinesgleichen. Er stimmte mit seinem Brüllen in das Brüllen anderer Alligatormännchen ein und war stark und furchterregend. Er war der König der Alligatoren, und die anderen gehorchten ihm. Immer wenn ich in finsteren Nächten vom See her das Donnergrollen der Alligatormännchen hörte, flüsterte ich vor mich hin: »Das is Mister Pendir! Hör dir den an!«

Ich schmückte die Geschichte immer mehr aus. Einmal nahm meine Mutter mich nachmittags zu einem Spaziergang um den Lake Belle mit. Auf dem Heimweg ging die Sonne unter. Als wir an die Abzweigung kamen, die geradewegs nach Hause führte, war es stockdunkel. An dieser Stelle standen die Bäume weit auseinander und gaben den Blick auf die ebene Oberfläche des Sees frei. Ich sah den jungen Mond eine schimmernde Schneise übers Wasser legen. Danach malte ich mir das flammend rote Lichtschwert aus, das der Vollmond über den See werfen würde. Eine Straße aus gelblich rotem Licht, eigens gemacht, damit Mister Pendir sie beschritt. Ich sah ihn den See in seiner grausigen Würde auf dieser flammenden Straße überqueren, während sich Tausende und Abertausende seiner Echsen-Untertanen in einem lautlosen, ehrfurchtgebietenden Geleitzug neben und hinter ihm herbewegten.

Ein sonderbarer Zwischenfall lieferte mir Stoff für ein weiteres Kapitel der Pendir-Geschichte. Die alte Mrs. Bronson ging einmal spät nachmittags am Blue Sink angeln und kehrte nicht zurück. Ihre Angehörigen, die dagegen gewesen waren, daß eine Frau in ihrem Alter so spät am Tag zum Blue Sink angeln ging, sorgten sich und machten sich auf die Suche. Sie suchten das Ufer des Sees mit Laternen und Fackeln ab und riefen und riefen, aber sie fanden sie nirgends und bekamen keine Antwort. Endlich, als sie die Hoffnung fast aufgegeben hatten, erblickten sie sie. Der Blue Sink fällt an den Rändern jählings ab und gilt als abgrundtief. Die Frau lag dicht am Ufer im Wasser, noch lebend, aber unfähig, aus eigener Kraft herauszukriechen. Sie gab nicht mal einen Laut von sich, als sie rufen hörte und die schaukelnden Laternen sah. Später, als sie sicher im Bett lag, sagte sie, sie sei bis zum Sonnenuntergang am Ufer sitzen geblieben, weil sie wisse, daß die Fische dann anbeißen würden. Sie habe auch etliche gefangen. Aber als es Nacht wurde, sei eine schreckliche Angst über sie gekommen, und so was wie ein gewaltiger Windstoß habe sie umgeworfen und ins Wasser geschleudert. Sie sei auf den schmalen inneren Ufersims des Sees gefallen. Andernfalls wäre sie in den bodenlosen Tiefen versunken. Sie sagte, sie habe mehrmals um Hilfe gerufen, aber da sei etwas wie ein leibhaftiger Wind über den Blue Sink herangebraust und habe ihr befohlen, den Mund zu halten. Wenn sie noch einen einzigen Laut von sich gäbe, würde sie nie wieder lebend aus dem See herauskommen. Deshalb habe sie auch nicht geantwortet, als man nach ihr rief, aber sie habe im stillen gebetet, daß man sie finden möge.

Der Arzt kam und sagte, sie habe einen Schlag erlitten, der zu einer halbseitigen Lähmung geführt habe. Deshalb habe sie nicht wieder heraussteigen können, nachdem sie in den See gepurzelt sei. Entsetzen und Angst hätten das ihrige beigetragen. Sie müsse zwei oder drei grauenhafte Stunden im seichten Wasser verbracht haben, in denen sie den Kopf nur mit Mühe und Not über Wasser gehalten und jeden Augenblick mit Angriffen von Alligatoren, Mokassinschlangen und Hornhechten gerechnet habe, oder gar von anderem Getier, das nur in ihrem verängstigten Hirn existierte. Ein reines Wunder, daß sie nicht vor lauter Angst gestorben sei.

Sofort sah ich vor meinem inneren Auge, wie Mister Pendirs mächtiger Schwanz die alte Dame in den See fegte. Dann stakte er hoheitsvoll über den See von dannen wie der Teufel, der im Erdinneren auf- und abwandert. Und ich malte mir aus, wie er, als sie schrie, inmitten seiner gewaltigen Lakaienschar, die um ihn herschwamm, über das Rotgold des Mondteppichs zu ihr zurückkehrte. Er beschritt die Oberfläche des Sees wie eine gepflasterte Straße und bekam nicht mal feuchte Fußsohlen. Er umringte die Frau mit seinen Heerscharen und befahl ihr zu schweigen.

Angeblich gab sich die alte Frau ein wenig mit Hoodoo ab, was einige auch Pendir nachsagten. Ich hatte oft genug gehört, daß ein jeder Wunderdoktor seinen Stolz darein setzte, »Übles mit Üblem zu vergelten«. Also war es nur naheliegend, daß mein Echsenmensch vergrätzt war, weil die alte Dame versucht hatte, ihm etwas heimzuzahlen, das er getan hatte. Klar, daß er sie in den See schmiß. Was der Doktor auch sagen mochte, ich wußte Bescheid.

Ich erzählte meinen Spielkameraden davon, und sie glaubten mir, ohne zu zögern. Das bestärkte mich darin, ihnen zu erzählen, daß ich gesehen hätte, wie Mister Pendir sich nachts in einen Alligator verwandelte, an den See ging und übers Wasser lief. Auch das nahmen meine Spielgefährten mir teilweise ab. Das heißt, der Gedanke gefiel ihnen, und sie spielten mit. In Gegenwart des harmlosen kleinen Mannes gaben sie sich verschüchtert und hielten verstohlen Ausschau nach Reptilienmerkmalen an ihm. Wir taten, als hätten wir große Angst, ihm eines Abends in seiner Alligatorgestalt zu begegnen, in den See verschleppt zu werden und auf einer furchtbaren Lichtstraße sterben zu müssen.

Ich klärte meine Freunde darüber auf, daß er seinerseits nicht sterben könne. Das heißt, nicht mehr. Er sei kein Sterblicher. Er sei vor langer Zeit gestorben und seine Seele zu den Echsen eingegangen. Er hätte mir gesagt, er fürchte den Tod nicht, weil er von daher komme, wo alle Sterblichen eines Tages hingingen.

In Wirklichkeit war der arme Mister Pendir der einzige Mann im Dorf, der kein bißchen schwimmen konnte. Er starb einen ganz gewöhnlichen Tod. Eines Tages arbeitete er zu lange in der heißen Sonne und, wie es hieß, auf leeren Magen, und wurde schwer krank. Zwei Tage darauf starb er und wurde begraben und blieb, wo man ihn zur letzten Ruhe bettete. Sein Leben hatte in keinem Punkt mit meinen Phantasiegeschichten übereingestimmt. Es fanden sich nicht mal weibliche Verwandte, die ihn lautstark betrauert und zu seiner Beerdigung ein bißchen Unterhaltung beigesteuert hätten. Sein Name wurde bald nicht mehr erwähnt. Die Erwachsenen im Dorf hätten sich nie träumen lassen, was für ein aufregender Mann er für mich gewesen war. Auch als er schon tot und begraben war, ging ich immer wieder ans Ufer des Lake Belle, um nachzusehen, ob sich nicht einige der Reptilienhäute fänden, die er bei Tagesanbruch, wenn er wieder Mensch wurde, immer abgestreift hatte. Meine Phantasie haderte noch immer mit den Fakten.

6
Wanderschaft

Ich wußte, daß Mama krank war. Sie hatte es auf der Brust und wurde immer weniger. Schließlich mußte sie im Bett bleiben.

Seit ihrer Rückkehr aus Alabama war sie in dieser Verfassung. Sie war in die alte Heimat gefahren, um ihrer Schwester beizustehen, die im Sterben lag. Tante Dinky hatte es nach Mamas Ankunft noch zwei Monate lang gemacht, und Mama war bis zum Ende geblieben.

Offenbar hatte es dort noch anderes gegeben, was Mama Kummer bereitete. Grandma hatte ihr insgeheim noch immer nicht verziehen, daß sie einundzwanzig Jahre zuvor ihren Kopf durchgesetzt und Papa geheiratet hatte. Und als Mama vorschlug, das alte Anwesen der Potts zu verkaufen, um ihren Anteil nach Florida mitnehmen zu können, verweigerte ihre Mutter, bedrängt von Onkel Bud, Mamas ältestem Bruder, die Einwilligung. Nicht ein Quadratmeter würde von dem Anwesen verkauft werden, solange Grandma nicht unter der Erde war. Sie bewohnte es schon lange nicht mehr, und es war reichlich heruntergekommen, aber sie wollte einfach nicht, nichts zu machen. Mama solle doch zu dem gählen Schlawiner, den sie geheiratet hatte, zurückkehren, wie sie gekommen war. Ich glaube, Mama grämte sich nicht wegen des Geldes, sondern wegen der Ungerechtigkeit und der Niedertracht des Ganzen.

Und während ihres Besuchs überkam Mama anscheinend wieder die Erinnerung an Vetter Jimmies Tod. Wie er zu Tode kam, bleibt ein ewiges Rätsel. Er war auf dem Nachhauseweg von einem Fest gewesen. Am nächsten Morgen wurde sein kopfloser Körper neben den Eisenbahnschienen gefunden. Es war kein Blut zu sehen, also konnte ihn der Zug nicht überfahren haben. Das alles war vor meiner Geburt geschehen. Es hieß, Jimmie sei ein sehr gut aussehender junger Mann gewesen, sehr beliebt bei den Mädchen. Er war der Lieblingsneffe meiner Mutter, und es hatte sie tief getroffen. Vermutlich hatte sie ihren Schmerz mit der Zeit übertäubt, aber die Rückkehr zu den Verwandten muß ihn wieder aufgefrischt haben. Die einen sagten, drei junge Burschen hätten Jimmie aufgelauert und ihn in einem Eifersuchtsanfall umgebracht. Aber das ließ sich nie beweisen. Es ging auch das Gerücht, er sei versehentlich von einem Weißen in den Kopf geschossen worden, der ihn dann geköpft habe, um die Schußwunde zu verbergen. Er sei aus dem Hinterhalt erschossen worden, weil der Angreifer ihn mit einem bestimmten Weißen verwechselt habe. Es sei Nacht gewesen. Der Angreifer habe damit gerechnet, daß der Weiße und nicht Jimmie an der fraglichen Stelle vorbeikam. Als er sein Versehen bemerkte, habe er einen Neger gezwungen, mit ihm zusammen die Leiche ohne den Kopf zu den Bahngleisen zu schaffen, damit es aussähe, als ob er vom Zug überfahren worden wäre. Das schrieb jedenfalls jener Neger, der inzwischen nach Texas umgezogen war, Jahre später nach Hause. Aus naheliegenden Gründen wurde nie etwas unternommen, der Anschuldigung nachzugehen. Mama nahm das Ganze sehr schwer.

Nicht lange, nachdem Mama heimgekehrt war, ließ

ihre Lebenskraft nach. Dann wurde sie bettlägerig. Ich wußte, daß ihr etwas fehlte, aber sie war schon immer zerbrechlich gewesen, und so nahm ich es mir nicht allzusehr zu Herzen. Ich war neun Jahre alt, und obwohl sie eines Abends sehr ernst mit mir darüber gesprochen hatte, war es für mich unvorstellbar, daß Mama tatsächlich sterben könnte. Dabei hatte sie mehrmals davon gesprochen.

An jenem Tag, dem 18. September, rief sie mich herein und gab genaue Anweisungen. Ich solle nicht zulassen, daß man das Kissen unter ihrem Kopf wegnähme, bevor sie tot war. Weder die Uhr noch der Spiegel sollten verhüllt werden. Sie vertraue darauf, daß ich diese Dinge verhindern werde. Mit der ganzen Feierlichkeit, die ich mit meinen neun Jahren aufbieten konnte, versprach ich ihr, dafür zu sorgen.

Wie viele Jahre quälender Selbstvorwürfe mich dieses Versprechen gekostet hat! Zunächst einmal ahnte ich nicht, daß alles so schnell gehen würde. Aber noch am gleichen Tag, gegen Sonnenuntergang, war es an mir, meinem Vater, den Dorfmatronen und den Dorfbräuchen die Stirn zu bieten. Heute weiß ich, daß ich mich gar nicht durchsetzen konnte.

Nachdem ich mit Mama gesprochen hatte, war ich wieder spielen gegangen. Nach einer Weile bemerkte ich, daß mehrere Frauen zu Mama hineingingen und bei ihr blieben. Das kam mir sonderbar vor, deshalb ging ich auch hinein. Papa stand am Fußende des Bettes und blickte auf Mama hinunter. Sie atmete schwer. Als ich mich ins Zimmer drängte, hoben sie gerade das Bett hoch und stellten es so auf, daß Mamas Augen nach Osten blickten. Während das Kopfende herumgedreht wurde, war mir, als schaute sie zu mir. Ihr Mund war leicht geöffnet, aber es kostete sie so viel

Kraft zu atmen, daß sie nicht sprechen konnte. Mir schien, als wollten ihre Augen mir sagen, daß ich für sie sprechen solle. Sie war auf meine Stimme angewiesen.

Gottvater hatte bei der Erschaffung der Welt auch Gevatter Tod gemacht. Hatte ihn mit großen, weichen Füßen und quadratischen Zehen gemacht. Hatte ihn mit einem Antlitz gemacht, welches das Antlitz aller Dinge widerspiegelt, ohne sich selber je zu ändern oder in irgend etwas zu spiegeln. Hatte den Körper des Todes aus grenzenlosem Hunger gemacht. Hatte ihm eine Waffe nach seinen Bedürfnissen in die Hand gegeben. So war es geschehen am Morgen des Anfangs aller Dinge.

Aber der Tod hatte kein Zuhause, und das bemerkte er sofort.

»Und wo soll ich hausen?« fragte Gevatter Tod, denn er war schon alt, als er erschaffen wurde.

»Du sollst dir nahe bei den Lebenden und dennoch außer Sichtweite eine Bleibe bauen. Wo immer ein Gebäude ist, sollst du deine Wohnstatt haben, die die vier Windrichtungen behaust. Um deinen Hunger zu stillen, gebe ich dir den Vor- und den Nachgeschmack aller Dinge.«

Wir waren geboren worden, also hatte der Tod seinen Vorgeschmack von uns gehabt. Wir hatten Dinge gebaut, also hatte er seine Wohnstatt in unserem Garten.

Und nun regte sich der Tod in seiner heimlichen Wohnstatt in unserem Garten und kam ins Haus.

Jemand streckte die Hand nach der Uhr aus, und Mrs. Mattie Clarke griff nach dem Kopfkissen, um es unter Mamas Kopf wegzuziehen.

»Tut's nicht!« schrie ich auf. »Nehmt das Kissen unter Mamas Kopf nich weg! Sie hat gesagt, sie will es nich weggenommen haben!«

Ich wollte Mrs. Mattie daran hindern, aber Papa zog mich fort. Andere versuchten, mich zum Schweigen zu bringen. Ich sah, wie sich ein riesiger Schweißtropfen in Mamas Armbeuge sammelte, und es tat mir furchtbar weh. Sie verhängten die Uhr und den Spiegel.

»Ihr sollt die Uhr nich zuhängen! Laßt den Spiegel, wie er is! Laßt mich Mamas Kissen wieder hintun, wo's war!«

Aber Papa hielt mich fest, und die anderen geboten mir mit gerunzelten Stirnen Einhalt. Mama verröchelte noch immer ihr letztes Krümchen Leben. Ich glaube, sie wollte mir etwas sagen, sie versuchte, mit mir zu sprechen. Was wollte sie mir sagen? Was gäbe ich nicht, es zu wissen! Vielleicht wollte sie mir sagen, es sei besser, das Kissen wegzunehmen, um ihr das Sterben zu erleichtern, wie die Leute sagten. Oder sie bezichtigte mich der Schwäche, der Unfähigkeit, ihren letzten Wunsch zu erfüllen. Ich weiß es nicht. Ich werde es nie erfahren.

In diesem Augenblick beendete der Tod seine samtfüßige Pirsch durchs Haus und betrat das Zimmer. Er nickte Mama zu, und sie empfahl sich höflich und überließ uns der feierlichen Verrichtung nebensächlicher Dinge.

In den folgenden Jahren sollte ich diesen Augenblick immer wieder durchleiden. Mitten im Spiel, in schlaflosen Momenten, nach Mitternacht, auf dem Heimweg von Festen, selbst mitten im Schulunterricht. Dann machten sich meine Gedanken manchmal selbständig und setzten mir erbarmungslos zu.

Heute weiß ich, daß ich damals meinen Kopf gegen die anderen gar nicht hätte durchsetzen können. Die

Welt, in der wir lebten, verlangte diese Verrichtungen. Alles andere wäre Frevel gewesen, und keine neunjährige Stimme hätte sie vereiteln können. Mein Vater stand zu den alten Bräuchen. Er hinderte mich physisch daran, mich an den heiligen Handlungen für die Sterbende zu versündigen. Wenn es irgendein Bewußtsein nach dem Tode gibt, dann weiß Mama hoffentlich, daß ich mein Bestes tat. Dann muß sie wissen, wie sehr ich für mein Versagen gelitten habe.

Aber das Leben bemächtigte sich meiner am Fußende von Mamas Bett, mitsamt meiner Trauer und meiner Selbstverachtung, und lenkte meine Schritte auf seltsame Weise. Dieser Augenblick war das Ende eines Lebensabschnitts. Vor Trauer über meinen Verlust und vor Zerknirschung über mein Versagen wurde ich vor der Zeit erwachsen. Was die anderen auch taten, meine Mutter hatte ihr Vertrauen in mich gesetzt. Sie hatte geglaubt, daß ich ihre Wünsche erfüllen konnte und erfüllen würde, aber ich tat es nicht. Im Widerschein jenes Sonnenuntergangs verriet ich sie. Während sie starb, war mir, als ginge die Sonne unter, um mich zu fliehen.

In jener Stunde begann meine Wanderschaft. Eine Wanderschaft weniger im geographischen Sinne als vielmehr in der Zeit. Und eigentlich nicht so sehr in der Zeit als im Geist.

Mama starb bei Sonnenuntergang und veränderte eine Welt. Das heißt, die Welt, die aus ihrem Körper und ihrem Herzen bestand. Selbst die physischen Bestandteile zerfielen mit erschreckender Plötzlichkeit.

Mein ältester Bruder ging damals in Jacksonville zur Schule und kam erst zu Hause an, als Mama schon gestorben war. Sie war gewaschen und angekleidet und auf dem Bügelbrett in der Stube aufgebahrt.

Fast das ganze Dorf war im Vorgarten und auf der vorderen Veranda versammelt. Alle redeten mit gedämpften Stimmen und warteten. Sie warteten nicht etwa auf meinen Bruder Bob. Es war die Art zu warten, die Menschen in Gegenwart des Todes an sich haben. Sie kosten die Dramatik des Ereignisses bis zur Neige aus. Wenn man sie fragte, würden sie jedoch sagen, es sei die Traurigkeit des Anlasses, die sie in ihren Bann ziehe. In Wirklichkeit ist es eine Art Passionsfeier.

Bobs Schmerz war furchtbar, als er erkannte, daß er zu spät kam. Er konnte zuerst nicht begreifen, daß nichts mehr zu machen war. Seine Entschuldigung und seine Erklärung fanden kein Gehör – keine Chance, sein Herz zu erleichtern. Irgendwann muß ihm bewußt geworden sein, daß er das, was sich in ihm abspielte, für immer mit sich würde herumtragen müssen. Mama lag da auf dem Totenbrett, und das Laken, mit dem sie zugedeckt war, plusterte sich leicht im Wind. Nichts und niemand hatte Ohren für ihn.

In der Küche war meine Schwester Sarah weinend damit beschäftigt, Everett zu beruhigen. Er war gerade zwei Jahre alt geworden. Sie weinte und versuchte gleichzeitig, ihn zu besänftigen. Er weinte, weil er die Trauer ringsum spürte. Außerdem war die fünfzehnjährige Sarah sein Kindermädchen gewesen, und er sprach auf jede ihrer Seelenregungen an. Wir waren nur noch klägliche, um Lampen gekauerte Häufchen Elend.

Ich habe mir oft gewünscht, ich wäre an jenem Abend alt genug gewesen, in Papas Herz zu schauen. Hätte ich gewußt, was ihm dieser Augenblick bedeutete, hätte ich meinen Kompaß auf ihn aufrichten können und gewußt, woran ich war. Zweifellos liebte ich ihn auf meine Art und bewunderte vieles an ihm. Er hatte eine poetische Ader, die ich liebte und die ihn zum erfolgreichen Prediger gemacht hatte. Von hundert Gewehrschüssen traf er mit siebenundneunzig ins Ziel. Er schwamm von Maitland nach Winter Park über den Lake Maitland, und kein Mann im Dorf zwang meinen Vater im Zweikampf auf die Schultern. Wir waren uns seiner Unbezwingbarkeit so gewiß, daß Everett, als eine Dorfbewohnerin den gerade mal Zweijährigen einmal für irgendeine Missetat beschimpfte und ihm prophezeite, Gott werde ihn strafen, sich in die Brust warf und sagte: »Der soll mich lieber in Ruhe lassen, sonst schießt Papa Ihn übern Haufen.« Später wurde er eines Besseren belehrt, aber die Episode zeigt, wie groß unser Papa in unseren Augen war. Wir hatten ihn Bären und Pumas mit dem Gewehr erlegen sehen, und er schaffte mehr Klimmzüge als irgendein Mann seines Kalibers. Unseres Wissens hatte er zwei Männer verprügelt, die Mamas Ansicht nach Prügel verdienten. Das alles war durchaus nach meinem Geschmack. Aber ich war Mamas Tochter. Ich wußte, daß sie nicht immer glücklich gewesen war, und ich hätte gern gewußt, wie traurig er an jenem Abend wirklich war.

Ich habe mir die Szene wiederholt in Erinnerung gerufen und darüber nachgedacht. Auch Papa weinte ein bißchen, während er in seiner linkischen Art hin- und herging. Von der Küche zur vorderen Veranda und wieder zurück. Er sagte immer wieder: »Das arme Ding! Sie hat ja so leiden müssen.« Ich weiß nicht, was er damit meinte. Es konnte Liebe und Anteilnahme ausdrücken, weil ihr Leiden endlich vorüber war. Es konnte auch Ausdruck eines schlechten Gewissens sein, gemischt mit Erleichterung. Ihre unerbittlich treibende Kraft stand seiner Leichtlebigkeit nun nicht mehr im Weg. Er konnte seine Talente schlummern lassen und fröhlich in den Tag hineinleben. Er konnte auf morgen oder auf den Sankt-Nimmerleins-Tag verschieben, was Mama unbedingt heute hätte besorgt haben wollen. Rom, die ewige Stadt, bedeutete für meine Mutter und meinen Vater zweierlei. Mama fand, man müsse es noch heute bauen, damit es die Ewigkeit überdauerte. Papa fand, es genügte, wenn man sich vornahm, heute ein paar Backsteine aufeinanderzuschichten, man hatte ja den Rest der Ewigkeit, es fertigzubauen. Wozu sich beeilen, wenn man alle Zeit der Welt hatte? Gott hatte doch mehr Zeit gemacht als sonst was. Wozu damit geizen?

Andererseits hatte ich immer wieder miterlebt, wie Mama Papa die Schau stahl. Das heißt, er brachte eine Streitfrage auf, die tollen Stoff für die Ladenveranda abgegeben hätte, aber Mama fuhr ihm mit einem einzigen Wort oder einem Satz in die Parade und machte alles kaputt. Man spürte, wie ihn das zur Weißglut brachte, aber ihm fehlten die Worte, sie wieder zu löschen. Er saß in der Ecke und warf ihr unter gesenkten Lidern grimmige Blicke zu. Er war es gewohnt, auf der Ladenveranda und in Kirchendingen ein Held zu sein, und ich kann mir denken, wie ihm zumute gewesen sein muß, wenn er zu Hause immer übertrumpft wurde. Heute weiß ich, daß es einen Mann hart ankommt, wenn er nicht imstande ist, seine Frau geistig zu schlagen. Manche Frauen verstehen es, einem Mann ein Überlegenheitsgefühl zu geben. Meine Mutter hatte sich ihren »drüberen« Mann vorgeknöpft und eigenhändig aus einem Bauerntrampel einen Beau gemacht. Ich bin sicher, daß er in der Öffentlichkeit auf die Verwandlung stolz war. Aber mag sein, daß er sich zu Hause noch immer wie Einer-von-drüben fühlte, und das verdroß ihn, weil es nicht der hehren Gestalt entsprach, als die er sich selber sah. Andererseits kann man meiner Mutter kaum vorwerfen, daß sie ihn nicht so sah wie seine verzückten Gottesdienstbesucher. Wer Götzen schafft, huldigt ihnen nie, auch wenn er den Lehm noch so liebevoll modelliert hat. Man kann nicht Wissen besitzen und gleichzeitig huldigen. Das Wesen alles Göttlichen ist das Mysterium. Götter brauchen Abstand von den Menschen.

Anderntags brachte jedenfalls Sam Moseleys stattliches Pferdegespann, an unser Fuhrwerk geschirrt, meine Mutter zum letzten Mal zur Macedonia Baptist Church. Wie endgültig alles war, ging mir erst auf, als die Erde auf den Sarg zu poltern begann.

An jenem Abend waren Mamas Kinder zum letzten Mal auf dieser Erde alle beisammen. Am Tag danach kehrten Bob und Sarah in die Schule nach Jacksonville zurück. Papa war oft unterwegs, und so war auch ich zwei Wochen später auf dem Weg nach Jacksonville. Eigentlich war ich noch zu jung, aber die Schule hatte eingewilligt, mich umständehalber aufzunehmen. Meine Schwester sollte sich mehr oder weniger um mich kümmern.

Der Nachtzug mußte eigens meinetwegen in Maitland angehalten werden. So würde ich bei Tag in Jacksonville ankommen.

Als mein Bruder Dick an jenem Abend die eineinhalb Kilometer mit mir zum Bahnhof fuhr, näherten wir uns der Straßenbiegung, die den Lake Catherine säumt, und da erkannte ich plötzlich die erste meiner Visionen wieder. Darin hatte ich mich bei Nacht, niedergebeugt von einem ungeheuren Kummer, auf dieser Strecke vom heimatlichen Dorf wegfahren sehen.

Als mir das alles blitzartig wieder in den Sinn kam, durchfuhr mich ein heftiger Schreck, und ich rückte dichter an Dick heran, als könne er mich vor den Visionen abschirmen, die mir noch bevorstanden. Er fragte mich, was ich hatte, und ich sagte, mir sei, als habe sich unten am See etwas bewegt. Er lachte mich aus, und wir fuhren weiter, die Laterne zeigte den Weg und ich schmiegte mich so eng wie möglich an Dick. Hinter uns, auf den Brettern des offenen Einspänners, eine schäbige kleine Reisetruhe mit buckligem Deckel. Ich verließ das Dorf, in das ich nie wieder als echte Mitbürgerin zurückkehren sollte.

Jacksonville brachte mir zu Bewußtsein, daß ich ein farbiges kleines Mädchen war. Überall in der Stadt gab es Dinge, die mich das spüren ließen. Straßenbahnen und Läden und auch Gespräche, die ich in der Schule aufschnappte. Hier bewegte ich mich nicht mehr zwischen Weißen, in deren Wohnungen ich jederzeit hineinplatzen konnte, in dem sicheren Gefühl, willkommen zu sein. Die Weißen hier hatten eine komische Art an sich. Das merkte ich ihnen schon von weitem an. In Jacksonville steckte mir niemand ein Bonbon oder eine Tüte Salzkekse zu, bloß weil ich einen Laden betrat, wie in Maitland bei Galloway's oder Hill's oder in Eatonville, in Joe Clarkes Laden.

In der Schule war ich ein schrecklicher Störenfried. Die Mädchen beschwerten sich, sie hätten keine Gelegenheit, sich zu unterhalten, ohne daß ich auftauchte und mich einmischte. So mancher schönen »Er-hat-gesagt«-Runde bereitete ich durch mein bloßes Auftreten ein jähes Ende. Das war nicht meine Absicht. Eigentlich wollte ich, daß sie mit Volldampf fortführen und mich zuhören ließen. Aber das schien unerwünscht. Ich gehörte nicht zum »Er-hat-gesagt«-Kreis und wurde geheißen, mich gefälligst herauszuhalten. Mein Unterrock zipfelte beispielsweise. Ob ich den nicht mal in Ordnung bringen könnte? Mein Kopf sähe aus sie Kraut und Rüben. Warum ich ihn nicht kämmte? Wenn ich mir die Zeit nähme, passende Strümpfe zusammenzusuchen, hätte ich keine Zeit mehr, die Angelegenheiten von erwachsenen Leuten zu belauschen. Die ehrwürdigen Damen waren zwischen fünfzehn und achtzehn Jahre alt.

Im Unterricht kam ich prächtig voran. Der einzige Haken war, daß ich als aufsässig galt. Ich mußte Respektspersonen einfach widersprechen, und diese Respektspersonen haßten Widerrede wie die Pest. Ein-, zweimal setzte es Prügel, und obendrein wurde mein Bruder aufgefordert, ein Wörtchen mit mir zu reden. Aber im großen und ganzen ging alles recht gut. Meine eigentlichen Lehrer waren begeistert von mir. Nur die Lehrer, die uns bei den Hausaufgaben und bei der Andacht beaufsichtigten, empfanden ihre Pflicht als arge Zumutung.

Die Schulzeit in Jacksonville war eher eine Art Abgesang. Sie war nicht düster, aber ihr fehlte das unbändige Sonnenlicht, nach dem ich mich sehnte. Ich vergötterte zwei meiner Lehrer und liebte Ingwerplätzchen mit Käse und sauer eingelegtes Gemüse. Aber mir fehlten meine Schmusekiefer, die Seen, die Wildveilchen und die vertrauten Tiere. Vorbei die Scharmützel in der Baseballmannschaft mit meinen Brüdern und ihren Freunden. Nur ein klaffendes Loch, wo einmal mein Zuhause gewesen war.

Hin und wieder wurden die Mädchen angehalten, sich zum Spaziergang in Zweierreihen aufzustellen. Bei einer dieser Gelegenheiten hatte ich ein Erlebnis, das mein Herz in Aufruhr versetzte. Auf einer Veranda sah ich eine Frau sitzen, die aus der Ferne wie Mama aussah. Vielleicht war es wirklich Mama! Am Ende war sie gar nicht tot. Sie hatten sich geirrt. Mama war nach Jacksonville gereist, und sie hatten sie für tot gehalten. Die Frau saß auf einem Schaukelstuhl, genau wie Mama es immer getan hatte. Es mußte Mama sein! Aber bevor ich an meinem festgelegten Platz in der Reihe vor der Veranda ankam, stand die Frau auf und ging hinein. Am liebsten wäre ich ausgeschert und ihr hinterhergegangen. Aber ich sagte niemandem auch nur ein Sterbenswörtchen von meiner Hoffnung. Ich beschloß, eines Tages wegzulaufen und das Haus zu suchen, um Mama wissen zu lassen, wo ich war. Aber bevor ich dazu kam, war die Hoffnung, daß die Frau wirklich meine Mutter war, verflogen. Ich schickte mich in meinen Verlust.

7
Jacksonville und danach

Meine Schwester versank in Schwermut. Sie war Papas Lieblingskind, und ich bin sicher, daß sie ihn mehr liebte als alles auf der Welt. Mein kleiner Bruder Everett kam in ihrer Gunst an zweiter Stelle. Zwei Monate, nachdem ich in die Schule gekommen war, sagte Sarah, sie sei krank und wolle nach Hause. Papa nahm sie von der Schule.

Das hatte tragische Folgen für Sarah. Ein oder zwei Wochen, nachdem sie mich in Jacksonville zurückgelassen hatte, schrieb sie mir, Papa habe wieder geheiratet. Das tat uns allen weh. Aber für Sarah muß es noch schlimmer gewesen sein, weil unsere Stiefmutter Papa die zärtliche Nachsicht gegenüber seiner älteren Tochter verübelte. Nicht lange danach hieß es, Papas neue Frau habe von ihm verlangt, Sarah aus dem Haus zu jagen. Das war furchtbar genug, aber es genügte ihr nicht. Papa mußte hinter Sarah hergehen und sie mit der Kutscherpeitsche schlagen, weil sie sich über seine Wiederheirat so bald nach Mamas Tod abfällig geäußert hatte. Sarah sollte aus der Stadt verschwinden. Da hatte Sarah kurzerhand geheiratet und war an den Manater River gezogen. Everett hatte sie mitgenommen. Vermutlich ließ sie mehr zurück, als sie mitnahm.

Was Papa und Sarah damals empfanden, habe ich weder von ihm noch von ihr je erfahren. Es muß beide zutiefst aufgewühlt haben.

Gott, wie ich danach verlangte, diesen kurzgeratenen Fettkloß von Stiefmutter in die Finger zu kriegen! Keine Pistole, kein Messer, kein Knüppel würde genügen. Nur Fleisch gegen Fleisch und den Ausgang des Kampfes den alten Frauen überlassen, die im verborgenen die Schicksalsfäden weben.

Papa hatte seiner erstgeborenen Tochter vom ersten Lebenstag an Beachtung geschenkt. Auch wenn sie ihm nicht gewahrsagt worden war, so war sie doch wahrhaft willkommen. Drei Söhne waren vor ihr zur Welt gekommen, und er freute sich über deren robuste Gesundheit, aber schon nach dem ersten hätte er gern ein kleines Mädchen um sich gehabt. Einige Jahre war es bei dem Wunsch geblieben. Als sie dann doch auf die Welt kam, klein, untergewichtig, aber ein Mädchen, war seine Freude grenzenlos. Er wechselte und wusch ihre Windeln. Sie durfte als Säugling nicht weinen, und sobald sie groß genug war, sich zu äußern, blieben ihre Wünsche nicht ungehört. Was wollte Papas kleines Mädchen essen? Sie wollte zwei Puppen anstelle von einer? Grundgütiger! So ein kleiner Rakker! Papa würde sie ihr mitbringen. Die beiden ältesten Jungen mußten einmal spätabends aus dem Bett und eine Stunde oder länger im Freien zubringen, weil die dreijährige Sarah aufgewacht war, aus dem Fenster geguckt und auf den Gedanken verfallen war, die Sterne unter freiem Himmel zu betrachten. Es nützte den Jungen nichts, darauf hinzuweisen, daß sie reichlich Sterne durchs Fenster sehen könne. Papa donnerte: »Ihr steht auf und nehmt dat Küken mit nach draußen! Ihr laßt sie Sterne gucken so lange, wie sie will. Kein Gemaule! Wenn ich auch nur *einen* Mucks hör, zieh ich euch die Buxn runter und gerb euch das Fell!«

Sarah war eine halbe Portion. Schon früh konnte man sehen, daß sie nicht viel wachsen und klein bleiben würde, wie schon Papas Mutter und wie unsere Mutter. Sie hatte von beiden etwas im Gesicht. Es entzückte Papa, sie in die zartesten weißen Organdykleider mit den steifsten Schleifen zu kleiden und ihre zierlichen Füße in die feinsten, weichsten Schuhe zu stecken. »Das is aber ma n schnucklich Dingelchen!« frohlockte er dann.

Sie bekam Klavierstunden. Daß sie sich nicht für Musik interessierte, spielte keine Rolle. Das Harmonium war sein ganzer Stolz. Es wurde in Jacksonville gekauft und als Überraschung zu Sarahs zehntem Geburtstag per Fracht geliefert. Sie besaß einen goldenen Fingerring und goldene Ohrringe. Als ich um Musikstunden bat, wurde mir beschieden, ich solle den Mund halten, sonst werde er mir eins überziehen. Wenn eines von uns Kindern Marmelade oder Eingemachtes naschen und ungeschoren davonkommen wollte, mußte es nur Sarah einweihen. Papa übersah geflissentlich die Prügelkuren, die Mama uns verabreichte, aber sobald er merkte, daß Sarah mit betroffen war, legte er die Lokalzeitung beiseite, die er zu lesen pflegte, und brüllte Mama an: »Jetz reichts aber! Jetz reichts, Lulu! Is ja nich zum Aushalten, der Radau hier im Haus.« Wenn Mama richtig in Fahrt war, konnte selbst Papas Protest sie nicht von ihrem Tun abhalten, aber hin und wieder wirkte er doch, und dann kamen wir dank Sarah alle noch mal davon. Ich habe selber mit angesehen, wie Papa Mama die Rute aus der Hand riß, wenn sie sich über Sarah hermachte. Wenn Mama die Züchtigung jedoch für angebracht hielt, schickte sie einfach jemanden zum Pfirsichbaum, eine neue Rute holen, und dann ging das Prügeln munter weiter. Papa hütete sich dazwischenzufahren, wenn Mama wirklich entschlossen war. Dann bekam Sarah am darauffolgenden Montag, wenn Papa aus Sandford zurückkehrte, unweigerlich irgendein Geschenk.

Er selber schlug Sarah zeit seines Lebens nur ein einziges Mal. Das war die grauenhafte Szene, zu der unsere Stiefmutter ihn anstiftete. Danach sahen beide, Papa wie Sarah, einander und die Welt mit anderen Augen. Auch sie selber waren für alle, die sie kannten, nicht mehr dieselben. Sie ließen die Köpfe hängen und beschäftigten sich zuviel mit dem Boden unter ihren Füßen.

Der Anblick machte mich zur Tigerin. Es störte mich nicht so sehr, daß Sarah Papas Liebling war. Ich verschaffte mir meine Freuden anderweitig und vermißte seine Hätscheleien nicht. Ich glaube nicht, daß ich mich jemals wirklich danach sehnte. Es beelendete mich, Sarah in dieser Verfassung zu sehen. Doch ein paar Jahre später sollte ich es der Stiefmutter heimzahlen. An einem Montagmorgen, sechs Jahre, nachdem sie Sarah das Herz gebrochen hatte, drohte sie mir wegen meiner Frechheit Prügel an, weil Papa keine Anstalten machte, es für sie zu erledigen. Vermutlich lag es Papa noch immer auf der Seele, daß er Sarah damals auf Drängen seiner Frau geschlagen hatte, und das war meine Rettung. Offenbar kam sie gar nicht auf den Gedanken, daß ein verwandelter Mann vor ihr stehen könnte. Ebensowenig kam sie wohl auf den Gedanken, daß ich mich, nach allem, was vorgefallen war und seine Willensschwäche bewiesen hatte, in Anwesenheit meines Vaters gegen sie wehren könnte. Vermutlich dachte sie nicht mal darüber nach, ob sie imstande sein würde, mich zu verprügeln, falls ich mich wehren sollte. Wenn sie überhaupt dachte, dann dachte sie bestimmt, sie bräuchte bloß über mich herzufallen, und dann würde Papa ihr notgedrungen beispringen und die Angelegenheit zu ihrer Zufriedenheit erledigen, um nicht in Ungnade zu fallen bei ihr. Im Vollgefühl der Macht, die sie einmal über ihn ausgeübt hatte, legte sie los. Sie beschimpfte mich als aufsässige, unverschämte kleine Kröte, verkündete, sie werde mich von meinem hohen Roß runterholen, und warf eine Flasche nach meinem Kopf. Die Flasche kam langsam durch die Luft gesegelt und verfehlte mich. Das sollte meine Stiefmutter bereuen.

Das Urtier in mir erwachte schlagartig zum Leben. Ha! Das war Wasser auf meine Mühle. Kämpfen! Nicht mehr erdulden müssen, was sie uns durch Papa antat! Endlich handeln und alles selber in die Hand nehmen! Ich sah sie durchdringend an. Und wie es sich für einen ordentlichen Feind gehört, vermischten sich ihr Aussehen, ihre Gerüche und ihre Geräusche mit ihren Taten und ließen sie um so strafwürdiger erscheinen. Die in sechs Jahren aufgestauten Gefühle setzten mich unter Druck wie angestauter Dampf ein Ventil. Ich hatte keinen nennenswerten Gedanken, nur das grimmige Verlangen, ihr Fleisch in die Finger zu kriegen – auf ihren plumpen Leib einzuschlagen und einzutreten – auf diese häßlichen falschen Schneidezähne – sie tot am Boden – ein Grinsen im Gesicht wie ein verendeter Hund an der Sonne. Zum Teufel mit den Konsequenzen! Wenn ich schon sterben mußte, dann wenigstens mit Händen, die von ihrem Blut troffen. Ich wollte ihr Blut, und das reichlich. So ging ich in den Kampf, und so focht ich ihn aus.

Sie war mir lediglich an Körpergewicht überlegen. Das schien ihr aber kein bißchen zu nützen. Mag sein, daß sie nicht genug Mumm hatte, auf jeden Fall unterschätzte sie meinen. Schon vor meinem ersten Ansturm gab sie sich geschlagen und ließ sich an die

Wand drängen, wo meine Fäuste erbarmungslos ihr Gesicht bearbeiteten. Sie kratzte mich und krallte nach mir, aber ich spürte nichts. Nach wenigen Sekunden gab sie auf. Ich sah ihren Gesichtsausdruck, als sie merkte, daß ich ihr nach dem Leben trachtete. Sie spuckte auf mein Kleid und suchte mit Händen und Füßen Deckung vor meinem neu entbrannten Ingrimm. Sie hatte aufgegeben, versuchte nur, mir ins Gesicht zu spucken, aber ich dachte nicht daran, von ihr abzulassen.

Da schrie sie nach Papa, aber es half nichts. Papa war bestürzt, aber er stand nur unschlüssig in der Tür und weinte. Er bat mich aufzuhören, während ihr Kopf zwischen meiner Faust und der Wand hin und herpendelte und ich mir wünschte, meine Faust wäre tonnenschwer. Ihr fiel nichts Besseres ein, als mich zu kratzen und an den Haaren zu ziehen. Aber ich war mit Jungen groß geworden und hatte raufen gelernt. Haareziehen ließ mich kalt.

Sie kreischte, sie werde Papas Pistole holen und mich umbringen, und strebte zur Kommode auf der anderen Seite des Zimmers. Das durfte ich auf keinen Fall zulassen. Der Kampf wurde hitziger. Eine Freundin von ihr, an die zweihundert Pfund schwer, wohnte gegenüber. Die hörte den Krach und eilte herbei. Ich sah kommen, daß sie versuchen würde, mich festzuhalten, und daß meine Stiefmutter dann im Vorteil wäre. Deshalb packte ich meine Stiefmutter am Kragen und zerrte sie zu einem Beil an der Wand, das ich herunterangelte. Als Mrs. G. durch die Wohnzimmertür gewatschelt kam, brüllte ich ihr zu, sie solle verschwinden, und ließ das Beil mit der ganzen Kraft, die mein rechter Arm hergab, durch die Luft sausen. Es schlug dicht, dichter, als der Nachbarin lieb war, neben deren Kopf auf der Wand auf. Mrs. G. drehte sich auf dem Absatz um, kugelte die Stufen vor unserem Haus hinunter und schrie, ich sei übergeschnappt. Sie tauchte nicht wieder auf, und der Kampf ging weiter. Als ich meine Gegnerin zu Boden sacken sah, wußte ich mir nicht anders zu helfen, als vor Zorn einfach zu schreien. Ich hatte es ihr höchstens für zwei Jahre heimgezahlt und beschloß, ihr den Rest zu geben. Aber da kam Papa endlich zur Besinnung und zog mich weg.

Ich hatte ein paar Kratzer, einen am Hals und zwei oder drei an den Armen, das war alles. Mein Rachedurst war keineswegs gestillt. Sie schuldete mir noch Genugtuung für vier weitere Jahre. Außerdem war ihre Spucke vorn auf meinem Kleid. Ich schwor mir, bei der erstbesten Gelegenheit die alte und die neue Rechnung mit ihr zu begleichen. Jahre später, als ich mein Studium am Barnard College abgeschlossen hatte und zu Forschungsarbeiten unterwegs war, erfuhr ich zufällig, wo sie lebte. Ich fuhr dreißig Kilometer, um die Sache mit ihr ins reine zu bringen, mußte aber feststellen, daß sie schwerbehindert war. Sie hatte eine unheilbare Geschwulst am Hals. Unter diesen Umständen konnte ich mich nicht an ihr vergreifen und fuhr tief enttäuscht wieder ab. Mir blieb nichts, als ihr noch alles mögliche an den Hals zu wünschen.

Durch unsere Prügelei spitzten sich die Dinge zwischen Papa und seiner Frau zu. Sie meinte, Papa müsse mich hinter Gitter bringen, aber Papa entgegnete, er müsse nur zweierlei – sterben und schwarz bleiben. Außerdem werde er mich nicht eine einzige Nacht im Gefängnis schlafen lassen. Sie trug den Vorfall in der Kirche vor, aber die Leute lachten sie nur aus. Die meisten hatten seit langem gebetet, daß etwas Derartiges passieren möge. Sie ärgerten sich nur, daß es ihr nicht ernstlich an den Kragen ging. Die Sache schaukelte sich weiter hoch. Meine Stiefmutter forderte Papa auf, sich ein paar Schwestern der Kirchengemeinde »vorzuknöpfen«, die sie ständig damit aufzogen, aber er meinte, er sei machtlos. Es seien alte Freundinnen meiner Mutter, und sie könnten nicht anders. Es gab zwei oder drei hitzige Wortgefechte auf kirchlichem Terrain, danach verließ sie Papa mit dem Hinweis, er könne sie wiederhaben, wenn er »diese nixnutziche Niggerweibers« beigebracht hätte, daß sie »die Missis Reverend« sei. Und so zog sie von dannen mit einem Flunsch, der tiefer herunterhing als ein Freimaurerschurz.

Papa ging zu einem Anwalt und bekam den Rat, ihr, falls sie nicht binnen dreier Wochen zurückgekehrt sei, ihre Kleider hinterherzuschicken. Genau das tat Papa. Sie reichte die Scheidung ein, und er ließ der Sache ihren Lauf. So hätte also um ein Haar ein Beil das Schicksal der schwarzen Anne Boleyn besiegelt. Da hört der Vergleich allerdings auf. König Heinrich VIII. verfügte tatsächlich über ein Beil. Angesichts der Herausforderung empfand ich es als betrüblichen Mangel, daß Prediger nicht von derlei Waffen Gebrauch machen konnten. Aber vielleicht ist es nur richtig, daß der Staat das Geschäft der Hinrichtung übernommen hat. Nicht jedes Stinktier der Welt verdient eine Tötung erster Klasse. Hängen ist für manche noch zu gut. Sie brauchen einen Tritt in den Hintern. Mehr hatte diese Frau nicht verdient. Aber das alles ereignete sich erst sechs Jahre, nachdem ich auf die Schule nach Jacksonville gekommen war. Ich habe es hier einfließen lassen, weil ich so heftig daran denken mußte.

Aber zurück zu Jacksonville und der Schule. Ich

hatte mich an Maisgries mit Soße zum Frühstück gewöhnt, hatte gelernt, die Andacht ohne Langeweile zu überstehen – man konnte einander immer Briefchen schreiben, wenn man nicht einschlief – oder sauertöpfischen Schulmeistern Streiche zu spielen. Man konnte auch durch einen Spalt im Zaun schlüpfen und sich im Lebensmittelladen über der Straße Ingwerplätzchen und saure Gurken holen, die zwischen den Mahlzeiten verboten waren. Ich hatte mich mehr oder weniger arrangiert. Lernen war mir nie schwergefallen, nur Rechnen erschien mir nach wie vor als nutzloses Übel.

Eines Tages bestellte mich die stellvertretende Rektorin zu sich, um mir mitzuteilen, daß Unterkunft und Verpflegung für mich nicht bezahlt worden seien. Was ich zu tun gedenke? Ich hatte keine Ahnung. Daraufhin lieferte sie mir ein freimütiges Urteil über den Reverend John Hurston, das der oberste Bundesrichter Taney nicht hätte überbieten können. Alle paar Tage wurde ich zu ihr zitiert und gefragt, was ich zu tun beabsichtige. Nach einer Weile bestellte sie mich nicht mehr, sondern brüllte nur noch zum Fenster raus, dahin, wo ich gerade auf dem Schulhof spielte. Von da an lebte ich nur noch auf kleiner Flamme. Und weil der Ruf jederzeit erfolgen konnte, spielte ich schließlich gar nicht mehr richtig mit. So brauchten meine Lebensgeister nicht jedesmal wieder ganz so tief abzustürzen.

Trotzdem hielt ich bis zum Ende des Schuljahres durch. Nicht etwa weil meine Rechnungen bezahlt worden wären. Ich wurde dazu abgestellt, jeden Samstag die Treppen zu wischen und die Speisekammer sauberzumachen, und nach dem Unterricht mußte ich in der Küche helfen, soviel ich konnte. Obendrein hielt die Stadt Jacksonville in allen Negerschulen einen Rechtschreibwettbewerb ab, den ich für meine Schule gewann. Als Preis bekam ich einen Weltatlas und eine Bibel nebst so viel Limonade und Kuchen, daß ich zu Rektor Collier sagte, es käme mir alles zu den Poren wieder heraus. Er lachte so schallend, daß ich beschloß, mich mit dem Erwachsenwerden zu beeilen und ihn zu heiraten. Er schien seinerseits nicht zu bemerken, daß er auserwählt war. Schien sich eher in Geduld zu fassen. Versuchte kein bißchen, mein Heranwachsen zu beschleunigen, verlor kein Wort über die Angelegenheit. Er tat, als sei er zufrieden mit einer vertrockneten, hinfälligen alten Frau von fünfundzwanzig oder so. Es machte mich wahnsinnig. Ich tröstete mich mit dem Gedanken, daß er sich die Augen ausweinen würde, wenn ich plötzlich vor ihn träte, groß und schön und hochmütig, und ihn eine Woche lang betteln ließ, bevor ich nachgeben und ihn heiraten und natürlich all diese halbtoten Lehrerinnen feuern würde, die ihn jetzt umgaben. Vielleicht würden sie sich in den St. John's River stürzen. Schön, ich würde sie gerade noch zurückhalten, kurz bevor sie sprangen. Aber ich hatte keine Ahnung, was ich mit meinen verbitterten Rivalinnen anstellen sollte, nachdem ich sie vom Fluß weggeschleppt hatte. Mochten sie den Garten harken, aber einen, der weit weg lag von dem Ort, an dem er weilte. Im Interesse aller Beteiligten. Ein Garten in Afrika wäre goldrichtig. Natürlich würden sie binnen kürzester Frist an Altersschwäche sterben.

Ich schrieb mehrere Briefe von ihm an mich und las mit Tränen in den Augen seine zärtlichen Worte. Hinter dem Waschhaus richtete ich ein geheimes Postamt für uns ein. Den einen Tag wurden seine Briefe an mich geschrieben und vergraben, tags darauf buddelte ich sie aus und las sie. Dann beantwortete ich sie und versicherte ihm, er brauche sich nicht zu sorgen, ich beabsichtige, ihn zu heiraten, sobald man mich lange Kleider tragen ließe, also in nicht allzu ferner Zukunft, wie ich hoffte. Ein, zwei Monate würden mich schon ganz nett altern lassen.

Diese glühende Liebesgeschichte, aus einem Erdloch hinter dem Waschhaus inszeniert, sollte ein jähes Ende finden. Eine jener abscheulichen Lehrerinnen, die die Niedertracht besaß, vor mir erwachsen zu sein, hinterbrachte meinem Ehemann in spe, ich hätte ihr einen nassen Backstein ins Bett gelegt, während sie die Hausaufgaben in der Kapelle beaufsichtigte. So viel Wirbel um nichts! Bloß ein Backstein, über Nacht in einem Regenfaß eingeweicht und am Fußende ihres Bettes zwischen die Laken gesteckt, und die machten ein Theater, als sei Eiscreme verboten worden.

Wohl gab es damals im Februar einen Kaltwettereinbruch. Aber was für einen Reiz hätte schon ein kalter Backstein im Juni? Das soll mir mal einer verraten.

Ach, die Niedertracht, der Verrat des Mannes, dem ich mein Herz geschenkt und all die schönen Briefe aus der Erdkuhle hinterm Waschhaus gewidmet hatte! Er hörte auf diese unselige Weibsperson, nahm mich mit in sein Büro und schloß die Tür. Er umfing mich nicht liebevoll mit den Armen und sagte: »Liebling! Ich verstehe. Du hast es nur für mich getan.« Nein! Der uneinsichtige Narr hob den Rock über meiner Kehrseite und versohlte einer angehenden schönen, großen Dame den Hosenboden. Unerhört, gelinde gesagt! Ich beschloß, mich zu revanchieren. Nun würde ich ihn eben nicht heiraten, wie sehr er auch bettelte. Wie konnte er mich so beleidigen? Mein Kleid hochzuheben, als wäre ich ein kleines Kind! Oh, er würde nach meiner Liebe schmachten und sie nie erlangen. Und nicht genug damit, ich würde auf und davon gehen und elend sterben. Einsam und dramatisch zugleich.

Die ganze Sache war so ungerecht. Sie hatte mich *nicht* den Backstein in ihr Bett legen sehen. Selbst wenn die aufsichthabende Schülerin tatsächlich über die Schulter guckte und mich mit dem Backstein in der Hand den Korridor entlanggehen sah – gehörte sich so was für eine anständige Person? Herumlaufen und heimlich Leute über die Schulter beobachten! Wenn ich erst mal erwachsen bin, schwor ich mir, und bei Rindergulasch und gebratenen Hähnchen in meinem vornehmen Palast sitze, wird diese Aufsichthabende draußen in meinem Hinterhof hocken und am Hungertuch nagen.

Die Zeit verging. Aus den Everglades kam der Frühling den St. John's River herauf, und das Schuljahr endete in einer Woge von Feierstunden, Kantaten und Reden. Koffer rumpelten die Treppen hinunter. Mein Bruder reiste überstürzt ab, um eine Stelle anzutreten. Ich sollte dableiben, Papa würde mich abholen lassen.

Ich guckte ständig zum Fenster hinaus, um Papa gleich zu sehen, sobald er den Weg zum Rektorat heraufkäme. Aber niemand kam mich abholen. Wochen vergingen, dann kam ein Brief. Papa schrieb, die Schule könne mich adoptieren. Die Stellvertretende bestellte mich zu sich und teilte es mir mit. Sie sagte, sie habe keinen Platz für ein so junges Mädchen und außerdem anderes zu tun, als Kinder großzuziehen.

Es war eine niederschmetternde Nachricht. Jede Einzelheit ihrer Person und ihres Büros grub sich mir ins Gedächtnis. Deutlicher denn je bemerkte ich ihre dicken, grauschwarzen Flechten, halb Neger-, halb

Weißeleutehaare, ihre dünnen Lippen und ihre Weißeleutenase. Alles in allem sah ihre gelbe, altersbraun gefleckte Haut aus, als sei sie zwischen Buchseiten getrocknet worden. Ich hatte mich immer vor ihrer spitzen Zunge und ihrer flinken Hand gefürchtet, aber an diesem Tag war mir, als spräche sie ein bißchen sanfter als sonst, in halbfertigen Sätzen, so als ginge es um ihre geheimsten Körperteile. Sie holte ihre Brieftasche hervor und reichte mir ein wenig Geld. Sie werde mir die Heimfahrt mit dem Schiff bezahlen, und ich müsse meinem Vater auftragen, ihr die eineinhalb Dollar zurückzuschicken.

Die Reise auf dem Raddampfer *City of Jacksonville* war hinreißend. Das Wasserleben, das wuchernde Blattwerk, das über die Flußufer wallte, die kilometerlangen, zartvioletten Teppiche aus Wasserhyazinthen, alles entzückte mich von neuem. Der Wildling war in den Dschungel zurückgekehrt.

Der Vorhang aus Bäumen beidseits des Flusses schloß die übrige Welt aus. Es war, als gäbe es nur den Fluß und das stampfende Schiff, und das gefiel mir überaus. Innen funkelte das Schiff nur so von poliertem Messing.

Weißgekleidete Kellner flitzten umher mit Tabletts fürs Erste-Klasse-Abteil auf dem Oberdeck. Fast unablässiges Geschirrklappern. Unter den Füßen rote Läufer. Über den Köpfen große, schimmernde Deckenleuchten. Ab und an weiße Männer in ölverschmierter Montur, die unvermittelt aus der Tiefe auftauchten, um sich an die Reling zu lehnen und Luft zu schnappen. Ein Kellner, ein Mulatte mit einer Klappe über einem Auge, der mir Torten- und Kuchenstücke und Sandwiches mit Huhn und Rinderbraten brachte und mich zum Essen nach achtern schickte. Dinge ratterten die Laufplanken herauf, andere Dinge rumpelten in den Laderaum hinunter. Von den windschiefen Landungsbrücken winkten Menschen jedermann zu, der zurückwinken mochte. Am Ufer tauchten hier und da Wildschweine auf. Vom Kielwasser aufgestörte Alligatoren ließen sich von Palmstämmen ins Wasser gleiten. Hin und wieder pflügten Schwärme von Meeräschen durchs Wasser. Beim Nahen des Dampfers flogen Scharen von Wasservögeln auf und ließen sich erneut zum Fressen nieder. Mannsgroße Katzenfische, die die Schiffsumgebung wie Armenhäusler nach Küchenabfällen absuchten. Eine Gruppe Schmiermaxen mit ulkigen Haarschnitten, in blauen Overalls und roten Halstüchern, scharte sich um einen großen schwarzen Mann, der eine Gitarre umhängen hatte. Sie aßen aus Schuhschachteln und tranken in den Pausen zwischen ihren Liedern aus einer gemeinsamen Flasche. Bei ihnen war eine Frau, die in Strümpfen herumlief und einen Dolch im Strumpfband trug. Ihre neuen Schuhe hatte sie in einem Korb neben sich. Sie kaute Tabak und verfehlte ständig den Spucknapf. Das Messinggefunkel und der rote Teppich machten sie nervös. Der Kapitän kam immer wieder vorbei, zog mich sacht an den Haaren und forderte mich auf, irgendwas zu buchstabieren, um sich jedesmal überrascht zu zeigen, wenn ich es konnte. Als ich in Sanford von Bord ging, rief er »separate«, und ich buchstabierte rückwärtsgewandt, während ich den Landungssteg hinunterlief. Er lehnte an der Reling und machte ein Gesicht, als hätte er gern noch ein paar Wörter mehr buchstabiert bekommen. Dann warf er einen halben Dollar herunter, der mir vor die Füße fiel, und lächelte zum Abschied.

Am Tag nach meiner Abreise aus Jacksonville legte das Schiff in Sanford an. Am Horizont, jenseits des acht Kilometer breiten Lake Monroe, zeichnete sich die Stadt Enterprise als schemenhafte Silhouette ab. Ich mußte zum Bahnhof gehen, um mit dem Zug die fünfundzwanzig Kilometer nach Maitland zu fahren.

Der Schaffner und die gesamte Zugbelegschaft kannten mich, weil sie mich so oft mit meinem Vater zusammen gesehen hatten. Sie erinnerten sich noch aus einem anderen Grund an mich, der mir überaus peinlich war. Mit dem nämlichen Zug und der nämlichen Belegschaft hatte ich mein erstes Eisenbahnerlebnis gehabt. Ich hatte schon öfter Züge gesehen, aber noch nie aus so unmittelbarer Nähe wie an jenem Tag, etwa vier Jahre vorher, als Papa beschloß, mich nach Sanford mitzunehmen. Damals stand ich mit Papa und meinen beiden ältesten Brüdern auf dem Bahnhof. Wir hörten den Zug tuten, als er Winter Park, fünf Kilometer weiter südwärts, verließ. Da hoben wir unser Gepäck auf und gingen vom Bahnsteig hinunter zu einer Stelle neben den Geleisen. Der Zug kam um den Lake Lily herumgedonnert und schnaubte auf den Bahnhof zu. Ich stand da und guckte dem Ding mitten ins Gesicht, das unverwandt sein eines großes, tückisches Auge auf mich richtete. Es schien imstande, mich mit Haut und Haaren zu verputzen. Ein wahrhaft furchterregendes Ungetüm.

Der Dienstmann schwang sich herunter und stellte die Trittstufen auf. Dann stieg der bebrillte Schaffner herunter und begrüßte Papa, den Bahnhofsvorsteher, Mr. Wescott, und alle anderen, mit denen er schon seit langem verkehrte.

»Alles einsteigen!« Der Zug kam in Maitland nur kurz zum Stehen, ohne wirklich haltzumachen.

Das Ding war gräßlich, aber trotzdem sah ich eine Möglichkeit, mich in Sicherheit zu bringen. Wenn ich mich nur schnell genug bewegte, mußte es mich nicht unbedingt erwischen.

Mein Vater stieg schwungvoll zum Perron hinauf und wandte sich um. Mein Bruder Bob hielt mich an der Hand und machte Anstalten, mich hinaufzuheben. Das war meine letzte Chance. Ich riß mich von Bob los und flitzte unter dem Zug hindurch und auf der anderen Seite wieder hervor. Ich würde nach Hause laufen.

Alles schrie durcheinander. Der Schaffner lauter als alle anderen. »Haltet sie! Fangt sie da drüben ab!« Der Lokführer setzte die Trillerpfeife wieder ab. Der Heizer sprang herunter und setzte hinter mir her. Alle waren hinter mir her. Es war, als hätten sich alle in meine Feinde verwandelt. Ich hatte keinen einzigen Freund mehr auf der Welt. »Da ist sie! Kreist sie ein! Fangt sie drüben ab, am Stacheldrahtzaun!« Mein eigener großer Bruder jagte mich genauso hartnäckig wie alle anderen. Meine Beine erlahmten, und die Luft ging mir aus, aber ich rannte um mein Leben. Bob schnitt mir den Heimweg ab, daher schlug ich einen Haken rückwärts und flüchtete in Galloways Laden hinter den Ladentisch. Der Sohn des alten Harry Galloway, der etwa gleich alt war wie Bob, packte mich und zerrte mich hervor. Strampelnd und kreischend wurde ich ins Innere des Zuges geschleppt, was außer mir alle ungemein erheiterte. Sobald ich die Plüsch- und Metallpracht im Waggon erblickte, beruhigte ich mich. Der Schaffner gab dem Lokführer das Signal zur Abfahrt, und der Zug rollte los. Es tat kein bißchen weh. Papa lachte sich schief. Der Dienstmann ging durch unser Abteil und hielt sich die Seiten vor Lachen. Der Schaffner kam und ließ sich von Papa den Fahrschein geben. Er neckte mich ständig, ich hätte den Zug beleidigt. Nach einer Weile kam er mit einer bonbongefüllten

Glaspistole zurück. Als wir in Sanford ankamen, war ich ganz vernarrt in den Zug. Ich hätte bloß gewünscht, sie würden aufhören, mich auszulachen. Die Inneneinrichtung des Zuges war zu schön für Worte. Es dauerte Jahre, bis sich meine Verliebtheit legte.

Als ich nun an jenem Morgen – rund vier Jahre danach – mit einer Miene einstieg, die besagte: »Dienstmann, rühr mich nicht an! Siehst du nicht, daß ich groß bin und daß man mir nicht mehr in den Zug hilft«, lächelten alle beim Gedanken an unsere erste Begegnung und ließen es dabei bewenden. Der Dienstmann war Mitglied von Papas Gemeinde in Sanford und setzte sich immer neben mich, wenn er gerade nichts zu tun hatte.

So kehrte ich in das Haus meines Vaters zurück, das nicht mehr mein Zuhause war. Selbst die Wände troffen von Trübsal. Die Umstände spotteten jeder Beschreibung. Papa waren die eigenen Kinder im Weg, weil sie seiner neuen Frau zuviel Mühe machten. Kleider blieben abgerissen und schmutzig, und Mahlzeiten gab es auf gut Glück. Die vier ältesten Kinder waren für immer aus dem Haus. Wir vier jüngeren wurden eines nach dem anderen zu Mamas Freundinnen abgeschoben.

Vielleicht mußte es so kommen. Bestimmt gab es für einen Mann, der seine Ruhe und seinen Komfort so sehr liebte wie mein Vater, gar keine andere Wahl.

Meine Stiefmutter schlief auf Mamas Daunenmatratze, dem einzigen Stück, das Mama aus dem Hause ihres Vaters mitgebracht hatte. Mama hatte gesagt, ich solle sie bekommen. Diese Drohne auf Mamas Bett geflätzt zu sehen, war mir unerträglich. Ich mußte etwas unternehmen. Die anderen hatten es schon die ganze Zeit als Schmach empfunden. Ich gewann meinen Bruder Joel als Bundesgenossen, und gemeinsam nahmen wir die Matratze vom Bett.

Papa hatte ihr gesagt, sie gehöre ihm, so daß er sich dem Zwist stellen mußte. Ich ließ mich nicht beirren, und die anderen anwesenden Geschwister unterstützten mich. Die Stiefmutter meinte, eine ordentliche Tracht Prügel werde die Besitzfrage ein für allemal klären. John ergriff Partei für mich – das tat er immer, der gute John –, und einen Augenblick lang schien körperliche Gewalt, ja Blutvergießen unvermeidlich. John und Papa standen einander Auge in Auge gegenüber. Papa hatte ein offenes Messer in der Hand.

Dann blickte er seinem widerspenstigen Sohn in die Augen und ließ die Hand sinken. Er forderte John nur auf, das Haus zu verlassen. Meine Stiefmutter aber hatte den kürzeren gezogen. Nie wieder sollte ihr die Genugtuung zuteil werden, ihren Körper auf Mamas Daunenmatratze zu räkeln. Es gab genügend Betten, in denen sie schlafen konnte, aber es erboste sie, sich von uns, besonders von mir irgendwelche Vorschriften machen zu lassen.

Papa fiel mehr und mehr in sich zusammen. Er trat nicht mehr hochfahrend und großspurig auf wie früher. Seine gutgeschnittenen Tuchanzüge, seine breitkrempigen Stetson-Hüte, seine handgearbeiteten Alligatorlederschuhe und sein Spazierstock hatten ihm bei seinen Kindern den Spitznamen Big Nigger eingetragen. Hinter seinem Rücken natürlich. Er lustwandelte nicht mehr mit seinem Spazierstock. Er ging einfach seines Wegs. Er brauchte nicht mehr annähernd so viel Zeit, seinen Hut aufzusetzen, wie früher.

Mein zweites Traumbild wurde also wahr. Ich hatte mich heimatlos und unbehütet gesehen. Das Bild strahlte eine Frostigkeit aus, die mich schaudernd aus dem Schlaf schrecken ließ. Ich hatte immer gedacht, ich würde in einer einsamen, arktischen Ödnis landen, ohne eine Menschenseele in Hörweite. Ich fand die Kälte, die verzweifelte Einsamkeit und die ohrenlose Stille, aber ich stellte fest, daß diese Landschaft in mir war. Sie brauchte nur Zeit, sich zu offenbaren.

Meine Wanderschaft hatte begonnen. Das wußte ich. Meine Reise würde ein Ende haben, und sie barg auch Glück für mich. Soviel war gewiß. Aber der Weg dahin! Seine Qualen waren ebenso gewiß. Er lag vor mir, und niemand konnte mir meine Pilgerschaft ersparen. Sie war mir auferlegt. Ich mußte den Weg gehen.

8
Hinter der Bühne und auf der Bahn

Armut hat etwas, das nach Tod riecht. Nach abgestorbenen Träumen, die vom Herzen fallen wie verdorrte Blätter und am Boden verrotten; nach Lebensgeistern, die in der muffigen Luft unterirdischer Höhlen ersticken. Ein ungesundes Klima für die Seele. Menschen können wandelnde Sklavenschiffe sein.

Ein solches Gefühl begleitete mich unausgesprochen von meinem zehnten Lebensjahr bis um die zwanzig, als ich ein leidliches Auskommen fand. Zwangsläufig waren die ersten fünf Jahre die schlimmsten. Die ganzen Umstände gaben damals dem Leben einen überaus bedrückenden Beigeschmack.

Die fünf Jahre nach meinem Abgang von der Schule in Jacksonville waren wie vom Unglück verfolgt. Ich wurde unter Verwandten und Freunden herumgeschoben und fand nirgends Geborgenheit. Die meiste Zeit hatte ich keine Bücher zum Lesen, es sei denn, ich bekam aus purem Zufall welche in die Finger. Auf die Auswahl hatte ich keinerlei Einfluß. Ich war todunglücklich und machte bestimmt andere in meiner Nähe unglücklich, weil sie nicht begriffen, was mit mir los war, und weil ich nicht erfuhr, was sie beschäftigte.

Ab und an ging ich zur Schule, was mir flüchtige Lichtblicke verschaffte, aber diese Atempausen brachten mir keinen Frieden, weil ich nie die Gewähr hatte, daß sie andauern würden. Ich wuchs heran, und man war allgemein der Auffassung, ich solle etwas verdienen. Die ewige Bücherleserei sei abwegig und ganz und gar von Übel. Ich solle mir bloß mal die Soundso angucken. Die arbeite als Kindermädchen bei anständigen Weißen. Für einen Dollar die Woche und fast alle ihre Kleider. Wer keine Eltern habe, könne es sich nicht leisten, Schulbänke zu drücken und seine paar Kleider abzuwetzen.

Was man mir am meisten verübelte, war der Umstand, daß ich es, mittellos wie ich war, nicht fertigbrachte, bescheiden zu sein. Ein Kind in meiner Lage solle froh sein, ein Dach über dem Kopf und etwas zu essen zu haben. Aus ihrer Sicht hatten sie recht. Aus meiner Sicht war ein knurrender Magen das geringste Übel. Was ich wollte, überstieg ihr Vorstellungsvermögen. Ich konnte mich ihnen nicht verständlich machen, weil mir die Worte fehlten ebenso wie die Hoffnung, verstanden zu werden, welbst wenn ich die Worte gefunden hätte. Ich war nicht leicht zu haben. Aus meinen Augen müssen befremdliche Dinge gesprochen haben, wie aus Lazarus' Augen nach der Auferstehung.

Ich zog ständig um. Ich ging neben meinem eigenen Leichnam her. Ich roch ihn und spürte ihn. Und ich roch den Leichengeruch derer, zwischen denen ich leben mußte, auch wenn sie ihn selber nicht wahrnahmen. Sie fühlten sich darin ebenso zu Hause wie der Tod in einem Grab.

Mit der Zeit wuchs mein Bedürfnis, den Schritt in die Selbständigkeit zu wagen. Es war ein beglückendes Gefühl, als ich das begriff. Nur war die Sache leichter gedacht als getan. Ich war damals etwa vierzehn.

Zum einen war ich tatsächlich reichlich jung für den Versuch. Obendrein war ich im Wachstum etwas zurückgeblieben, so daß ich jünger aussah, als ich war. Hausfrauen, die auf mein Klingeln die Tür öffneten, taxierten mich von oben bis unten. Nein, sie wollten jemanden, der alt genug sei, Verantwortung zu tragen. Nein, sie wollten jemanden, der kräftig genug sei für die Arbeit, und so weiter und so fort. Ob meine Mutter wüßte, daß ich Arbeit suchte? Manchmal stellte ich mir nachts im Bett die gleiche Frage und grübelte.

Aber mitunter war doch jemand von meinem Aussehen angetan und gab mir eine Chance. Ich machte mich nicht sehr beliebt, weil ich mich mehr für den vorderen Teil der Häuser interessierte als für den rückwärtigen. Meine Vorsätze mochten noch so gut sein, immer vergriff ich mich am Lesestoff der Leute und verlor meine Stelle wieder. Ich war nicht eigentlich faul, aber Staubwischen und Abwaschen interessierten mich einfach nicht. Mit den Kindern freundete ich mich allerdings immer an, sofern welche da waren. Nicht daß ich es darauf angelegt hätte. Wir fanden einfach irgendwie zueinander. Es machte Spaß, aber Spielfreude war bei den Stellungen nicht sehr gefragt.

Nur eine Frau mochte diesen Zug an mir. Sie hatte zwei kleine Mädchen von sieben und fünf. Ich wurde als Hausmädchen für die obere Etage eingestellt. Zwei oder drei Tage lang lief alles sehr gut. Das Regiment in der Küche führte eine dicke, alte schwarze Frau, die den Hausherrn großgezogen hatte und zum lebenden Inventar gehörte. Kein Mensch hat mehr Macht in einer Südstaatenfamilie als so ein Faktotum. Wer einen auch immer angestellt hat, das Faktotum kann einen feuern. Es ist allgegenwärtig und kommandiert jedermann herum, vom Hausherrn an abwärts. Keiner darf Cynthia oder Rhoda oder Beckey in die Quere kommen. Wenn man mit der Hauschefin nicht auskommt, ist man seine Stelle los.

Und Miz Cally war unumschränkte Herrscherin in diesem Hause. Als erstes musterte sie mich mit schrägem Blick, weil die Madam mich eingestellt hatte, ohne sie zu fragen. Sie fing schon an zu murren, als ich nur den Kopf zur Küchentür hineinsteckte. Einen Augenblick lang musterte sie mich, die Hände in die Hüften gestemmt, dann platzte es aus ihr heraus: »Allmächtiger! Miz Alice will sich scheints noch was zulegen für zum Großziehn! Dabei kannse keine Grünschnäbel nich gebrauchen. Was diss Haus brauch, is ne Frau, was zupacken un Hand anlegen tut.«

Hinfort zeigte sie ihre Mißbilligung, indem sie gegen jede meiner Handlungen Einspruch erhob. Sie würde mir zeigen, wo die Schürzen waren, und das tat sie auch. Kaum daß ich die Schublade aufzog, schubste sie mich mit den Hüften beiseite.

»Wirs du wohl in *meine* Schubladen rumfuhrwerken! Bei mir hat alles sein Platz. Du nimms die Schürze, wat ich dir geb, un schers dich die Treppe da rauf.«

Ich war ihr nicht böse. Ich nahm die Schürze, und unter allerlei Zurechtweisungen seitens Sister Cally band ich sie mir um. Dann stieg ich die Hintertreppe hinauf. Als ich im oberen Stockwerk anlangte, waren zwei Paar graublauer Augen auf mich gerichtet.

»Tag!« sagten die beiden kleinen Mädchen im Chor.

»Tag!« entgegnete ich.

»Wirst du bei uns arbeiten?« fragte die Größere und ging neben mir her.

»Ja.« Mag sein, daß ich das Gesicht zu einem Lächeln verzog oder dergleichen, denn jede nahm eine meiner Hände, und dann gingen wir zusammen in das Zimmer, wo Mrs. Alice auf mich wartete, um mir zu zeigen, was ich tun sollte und wie ich es tun sollte.

Sie war eine sehr schöne Frau Mitte zwanzig und

gerade damit beschäftigt, ihr märchenhaftes Haar zu kämmen. Sie sah mich im Spiegel an, und aus irgendeinem Grund mußten wir beide grinsen.

Sie zeigte mir, wie ich die Betten machen und aufräumen sollte. Das Stockwerk hatte drei Zimmer, aber sie meinte, ich solle mir nicht zuviel auf einmal vornehmen. Nur so viel, daß alles einigermaßen ordentlich aussähe. Dann zog sie sich an und ging aus. Ich machte Ordnung, und Helen und Genevieve umgaben mich bei jedem Schritt als Geleitzug. Alles ging gut, bis ich ins Badezimmer kam, und dann gerieten wir drei irgendwie in eine Rangelei. Wir kreischten, lachten, spritzten mit Wasser und rauften, als plötzlich ein dunkler Schatten die Tür füllte. Die Ketchup-Firma Heinz hätte aus Calleys Miene genug Essig für ihre Würzmischungen gewinnen können.

»Du fliechs hier raus!« prophezeite sie und schüttelte den Kopf so energisch, daß ihr zum Turban gebundenes Kopftuch ins Wackeln geriet. Sie würde dafür sorgen, daß ich verschwand!

»Nein!« schrie Helen, die kleinere, und klammerte sich an mich.

»Nein! Nein! Nein!« kreischte Genevieve.

»Pah! Warts bloß ab, bis euer Daddy na Hause komm!« unkte Cally. »Hab noch nie kein solchen Unfuch nich gesehn, seitdem dattich geborn geworden bin.« Dann stampfte sie wieder nach unten.

»Geh bloß nicht wieder weg«, bettelte Genevieve. »Ich mag dich.«

»Ich auch, ich mag dich auch«, stimmte Helen ein. »Wenn du gehst, gehn wir mit dir mit.«

An diesem Abend mußte ich, mit einer Schürze, die mir zu lang war, bei Tisch bedienen. Mrs. Alice und die Kinder gaben eine glühende Schilderung meiner

Tätigkeit. Der Hausherr warf mir ein- oder zweimal wohlmeinende Blicke zu. Helen griff, jedesmal, wenn ich an ihrem Stuhl vorbeikam, nach meinen Kleidern. Wenn ich ihr die Gemüseschüsseln reichte, spielte sie darin herum, bis der Vater drohte, ihr auf die Finger zu klopfen. Aber dabei blickte er mit einem kleinen Lächeln zu mir auf. Er kam mir vor wie ein uraltes Wesen von etwa fünfunddreißig.

Cally öffnete die Küchentür immer wieder einen Spaltbreit, um nachzusehen, wie ich mich da drinnen machte. Vermutlich auch, um dem Hausherrn den Anblick ihrer mißbilligenden Miene vorzuführen.

Ein oder zwei Wochen lang nahm alles fröhlich seinen Lauf. Mrs. Alice ging immer öfter aus, in Bridge Clubs und derlei mehr. Ihr war es gleich, ob ich die Zimmer in Ordnung brachte oder nicht, solange die Kinder ihren Spaß hatten. Wenn sie spätnachmittags nach Hause kam, schickte sie Cally nach oben, ein bißchen nach dem Rechten sehen.

»Hat das Mädel bloß die ganze Zeit gemacht?« grollte Cally dann. Das Mädel, von dem sie sprach, war mit den Kindern im Park gewesen oder hatte auf dem Fußboden gelegen und ihnen Geschichten erzählt oder ihnen aus ihren Märchenbüchern vorgelesen. Ihre Mutter hatte ungestört ausgehen können, alle hatten sich gut amüsiert – alle, bis auf Cally.

Es war noch kein Monat vergangen, als die Dinge sich zuspitzten: Eines Abends platzte Cally ins Eßzimmer und fing an zu toben. Der Hausherr müsse sich jemand anderen suchen für die Kocherei. Sie sei es leid, die ganze Arbeit zu machen. Sie denke nicht daran, zu kochen und unten alles aufzuräumen und dann nach oben zu marschieren und die Arbeit zu machen, für die jemand anders bezahlt werde. Sie sei alt. Ihre Glieder schmerzten so, daß sie nachts kein Auge zumache. Sie müßten eine richtige Hilfe einstellen.

Mrs. Alice saß stocksteif und schweigend da. Der Hausherr blickte sie an, dann die alte Cally, dann mich. Schließlich sagte er: »Ich wollte nie, daß du dich so abrackerst, Tante Cally. Du hast mehr getan als dein Teil.«

»Das walte Gott!« stimmte Cally grimmig zu und verdrehte ihre weißen Augäpfel in meine Richtung.

»Kümmert Zora sich denn nicht ums obere Stockwerk? Ich dachte, dazu sei sie eingestellt worden«, fragte der Hausherr und sah seine Frau an.

»Was heiß hier kümmern?« schnaubte Cally. »Ich lüch bestimmt nich, Mr. Ed. Ich tu doch über niemand keine Lüge nich erzählen ...«

»Das weiß ich, Tantchen«, beschwichtigte er.

»Das Mädel tut ja kein Handschlach im Haus, bloß den lieben langen Tach mit das junge Gemüse am Spielen. Un dann muß ich mich die Treppen raufschleppen un mich umtun. Wennichs nich tun tät, wär das hier nemmich der reinste Saustall hier, wär das. Ich *musses* ja machen, Mr. Ed, sons täts keiner nich machen. Ich hab die Nase gestrichen voll. Ich mach wech von hier!«

»Nee, Cally, das kannst du nicht machen. Du bist mein Leben lang bei mir gewesen, und ich hab nicht vor, dich gehen zu lassen. Dann muß eben Zora gehen. Die Kinder sind jetzt zu groß für ein Kindermädchen.«

Mußte er das sagen? Mein Publikum nahm es nicht tatenlos hin. Mrs. Alice ließ ein oder zwei Tränen kullern, ansonsten saß sie reglos da wie ein Stein. Helen aber klabasterte von ihrem Stuhl, den Mund sperrangelweit aufgerissen. Sie taumelte auf mich zu und warf sich mir an den Hals. Genevieve heulte aus vollem Halse »Nein!« wie ein Cheerleader und kam ebenfalls zu mir gerannt. Ihre Mutter hielt die ganze Zeit den Kopf gesenkt. Der Hausherr wandte sich zu ihr.

»Liebling, kannst du die Kinder nicht beruhigen?« fragte er sanft.

»Nein! Nein! Nein! Zora darf nicht gehen!« kreischte meine Jubeltruppe und zerfloß in Tränen.

»Ruhe jetzt!« herrschte der Hausherr die Kinder an, legte die Hand auf den Tisch und scharrte mit den Füßen, als wolle er kurzerhand die Haarbürste holen, um sie damit zu verhauen. »Gleich setzt's was! Ruhe!« Es war unverkennbar, daß er nicht in Prügellaune war. Sein Stirnrunzeln war nicht echt. Das Geschrei hörte nicht auf. Cally stürmte in die Küche zurück. Der Hausherr stand auf und verfrachtete die Kinder nach oben. Gleich darauf rief er nach seiner Frau und schloß die Schlafzimmertür.

Da hatte ich also keine Arbeit mehr, und Geld besaß ich auch keines, nur ein Paar Schuhe hatte ich mir immerhin gekauft.

Aber ich hatte Glück im Unglück. Jemand erzählte der Frau, bei der ich wohnte, von einer anderen Stelle. Ich bewarb mich und wurde genommen. Meine neue Arbeitgeberin war bettlägerig und hatte eine dreijährige Tochter. Diese war jedoch kein sonniges Kind wie Helen oder Genevieve. Ihr Gesicht wirkte irgendwie alt.

Ich mochte das Haus nicht. Es schüchterte mich von Anfang an ein. Es war ein großes, mit Gegenständen vollgestopftes Haus, aber die Räume lagen einander bloß gegenüber und tauschten über den Hausflur hinweg grämliche Blicke aus.

Schon bald verlor ich auch diese Stelle. Ich sollte noch viele verlieren. Mal paßte ich den Leuten nicht. Mal paßten die Leute mir nicht. Manchmal war mir so wehmütig ums Herz, daß ich fahrig und unausgeglichen war. Ich war einfach nicht für dieses Leben geschaffen. Ich tat nichts von allem, was ich gern getan hätte, statt dessen mußte ich unzählige uninteressante Verrichtungen machen, zu denen ich keine Lust hatte. Es war zum Wahnsinnigwerden.

Ich wünschte mir die Liebe, den Frieden, die Geborgenheit einer Familie. Ich wünschte mir Bücher und Schulunterricht. Wenn ich glücklichere Altersgenossen auf dem Schulweg sah, weinte ich innerlich und war tagelang niedergeschlagen, bis ich lernte, die eigenen Gefühle abzuwürgen und eine Zeitlang zu betäuben. Ich fühlte mich erdrückt, und meine Zuversicht kam ins Wanken.

Die dritte Vision von der ziellosen Wanderschaft hatte mich ereilt, wie ich sie im Geist vorhergesehen hatte. Mein Bruder Dick hatte geheiratet und schickte nach mir. Ich solle nach Sanford kommen und bei ihm wohnen. Wieder machte ich mir Hoffnungen auf Schule. Er schickte mir eine Fahrkarte, und ich fuhr los, obwohl ich eigentlich nicht so recht wollte. Kaum daß ich in Sanford angekommen war, verlangte mein Vater, ich solle bei ihm wohnen.

Schon einen Monat nach meiner Rückkehr gerieten meine Stiefmutter und ich uns in die Haare.

Mein Vater war ein anderer geworden. Der Mann hatte seinen Schwung verloren. Die Zerrüttung seines Familienlebens und die Reaktion der Öffentlichkeit waren nicht spurlos an ihm vorübergegangen. Trotz allem tat er mir leid, und das verstärkte meinen Widerwillen gegen seine Frau.

Der Gerechtigkeit halber muß gesagt werden, daß sie, gemessen an ihren Verstandeskräften, vermutlich ihr Bestes tat. Dummerweise war es mit ihrem Verstand nicht weit her. Sonst hätte sie merken müssen, daß Zeitpunkt und Umstände ihrer Heirat mit meinem Vater jede Aussicht auf Erfolg von vornherein zunichte machten. Keine innere Alarmglocke ließ sie den Sinn einer Übereinkunft in Frage stellen, die so viele Stolpersteine barg. Mein Vater konnte die Folgen nicht abschätzen, da er es zuvor nie nötig gehabt hatte, ernstlich über Konsequenzen nachzudenken. Das hatte Mama immer für ihn getan. Mit einemmal muß er schaudernd begriffen haben, daß Lucy nicht mehr da war. Diese Affäre war nicht mehr eine der Eskapaden, die Mama ihm unter vier Augen an den Kopf werfen und in der Öffentlichkeit für ihn ausbügeln konnte. Er hatte sich zu etwas hinreißen lassen, das er gar nicht wollte und dessen Ende nicht abzusehen war. Diese neue Ehefrau hatte sich aus ihrem Erdenwinkel herausgewühlt, um zu werden, was sie für eine feine Dame hielt, aber sie war auf dem falschen Dampfer gelandet. Anstatt vor der frisch gebackenen Mrs. Reverend die Knie zu beugen, pfiff die Welt auf ihre hehren Ziele und nannte sie einen Unglücksraben. Ohne seine in den Jahren zuvor aufgebaute treue Anhängerschaft hätte mein Vater sich bestimmt keine drei Monate halten können. Wie die Dinge lagen, faulten die Fundamente langsam unter ihm weg, und nach sieben Jahren stand er vor einem Trümmerhaufen. Er verteidigte die Frau nicht und tat auch nichts, ihre Stellung zu festigen. Vielleicht, weil er kein Mensch war, der ohne seine Freunde leben konnte. Und genau die alten Freunde, die männlichen wie die weiblichen waren es, die zum Angriff gegen sie bliesen. Zudem hängt das Ansehen, das eine Ehefrau genießt, zum Teil davon ab, woher der Mann sie geholt hat und unter welchen Umständen. Auch dieses Rückhalts entbehrte sie. Offenbar meinte sie, sie wäre auf Nummer Sicher, wenn es ihr gelänge, seine Kinder zugrunde zu richten, dabei hätte ihr allein die entgegengesetzte Haltung in den Augen der Öffentlichkeit mildernde Umstände verschafft. Wäre Papa der Mann gewesen, sich dem Konflikt beherzt zu stellen, hätte sich das Fehlschlagen des Unternehmens binnen weniger Monate oder sogar Wochen offenbart. Statt dessen zog sich die Misere jahrelang hin. Er schlich umher wie ein getrennter Wurm. Mein kurzer Auftritt wirkte wie ein Katalysator. Wenige Monate danach ging die Sache für immer zu Bruch.

Ich konnte die Luft im Umkreis von mehreren Kilometern nicht ertragen. Sie ging mir zu nah, war zu bedrängend und geschwängert mit Erinnerungen an das, was einmal war.

Deshalb suchte ich Arbeit in einer anderen Stadt. Was Trübsal, Hoffnungslosigkeit und Lähmung der Lebensgeister anbelangte, war es dort nicht anders als daheim. Aber ein Erlebnis richtete mich auf. In einem Abfallhaufen fand ich ein Exemplar von Miltons gesammelten Werken. Der Buchrücken fehlte, die Seiten waren vergilbt. Aber das Buch war vollständig. Also las ich *Das verlorene Paradies* und schwelgte in Miltons Silben und Satzmelodien, ohne zu ahnen, daß er einer der größten Dichter der Welt ist. Ich las das Buch, weil es mir gefiel.

Ich arbeitete den ganzen Band durch und steckte ihn zu meinen Habseligkeiten. Statt Arbeit zu suchen, lag ich irgendwo im Wald und las langsam, um den Sinn der Worte zu begreifen. Einige verstand ich nicht. Aber ich hatte so viele Bücher gelesen, daß zumindest mein passiver Wortschatz nicht gerade dürftig war.

Eine junge Frau, die verreisen wollte, bat mich, sie

zwei Monate lang zu vertreten. Sie arbeitete in einer Arztpraxis, und ich brauchte nichts weiter zu tun, als Telefonate entgegenzunehmen und ein bißchen nach dem Rechten zu sehen.

Zunächst hielt der Arzt mich für ungeeignet, aber er brauchte auf der Stelle jemanden, also holte er einmal tief Luft und sagte, er wolle es mit mir versuchen. Schon nach dem ersten Tag kamen wir prächtig miteinander aus. Ich war so interessiert an der Arbeit und machte mich so nützlich, daß er versprach, mich, sobald ich ein bißchen älter wäre, als Arzthelferin anzulernen, falls das andere Mädchen nicht wie versprochen zurückkäme.

Just zu dieser Zeit bekam ich einen Brief von meinem ältesten Bruder Bob. Er hatte soeben das Medizinstudium abgeschlossen und schrieb, er wolle mir helfen, wieder zur Schule zu gehen. Ich solle sofort zu ihm kommen. Seine Frau lasse herzlich grüßen. Ich würde seine Kinder bestimmt mögen. Er war seit dem ersten Studienjahr verheiratet und hatte drei Kinder.

Meine Freude war unbeschreiblich. Ich würde wieder ein Zuhause haben. Ich würde wieder zur Schule gehen. Ich würde bei meinem Bruder leben! Endlich besann er sich wieder auf mich. Meine fünf Unglücksjahre waren vorüber!

Nie werde ich die Glückseligkeit meiner überstürzten Abreise vergessen. Als ich zum Bahnhof kam, verabschiedete ich mich – nicht von jemand Bestimmtem, sondern von der Stadt, von Einsamkeit, Niederlage und Enttäuschung, von kümmerlichen Lebensbedingungen, leblosen Häusern und betäubtem Kummer, von einem Menschenschlag, zu dem mich nichts hinzog, von einem Lebensabschnitt. Ich sagte allem ade und sank auf die Polster meiner Sitzbank.

Es war früher Abend. Ich werde nie vergessen, wie der rote Sonnenball überm Horizont hing, ein Stückchen mit dem Zug um die Wette lief und dann hinter der Nabelbinde der Erde versank. Es gab noch andere Sonnen, die in einer für mich bedeutungsvollen Weise untergingen. Aber *diese* Sonne! Sie war ein Lesezeichen in den Seiten eines Lebens. Ich erinnere mich an die langgezogene Wolke, die ihre Fallstrecke maß.

Aber mir standen weitere Enttäuschungen bevor. Mit der Schule war es erst mal nichts. Ich wurde im Haus gebraucht. Mein Bruder machte einen Spaziergang mit mir und erklärte, es gäbe Ärger, wenn er mich gleich in die Schule steckte. Für seine Frau würde das aussehen, als wolle er mich verwöhnen. Ich solle tüchtig arbeiten und mich nützlich machen im Haus, dann werde er beizeiten alles für mich in die Wege leiten.

Das machte mich gar nicht glücklich. Ich wollte die Highschool beenden. Ich hatte eigene Vorstellungen vom Leben, und danach sehnte ich mich mit quälendem Verlangen. Und nun schien es, als sei ich davon so weit entfernt wie eh und je. Diesmal würde ich für meine Arbeit nicht einmal Geld bekommen, geschweige denn Freizeit. Aber dafür lebte ich bei meinem über alles geliebten Bruder, und die Kinder waren hinreißend! Ich war bald Hals über Kopf in sie vernarrt.

Ich mußte früh aufstehen und im Küchenherd Feuer anzünden. Nur ja nicht zuviel Lärm machen und meine Schwägerin nicht aufwecken. Ich dürfe nicht vergessen, daß sie Mutter sei und Erholung brauche. Sie habe seine Kinder zur Welt gebracht und verdiene, daß er für sie tue, was er könne, und so weiter. Irgend etwas stimmte nicht daran. Ich war nicht der Vater dieser Kinder, und einige Monate später wurde mir klar, was nicht stimmte. Es ging mir blitzartig auf. Sie hatte kein Kind für mich zur Welt gebracht, also schuldete ich ihr nichts. Jemand anders vielleicht, aber ich bestimmt nicht. Mein Bruder tat, als sei ich der Vater der Kinder und nicht er selber. Es gäbe noch mehr zu sagen, aber mein Bruder ist tot, und ich möchte seinem Andenken unter keinen Umständen unrecht tun oder lieblos sein zu den Lebenden. Meine Schwägerin ist eine der hingebungsvollsten Mütter der Welt. Sie stand beherzt zu meinem Bruder in einer Zeit, als es Mut erforderte. Aber schließlich war sie mit ihm verheiratet, nicht ich.

Dann schloß ich unerwartet Freundschaft mit einer Weißen. Sie war arm und hatte Kinder in meinem Alter. Ihr Mann war Elektriker. Sie fand Interesse an mir und setzte mir allerlei Flöhe in den Kopf. Zu behaupten, ich sei ärmlich gekleidet gewesen, wäre geprahlt. Bestenfalls kann ich sagen, man hätte mich nicht wegen unsittlicher Entblößung verhaften können. Ich erinnere mich, daß ich mir Handschuhe wünschte. Ich hatte noch nie welche besessen, und eine meiner Freundinnen hatte mir gesagt, wenn ich ausgehen wolle, müsse ich Handschuhe tragen. Ich konnte mir keine leisten und war ganz unglücklich. Ich konnte mir nicht mal ein Taschentuch kaufen.

Eines Tages ließ meine neue Freundin mir heimlich ausrichten, ich solle zu ihr kommen. Wir hatten ein Geheimzeichen. Ihr Sohn kam vorbei und pfiff so lange, bis ich mich zeigte, um ihm zu bedeuten, daß ich ihn gehört hatte. Dann ging er, und ich kam nach, sobald ich konnte. An jenem Tag sagte sie mir, sie hätte eine Stelle für mich. Ich war selig.

»Es wäre ne tolle Stelle, wenn du sie kriegst, Zora. Ich glaub, du schaffst es. Ich hab meinen Mann gebeten, er soll tun, was er kann, und er meint, er hat sie unter Dach und Fach für dich.«

»Uiih! Was für ne Arbeit?«

»Als Kammerzofe. Für ne Sängerin vom Theater, wo er als Elektriker arbeitet. Sie hat ein Dienstmädchen aus dem Norden mitgebracht, aber die hat sich mit allen möglichen Farbigen rumgetrieben und sieht so aus, als tät sie vom Fleck weg heiraten. Sie will die Stelle gar nich mehr. Die Dame hat die Männer im Theater gefragt, ob sie nich jemand für sie wissen, und da hat mein Mann an dich gedacht. Ich hab ihm gesagt, er soll den anderen sagen, er kennt genau das richtige Mädchen dafür. Sie is scheint's ne mords nette Person.«

Ich war ganz aus dem Häuschen. Angst hatte ich auch, weil ich von der Arbeit einer Kammerzofe keine blasse Ahnung hatte. Ich hoffte inständig, daß die Dame es damit nicht so genau nehmen und mir eine Chance geben würde, es zu lernen.

»Du mußt nett aussehn. Deshalb hab ich Valena in die Stadt geschickt, dir n Kleidchen kaufen.« Valena war ihre Tochter. »Es is billig, aber hübsch und modisch. Geh in Valenas Zimmer und probier's mal an.«

Das Kleid war aus marineblauem Popeline, hatte einen Rock mit Kellerfalten und einen kleinen runden weißen Kragen. Ich war mir selber noch nie so hübsch vorgekommen. Zu dem Kleid lieh ich mir von Valena einen dunkelblauen Filzhut mit nach oben gebogener Krempe. Meine mütterliche Freundin sah zu, daß ich meine Schuhe blank polierte, gab mir Fahrgeld für den Bus und schickte mich mit allen erdenklichen guten Ratschlägen auf den Weg.

Als ich den Bühneneingang des Theaters betrat, war mir, als stiegen meine Füße die goldene Himmelsleiter empor. Die Geräusche, die Gerüche, das Tohuwabohu hinter der Bühne entrückten mich in eine lieblichere Sphäre. Am liebsten wäre ich auf die Garderobentür zugetanzt, die man mir wies. Aber meine Freundin war unsichtbar bei mir und flüsterte mir ein, wie ich mich benehmen sollte, und da mußte ich mich so ruhig und gesetzt verhalten wie nur möglich.

Es wurde gerade die Morgenvorstellung von HMS *Pinafore* von Gilbert und Sullivan gegeben, daher bedeutete man mir zu warten. Nach einer Weile beendeten eine Tenor- und eine Sopranstimme ein Duett, und eine schöne, blonde junge Frau von etwa zweiundzwanzig Jahren kam auf die Garderobe zugeeilt. Ich wartete, bis sie drinnen war und die Tür geschlossen hatte. Dann klopfte ich an und wurde hineingerufen.

Sie sah mich an und verzog das Gesicht zu einem breiten Lächeln, das fast schon ein Lachen war.

»Tag, kleines Mädchen«, flötete sie. »Wo kommst du denn her?«

»Von zu Hause. Ich hab Sie sprechen wolln.«

»Ach, wirklich? Wie schön. Was wünschst du von mir?«

»Ich will für Sie arbeiten.«

»Für mich arbeiten?« Sie warf den Kopf zurück und lachte. Ich war entsetzt. Vielleicht war alles ein Scherz, und es gab gar keine Stelle. »Als was denn?« tirilierte sie weiter.

»Als Ihre Kammerzofe.«

»Du? Ja, wie alt bist du denn?«

»Zwanzig«, sagte ich und bemühte mich, eine seriöse Miene aufzusetzen, wie man mir geraten hatte. Aber sie lachte so schallend, daß ich alles vergaß und mitlachte.

»Oh, nein, du bist keine zwanzig.« Sie lachte noch

immer, aber es war kein höhnisches Lachen. Nur überschäumende Heiterkeit.

»Na gut, achtzehn«, lenkte ich ein.

»Nein, auch keine achtzehn.«

»Na gut, wie wär's mit sechzehn?«

Sie mußte wieder lachen. Und anstatt ernst dreinzublicken, wie mir empfohlen worden war, lachte ich selber wie närrisch.

»Ich glaube nicht, daß du sechzehn bist, aber ich will's mal durchgehen lassen«, sagte sie.

»Am nächsten Geburtstag. Ehrlich.«

»Schon gut; du bist angestellt. Aber lassen wir mal die Altersfrage beiseite. Ich glaub, ich mag dich. Wie heißt du?«

Ich sagte es ihr, voll Sorge, daß sie mich über meine Familie befragen würde. Aber sie fragte nicht.

»Also, Zora, ich zahle zehn Dollar die Woche plus Spesen. Meinst du, das reicht?«

Ich wäre fast umgefallen. Zehn Dollar, und das jede Woche! Gab es denn so viel Geld auf der Welt? Manno-meter! In dem Tempo würde ich bald Bankbesitzerin sein.

»Ja, Ma'am!« rief ich.

»Na gut, dann bring mir mal andere Schuhe.«

Sie streckte den Fuß vor und deutete auf das Paar, das sie anziehen wollte. Ich schob ihr die Schuhe über die Füße, und sie tätschelte mir unterdessen den Rükken. Dann deutete sie auf ein weißes Kleid, das sie anziehen wollte, ich sprang auf, holte es und öffnete die Haken. Sie puderte sich das Gesicht, lachte mir im Spiegel zu und rauschte hinaus. Ich war auf der Stelle vernarrt in sie. Ich wusch die Schuhbänder von einem Paar weißer Schuhe und ihre Strümpfe, die über einer Stuhllehne hingen, und wrang alles in einem Badehandtuch aus, damit es schneller trocknete. Dann setzte ich mich vor den Spiegel und betrachtete mich selber. Es war zu schön!

Dann mußte ich all die fremdartigen Schminkutensilien auf dem Tisch inspizieren. Ich probierte aufs Geratewohl damit herum, als sie wieder hereinkam.

Am gleichen Abend durfte ich in den Kulissen stehen und zuhören, wie sie mit dem Tenor das Duett »Farewell, my own! Light of my life, farewell!« sang. Es war so schön, daß sie mir überirdisch erschien. Eine einzige Wonne. Hätte der Himmel das noch überbieten können, ich hätte nichts davon wissen wollen.

Ich ging erst gar nicht wieder nach Hause, das heißt zu meinem Bruder. Ich fürchtete, er würde versuchen, mich zurückzuhalten. Ich schlief auf einer Liege in Valenas Zimmer. Sie war fast so aufgeregt wie ich und kam mich jeden Abend im Theater besuchen, wo sie die ganze Truppe kennenlernte. Wir waren nun beide wichtige Leute. Ihre Mutter mußte uns jeden Tag zu später Stunde zum Schweigen bringen, damit wir endlich einschliefen.

Das Ende der verzauberten Woche kam, und die Theatertruppe mußte weiterziehen. Miss M., meine Arbeitgeberin, fragte mich, was ich an Kleidungsstükken im Gepäck hatte. Ich solle nicht mit einem alten kaputten Koffer zum Zug kommen, weil sie sich sonst schämen würde. Zu guter Letzt schoß sie mir das Geld für einen Koffer vor und zahlte mir meinen Wochenlohn. Ich gab meiner Freundin die sechs Dollar für mein neues Kleid zurück. Valena schenkte mir den Hut, ein zweites Paar Schlüpfer zum Wechseln und Strümpfe. Ich kaufte Kamm, Bürste, Zahnbürste, Zahnpasta und zwei Taschentücher. Als ich an jenem Vormittag zum Bahnhof kam, ahnte Miss M. nicht, daß mein neuer Koffer mit Zeitungspapier ausgestopft war, damit meine Siebensachen nicht klapperten.

Das Ensemble war mit einem Operettenrepertoire von Gilbert und Sullivan auf Tournee und hatte im Zug immer einen Wagen für sich. Noch so eine Herrlichkeit, die mich in helles Entzücken versetzte. Der erste Tenor hatte einen Kammerdiener und die Altistin eine englische Zofe, beide weiß. Ich war die einzige Negerin weit und breit. Aber das kümmerte mich kein bißchen. Ich hatte gar keine Gelegenheit, mich einsam zu fühlen, weil die Truppe mich als neues Lieblingsspielzeug willkommen hieß. Damals kam mir das nicht befremdlich vor. Ich dachte gar nicht darüber nach. Heute weiß ich, warum.

Erstens war ich Südstaatlerin und trug die Landkarte von Dixie auf der Zunge. Die anderen stammten, mit Ausnahme des Dirigenten, der aus Pensacola kam, alle aus dem Norden. Nicht daß meine Grammatik komisch gewesen wäre, es waren meine Redensarten. Sie wußten gar nicht, wie viele Gleichnisse und Schimpfwörter jedes durchschnittliche Südstaatenkind, ob weiß oder schwarz, mit der Muttermilch aufnimmt. Da unten versteht man sich auf Schimpfwörter. Es ist gang und gäbe, jemanden fischköpfiger, eselsohriger, schieläugiger, schweinsnasiger, krokodilsgesichtiger, heringsmäuliger, knallköpfiger, ziegenbäuchiger, dickwanstiger, kamelhöckriger, stinkstiebeliger, grobschlächtiger, x-beiniger, säbelbeiniger, klumpfüßiger, schaufelflossiger, spätentwickelter Soundso zu nennen. Augen wie gepellte Paradieskörner und ein Mund wie ne Abwaschschüssel voll zertöpperter Pötte! Die Leute da unten können einem in Gleichnissen haargenau sagen, wie man geht und riecht. Sie können einem eine ganze Ahnengalerie liefern und ein Abbild künftiger Kinder.

Die Erlebnisse, die sie einem weissagen, sind bilderreich und blumig. Da die Angehörigen dieser Schicht der Südstaatenbevölkerung nicht viel fürs Bücherlesen übrighaben, entnehmen sie ihre Vergleiche direktenwegs dem Hinterhof und den umgebenden Wäldern. Wenn sie jemanden durchgehechelt haben, stehen er und seine Angehörigen wie ein Feld voller Totempfähle da.

Da ich noch grün hinter den Ohren war, fing der Bariton gleich am ersten Tag an, mich aufzuziehen. Ich sprang auf und sagte ihm, er solle aufhören, mich zur Sau zu machen! Das brachte alle auf den Geschmack. Sie verulkten mich unentwegt, nur um mich reden zu hören. Aber es war nicht böse gemeint. Wenn ich wütend wurde und Klartext sprach, gefiel ihnen das um so besser. Ich wurde pausenlos mit Icecream-Sodas und Coca-Cola gefüttert.

Obendrein machte es ihnen Spaß, jemanden um sich zu haben, den sie in Verlegenheit bringen konnten. Ich war tief bestürzt, als der Leiter des Ensembles mich einmal in seine Garderobe rief und fragte, wie ich meine Stellung fände. Als ich ihm erzählt hatte, wie gut sie mir gefiele, stürzte er mit halbgeschminktem Gesicht hinaus und schrie: »Hör auf, Zora! Bitte hör auf! Schäm dich was! Mir so eine unanständige Geschichte zu erzählen. Also nein! Ich war noch nie im Leben so schockiert!«

In allen Garderobentüren tauchten Köpfe auf. Seufzer, betrübtes Kopfschütteln und Entsetzenslaute. Traurig! Traurig! Sie seien bloß froh, daß ich nicht auch ihnen mit so was gekommen sei. Nicht zu glauben! Nicht zu glauben! Kein Lächeln, nirgends. Je mehr ich zu erklären suchte, desto schlimmer wurde es. Manche schlossen die Türen, um ihre Ohren vor solcher Besudelung zu schützen. Endlich hatte Miss M. ein Einsehen. Sie lachte und klärte mich über die Pointe auf. Eine Zeitlang brachten mich keine zehn Pferde mehr in eine andere Garderobe als die von Miss M. Aber das tat den Späßen keinen Abbruch. Immer wieder heckten sie etwas Neues aus, beispielsweise richtete es einer der Männer so ein, daß er mit mir zusammen den Gang zwischen den Sitzreihen entlanglief, und alle hoben entsetzt die Augenbrauen, taten, als erröteten sie, zwinkerten einander zu und stießen seufzend hervor: »Zora! Zora! Was würde deine Mutter sagen?« Ich war völlig aus der Fassung. Am Ende fanden sie mich wirklich unanständig!

Manche der Männer machten sich auf andere Art einen Jux aus meiner Unerfahrenheit, indem sie mich zu sich riefen und mit tiefernster Miene zu einigen der jungen Sängerinnen schickten, um nach dem werten Befinden von Pflaumen und Juckbeeren zu fragen. Sie gaben mir ein Trinkgeld und beauftragten mich, rasch mit der Antwort zurückzukehren. Manche Mädchen ließen ausrichten, die Männer bräuchten sich gar nicht den Kopf zerbrechen. Sie würden sowieso nie einen blassen Dunst vom Befinden ihrer Pflaumen und Juckbeeren haben. Andere Mädchen schickten Nachrichten voller Anzüglichkeiten, die über meinen Horizont gingen. Dann sagte die Soubrette den Männern die Meinung über dieses Treiben, und sie ließen es sein.

Nichts davon war böse gemeint. Es entsprach nur ihrer Vorstellung von guten Garderobenscherzen. In der Zwischenzeit war ich offensichtlich für alle unentbehrlich geworden. Ich wurde ständig mit Süßigkeiten, Nüssen und Limonade verwöhnt. Alle ließen mich in unserem Eisenbahnwagen bereitwillig neben sich sitzen, und die Mädchen warfen jedesmal Pennies hoch, um zu entscheiden, welche mich in ihr Hotelzimmer abschleppen würde. Oft bestellten sie Bier und Brezeln, aber mir bot nie jemand alkoholische Getränke an. Dafür bekam ich all ihre Liebesgeschichten und Nöte zu hören. Jede von ihnen hoffte, eines Tages Hauptrollen zu spielen oder zu singen. Irgendeine berühmte Persönlichkeit hatte in den höchsten Tönen von allen ihren Aufführungen geschwärmt. Bloß die miesen Produzenten und Besetzungschefs hatten ihnen einfach keine Chance gegeben. Miss M. machte schließlich meinen Eskapaden mit den anderen ein Ende. Künftig mußte ich, wenn sie schlafen gehen wollte, bleiben, wo immer sie war. Sie hatte ihre eigenen Angelegenheiten mit mir zu besprechen.

Sie bezahlte mir einen Manikürekurs, und ich probierte meine Fähigkeiten an allen Ensemblemitgliedern aus, bis ich mein Handwerk beherrschte. Dieser Kurs sollte mir später sehr zustatten kommen.

Bei all der Hätschelei wurde ich frech wie ein Spatz auf der Fifth Avenue. Ich bekam ein Poesiealbum, und alle schenkten mir Fotos dafür. Ich klebte jedes Bild auf eine eigene Seite und schrieb Kommentare darunter. Das weckte allgemeines Interesse, denn einige der Bemerkungen waren ziemlich kess. Sie feuerten mich an, mehr ins Detail zu gehen. Da kam ich auf die Idee, alltägliche Begebenheiten zu beschreiben und die Zettel ans schwarze Brett anzuschlagen. Sie fanden sofort Anklang. Allerdings blieben die Anschläge nicht mal eine Woche lang mein alleiniges Werk, denn immer wieder nahmen mich Ensemblemitglieder beiseite und erzählten mir Dinge, die ich über andere einfließen lassen sollte. Bald erfreute sich das Spiel solcher Beliebtheit, daß alle mitmachten. Nur die Handschrift war vorwiegend die meine. Aber auch das änderte sich bald. Die anderen warteten nicht mehr auf mich. Sie nahmen einen Stift mit ans Brett und verfaßten ihre eigenen Mitteilungen. Die Antworten kamen prompt und lösten oft stürmische Heiterkeit aus. Sie fingen an mit »Zora sagt ...« oder »Die aufmerksame Berichterstatterin stellt fest ...«. Du liebe Güte, was Zora nicht alles sagte! Ich war immer wieder verblüfft und belustigt. Natürlich gab es verstohlene Anspielungen auf mutmaßliche heimliche Liebesaffären, aber keine gemeinen Seitenhiebe. Alle hatten ihren Spaß, selbst die Opfer.

Als die Spielzeit zu Ende ging, hatte Miss M. schon den Vertrag für eine Rolle in einem anderen Stück in der Tasche, aber die Proben sollten erst zwei Wochen später beginnen. Daher nahm sie mich mit zu sich nach Boston, und ich erfuhr einiges, was ich gar nicht unbedingt wissen wollte.

Manchmal war sie verspielt wie ein junges Mädchen, manchmal düster und verstimmt. Sie liebte ihre Mutter über die Maßen, aber wenn sie deren lange, wortreiche Briefe bekam, las sie sie mit ausdruckslosem Gesicht und zerriß sie sorgfältig. Dann war sie niedergeschlagen, und ich durfte ihr keine Minute von der Seite weichen. Dann wieder war sie in unbändiger Spiellaune. Es war befremdend mitzuerleben, wie ein Mensch erst weinte und dann stundenlang umhertollte wie ein junger Hund. Manchmal mußte sie Sherry trinken, bevor sie nach einer heftigen Balgerei mit mir schlafen gehen konnte. Fürs Hotelzimmer erfand sie ein Spiel, das sie »Jake« nannte. Sie nahm Rouge und malte sich das Gesicht in furchterregendem Rot an. Ich mußte mich mit ihrem Lidschatten blau bemalen. Dann jagten der blaue und der rote Jake einander in Einbauschränke, über Betten, durch Badezimmer. Sie schleiften ihre Lakengewänder hinter sich her und verhedderten sich unversehens darin. Wir duckten uns und lauerten einander auf und lachten und kreischten bis zur Erschöpfung.

Dann, am nächsten Tag, sagte sie unter Umständen kaum ein Wort.

Während ich bei ihr war, lernte sie einen reichen Geschäftsmann aus Newark kennen, und ich merkte, daß es sie erwischt hatte. Es geschah alles sehr plötzlich, wie im Märchen. Sie sagte, jetzt, wo sie heiraten und die Bühne verlassen werde, wolle sie nicht, daß ich für irgend jemand anderen in diesem Gewerbe arbeitete. Im Gegenteil, sie fände, ich solle überhaupt nicht arbeiten. Ich solle zur Schule gehen. Ich hätte Grips, und es sei ein Jammer, wenn ich keine bessere Bildung mitbekäme. Sie wünschte, sie könne selber ins Ausland gehen und studieren, aber dafür sei es inzwischen endgültig zu spät. Die in ihren Tiefen angestauten Träume ließen sie seufzen.

Wir reisten damals durch den Norden von Virginia in Richtung Baltimore. Als wir dort ankamen, erkundigte sie sich nach Schulen, umarmte und drückte mich stürmisch, gab mir das bißchen Geld, das sie erübrigen konnte, und forderte mich auf, mit ihr in Verbindung zu bleiben. Sie werde tun, was in ihren Kräften stehe, mir zu helfen.

So gingen wir auseinander. Ich war achtzehn Monate lang bei ihr gewesen, und auch wenn wir beide es nicht gemerkt hatten, war ich die ganze Zeit zur Schule gegangen. Ich hatte mich durch und durch gelockert und in alle erdenklichen Richtungen entfaltet.

Gelesen hatte ich auch einiges. Nicht soviel wie zuvor, aber dafür gezielter. Der Tenor der Theatertruppe war Harvard-Absolvent und hatte Europa bereist. Er hatte ständig Bücher bei sich und bot sie mir immer häufiger an. Als ich ihn das erste Mal bat, mir eines zu leihen, guckte er mich an, als wollte er fragen »Wozu?« Aber als er merkte, daß ich es wirklich mit Genuß las, gab er nach und überließ mir die Bücher von da an widerstrebend. Er tat immer ein bißchen mürrisch, aber ich spürte, daß es nicht so gemeint war. Es war nur der Harvardianer in ihm.

Und dann war da der musikalische Aspekt. Sie schulten mich in klassischer Musik, in guter Musik, wenn man so will. Nicht weil es irgend jemandes erklärte Absicht gewesen wäre. Allein durchs tägliche Dabeisein wurde ich mit Gilbert und Sullivan und mit den besten Werken der Operettenwelt vertraut. Auch mit großen Opernwerken, denn alle Solisten hatten sowohl Privatunterricht in klassischer Musik genossen als auch an staatlichen Konservatorien studiert. Selbst die Chargendarsteller und Chorsänger hatten irgendeine Stimmausbildung gehabt, und die meisten spielten Klavier. Immer wieder geschah es, daß sich der eine oder andere Solist nach einer Matinee-Vorstellung auf den Klavierhocker fallen ließ und anhob, Opernarien zu singen. Nicht ohne Wehmut. Arien, die sie einst an der Metropolitan Opera in New York oder an der Mailänder Scala zu singen gehofft hatten und von denen sie auch jetzt noch träumten, auch wenn ihre Haare dünner und ihre Hüften schwerer wurden. Andere, schon in Straßenkleidern, gesellten sich dazu und fielen ein. Und so bekam ich Solopartien, Duette, Quartette und Sextette aus den berühmtesten Opern zu hören. Auf meine Fragen erklärten sie mir bereitwillig, was sie sangen. Singend demonstrierten sie, wie Caruso, Farrar, Mary Garden, Trentini, Schumann-Heink, Matzenauer und wer auch immer dieses oder jenes Stück interpretiert hatte. Vielleicht war das ihre Tragik. Sie waren nicht selber bahnbrechende Interpreten, sondern Bewunderer bahnbrechender Interpreten. Nichtsdestoweniger war es für mich absolut himmlisch, obwohl es bestimmt niemand anders so empfand. Ich war nur zufällig anwesend, während sie ihren Träumen freien Lauf ließen.

Diese Zeit hatte mich noch in anderer Weise reifen lassen. Ich hatte miterlebt – ich hatte das Glück gehabt mitzuerleben –, wie Menschen gescheiterte Karrieren durch Liebe kompensierten. Immer wieder erlebte ich mit, wie der eine oder andere zwischen zwei Akten oder Auftritten hinter der Bühne auf einem Hocker saß und jemandem sein Herz ausschüttete. Umgekehrt hatte ich erfahren, wie Karrieren von Liebe hinterlassene Löcher auffüllten und seelische Trümmer zudeckten. Diese Erfahrungen, wenn auch nur aus zweiter Hand, öffneten mir die Augen und gaben mir zu denken.

Aber nun war alles vorüber. Ich hatte keine Ahnung, wie ich es anstellen sollte, aber ich würde wieder zur Schule gehen.

In manchen Augenblicken fühlte ich mich mutig und zuversichtlich. Mein Wunsch, wieder zur Schule zu gehen, war nie verstummt. Aber sobald ich mit mir selber allein war und in mich hineinlauschte, wurde mir angst und bang. Vor dieser Anstellung war ich einsam gewesen, bis auf die Knochen ausgehungert nach Geborgenheit und Liebe. Solange ich bei diesen Leuten arbeitete, hatte ich eineinhalb Jahre lang am warmen Feuer gesessen und mich an ein Gefühl von innerem Frieden gewöhnt. Jetzt mußte ich meinen Pilgerstab aufnehmen und mich wieder auf den Weg machen. Vielleicht würde es diesmal anders sein. Fünf meiner Unglücksvisionen waren gekommen und wieder gegangen. Auch die sechste Vision von dem Haus, das einen neuen Anstrich brauchte, die mir so viel Elend prophezeit hatte, daß ich klamm vor Entsetzen aus dem Schlaf aufgeschreckt war, hatte mich heimgesucht. Auf der Flucht vor ihr hatte ich das blaue Popelinekleid angezogen. Immerhin stand sie mir nicht mehr bevor. Entschlossen ergriff ich die einzige Waffe, die ich besaß – Hoffnung –, und nahm die Beine in die Hand. Vielleicht würde von nun an alles gut werden. Vielleicht. Und so zog ich denn meine Schuhe an und machte mich auf den Weg.

9
Wieder in der Schule

Abermals Gehversuche auf Fliegenpapier. Was ich brauchte, um wieder zur Schule zu gehen, war Geld. Ich hätte eine Menge sparen können, wenn ich mein Geld nur bekommen hätte. Aber ungewiß, wie Theatereinkünfte nun mal sind, bekam ich mein Geld die Hälfte der Zeit gar nicht. Wenn ich es bekam, hatte ich welches, und wenn es nicht gezahlt wurde, kümmerte es mich nicht. Aber jetzt brauchte ich es. Miss M. hatte, wie sie mir brieflich mitteilte, selber Geldsorgen, weil sie ihre Angehörigen unterstützen mußte, daher bat ich sie nie mehr um irgend etwas. Ich trug es ihr nicht nach. Ich hatte es die ganze Zeit sehr gut gehabt.

Ich versuchte es mit Bedienen und war auch eine gute Kellnerin, wenn ich mit den Gedanken dabei war, was nicht oft geschah. Das anmaßende Gehabe männlicher Kunden verdroß mich mehr als die Eintönigkeit der Arbeit. Die anzüglichen Seitenblicke, die angeblich zufälligen Berührungen an den Schenkeln, um bei mir auf den Busch zu klopfen. Männer beim altbekannten klammheimlichen Fummelspiel. Manche ließen, nachdem sie für einen Vierteldollar gegessen hatten, fünf Cent Trinkgeld für mich liegen, blieben dann draußen vor der Tür stehen und bedeuteten mir mit einer Kopfbewegung, ihnen zu folgen und sich das Ende vom Lied anzuhören. Aber ich war nicht neugierig. Mir war es nicht so sehr um meine Tugend zu tun. Die Sache reizte mich einfach nicht. Sie versprach weder den Zauber der Liebe noch materielle Vorteile. Was nützen einem schon Säue ohne Perlen? Manche gebildeten Männer sprachen über Dinge, die mich interessierten, aber sobald sie merkten, daß ich zuhörte, sahen sie mich an, als wollten sie sagen, »Was willst du schon damit anfangen?«

Dann mußte ich zu allem Übel auch noch krank werden. Es war nicht etwa eine Krankheit, wie sie sich für arme Leute ziemt. Nein, ich mußte eine Blinddarmentzündung bekommen und auf der Stelle operiert werden. Für mich bedeutete das die Armenstation des Maryland General Hospital von Baltimore.

Als ich zur Operation in den Chirurgiehörsaal gebracht wurde, schlug ich Gott einen Handel vor. Ich fürchtete den Tod nicht. Niemand würde mich sehr vermissen, und ich hatte keine Schätze zu vererben. Diesbezüglich würde ich dem Leben nicht nachtrauern. Aber ich bot Gott an, wenn ich überlebte, den vagen Einflüsterungen zu folgen und den Lebensweg ausfindig zu machen, den ich offenbar einschlagen sollte. Wie? Wann? Warum? Was? Das alles war mir verborgen.

Als sie mich an jenem Tag um zwei Uhr nachmittags für die Operation ankleideten und mich in den Raum mit dem Nordlicht und den vielen Fenstern hinaufschafften, erhob ich mich, bevor die Krankenschwester mir Einhalt gebieten konnte, aus meinem Krankenrollstuhl, ging zu einem der Fenster, tat einen langen Blick hinüber nach Baltimore und hinaus auf das, was ich von der Welt sehen konnte, ergab mich in mein Schicksal, kletterte ohne Hilfe auf den Tisch und atmete tief ein, als man mir die Narkosemaske auf die Nase hielt.

Ich jagte dem Arzt und den Schwestern einen

Schrecken ein, weil ich erst um neun Uhr abends wieder zu mir kam, aber sonst ging es mir gut. Ich lebte, also mußte ich meinen Teil des Handels mit Gott erfüllen.

Bald hatte ich die nächste Stelle als Kellnerin und versuchte wieder, Geld zu sparen, trotzdem wurde ich das Gefühl nicht los, immer auf der Stelle zu treten.

Ich versuchte noch alles mögliche, aber immer hatte ich dieses Gefühl, das man manchmal im Traum hat, als wollte man rennen und versänke bei jedem Schritt bis zu den Knien in weichem, zähem Morast. Und dieser Morast fühlte sich nicht nur an den Füßen unheimlich an, er roch auch widerlich. Wie konnte ich ihm entrinnen?

Wie ich trotz allem wieder in die Schule kam? Indem ich einfach hinging. Ich hatte lange genug vergeblich versucht, das Geld dafür aufzubringen. Ich besaß kaum noch ein Kleidungsstück. Von der Hand in den Mund zu leben brachte mich nicht weiter. Also ging ich ins Abendgymnasium in Baltimore, und das wirkte Wunder.

Dort begegnete ich dem Mann, der mir den Schlüssel zu einigen Dingen geben sollte. Ich hatte Englischunterricht bei Dwight O. W. Holmes. In keiner anderen Haut auf der ganzen Welt steckt ein dynamischerer Lehrer. Er strahlt Frische und Schwung aus und gibt einem zu verstehen: »Da vorn gibt's was Tolles zu entdecken. Das wolln wir uns mal ansehen.« Er ist unterwegs auf der Pilgerschaft zum Horizont. So wirkte er jedenfalls auf mich. Er räumte Hindernisse aus dem Weg. Etwas an seinem Gesicht machte der Trübsal und Kleinmut in mir ein Ende. Ich spürte, daß es zu schaffen war.

Ich lieferte schriftliche Arbeiten ab und beantwortete Fragen wie alle anderen. Er nahm keine besondere Notiz von mir, bis er uns eines Abends in einer Stunde über englische Dichter *Kubla Khan* von Samuel Taylor Coleridge vorlas. Das muß man mal gehört haben. Dwight Holmes ist kein schöner Mann, sein Gesicht hat etwas von einem Wissenschaftler, nichts Papierenes und Gesetztes, aber tiefliegende Augen, die Funken sprühen. Dieser hohe und doch gebogene Nasenrücken über dem dünnlippigen Mund ... also, das ganze erinnert irgendwie an einen der alten Römer, an Cicero, Caesar oder Vergil, nur mit brauner Haut.

An jenem Abend verflüssigte er Coleridges unsterblichen Geist und ließ die Quelle fließen. Ich weiß nicht, ob etwas an meiner Haltung seine Aufmerksamkeit weckte oder ob etwas, das ich zuvor getan hatte, ihn veranlaßte, den Strom in meine Richtung zu lenken. Jedesmal, wenn er die Augen von der Seite hob, blickte er mir geradenwegs in die Augen. Das lenkte meine Aufmerksamkeit aber nicht speziell auf ihn, sondern auf das Gedicht. Es war ein eigenartiges Erlebnis. Ich bin so sehr Augenmensch, daß alle übrigen Sinne Bilder in mir hervorrufen. Während ich zum erstenmal Coleridges Gedicht lauschte, sah ich alles, was der Dichter mir vor Augen führen wollte, und zugleich unendliche kosmische Zusammenhänge. Nachdem Mr. Holmes' Stimme verstummt war, fand ich tagelang nicht wieder ins Alltagsleben zurück.

Dies war meine Welt, sagte ich mir, ich will ein Teil davon werden und darin aufgehen, und wenn es meine letzte Handlung auf Gottes grünem Erdball ist.

Er tat noch mehr. Einmal sprach er mich nach der Stunde an und lobte meine Mitarbeit. Und noch etwas tat er. Er fragte mich nie über meine Herkunft aus, aber sein Blick und sein Tonfall sagten mir, daß er alles über mich wußte. Sein ganzes Verhalten besagte: »Ungeachtet aller vergangenen und gegenwärtigen Schwierigkeiten: Leg dich ins Zeug!«

Danach war ich nur noch zweimal in seinem Unterricht. Ich sagte kein Wort über meinen Entschluß. Aber in der darauffolgenden Woche fuhr ich zum Morgan College und meldete mich im dortigen High-School Department an, um die Hochschulreife nachzuholen.

William Pickens, der Direktor der Vorbereitungsstufe von Morgan, war Neger. Auch er strafte meine Erwartungen Lügen. Ich war darauf gefaßt, von ihm und seinesgleichen gehörig eingeschüchtert zu werden. Ich konnte mich weder auf Geld noch auf Familie berufen. Aber als ich zu ihm kam, unterzog er mich einer kurzen Prüfung, rechnete mir zwei Jahre High School an und teilte mir mein Unterrichtspensum zu. Auf seine Art war er ebenso verständnisvoll wie Dwight Holmes.

Da er wußte, daß ich kein Geld hatte, muß er wohl mit seiner Frau gesprochen haben, denn wenige Tage später bestellte sie mich zu sich und teilte mir hocherfreut mit, sie habe eine Stelle für mich, die es mir ermöglichen werde, nebenher zur Schule zu gehen. Die Frau von Dr. Baldwin, einem weißen Geistlichen und Verwaltungsbeirat von Morgan, habe sich das Hüftgelenk gebrochen. Er suche ein Mädchen, das im Hause wohne, ihr morgens beim Anziehen und abends beim Ausziehen behilflich sei und sich überhaupt ein bißchen um sie kümmere. Sie benötigten nur morgens und abends jemanden. Dafür bekäme ich Unterkunft und zwei Dollar die Woche. Mrs. Pickens ahnte offensichtlich, daß ich die Stelle mit Freuden annehmen würde, das merkte ich an der Art, wie sie mir die Arbeit beschrieb. Und so war es auch.

Ich zog also zu den Baldwins. Die Familie bestand aus dem Pfarrer, seiner Frau und seiner Tochter, Miss Maria, offenbar um die dreißig Jahre alt und unverheiratet.

Sie besaßen eine großartige Bibliothek. Ich stürzte mich darauf und gebärdete mich, als könnten die Bücher weglaufen. In einer Nacht lernte ich Thomas Grays *Elegie auf einem Dorfkirchhof* auswendig, aus Furcht, ich könnte nie wieder Gelegenheit finden, sie zu lesen. Als nächstes lernte ich *Die Ballade vom Zuchthause zu Reading* von Oscar Wilde, und dann machte ich mich über das *Rubaijat* des Omar-e Chaijjam her.

Es wäre eine unzulässige Dramatisierung, wollte ich mich als Aschenputtel darstellen, das von den wohlgekleideten Schülern geschnitten und umhergeschubst wurde und ihnen zum Trotz fleißig lernte und schließlich über sie triumphierte. Ich lernte fleißig, aber nur weil mir bewußt war, daß ich drei Jahre Unterrichtsstoff aufzuholen hatte. Allerdings war mir Lernen nie schwergefallen. Obendrein hatte ich mir bereits Hunderte von Büchern einverleibt. Nicht alles davon wohlausgewählte Lektüre. Manches könnte man als Schund bezeichnen. Nebst einigen wirklich bereichernden Büchern hatte ich Nick Carter, Horatio Alger, Bertha M. Clay und ein ganzes Sammelsurium von Groschenromanen verschlungen. Ich bedaure nicht, Schund gelesen zu haben. Es hat mir kein bißchen geschadet. Es hat mich weitergebracht, denn was zählt, ist der frühe Erwerb der Lesegewohnheit. Geschmack und der natürliche Reifungsprozeß sorgen später für alles weitere.

Niemand schubste mich herum. In meiner Klasse waren wir achtzehn Schüler, sechs davon Jungen. Gutaussehende, wohlgekleidete Mädchen aus den besten Negerfamilien von Baltimore waren meine Klassenkameradinnen: Ethel Cummings, die Tochter eines sehr erfolgreichen Anwalts, und Bernice Naylor, deren Vater ein großer Prediger war. Die Hughes-Mädchen Bernice und Gwendolyn, die nicht nur schön waren, sondern deren Angehörige sich überall in den Vereinigten Staaten in akademischen Berufen hervorgetan haben. Dann Mary Jane Watkins aus New York, die heute Zahnärztin ist und mit ihrer üppigen Figur, ihren Riesenaugen und ihrer samtenen Haut als das aufreizendste weibliche Wesen gilt. Alle Mädchen in meiner Klasse hatten den Ruf, hübsch zu sein. Es hieß nicht nur, daß die Klasse die bestaussehende Klasse auf dem Campus sei, College und Prep School zusammengenommen, sondern daß sie überhaupt die bestaussehende Gruppe sei, die das Schicksal je zusammengeführt hatte. Auch Rosa Brown gehörte zu dieser Klasse. Sie besaß nicht nur bildschöne Augen in einem gemmenartig geschnittenen Gesicht, sondern herrliche, glänzend schwarze Locken, die ihr bis zur Taille reichten. Sie hat inzwischen eine gute Partie gemacht und ist mit Tanner Moore, einem wohlhabenden Anwalt in Philadelphia, verheiratet. Mit Stadthaus, Autos, Landhaus und allem Drum und Dran.

In dieser Klasse mit den tollen Mädchen und den flotten Jungen waren die Mädchen in der Überzahl, und unsere paar Jungen waren sowohl in der Stadt als auch auf dem Campus sehr gefragt. Die Mädchen der Klasse wußten ganz genau, daß sie ein Ärgernis waren, denn die College-Studentinnen hatten ständig über diese »Pennälerinnen« zu murren, die ihnen die College-Studenten ausspannten. Sie erließen eigens eine neue Hausordnung deswegen, aber es half alles nichts. Die Studentinnen zogen einfach den kürzeren, während die Pennälerinnen sich munter austobten.

Mit einem Gesicht, das aussah, als hätte es jemand an seinem freien Tag mit dem Beil aus einem knorrigen Stück Kiefernholz geschnitzt, saß ich nun inmitten all dieser Lieblichkeit. Zu allem Übel besaß ich nur ein Kleid, ein Paar Schlüpfer zum Wechseln und ein Paar hellbraune Schnürhalbschuhe.

Daher stürzte ich mich nicht gerade in Freundschaften, aber ich scheute auch nicht davor zurück. An meinem zweiten Schultag mußte ich mir die Nase putzen, hatte aber kein Taschentuch bei mir. Mary Jane Watkins saß neben mir und schob mir rasch und wortlos ihr Taschentuch in die Hand. Wir waren in der Kapelle, und Dr. Spencer hielt gerade eine Ansprache. Deshalb behielt sie den Blick nach vorn gerichtet. Ich nickte zum Dank. So begann eine Freundschaft.

Einmal, ungefähr nach der ersten Schulwoche, merkte ich, daß Bernice Hughes, deren Vater, Dr. W. A. C. Hughes, eine wichtige Persönlichkeit in der Methodist Episcopal Church und Verwaltungsbeirat im College, mich beobachtete. Sie hatte die grauen Augen auf mich geheftet und die roten Lippen zu einer nachdenklichen Schnute verzogen. Ich wußte nicht, wie ich das auffassen sollte. Wir hatten englische Geschichte, ein Fach, das mir sehr lag, und ich machte meine Sache bei der mündlichen Nacherzählung nicht schlecht. Als die Stunde zu Ende war und die Klasse in den nebenan liegenden Raum umzog, reihte sie sich neben mir ein und sagte: »Du bist mir ja ein schlaues Haus! Ich nenn dich in Zukunft Oberschlauberger.« Dann brach sie in ihr typisches Lachen aus, hinter dem sie ihre Gefühle verbirgt, und ich lachte auch. Bernice hat eine Art, sich zu geben, daß man sie einfach angucken und mögen muß, egal, was sie tut.

»Ab morgen sitz ich neben dir, Knallkopf, und zwar für immer. Hörst du?« Wieder lachte sie auf ihre ansteckende Art. »Hat ja keinen Sinn, daß wir beide wie die Blöden lernen. Du kannst einfach für uns beide lernen.«

Von da an war ich aus der Familie Hughes nicht mehr wegzudenken. Auf Anhieb fällt mir kein Familienclan ein, der mehr Attraktivität und Talent pro Kopf und Sproß aufzuweisen hat als die Hughes. Wenn sie nicht immer brillante Leistungen vollbringen, dann nicht, weil sie dazu nicht imstande wären. Gutes Aussehen und Charme stehen ihrer Geistesleistung im Wege, das ist alles. Und man vergißt sie ganz bestimmt nicht. Wenn ein Hughes in der Stadt ist, bekommt man das garantiert auf die eine oder andere Art mit.

Schon bald stellte sich heraus, daß mein Kleidermangel meinem Vorwärtskommen nicht im Wege stand. Hin und wieder fragte mich jemand: »Zora, was willst du morgen in die Schule anziehen?« Ich ließ ihnen den Spaß und beschrieb, was ich anzuziehen gedachte. Aber kaum stand eine Veranstaltung oder eine Geselligkeit an, nahmen mich meine Klassenkameradinnen beiseite, oder sie schrieben mir Zettel, auf denen sie anboten, mir etwas zum Anziehen zu leihen. Ich mußte die Angebote der Reihe nach annehmen, um ja niemanden zu kränken.

Bei den Jungen kam ich auch gut an. Ich angelte mir Stanley James, einen Football-Spieler aus der College-Mannschaft. Dann war es Douglas Camper, ein College-Student im letzten Studienjahr. Sein Bruder war Football-Star an der Howard University in Washington. Die Mädchen aus unserer Klasse hatten sämtliche älteren Semester mit Beschlag belegt, so daß keine einzige College-Studentin von einem von ihnen zum Abschlußball eingeladen wurde. Wir sahen einfach nicht ein, daß derlei Veranstaltungen über die Bühne gehen sollten, ohne daß unsere Clique vollzählig vertreten war. Mary Jane hatte sich Ed Wilson, den Clark Gable unter den Studenten, für den Anlaß gekapert, und damit war die Sache gelaufen.

Immer, wenn Miss Clarke, unsere Englischlehrerin, abwesend war, mußte ich sie vertreten. Das kam wieder und wieder vor, mitunter war sie eine ganze Woche lang weg. In Geschichte war es das gleiche. Einmal mußte ich fast einen Monat lang in allen Klassen die Vertretung in Geschichte übernehmen und dafür von meinen anderen Stunden freigestellt werden. Meine Klassenkameraden wahrten mir gegenüber Respekt, bis es läutete. Aber wie sie sich danach über mich und meine ernste Miene beim Unterrichten lustig machten!

Angesporn von William Pickens, belegte ich beim Rhetorikwettbewerb der High School den zweiten Platz. Rosa Brown errang den ersten Preis und Bernice Hughes den dritten, ein Beleg dafür, daß unsere Klasse entschlossen war, bei allem, was vor sich ging, die erste Geige zu spielen.

Mein erstes Werk veröffentlichte ich auf der schwarzen Tafel in der Aula von Morgan. Ich schrieb eine gleichnishafte Geschichte mit den Mitgliedern des Lehrerkollegiums als handelnden Personen. Die meisten meiner Klassenkameraden waren im Bilde.

An jenem Morgen ging ich besonders früh zur Schule, und als die Glocke zur Schulandacht läutete, war die große Tafel mit der Geschichte vollgeschrieben. Der Präsident von Morgan, Dr. Spencer mit seiner lockigen weißen Mähne, war der gutmütige »Große graue Bär« der Geschichte. Pickens war der »wildgewordene Läuserechen«. Zum großen Vergnügen der Schüler- und Studentenschaft saßen fast alle Lehrer oben auf dem Podium. Und wir konnten sehen, wie einzelne von ihnen während des Gottesdienstes immer wieder verstohlene Blicke über die Schulter auf die Tafel warfen.

Als Spencer sich erhob, um aus der Bibel zu lesen, war sein Gesicht unter dem weißen Schopf so rot wie eine rote Rübe. Er schaute ständig nach hinten auf die Tafel und fuhr sich dabei mit den Fingern mehrmals durch die Haare.

Als der kurze Gottesdienst vorüber war, sprach er die Geschichte an und brach wahrhaftig in Gelächter aus. Da konnten endlich auch alle anderen lachen. Alle bis auf Direktor Pickens' Nachfolger. William Pickens beabsichtigte, nach New York umzuziehen, um bei der N.A.A.C.P., der National Association for the Advancement of Colored People, eine Aufgabe zu übernehmen. Sein Nachfolger machte ein Gesicht wie drei Tage Regenwetter. Oben an der Tafel verkörperte er den »Taschenzahn«, und die Rolle behagte ihm gar nicht. Er hatte sich diesen Spitznamen zugezogen, weil seine beiden Eckzähne übermäßig lang und kantig waren. Meine Klassenkameraden fanden, sie sähen aus wie die Taschen auf meinem einzigen eigenen Kleid. In unseren Augen war und blieb er der »Taschenzahn«. Am nächsten Morgen hielt er die Andacht und ermahnte alle, sie sollten sich unterstehen, noch mal etwas dergleichen an die Tafel zu schreiben. Direktor Pickens steckte trotz seines grimmigen, hitzigen offiziellen Stirnrunzelns und seiner aufbrausenden Art voller jungenhaftem Schalk. Bei ihm zu Hause sah

Mrs. Pickens nach dem Rechten, während er mit seinen drei Kindern spielte. Ruby, die jüngste, schien ihn um den Finger wickeln zu können. Ich ging täglich bei den Pickens ein und aus. Einmal hörte ich, wie er mit Ruby ihre Chancen erörterte, sich mit Harriet, ihrer älteren Schwester, zu prügeln. Sie hatte es vergeblich versucht. Pickens war voller Mitgefühl, sagte ihr aber, er fürchte, Harriet sei ihr überlegen. Sie solle lieber auf andere Weise mit ihr abrechnen. Wenn sie unbedingt mit ihr kämpfen müsse, dann solle sie Harriet einen schnellen Hieb versetzen und dann Reißaus nehmen. Das sei der beste Rat, den er ihr erteilen könne. Mrs. Pickens ließ ihr Buch sinken und warf ihrem Mann einen Blick zu, der ihrem Sohn Bill hätte gelten können.

Die zwei Jahre in Morgan waren die reine Freude. Ich fühlte mich gut aufgehoben. Endlich tat ich, was ich schon immer hatte tun wollen. Jedes neue Stückchen Wissen, das ich erwarb, machte mich glücklich. Der Naturkundeunterricht war ungeheuer interessant für mich. Vielleicht, weil Mr. Calloway ein so überzeugender Lehrer war. Nur in Mathematik war ich schlecht. Warum sollte A gleich minus B sein? Was zum Teufel war eigentlich X? Ich hatte keine blasse Ahnung. Ich weiß es bis heute nicht. Ich schaffte es nur, weil unser Mathematiklehrer, Mr.Johnson, wußte, daß ich in allen anderen Fächern gut war, und mir regelmäßig ein »befriedigend« gab. Vermutlich begriff er, daß ich zu den Menschen gehöre, die keinen Sinn für Zahlen haben. Nach allem, was man mir beigebracht hat, kann man A minus B nie so weit vereinfachen, daß eine gerade Zahl herauskommt. Das werde ich nie verstehen, und ich habe bis heute nicht versucht dahinterzukommen.

Nach der Erlangung der Hochschulreife hatte ich

eigentlich in Morgan bleiben wollen. Aber der Zufall wollte es anders. Mae Miller, Tochter des bekannten Howard-Dozenten Kelly Miller, kam ans Morgan College, um ihre Kusinen Bernice und Gwendolyn Hughes übers Wochenende zu besuchen. So brachte uns das Schicksal zusammen. Nach ein paar Stunden Jux und Tollerei sagte sie: »Zora, du hast das Zeug für Howard. Willst du nicht an die Howard University kommen?«

Nun ist die Howard University bekanntlich der Gipfel der Neger-Bildung auf der Welt. Dort sind Negergeld, Negerschönheit und Negerprestige versammelt. Howard ist für Neger, was Harvard für Weiße ist. Ähnlich wie über Harvardianer heißt es über Howardianer: Sie erkennt man zehn Meilen gegen den Wind, aber sie lassen sich von niemandem etwas sagen. Was andere Negerschulen und ihre Absolventen leisten, hören sie sich mit gelangweilter Nachsicht an. In der Howard University ist nicht nur der akademische Anspruch hoch, auch der Tee wird nach allen Regeln der Kunst eingeschenkt!

Ich wußte Bescheid über die dünkelhaften Fraternities und Sororities und die aufwendigen Kleider und das ganze Drum und Dran. Ich wußte, es war für mich nicht zu machen, und das sagte ich Mae.

»Du kannst bei meinen Eltern wohnen, Zora«, bot Bernice an. Ihre Eltern lebten damals in Washington, und Bernice und Gwendolyn wohnten im Internat von Morgan College. »Ich werde Mama fragen, wenn sie das nächste Mal zu Besuch kommt. Dann brauchst du für Unterkunft und Verpflegung nichts zu bezahlen. Und mit vereinten Kräften werden wir schon eine Stelle für dich ergattern, damit du die Studiengebühren aufbringen kannst.«

So zog ich in jenem Sommer nach Washington und ging auf Arbeitssuche. Zuerst fand ich eine Stelle als Kellnerin im exklusiven Cosmos Club in der Innenstadt und später als Maniküre im Frisiersalon von George Robinson an der G Street. Mr. Robinson ist ein Neger, der in der Innenstadt von Washington eine Kette von Herrenfriseurläden für weiße Kundschaft betreibt. Als ich die Studiengebühren fürs erste Vierteljahr zusammengekratzt hatte, schrieb ich mich ein.

Wer saß an der Howard University in Amt und Würden? Dwight Holmes! Wieder einmal richtete er mich auf. Ich war knapp bei Kasse, und ein Reifezeugnis des Morgan College hatte damals noch nicht den Stellenwert, den es heute hat. Es sah schlecht aus für mich, und ich war drauf und dran aufzugeben und alle Hoffnungen fahrenzulassen, als sich Gelegenheit zu einem Gespräch mit Dwight Holmes bot. Er ermutigte mich nach Kräften, und so blieb ich bei der Stange und holte alle erforderlichen Stunden nach.

Ich werde nie vergessen, wie ich bei meiner ersten College-Versammlung in der Kapelle der berühmten Universität saß. Ich war so stolz, daß ich dem Geist von Howard versprach: »Du hast mich aufgenommen. Ich bin ein winziges Bißchen von deiner Größe. Ich schwöre dir, daß ich dir nie Anlaß geben werde, dich meiner zu schämen.«

Das Hochgefühl ließ nie nach. Jedesmal, wenn ich in diesem Raum saß und, als Teil des Ganzen, auf das dicht mit Lehrern besetzte Podium, auf das Orchester und die Hunderte von Studenten um mich herum blickte, überkam es mich wieder. Montags, wenn wir den Gottesdienst mit dem Choral an unsere Alma Mater beschlossen, war mir, als sängen wir die Nationalhymne, *The Star Spangled Banner:*

Hoch in den östlichen Himmel
ragt auf der Hügelkuppe
über dem tiefblauen See
Unsere Alma Mater, aufrecht und kühn.
Steht für Wahrheit und Recht,
Sendet ihre Strahlen aus,
in majestätischem Gewand.
Unser Howard! Wir preisen dich.

Meine Seele stellte sich auf die Zehenspitzen und reckte sich, damit ihr ja nichts entging. Und so war ich bedacht, im Unterricht fleißig mitzuarbeiten und zu beweisen, daß ich würdig war, mich im Schatten des Geistes von Howard zu bewegen, der uns umfing. Ich spürte die Leiter unter den Füßen.

Mr. Robinson richtete es so ein, daß ich nachmittags von halb vier bis halb neun im Frisiersalon arbeiten und so meinen Lebensunterhalt verdienen konnte. Bald wußten die meisten Kunden, daß ich Studentin war, und gaben mir entsprechende Trinkgelder. Im Schnitt kam ich auf zwölf bis fünfzehn Dollar die Woche.

Mr. Robinsons Friseurladen in der G Street Nummer 1410 wurde von Bankiers, Senatoren, Kabinettsmitgliedern, Kongreßangehörigen und Presseleuten besucht. Der National Press Club lag einen Häuserblock weiter stadteinwärts an der gleichen Straße, das Finanzministerium einen Häuserblock in der anderen Richtung, und das Weiße Haus war nicht weit weg.

Ich lernte eine Menge dadurch, daß ich die Hände solcher Männer in die Finger bekam. Ihre Gespräche drehten sich um Weltpolitik, Staatsangelegenheiten, Persönlichkeiten des öffentlichen Lebens, die neuesten Schwänke aus den Hinterzimmern von Senat und Repräsentantenhaus und derlei mehr. Mir kamen Neuigkeiten aus dem Weißen Haus und dem Abgeordnetenhaus zu Ohren, bevor sie in der Zeitung standen. Vermutlich konnten unsere Kunden es nicht erwarten, mit jemandem darüber zu reden, und bei mir waren ihre Mitteilungen gut aufgehoben. Selbst wenn ich etwas ausplauderte, würde mir sowieso niemand glauben. Überdies schmeichelte es mir ungemein, wenn man mir nahelegte, das Gehörte nicht weiterzusagen. Es kam vor, daß ein Senator, ein Bankier und ein beim Weißen Haus akkreditierter Pressekorrespondent gleichzeitig an meinem Tisch saßen. Während ich den einen manikürte, warteten die anderen, und alle plauderten miteinander. Manchmal hatten sie es nur darauf abgesehen, mich aufzuziehen. Dann wieder sprachen sie über Dinge, die sich jüngst ereignet hatten oder sich ihrer Ansicht nach demnächst ereignen würden. Pikante Geschichten über bekannte Persönlichkeiten, heimliche Liebesaffären, Seitenhiebe, die hinter den Kulissen ausgetauscht wurden. Bald verließen sich die Kunden auf meine Diskretion und sagten: »Zora kann ein Geheimnis für sich behalten. Die ist in Ordnung.« Dabei weiß ich, daß es auf meine Verschwiegenheit nicht ankam. Sie machten ihren angestauten Gefühlen dort Luft, wo es nicht schaden konnte.

Manche von ihnen bedeuteten mir mehr als andere, weil sie mir mehr Aufmerksamkeit widmeten. Frederick William Wile, ein Regierungskorrespondent, unterhielt sich hin und wieder angelegentlich mit mir über das Leben und über Aufstiegschancen und ähnliches mehr. Er hatte drei Präsidenten kommen und gehen sehen. Er war mit ihnen umhergereist, ganz zu schweigen von all seinen anderen Reisen in sämtliche Winkel der Welt. Er war außerordentlich belesen. Manchmal sprudelte er über von Geschichten und

Witzen, und dann wieder philosophierte er tiefsinnig mit mir über Weltanschauungen und erläuterte mir, warum einer ein großer Mann war und ein anderer nur ein aalglatter Politiker und so weiter.

Andere prominente Presseleute blieben länger sitzen und plauderten länger mit mir, als ich brauchte, um ihre Hände zu maniküren. Einer von ihnen schrieb mir, weil er wußte, daß bestimmte Leute regelmäßig in meiner Nähe saßen und miteinander plauderten, zwei oder dreimal Fragen auf einen Zettel, die ich den anderen stellen sollte, und bat mich, ihm ihre Antworten weiterzusagen. Die Fragen wurden mir alle beantwortet, aber nur unter dem Siegel der Verschwiegenheit, und so mußte ich schwindeln und dem Reporter sagen, der Betreffende habe es mir nicht sagen wollen. Wie ernst die Sache war, merkte ich erst, als mir der Journalist fünfundzwanzig Dollar anbot, damit ich einen bestimmten Kongreßabgeordneten aus dem Süden etwas Bestimmtes fragte und ihm die Antwort so rasch wie möglich mitteilte. Er ließ einen Riesenbecher französische Eiscreme für mich kommen, um den Handel perfekt zu machen. Der Mann, den ich ausfragen sollte, kam am nächsten Tag zum üblichen Termin und redete mit seiner sanften Stimme auf mich ein, wie wichtig es sei, immer redlich und vertrauenswürdig zu sein. Wie konnte ich ihn da ausfragen? Außerdem war er ein ausgezeichneter Graecist, der mir einen langen Text aus Xenophons *Cyropaedeia* für eine Hausarbeit übersetzte und mich ausführlich über Griechen und Perser aufklärte. Ich hatte nichts gegen den Zeitungsmenschen. Er mußte alle Hebel in Bewegung setzen, um an seine Informationen zu gelangen, aber mir wäre es unerträglich gewesen, dem liebenswürdigen Abgeordneten so übel mitzuspielen. Ich sagte dem Reporter, wie ich die Sache sah. Er verstand und kam nie wieder mit solchen Ansinnen.

Mr. Johns, ein anderer Kunde, ebenfalls Zeitungsmensch, beleibt, bedächtig, nie ohne Spazierstock, war immer zu einem Späßchen aufgelegt. Für ihn war Logan, unser ältester Dienstmann, ein gefundenes Fressen. Logan hatte einen langen Kopf, der auf beiden Seiten so platt war, daß er aussah, als sei er zwischen zwei Bohlen flachgepreßt worden. Er lief über den Onkel und gab wunderliche Sprüche von sich.

Einmal erzählte er Mr. Johns, während er dessen Schuhe putzte, was für ein Draufgänger er sei. Er könne ganz schön grob werden, wenn er in Rage gerate. Logan sei ein ganz Schlimmer, wenn man ihn frage. Er könne nichts dafür. Er habe indianisches Blut in den Adern. Einfach schlimm und stark. Er brauche bloß seinen afrikanischen Suppenknochen ausstrecken, dann sei garantiert irgendwer fällig. (Mit Suppenknochen meinte er seinen Arm.) Wenn ein Mann nicht umfalle, auf den *er* einschlage, würde er um ihn herumgehen und nachsehen, an was der sich aufrecht halte. Jawoll, Sir! Mr. Johns hörte Logan lächelnd zu. Er ermunterte ihn, mehr über seine Kräfte zu erzählen. Schon tags darauf kam Mr. Johns in den Laden und verkündete, sie hätten einen Bären, oben in Keith's Theater, und sie bräuchten jemanden, der mit ihm ringen könne. Es sei eine Menge Geld drin für denjenigen, der sich ein Herz fasse und mit dem Bären ringe. Und weil er wisse, daß Logan Geld brauche und furchtlos sei, habe er Logans Namen angegeben. Er habe Logan gern und wolle nicht riskieren, daß ihm eine so tolle Chance, reich und berühmt zu werden, durch die Lappen gehe. Logan brauche bloß zu Keith's Theater zu gehen und zu sagen, Mr. Johns schicke ihn.

»Nee, Sir, Mr. Johns«, sagte Logan. »Ich tu mit kein Bär nich ringen. Nee, Sir!«

»Aber Logan, du hast mir doch gesagt – alle Leute hier haben dich gehört –, du würdest, wenn du in Rage kommst, mit den blanken Fäusten Bären jagen gehen. Diesen Bären brauchst du nicht mal jagen. Er ist schon da, ein paar Straßenecken weiter, und wartet auf dich. Du darfst mich nicht so im Stich lassen. Ich hab dem Mann schon gesagt, du würdest dich freuen, mit seinem alten Bären zu ringen!«

»Wie groß isn der Bär, Mister Johns?«

»Och, bloß ein ausgewachsener Bär, Logan. Ganz harmlos. Er wiegt bestimmt nicht mehr als hundertachtzig Pfund, grob geschätzt. Ein Klacks für einen Mann wie dich. Soviel wiegst du ja selber, Logan.«

»Nee, Sir! Bloß kein großen Bär nich. Nee, Sir!«

»Na, Logan, was für ein Bär würde dir denn vorschweben? Du brauchst mir's nur zu sagen, dann arrangiere ich das mit dem Mann.«

»Besorgen Sie mir n klitzeklein Babybär, Mr. Johns, vielleicht drei Monate alt. Mit so was von Bär tät ich gern ringen. Jawoll, Sir!«

Ein Ereignis machte mir deutlich, wie schnell man Vorsätze über Bord wirft, wenn man Gefahr läuft, seine Erwerbsquelle zu verlieren. Eines Nachmittags kam ein Neger in den Salon und ließ sich auf Mr. Banks' Frisiersessel fallen. Banks war der Filialleiter, und bediente seine Kunden auf dem Stuhl gleich neben der Tür. Es geschah so überraschend, daß Banks den Mann eine Minute lang nur anschaute und kein Wort hervorbrachte. Schließlich fand er seine Sprache wieder und fragte: »Was wollen Sie?«

»Haare schneiden und rasieren«, sagte der Mann herausfordernd.

»Aber Sie können hier keinen Haarschnitt und keine Rasur bekommen. Mr. Robinson hat einen schönen Laden für Neger an der U Street, Ecke Fifteenth«, teilte Banks ihm mit.

»Weiß ich, aber ich will hier bedient werden. Die Verfassung der Vereinigten Staaten – «

Aber inzwischen hatte Banks ihn am Arm gepackt. Nicht ruppig, aber doch so, daß er ihm aus dem Frisiersessel half.

»Ich kann Ihnen gar nicht die Haare schneiden«, verwehrte Banks sich. »Ich hab glatte Haare schneiden gelernt. Keiner in diesem Laden weiß, wie's geht.«

»Och, kommen Sie mir nich mit dem Quatsch!« knurrte der Glaubensstreiter. »Sein Sie nich so ein Onkel Tom.«

»Gehn Sie schon, Freundchen. Sie können hier nicht bedient werden.«

»Ich bleib hier, bis ich bedient werd. Ich kenn meine Rechte. Mit so Sachen muß mal Schluß sein. Ich werd hier ordentlich bedient, oder ich verklag den Laden.«

»Dann klagen Sie nur«, erwiderte Banks. »Gehn Sie ein paar Ecken weiter, und lassen Sie sich dort die Haare schneiden, Mann. Seien Sie nicht so stur wegen nichts und wieder nichts.«

»Und ich werd hier drin bedient!«

»Sie sind an der Reihe, Mr. Powell«, sagte Banks zu einem wartenden Kunden. »Tut mir leid, Mister, aber Sie gehn besser die paar Ecken weiter.«

»Aber ich hab ein Recht, daß man mich bedient, wo's mir paßt«, sagte der Neger und steuerte auf Updykes Frisiersessel zu, der gerade leer wurde. Updyke drehte seinen Sessel schnell herum, so daß der Mann sich nicht setzen konnte, und stellte sich davor.

»Finger weg von *meinem* Sessel!« fuhr Updyke ihn an. »Machen Sie, daß Sie weiterkommen.«

Aber anstatt zu gehen, machte der andere Anstalten, mit Gewalt auf den Stuhl zu gelangen.

»Streitet nicht lange mit ihm rum! Schmeißt ihn raus!« rief jemand von hinten. Und im Nu halfen Friseure, eingeseifte Kunden mit halbgeschnittenen Haaren und Dienstmänner mit vereinten Kräften, den Neger hinauszuwerfen.

Der Ansturm trug ihn weit hinaus, mitten auf die G Street, wo er zu Boden stürzte. Er blieb liegen und schien den Märtyrer spielen zu wollen, aber das Dröhnen nahender Autos ließ ihn aufspringen und davonhasten. Wir hörten nie wieder von ihm. Ich hatte mich an dem Handgemenge nicht beteiligt, aber auch ich wollte, daß er hinausgeworfen wurde. Meine Stelle war in Gefahr.

Erst nachts im Bett analysierte ich die Angelegenheit und merkte, daß ich dem Jim-Crow-System Vorschub geleistet hatte, gegen das ich mich theoretisch wehren sollte. Aber wir – zehn schwarze Herrenfriseure, drei schwarze Dienstmänner und zwei schwarze Maniküren – waren ganz aus dem Häuschen gewesen, weil unsere Existenz durch den Verlust von Kundschaft bedroht war. Niemand hatte in dem Augenblick wirklich nachgedacht. Es war eine spontane Reaktion gewesen. Zum erstenmal wurde mir bewußt, daß Eigennutz alle möglichen anderen Anschauungen außer Kraft setzt. Ich habe das seitdem Hunderte von Malen wiedererlebt, und heute verstehe ich es. Eigennutz gewinnt die Oberhand über rassische, nationale, religiöse und soziale Anschauungen. Angelsachse gegen Angelsachse, Jude gegen Jude, Neger gegen Neger und alle denkbaren Bündnisse zwischen den dreien gegen andere

Bündnisse. Auf den ersten Blick sollte man meinen, wir fünfzehn Neger hätten das Rassenproblem spüren und den Mann bedienen sollen. Er war einer von uns. Vielleicht wäre es eine schöne Geste gewesen, wenn Banks sich an den gutbesuchten Laden gewandt und verkündet hätte, dieser Mann würde bedient werden wie alle anderen, auch auf die Gefahr hin, sie als Kundschaft zu verlieren, und wenn sich unterdessen alle anderen Bediensteten in der Mitte des Ladens zusammengeschart und gerufen hätten: »So wahr wir hier stehen!« Es wäre eine bewegende Tat gewesen, die einen Tag lang Schlagzeilen gemacht hätte. Dann wären wir alle nach Hause gegangen, zu unseren unbezahlten Mieten und Rechnungen. Ich hätte von der Universität abgehen und meine Wanderschaft wieder aufnehmen müssen. Der »militante« Neger, der Verursacher von alledem, hätte sich auf dem Scherbenhaufen aufgeplustert und stolz gekräht. Niemand erfuhr je, wer oder was er war. Vielleicht hatte er aus einer spontanen Eingebung heraus gehandelt, ohne sich klarzumachen, daß die Durchsetzung seiner Forderung den Ruin bedeutet hätte für einen anderen Neger, für Mr. Robinson, der sich seinen Besitz hart erkämpft hatte. Nicht nur der Laden in der G Street wäre geschlossen worden, sondern auch der Laden in der F Street und alle anderen sechs Läden in der Innenstadt. George Robinson mir nichts, dir nichts wegen einer »Rassen«-Einstellung in den Ruin zu treiben, wäre tragisch und widersinnig gewesen. Er half, wenn er konnte, jedem Neger, der seine Lage irgendwie zu verbessern trachtete. Er besaß selber keine Bildung, aber er befürwortete sie. Er hätte jedem anstelligen Studenten der Howard University in einem seiner Friseurläden Arbeit gegeben, und sei es nur ein paar Stunden die Woche.

Ich weiß nicht, was in diesem Fall das einzig Wahre gewesen wäre. Ich weiß nur, wie mir zumute war. Eine Person, die einem die Existenzgrundlage wegzunehmen droht, hat immer etwas Verwerfliches und Abstoßendes. Das ist einfach menschlich, nehme ich an.

An der Universität lebte und arbeitete ich mich gut ein. Ich konnte nur wenige gesellige Veranstaltungen mitmachen, weil ich Geld verdienen und abends, nach der Arbeit, Seminare und Vorlesungen aufarbeiten mußte. Und ich hatte mir ein anstrengendes Pensum vorgenommen.

Der Lehrer, der den stärksten Einfluß auf mich ausübte, war Lorenzo Dow Turner, der Direktor der Anglistikabteilung. Er war groß und schlank und hatte welliges schwarzes Haar über einem schmalen, ästhetischen, olivbraunen Gesicht. Er war Harvard-Absolvent und verstand etwas von seinem Fach. Sein Vortrag war sanft und zurückhaltend. Die Tatsache, daß er aussah, als sei er Ende zwanzig oder höchstens Anfang dreißig, ließ Mädchen um glänzende Nasen besorgt sein, bevor sie seinen Unterrichtsraum betraten.

Während ich ihm lauschte, reifte in mir der Entschluß, Englischlehrerin zu werden und, lässig ans Katheder gelehnt, über die Dichter des achtzehnten Jahrhunderts zu referieren und die Ursprünge des modernen Romans zu erläutern. Kinder, die gerade zur Welt kamen, würden dermaleinst von mir nonchalant vom Katheder herunter über Addison, Poe, DeQuincey, Steele, Coleridge, Keats und Shelley aufgeklärt werden. Meine einfühlenden und zugleich sachkundigen Auslassungen über Defoe, Burns, Swift, Milton und Scott würde ich hier und da mit der Spur eines Lächelns unterstreichen, bevor ich mich wieder in meine Notizen vertiefte.

Am überwältigendsten fand ich E. C. Williams. Er war Bibliothekar und leitete die Abteilung für romanische Philologie, ein weltoffener und weitgereister Mann, schlagfertig und scharfsinnig und doch irgendwie unnahbar. Einmal erklärte er mir, mit einer Studentin zu flirten sei für ihn wie mit einem Beißring spielen. Ihm gefielen kluge, geistreiche Frauen. Mittags pflegte er mit E. D. Davis, dem Direktor der Abteilung für Griechisch und Deutsch, essen zu gehen. Davis war das ganze Gegenteil von Williams und trotz seiner Bildung außerordentlich schüchtern. Oft luden die beiden mich ein und bezahlten meine Milch und mein Stück Kuchen. Williams bestritt den Löwenanteil der Unterhaltung. Ich warf ab und zu etwas ein. Davis saß da und lächelte. Einmal beschwatzte mich Professor Williams, ihn zu küssen. Er meinte, Davis werde aus dem Häuschen geraten, und das wolle er miterleben. Davis habe mich nämlich gerne um sich, flüsterte er mir zu. Dabei hatte ich ihm nie etwas angemerkt. Als ich krank wurde, kam Professor Davis mich besuchen und brachte mir einen Arm voll Rosen mit, aber er saß eine halbe Stunde lang nur da und sagte kaum ein Wort. Er saß bloß da und lächelte hin und wieder.

Insgesamt studierte ich eineinhalb Jahre an der Howard University. Ich hatte eigentlich den zweijährigen Studienabschnitt dort abschließen wollen, aber ich mußte unterbrechen, weil ich erkrankte, und als ich wieder gesund war, fehlte mir das Geld für die Studiengebühren.

Während des Studiums in Howard trat ich in die Zeta-Phi-Beta-Sorority ein, nahm an allen literarischen Veranstaltungen teil und wurde in den *Stylus*, den kleinen Literaturzirkel oben auf dem Hügel, aufgenommen. Ich taufte seine Studentenzeitung *The Hill Top*. Der *Stylus* bestand nur aus neunzehn Mitgliedern, zwei davon gehörten dem Lehrkörper an. Spiritus rector war Alain Leroy Locke. Die Zusammenkünfte waren sehr anregend.

Die Mitgliedschaft im *Stylus* war mitbestimmend für meinen weiteren Weg. Aufgrund einer Kurzgeschichte, die ich dafür geschrieben hatte, wurde ich von Charles Spurgeon Johnson, der damals gerade die Zeitschrift *Opportunity Magazine* gründete, aufgefordert, Texte einzusenden. Er schrieb mir, er wende sich an alle Neger-Hochschulen, um der Öffentlichkeit neue Schriftsteller und neue Texte vorzustellen. Ich schickte ihm eine Kurzgeschichte mit dem Titel *Drenched in Light*, die er in seiner Zeitschrift veröffentlichte. Danach brachte er *Spunk*, meine zweite Geschichte, heraus und schrieb mir einen liebenswürdigen Brief, in dem er auch von New York erzählte. Mit zunehmender Schreiblust wuchs in mir der Wunsch, in New York zu sein.

Charles Johnsons verlegerische Tat war der Ursprung der sogenannten Negro Renaissance. Sie war sein Werk und wurde nur wegen seiner übertriebenen Verschwiegenheit anderen zugeschrieben. Der Erfolg der Festbankette anläßlich der Preisverleihungen von *Opportunity* war etwas noch nie Dagewesenes. Eine Auswahl der preisgekrönten Texte wurde später von Alain Locke in einem Buch mit dem Titel *The New Negro* herausgebracht, aber es handelt sich vorwiegend um Material, das Charles Johnson, gegenwärtig Dozent an der Abteilung für Sozialwissenschaften der Fisk University in Nashville, gesammelt und veröffentlicht hat.

Da ich wegen fehlender Mittel das Studium in

Howard abgebrochen hatte und da es mich nach New York zog, beschloß ich, mein Glück dort zu versuchen und dort weiterzustudieren. Und so fand ich mich in der ersten Januarwoche des Jahres 1925 mit einem Dollar und fünfzig Cents in der Tasche, ohne Arbeit und ohne Freunde, aber mit einer Menge Zuversicht in New York wieder.

Die Johnsons nahmen sich meiner an, so gut sie konnten. Bei ihnen fand ich immer etwas zu essen. Mrs. Johnson spendierte mir regelmäßig Fahrgeld und ermutigte mich in einem fort. Ich begann, die beiden wahrhaft zu verehren.

Dank *Opportunity* kam ich also nach New York, und wiederum dank *Opportunity* landete ich schließlich am Barnard College. Bei der ersten festlichen Preisverleihung von *Opportunity*, am 1. Mai 1925, wurde ich für eine Kurzgeschichte geehrt. Daraufhin bot mir Fannie Hurst eine Stelle als Privatsekretärin an, und Annie Nathan Meyer vermittelte mir ein Stipendium für Barnard, wo ich dank ausreichender Leistungsnachweise angenommen wurde und vom Herbst 1925 bis zum Abschlußdiplom im Jahre 1928 studierte.

Ich habe keine Schauergeschichten von Rassendiskriminierung aus Barnard zu berichten. Gleich in den ersten Tagen schloß ich einige Freundschaften. Die erste mit Eleanor Beer, einer jungen New Yorkerin, die auf der West 71st Street, in der Nähe des Hudson, in einer luxuriösen Wohnung bei ihren Eltern lebte und im Volkswirtschaftskurs neben mir saß. Sie lud mich oft zu sich ein, und ihre Mutter machte es sich zur Aufgabe, mir gesellschaftlichen Schliff beizubringen. Ich lernte viel von ihnen. Sie waren weit herumgekommen und aufgeschlossen. Bei ihnen lernte ich, wie man mit Gabeln umging, wer als erster einen Raum betrat, wer sich als erster setzte und wer wem die Hand reichte. Und noch eine ganze Menge solcher Geschichten. Diese Menschen liegen mir bis heute sehr am Herzen. Als Eleanor mit Enzo de Chetalat, einem schweizerischen Bergbauingenieur, Hochzeit feierte, wurde ich eingeladen. Da ich mich damals gerade in Florida aufhielt, schickte ich ihr zu dem Anlaß eine mit Orangenblüten gefüllte Hutschachtel, um ihr durch die Blume Glück zu wünschen.

Die Hautevolee der Studentinnen nahm mich bald unter ihre Fittiche, und ich wurde die geheiligte schwarze Kuh von Barnard. Wer nicht mit mir Mittag gegessen hatte, konnte gar nicht mitreden. Ich war Privatsekretärin von Fannie Hurst und wohnte bei ihr in ihrer Maisonettewohnung in der 67th Street. Ich hatte es wahrlich gut getroffen.

Weil der Schwerpunkt in meinem Stundenplan auf Englisch, Politikwissenschaft, Geschichte und Geologie lag, empfahl mir mein Mentor, mich mit Fächern wie bildender Kunst, Volkswirtschaft und Anthropologie mehr der Kultur zuzuwenden. Ich begann, bei Gladys Reichard zu studieren, und als Franz Boas auf eine Semesterarbeit von mir aufmerksam wurde, gab ich den Traum auf, hoffnungsvollen Sprößlingen lässig an ein Katheder gelehnt Addison und Steele zu erklären.

Ich begann, Gladys Reichard, Ruth Benedict und Franz Boas, dem König der Könige, die Worte von den Lippen abzulesen.

Wie kein anderer auf Gottes Erdboden kann dieser Mann einen mit einem Blick oder einem Wort dazu bewegen, sich anzustrengen wie noch nie. Er wird von allen seinen Schutzbefohlenen vergöttert. Obendrein nennen wir ihn alle »Papa«. Einmal platzte ich in sein Büro und fragte nach »Papa Franz«. Seine Sekretärin sah mich strafend an und sagte, das solle ich ihn besser nicht hören lassen. Natürlich wußte ich, was die Glocke geschlagen hatte, trotzdem sprach ich ihn ein paar Tage danach auf einem geselligen Beisammensein der anthropologischen Fakultät in seinem Hause darauf an.

»Natürlich ist Zora meine Tochter. Aber sicher!« sagte er schmunzelnd. »Nur einer meiner Fehltritte, das ist alles.« Der Schmiß auf seiner Wange, den er sich angeblich bei einem Duell in Heidelberg zugezogen hatte, verzog sich zu einem Lächeln.

Außerhalb seines Büros sprüht Franz Boas nur so von jungenhaftem Humor. Langweilige, schwerfällige Diskussionen sind ihm ein Greuel. Komm zur Sache, verlangt er. Bring keinen Gesichtspunkt ins Spiel, den du nicht vertreten kannst. Er will Tatsachen hören, keine Vermutungen, und er kann einen so geschickt festnageln, daß man sich rasch abgewöhnt, den Mund zu voll zu nehmen. Entweder man findet sich damit ab, oder man läßt die Anthropologie sein.

Am Barnard College war mir ähnlich zumute wie an der Howard University. Ich hatte das Gefühl, außerordentlich privilegiert zu sein, noch mehr sogar als dort, und ich war entschlossen, die Chance zu nutzen. Allerdings hatte ich nicht die Absicht, eine Streberin zu werden, nur um den Weißen zu zeigen, daß ich Grips hatte. Ich ging davon aus, daß sie es merkten. Wäre ich sonst in Barnard gelandet? Nicht jeder, der stets den Herrn im Munde führt, wird durch diese geheiligten schmiedeeisernen Tore eingelassen. Mit seinem hohen Anspruch, seiner Ausstattung, dem Niveau seiner Studenten und Dozenten hat Barnard Anspruch auf einen Platz unter den ersten Hochschulen in Amerika. »Neben den Wassern des Hudson steht unsere altehrwürdige Alma Mater!« Rektorin Virginia Gildersleeve verkörpert diesen Anspruch. Es gibt noch ältere Frauen-Colleges, aber keine besseren.

Ich nahm mir also vor, einen guten Notendurchschnitt zu halten, an allen Veranstaltungen teilzunehmen und einfach Teil des Hochschullebens zu sein wie alle anderen. In meinem Abschlußzeugnis steht die Note »gut«, und ich bin damit vollauf zufrieden.

Mrs. Annie Nathan Meyer, Spiritus rector bei der Gründung der Hochschule und bis heute im College-Beirat, bewies Großmut, indem sie mir den Zugang ermöglichte. Ich werde immer in ihrer Schuld stehen.

Zwei Wochen, bevor ich mein Abschlußdiplom erhielt, bestellte Franz Boas mich zu sich und teilte mir mit, ich würde ein Forschungsstipendium bekommen, er habe alles in die Wege geleitet. Er beauftragte mich, in den Süden zu reisen und Kunst und Brauchtum der Neger zu erforschen. Kurz zuvor war ich in die American Folk-Lore Society aufgenommen worden. Später, während meiner Feldforschungen, wurde mir die Mitgliedschaft in der American Ethnological Society und etwas später in der American Anthropological Society angeboten.

Booker T. Washington sagte einmal, man solle einen Menschen nicht nach dem Rang beurteilen, den er erlangt habe, sondern nach den Tiefen, aus denen er komme. Aus diesem Grund waren mir diese Ehrungen, so unbedeutend sie der übrigen Welt auch erscheinen mögen, nicht gleichgültig. Für den Findling aus Eatonville bedeuteten sie einen großen Schritt. Ich war aus tiefstem Herzen dankbar, daß die Welt sich gegenüber Mamas Tochter nicht ganz und gar lieblos gezeigt hatte.

Während meiner Feldforschungen im Süden machte ich einen Abstecher nach Memphis, wo es zu einer wunderbaren Aussöhnung mit Bob, meinem ältesten Bruder, und seiner Familie kam. Wir hatten einander nicht mehr gesehen, seitdem ich auf und davon gegangen war, um Kammerzofe zu werden. Er sagte, er habe lange gebraucht zu begreifen, worum es mir gegangen sei. Er bedauerte zutiefst, daß er mich auf meinem Weg nicht mehr unterstützt hatte. Unser Vater war während meines ersten Jahres am Morgan College bei einem Autounfall ums Leben gekommen, und Bob berichtete mir von der Zeit vor seinem Tod. Im Grund war mein Vater in unserer Familie das Kind gewesen. Nachdem meine Mutter nicht mehr dagewesen war, um ihm Halt zu geben, hatte das Leben ihm zwar keinen Schaden zugefügt, es hatte ihm nur freie Hand gelassen, sich selber zu schaden. Er war todunglücklich gewesen, als ihm bewußt wurde, daß seine Kinder in alle Winde verstreut waren. Anstatt Verbitterung gegen ihn zu hegen, empfanden wir wider Erwarten alle ungeheures Mitleid mit ihm. Der Schöpfer hatte Papa, als Er ihm seine Talente gab, die Zügel nicht mitgegeben.

Mein Bruder Ben hatte es in Memphis zum Apotheker und Besitzer des East Memphis Drug Store gebracht. In seinem Alltag mit Frau, Hunden, Laden und Automobil erlebte ich ihn als den alten lachenden Spaßvogel, und das machte mich sehr froh. Meine beiden Brüder und ich unterhielten uns über Clifford Joel, der Rektor der Neger-High-School von Decatur in Alabama geworden war, und ich berichtete, daß ich John in Jacksonville in Florida besucht hatte, wo er einen gutgehenden Lebensmittelladen führte. Ich überbrachte meinen Brüdern auch die jüngsten Neuigkeiten von Everett, Mamas Nesthäkchen, der in New

York, im Stadtteil Brooklyn, bei der Post arbeitete. Und der liebenswerte, leichtsinnige Dick lebte auf großem Fuß und machte die Ostküste der Vereinigten Staaten unsicher. Er hatte sich nie etwas aus der Schule gemacht, aber dafür hatte er sich zum Chefkoch gemausert und konnte immer seinen Lebensunterhalt bestreiten. Sarah schlug sich mit einem Ehemann herum, dem wir alle eine kurze Krankheit und eine rasche Beerdigung wünschten.

Es war ein höchst beglückendes Zwischenspiel für mich. Freudestrahlend fuhr ich wieder nach New Orleans zu meiner Arbeit. Zum erstenmal seit jenem Abend nach der Beerdigung meiner Mutter, als unser Zuhause plötzlich wie weggefegt war und wir in Tränen aufgelöst und benommen um das Harmonium kauerten, spürte ich wieder die Wärme und Geborgenheit der Meinigen. Am achtzehnten September jenes Jahres war unser Haus ein heimeliger Hort gewesen. Am neunzehnten September hatte es sich in einen wüsten Ort der Verzweiflung verwandelt, wo von allen Seiten namenlose Gefahren auf uns zugekrochen kamen, die uns zu einem wimmernden Häuflein Unglück machten, obwohl wir damals nicht wissen konnten, warum. Aber jetzt war das alles vorüber. Wir konnten einander, wenn nicht immer leibhaftig, so doch im Geist wieder nahe sein.

10
Feldforschungen

Forschungsarbeit ist methodische Neugier. Gezieltes Bohren und Schnüffeln. Auf daß derjenige, der dies wünscht, die unermeßlichen Rätsel der Welt und derer, die darinnen wohnen, ergründen möge.

Ich war ungeheuer stolz, daß Papa Franz es für angebracht hielt, mich auf diese volkskundliche Forschungsreise zu schicken. Wie allgemein bekannt, ist Franz Boas vom Department of Anthropology der Columbia University der größte lebende Anthropologe und Ethnologe. Dafür gibt es zwei Gründe. Der erste ist sein unersättlicher Wissensdurst; der zweite seine Fähigkeit zur reinen Objektivität. Er hat keine Lieblingsthesen, die er unter Beweis stellen muß. Sein Auftrag lautet, vor Ort zu gehen und herauszufinden, was *da* ist. Er entwirft eine Theorie, aber wenn die Fakten sie nicht bestätigen, würde er kein Jota an den Forschungsergebnissen deuteln, um seine Theorie zu retten. Weil ich das wußte, war ich stolz, daß er mir vertraute. In einem Gefährt aus lichtflirrenden Koronateilchen machte ich mich auf den Weg.

Die ersten sechs Monate waren enttäuschend. Später erkannte ich, daß es nicht an meiner mangelnden wissenschaftlichen Begabung lag, sondern an der falschen Herangehensweise. Ich sonnte mich noch im Glanz von Barnard College und wandelte in Marmorhallen. Ich wußte ganz genau, wo mein Forschungsmaterial zu finden war. Aber ich ging zu den Leuten und fragte in wohlgesetztem Barnardesisch: »Verzeihen Sie bitte, kennen Sie vielleicht Volksmärchen oder Volkslieder?« Die Männer und Frauen, denen die Folkloreschätze förmlich zu den Poren herauskamen, guckten mich nur an und schüttelten die Köpfe. Nein, von so was hatten sie da herum noch nie gehört. Vielleicht daß es so was im Nachbarbezirk gab. Ob ich es nicht dort mal versuchen wollte? Ich tat es und erhielt die nämliche Antwort. Oh, ich ergatterte ein paar Kleinigkeiten. Aber verglichen mit dem, was ich später sammelte, war es nicht mal genug, um einem Floh ein Zirkuskostüm draus zu machen. Im Gegensatz zu meiner Stimmung auf der Hinreise saß mir das Herz bei der Rückreise nach New York in der Kniekehle, und ich hätte mich am liebsten in ein Erdloch verkrochen.

Ich stand vor Papa Franz und weinte salzige Tränen. Er gab mir eine ordentliche Abreibung, aber später kam ich dahinter, daß er gar nicht so unzufrieden war, wie er mir gegenüber tat. Er wußte, daß ich noch grün war hinter den Ohren, daß mich der Hafer stach und daß nur bittere Enttäuschung mich läutern würde. So war es auch.

Was ich damals und auch später noch von ihm lernte, kam mir gut zustatten, als Mrs. R. Osgood Mason, meine »Patin«, allmonatlich zweihundert Dollar bereitstellte, damit ich zwei Jahre lang arbeiten konnte.

Die Beziehung zu meiner »Godmother« hatte etwas Eigentümliches. Man mag das belächeln, aber zwischen uns bestanden und bestehen bis heute übersinnliche Bande. Sie konnte meine Gedanken lesen, und zwar nicht nur, wenn ich anwesend, sondern auch wenn ich Tausende von Kilometern weit weg war. Max Eastman und Richmond Barthé haben mir beide gesagt, sie sei dazu auch bei ihnen imstande gewesen. Was Mrs. Osgood Mason entzückte, war die Tatsache, daß ich das einzige ihrer »Patenkinder« war, das auch ihre Gedanken aus der Ferne lesen konnte. Ihre alten Finger waren gekrümmt, und sie konnte nicht mehr schreiben, dennoch erreichten mich, während ich in Alabama oder Florida oder auf den Bahamas unterwegs war, Briefe von ihr in der klaren Handschrift ihrer Freundin Cornelia Chapin, in denen sie mir die Hammelbeine langzog wegen meiner Gedanken. »Du hast gegen die Regel verstoßen«, rügte sie mich streng. »Du vergeudest Deine Kräfte mit Dingen, die keine wirkliche Bedeutung haben«, um mich gleich darauf anzuherrschen: »Schweig still. Spricht ein Kind im Bauch der Mutter?«

Sie war genauso ein Heide wie ich. Sie hatte jahrelang bei den Prärieindianern gelebt und zusammen mit Natalie Curtis Stoff für ein schönes Buch über indianische Sagen und Märchen zusammengetragen. Oftmals, wenn sie mir meine Redseligkeit vorhalten wollte, nahm sie dieses Buch aus dem Regal und las mir etwas vor über indianische Seelengröße und Selbstbeherrschung. Mitunter fühlte ich mich wie ein Hase in einer Meute von Hunden. Sie mochte mich beispielsweise zum Abendessen in ihre Wohnung in die Park Avenue 399 einladen, und dann trieben sie und Cornelia Chapin und Miss Chapins Schwester, Mrs. Katherine Garrison Biddle, mich in die Enge und zogen über mich her. Wenn sie mir ordentlich die Leviten gelesen hatten und meinten, daß ich zur Einsicht gekommen sei, war alle Strenge wie weggeblasen, und ich wurde in Liebe gehüllt. Ein Geldgeschenk von der Patin, ein Mantel von Miss Chapin, ein Kleid von Mrs. Biddle, wir hatten einander viel zu erzählen, denn Cornelia Chapin war Bildhauerin, Katherine Biddle Dichterin und *Godmother* selber eine überzeugte Mäzenin der Künste.

Sie war auch Patin von Miguel Covarrubias und Langston Hughes. Manchmal waren wir alle gleichzeitig bei ihr. An ihren Wänden hängen mehrere Gemälde von Covarrubias. Sie bestellte uns immer zu sich, wenn der eine oder andere nach getaner Arbeit zurückkehrte. Miguel und ich führten unsere Filme vor, und die Patin und die Familie Chapin, samt Bruder Paul Chapin, priesen oder verrissen uns, je nachdem, was wir zu bieten hatten. Die Patin konnte zärtlich sein wie eine Mutter, wenn sie spürte, daß man glaubwürdig war. Aber alles, was sie als Fälschung empfand, und wenn es noch so geistreich war, provozierte ihr berühmtes »Das ist nichts! Das ist seelenlos. Du hast gegen die Regel verstoßen!« Ihre Zunge war eine Knute, die allen eitlen Schein zerschlug und einstürzen ließ wie ein Kartenhaus. Erbarmungslos deckte sie jede gesprochene, begangene oder auch nur angedeutete Heuchelei auf.

Die Patin war überaus menschlich. Da saß sie am Kopfende des Eßtischs vor Kapaun, Kaviar und funkelndem Silber, begierig, jedes Wort über jeden Aspekt des Lebens in einem Sägemühlen-»Revier« zu hören. Ich mußte die Geschichten der niedersten Neger erzählen, ihre Lieder vorsingen, ihre Tänze vortanzen und ihre rüden Sprüche und Taten wiedergeben. Godmother ist restlos für diese Menschen eingenommen, weil sie, wie sie treffend sagt, vollkommen unverfälscht ihr Leben leben.

Mein Wissensdrang trieb mich an die absonderlichsten Orte und in die unerhörtesten Abenteuer. Mehrmals war mein Leben in Gefahr. Wenn ich nicht gelernt hätte, unter solchen Umständen auf mich achtzugeben, hätte ich an fast jedem Tag meine mehrjährigen

Feldforschungen verstümmelt oder umgebracht werden können. Einfache Gemüter fangen rasch Feuer. Ein kleines Wort, ein Blick, eine Geste können sie dazu bringen, einen zu lieben oder einem ein Messer zwischen die Rippen zu stoßen. Es ist eine Gratwanderung, und man darf keinen falschen Schritt machen.

Manche Morde sind nicht persönlich gemeint. Der Täter will lediglich einen Ruf als Mörder etablieren, und der Nächstbeste genügt ihm als Demonstrationsobjekt. Andere gehen überall herum und tun singend ihr Vorhaben kund:

> Ich leg mir nen eignen Friedhof an,
> Ich leg mir nen eignen Friedhof an,
> Bin auf die pechschwarze schiefe Bahn geraten,
> Aufm Totenbrett zurückgebracht worden,
> Aber ich leg mir nen eignen Friedhof an.

Und da die Gesetzeshüter es in den weitläufigen Sägewerks-, Harzverarbeitungs- und Eisenbahn-»Revieren« nicht so genau nehmen, stehen die Chancen nicht schlecht, daß solche Leute nie ins Gefängnis kommen. In all diesen Betrieben tummeln sich jede Menge Justizflüchtlinge, Männer wie Frauen. Die Geschäftsführer stellen keine Fragen. Sie brauchen Arbeitskräfte und geben sich nicht damit ab, unter jedem Holzschnitzel nach Ungeziefer zu suchen. Mancherorts ist es der »Justiz« sogar verboten, das Betriebsgelände zu betreten, um nach Übeltätern zu fahnden, wenn sie ihre Untaten woanders begangen haben. Das Räderwerk der Industrie muß laufen, und wenn diese Leute die Arbeit nicht machen, wer dann?

Wenn also ein Mann oder eine Frau bloß wegen kleiner Diebereien oder Körperverletzung in einem

Straflager Zwangsarbeit abgeleistet hatte und grün vor Neid war auf andere, die für einen Mord die gleiche Strafe bekommen und obendrein etwas zum Prahlen hatten – was lag da näher, als sich nach leichter Beute umzusehen, um auch zum Helden zu werden? Einmal wurde ich in Polk County, in Florida, zur Kandidatin erkoren, und nur weil eine Freundin sich einmischte und den alten klumpfüßigen Tod hinhielt, wurde ich nicht zum Opfer.

> Polk County! Ach!
> Wo das Wasser wie Kirschwein schmeckt.
> Wo sie große Bäume mit der Axt
> und mit Muskelkraft fällen.

Diese Poeten der geschwungenen Schneide! Der kurze, aber unendlich anmutige Tanz von Körper und Eisen, das sich in fließendem Bogen über den Kopf erhebt, in der Luft tanzt und herniedersaust, um in den Baum zu beißen. Eine Augenweide. Die Stämme wandern in die Sägemühle, wo Schornsteine den Elementen trotzen, wo der Feuerschein aus dem Kesselraum den Himmel rötet und das große kreisförmige Sägeblatt anmaßend kreischt, wenn es den Baumstamm angreift wie ein Löwe, der seine Beute anspringt. Das Rundholz auf dem Transportschlitten kommt auf die Säge zu. Ein grollendes Knurren. Dann der Aufprall! Kreii-i-isch! Und ein Brett, schimmernd und neu, wird auf einen Stapel gelegt. Den ganzen Tag, die ganze Nacht. Grollen, Donner und Knurren. Krei-ii-isch! Schwitzende schwarze Leiber, muskelstrotzend wie Götter, schuften, den Hunger des Riesenzahns zu stillen. Polk County!

Polk County. Lachende und singende schwarze Menschen. Sie gehen hinunter in die Phosphatgruben und fördern den feuchten Knochenstaub prähistorischer Ungeheuer zutage, um an fernen Orten den Boden anzureichern, damit die Menschen zu essen haben. Aber nicht alles ist Staub. Gewaltige Rippen, sechs Meter lang vom Bauch bis zur Wirbelsäule. Irgendein altertümliches Seeungeheuer, im flachen Uferwasser gestrandet, an jenem Morgen, als Gott sagte: »Wir wollen noch ein bißchen mehr Festland machen. Bleib da, großer Leviathan! Bleib da als Mahnmal und Denkmal der Zeit.« Haifischzähne, breit wie eine Arbeiterhand. Knapp einen Meter hohe Rückenwirbel, Zeugnisse des mächtigen Ungeheuers, das in der Tiefe hauste, als das vielfarbige Land emporstieg und seinen ersten Tanz mit der Morgensonne vollführte. Wenn man die über vierzigtausendjährigen Überreste betrachtet, kann man die gewaltige Rolle ermessen, die Zufall und Wandel spielten, als diese Kreaturen durch die Geburt des Festlands in ewigen Schlaf gewiegt wurden.

Polk County. Schwarze Männer gehen zwischen den herrschaftlichen Kiefern von Baum zu Baum. Ein rascher, schräger Hieb, um das zähe Harz zu zapfen. Für Farben, Sprengstoffe, Schiffszubehör, Würzmittel, Parfums, tongebendes Bogenharz für Geigen und viele andere Dinge, von denen die schwarzen Männer, die die Bäume bluten lassen, nie gehört haben.

Polk County. Das Klirren von acht Pfund schweren Hämmern auf Schienenstahl. Die Welt muß fahren.

Hah! Ein rhythmischer Körperschwung, der Hammer fällt, wieder ist ein Bolzen bis zum Anschlag in die Schwelle getrieben.

Ja, Mobile! Päng!
Ja, Alabama! Päng!
Ja, Fort Myers! Päng!
Ja, in Florida! Päng!
Ja, gib ihm Saures! Päng!
Ja, immer feste drauf! Päng!
Ja, gib ihm Saures! Päng!
Ja, bloß noch ein Haarbreit! Päng!

Der Vorsänger unterbricht seinen Singsang. Der Rottenführer deutet mit einer Handbewegung eine kurze Pause an. Wieder ein Schienenstück festgenagelt. Wieder eine Opfergabe für die Seele der Zivilisation, deren Nachname Reise ist.

Polk County. Schwarze Männer kraxeln Leitern hinauf in Orangenbäume. Singen, lachen, fluchen, schwadronieren von der letzten Nacht, voll Vorfreude auf die nächste Dunkelheit. Sie reden nicht von Umarmung, wenn sie sagen wollen, daß sie mit einer Frau geschlafen haben. Ein Hintern ist ein Hintern und keine Form. Da wird nicht lange von Unverträglichkeit geredet, wenn einer sagen will, daß zwei nicht zusammenpassen. Da gibt es kein langes Federlesen, wenn man genug hat.

Heut morgen beim Aufstehen,
Da hab ich gewußt, mir reicht's,
Ja, Polk County!
Du kennst Polk County nicht wie ich.
Alle, die mal da warn, sagen das gleiche.
He, Schwarzfahrer! Schwarzfahrer!
Polk County, wo das Wasser wie Kirschwein
schmeckt.

Polk County. Nach Sonnenuntergang die Musikpinten. Lieder werden aus Launen geboren, mit einem alten, ramponierten Klavier oder einer Gitarre als Hebamme. Die Liebe kommt und geht. Wer hat das Märchen aufgebracht, daß sie ewig dauern soll? Liebe is da, wenn sie da is. Keine mehr da? Jede Menge im nächsten Kaff. Dich mitnehmen, Weib? Wo denkst du hin! Jede Stadt hat ihre Weiber zu bieten. Also, ich hau ab. Was soll ich mich um Fahrgeld schern? Die Schienen sin da, oder nich? Ich kann Schwellen zählen wie eh und je. Ich kann schwarzfahrn im Postwagen, oder nich?

Bin in den Zug gestiegen, hatt kein Fahrgeld dabei
Bin trotzdem bißchen mitgefahrn
Ja, bißchen mitgefahrn
Bin in den Zug gestiegen, hatt kein Fahrgeld dabei
Schaffner fragt, was ich da zu suchen hab
Bin trotzdem bißchen mitgefahrn
Ja, bißchen mitgefahrn.

Da hat er mich am Schlawittchen gepackt
Und zur Tür geschleppt
Hat mir mit ner 44er
Eins über den Schädel gegeben
Bin trotzdem bißchen mitgefahrn
Ja, bißchen mitgefahrn.

Ganz Polk County in den Pinten am Schwofen. Den Squaredance, den Scronch, den Bellyrub. Den richtigen Hut vom falschen Kopf reißen und der Sache mit dem Schnappmesser Nachdruck verleihen.

»Flittchen, was hat der Hut von mein Mann auf deim Filzkopp zu suchen? Du wills wohl dein Herr Jesus sehn? Wer is hier ne Hure? Ich tu mit meine Männers penn, aber die zahln wenigstens. Ich wär lieber nich son Leichtfuß wie du – immer irgendwo unterwegs. Immer auf Achse, von eine Maloche zur andern, Zahltage absahnen. Tutse bloß nich festhalten! Sollse sich ruhig auf mich stürzen! Wenn die sich auf meine Kosten amüsieren will, tu ich's ihr schon heimzahln. Dafür sitz ich gern im ollen Knast in Bartow ein.«

Vielleicht schreitet jemand ein, bevor die beiden Schnappmesser aufeinandertreffen. Vielleicht kann es niemand verhindern. Ein kurzer, blitzschneller Stoß. Ein glücklicher Treffer von einer Kontrahentin, und die andere ist tot. Vielleicht kriegt eine kalte Füße und stürzt zur Tür hinaus. Vielleicht bekommen beide schwere Schnittwunden und ziehen sich zurück. Wie dem auch sei, das Vergnügen geht weiter. Man schwoft, singt, spendiert Getränke, geröstete Erdnüsse, Hasenbraten. Satt dröhnende Baßklänge vom Klavier mit schluchzenden, fingerfertigen Läufen der rechten Hand. Besingen Ella Wall, die Liebeskönigin der Kneipen von Polk County. Ella Wall, Planchita, Trottin' Liza.

Der Lagerwart! Die Polente?
Nix wie weg von hier!
Ein schön Tag, wenn's kalt is und regnet,
bin ich wieder da, wenn's kalt is und regnet.

Bestimmt sind die Steine mein Kissen, ach Gott!
Und der Sand is mein Bett.
Ein schön Tag bin ich wieder da.

»Wer rennt hier weg? Was renns du weg vor dem Makker, Nigger? Ich rühr mich nich vom Fleck. Ich lauf erst, wennse mich jagen. Ich leb, bis ich sterb. Macht mal Musik, daß ich tanzen kann! Au Mann, gib dem Klimperkasten Zunder! Die Weißen, die kümmern sich eh ein Dreck, ob kein Nigger nich abgestochn wird un hin is. Die traun sich hier nich rein. Ich hab schon Viere abgemurkst, un se ham mich noch nich aufgehangen. Hau in die Tasten!«

»Tja, aber du has noch keine Weiber nich abgemurkst. Da sinse ziemlich pingelich, wennsde Weiber abmurksen tust.«

»Tät ich auch nie welche abmurksen. Bin doch nich plemplem. Ne Niggerfrau kann so viele von uns umbring, wiese lustig is, das kümmert die nich. Aber laß ein von uns ne Frau umbring, dann sinse hinter dir her, solange wie du was zum Drauftreten finds. Ich weiß doch Bescheid. Ich weiß, daß ich nix zu melden hab. Die weißen Männers un die Niggerweiber, die ham doch das Sagen. Singma vom ollen Georgy Buck, und wir tanzen drauf. Hau rein in die Tasten!«

Der alte Georgy Buck ist tot.
Sein letztes Wort war:
Die nehm mir nich die Butter vom Brot.
Karnickel am Waldrand
Hat kein Schnüffelhund,
Kriegst ne Ladung Schrot, päng! päng!

Und der Abend, der Zahltagfeierabend, geht munter weiter mit Musik und Glücksspiel und Gelächter und Tanz und Schlägereien. Kurz vor Sonnenuntergang, wenn der große Stapel lodernder Holzschwellen draußen zu Asche niedergebrannt ist, wird es Zeit, allen Fusel, den man nicht bei sich behalten kann, von sich zu geben und den Rest irgendwo auszuschlafen, ob man Blut am Messer hat oder nicht. Das heißt, wenn nicht irgendein zwielichtiges, niederträchtiges Mitglied der eigenen Rasse den Weißen gesteckt hat, daß es Verletzte gab. Von der Art gibt es allerdings nur ganz wenige.

So urwüchsig geht es hier zu, und, wie schon gesagt, hätte mich diese ungezügelte Lebensart um ein Haar das Leben gekostet.

Es passierte in einer Sägewerkskneipe in Polk County, wo ich beinah niedergestochen worden wäre.

Lucy wollte mich wirklich umbringen. Dabei hatte ich keinerlei böse Absichten. Ich sammelte lediglich Liedtexte von Slim, der früher in West-Florida einmal ihr Kerl gewesen war, bis er sich aus dem Staube machte. Nach fast einem Jahr fand sie heraus, wo er steckte, und folgte ihm nach Polk County. Ein kleines bißchen Beachtung schenkte er ihr noch, aber er trieb es mit allen Frauen ringsum und schien sich darin sozusagen freischaffend betätigen zu wollen. Aber was ihm am meisten am Herzen lag, war Gitarre spielen und singen.

Er war für mich eine kostbare Informationsquelle, daher umwarb ich ihn ein bißchen, indem ich ihm Getränke spendierte und ihn mit meinem Auto fahren ließ.

Lucy hatte mich vermutlich aus drei Gründen auf dem Kieker. Erstens wurmte es sie, daß sie ihren Kerl nicht an sich binden konnte. Das war schwer zu verkraften in einem Milieu, in dem Liebschaften ein so großes Gewicht beigemessen wurde. Es hatte auch kein anderer angeboten, mit ihr anzubändeln. Sie stand nicht hoch im Kurs, und Slim überging die ganze Sache geflissentlich. Ich hingegen besaß Konfektionskleidung, eine hellere Haut und ein blinkendes Auto, genug Gründe für Lucy, mich als Sündenbock zu benutzen. Obwohl der Stand der Dinge seit einem Jahr oder länger allgemein bekannt war, erzählte sie überall herum, ich sei dahergekommen und habe sie und Slim auseinandergebracht. Eher würde sie mich zu Kleinholz machen, als selber ins Gras zu beißen.

Zweitens hatte ich aufgrund meiner Forschungsmethoden bei den Männern einen Stein im Brett. Die meisten Frauen mochten mich auch. Besonders Lucys eingeschworene Feindin, Big Sweet. Lucy hatte Angst vor Big Sweet, aber vermutlich rechnete sie sich aus, sie könnte Big Sweet, indem sie ihren Schützling mit dem Messer angriff, eins auswischen und gleichzeitig den eigenen Ruf aufbessern. Sie bekämpfte Big Sweet durch mich.

Drittens war sie in kleine Raufereien verwickelt gewesen und immer wieder im Gefängnis gelandet, aber sie konnte nicht beschwören, jemals irgendwen umgebracht zu haben. Sie war ein kleiner Fisch, und niemand schenkte ihr die geringste Beachtung. Und ich war leichte Beute. Ich besaß weder eine Pistole noch ein Messer noch sonst eine Waffe. Ich verstand mich überhaupt nicht auf diese Art Zweikampf.

Glücklicherweise hatte ich mich mit Big Sweet angefreundet. Sie war mir schon in der ersten Woche, kurz nach meiner Ankunft, aufgefallen. Ein paar Häuser weiter hörte ich eine Frauenstimme Klartext reden, und ich fragte meine Zimmerwirtin, wer es sei.

»Das is Big Sweet«, sagte Mrs. Bertha. »Die tut grade wem den Fuß auf die Treppe stellen. Isse nich schön am Räsoniern?«

Big Sweet ging wirklich ans Eingemachte. Sie gab jemandem eine »Charakterdeutung«, ein Begriff, der von den Wahrsagern entliehen ist. Sie warf ihrem Gegenüber Ungeheuerliches an den Kopf und klärte ihn auf über seine Vorfahren, sein Aussehen, seinen Geruch, seinen Gang, seine Kleidung und seinen Weg durch die Hölle im Jenseits. Meine Vermieterin ging hinaus, wo nahezu alle der vier- oder fünfhundert Leute, die im »Revier« arbeiteten, der Charakterdeutung lauschten. In einer ihrer milderen Verlautbarungen tat Big Sweet dem Mann kund, sein Pa sei ein zweihöckriges Kamel und seine Ma eine dickfellige Kuh, aber trotzdem hätte er sie, als er geboren wurde, weit aufgerissen, und so weiter und so fort. Er sei eine Mißgeburt aus dem Ei eines Rabengeiers.

Meine Vermieterin erklärte mir, was »jemandem den Fuß auf die Treppe stellen« bedeutete. Wenn man gut genug gerüstet sei – genug, um sich eine Panzerdivision vom Leibe zu halten – und mit Waffen auch umzugehen wisse, könne man getrost zum Haus seines Feindes gehen, einen Fuß auf dessen Treppe stellen, den Ellbogen aufs Knie stützen und »in Familie machen«. Das sei eine Redensart für »Angehörige vergackeiern«, und das bedeute, die Vorfahren eines Feindes und ihn selber verunglimpfen, und zwar von Anno dazumal bis zum heutigen Tag und so weit in die Zukunft hinein, wie die Phantasie reiche. Aber wenn man kein Vertrauen in die eigene Courage und die eigenen Waffen habe, solle man es lieber nicht drauf ankommen lassen. Es sei ein riskantes Vergnügen. Die Szene vermittelte mir einen guten Eindruck von Big Sweet.

»Wem soll was passiern?« Mrs. Bertha schnaubte verächtlich über meine Besorgnis. »Big Sweet? Pahhh! Gibt kein Mann, keine Frau un kein Kind in dem Laden hier, wat sich an Big Sweet rantraut. Wenn Gott ihr ne Pistole schicken tut, schickt sie ihm nen Toten. Mit dem Messer nimmt die's mit jedem auf. Die tut ma eben Hände falten, und dann gehtse ran mits Messer. Dieser Hinterwäldler von Lagerwart, der hat zwei Pistolen ummen Bauch un is scheints n harter Brocken, aber der tut kein Wort wechseln mit Big Sweet, wenn er nich die Pistole gezogen hat. Wenn's nämlich Ärger gibt, hatter keine Schangse mehr zum Ziehn. Se is nich bösartig. Die tut keiner Fliege was. Läßt sich bloß nix bieten, das is alles.«

Ich beschloß auf der Stelle, mich mit Big Sweet anzufreunden. Nach allem, was ich in der kurzen Zeit meines Hierseins gesehen und gehört hatte, fühlte ich mich so ausgeliefert wie ein Ei ohne Schale. Und am nächsten Nachmittag, nachdem man sie mir gezeigt hatte, wartete ich, bis sie ein Stück weit den Sägemehlweg zum Lagermagazin gegangen war, dann stieg ich in mein Auto und fuhr wie zufällig in die gleiche Richtung. Als ich neben ihr hielt und anbot, sie mitzunehmen, guckte sie mich zunächst argwöhnisch und dann verblüfft an, schließlich verzog sie das Gesicht zu einem Lächeln und stieg ein.

Als wir bei der Poststelle des Magazins anlangten, kamen wir bereits prächtig miteinander aus. Sie erzählte allen, ich sei ihre Freundin. Wir kehrten nicht gleich zur Siedlung zurück. Sie schleppte mich hierhin und dahin und prahlte mit mir. Wir verabredeten uns, am folgenden Samstag nach Lakeland zu fahren. Und als wir uns auf der Rückfahrt von unserem Ausflug nach Lakeland wieder der Siedlung näherten, sagte sie zu mir: »Du has Tazache n Knall!« Womit sie ausdrükken wollte, daß sie mich witzig fand. »Leute wie dich hab ich gern für zum Anfreunden. Ich wer bißchen auf dich aufpassen. Übernehm die Prügelei für dich. Soll dir ja keiner nix antun, oder ich nehm mein Schnappmesser und geh ihm an die Pelle.«

Wir gaben einander die Hand, und ich schenkte ihr eines meiner Armbänder. Danach lief alles wie am

Schnürchen. Big Sweet half mir großzügig Material sammeln. Sie hatte keine Ahnung, was ich damit bezweckte, aber wenn ich es haben wollte, würde sie zusehen, daß ich es kriegte. Sie machte mich auf Leute aufmerksam, die Lieder und Geschichten kannten, und duldete nicht, daß jemand mir störrisch kam. Wir hielten zwei »Flunkerwettbewerbe« ab – Erzählwettbewerbe im normalen Sprachgebrauch –, und Big Sweet entschied, wer sich für die Preise qualifizierte. So gab es keine langen Debatten.

Als Big Sweet Wind davon bekam, daß Lucy mich bedrohte, stellte sie ihr unmißverständlich »den Fuß auf die Treppe« und riet ihr, es besser nicht zu versuchen. Ich bot an, zu meiner Verteidigung ein Messer zu kaufen, aber Big Sweet meinte, auf die Tour würde ich garantiert umkommen.

»Du kanns doch mit kein Messer nich umgehn. Dafür hasde kein Verstehstemich. Du weiß nichma nich, wie man das am praktischsten anpacken tut. Du täts weit ausholn mitm Arm, un schon wär Lucy drunter durchgewitscht und hätt dich abgestochen, eh du an se rankommst. Un selbst wennsde richtig rangehst, is ja nich damit getan, daß du jemand dein Messer reinrammst. Das Dingen muß bis zum Anschlag rein, un dann mußde *runterziehn.* Dann machense kein Ärger mehr. Dann sinse *mausetot.* Aber laß du die Finger von Messerstecherein. Du bis nich wie ich. Du tust ja nichma nich mit keine Männers schlafen. Ich hab auch ma Jungfrau sein wolln, habs aber nich durchgehalten. Hab das Geld zu doll gebraucht. Is aber schön, daß du so bist. Schreib du ma schön die ganzen Lügenmärchen auf. Die Schlägerein, die überlaß mir. Das wär das Gescheitste, wo wir numa Freunde geworden sin.«

Sie machte mich darauf aufmerksam, daß Lucy versuchen könnte, mich zu linken, mir aufzulauern oder mich sonstwie ohne Vorwarnung anzugreifen. Also war ich auf der Hut. Zu Fuß ging ich nirgendwo hin ohne Big Sweet.

Einige Wochen vergingen, dann wagte ich mich in die Kneipe. Allein. Big Sweet ließ überall verlauten, daß sie nicht kommen würde. Später kam sie dann doch und ging in die Ecke, wo Conn Can gespielt wurde. Lucy, die mich allein wähnte, wartete ab, bis der Betrieb auf Hochtouren lief, dann kam sie, zusammen mit dem Mann, dem Big Sweet die »Lektion« über seinen Charakter erteilt hatte. Die Kneipe hatte nur eine Tür. Ich stand davon weit entfernt. Als Lucy mit dem Messer in der Hand hereinmarschiert kam, hatte ich keine Fluchtmöglichkeit. In diesem Augenblick sah ich meinen jähen Tod vor Augen. Ich war gelähmt vor Angst. Big Sweet stand in einem Pulk Menschen in ihrer Ecke und sah Lucy nicht hereinkommen. Aber die plötzliche Stille im Raum ließ sie aufhorchen. Sie drehte sich um, als Lucy sich auf mich stürzte. Meine Freundin war groß und füllig, aber außerordentlich leichtfüßig. Sie machte ein paar Sätze wie eine Löwin, und ich glaube, daß Lucy vor lauter Überraschung über die Anwesenheit von Big Sweet, die sie auf einer anderen Geselligkeit in der Pine Mill vermutete, die Nerven verlor. Sie hielt abrupt inne, als Big Sweet auf sie zustürmte. Im nächsten Augenblick war es schon zu spät für Lucy, um noch einmal zum Angriff anzusetzen. Der Mann, der mit ihr hereingekommen war, versuchte ihr beizustehen, aber zwei andere Männer griffen auf Big Sweets Seite in das Getümmel ein. Es breitete sich aus wie ein Lauffeuer, als wären alle, die irgendwelche offenen Rechnungen hatten, plötzlich auf die Idee gekommen, diese auf der

Stelle zu regeln. Schnappmesser, Eisahlen und altmodische Rasiermesser wurden gezückt. Ein oder zwei Rasiermesser waren schon zurückgebogen und durch den Raum geschleudert worden, aber unser Kampf war die Hauptattraktion. Big Sweet brüllte mir zu, ich solle laufen. Und wie ich lief. Ich lief zur Kneipe hinaus, lief zu meinem Zimmer, warf meine Sachen ins Auto und fuhr los. Als die Sonne aufging, war ich hundertfünfzig Kilometer weiter im Norden, unterwegs nach New Orleans.

In New Orleans vertiefte ich mich in Hoodoo oder die Kunst des Sympathiezaubers. Ich ging in die Lehre bei Frizzly Rooster und all den anderen bekannten »Wunderdoktoren«. Ich lernte Praktiken, die dazu befähigen, Ehen zu stiften oder auseinanderzubringen, Feinde zu vertreiben oder zu strafen, Richter und Geschworene für Klienten günstig zu stimmen, aus der Ferne zu töten und anderes mehr. Um mit diesen »doppelköpfigen«, zweimalschlauen Heilern zusammenarbeiten zu dürfen, mußte ich bei jedem eine Initiationszeremonie durchmachen. Jeder hatte sein eigenes Ritual.

In einem Falle war es nicht nur ausgeklügelt. Es war beeindruckend. Drei Tage und drei Nächte lag ich nackt auf einer Couch, den Nabel auf einer Klapperschlangenhaut, die für die Zeremonie feierlich präpariert und geweiht worden war. Die ganze Zeit nahm ich keine Nahrung zu mir. Auf einem Tischchen am Kopfende der Couch stand lediglich ein Krug mit Wasser. Das sollte verhüten, daß meine Seele auf der Suche nach Wasser abwanderte und dann von bösen Kräften angegriffen und nicht wieder zu mir zurückfinden würde. Am zweiten Tag suchten mich wundersame rauschhafte Träume heim. In der dritten Nacht hatte ich Träume, die mir noch Wochen danach wirklich vorkamen. In einem Traum durchquerte ich die himmlischen Gefilde, Blitze zuckten unter meinen Füßen, und grollender Donner folgte mir auf den Fersen.

Bei dieser Zeremonie schnitt man mir in den Finger, und ich schloß Blutsbrüderschaft mit der Klapperschlange. Wir waren ausersehen, einander für immer beizustehen. Ich würde mit dem Sturm gehen und in Stürmen im Vollbesitz meiner Kraft sein und meine Antworten auf das Leben und die Dinge finden. Das Symbol des Blitzes wurde mir auf den Rücken gemalt. Es würde für immer zu mir gehören.

Bei einer anderen Zeremonie mußte ich um Mitternacht bei vollständiger Finsternis am Kreuzweg sitzen und auf den Teufel warten, um einen Pakt mit ihm zu schließen. Es war eine lange, lange Stunde, in der ich mutterseelenallein auf der nackten Erde saß und den Höllenfürsten zum Stelldichein lud.

Am grausigsten war der Gang zu einer einsamen Lichtung in den Sümpfen, wo der Knochen einer schwarzen Katze präpariert wurde. Um alle Teilnehmer wurde der magische Kreis geschlagen. Ich wurde belehrt, daß alles außerhalb des Kreises in Todesgefahr sei. Im Kreis wurde Holz aufgeschichtet, Feuer gemacht, der Topf vorbereitet und die schwarze Katze mit dem entsprechenden Zeremoniell hineingeworfen und gekocht, bis das Fleisch sich von den Knochen löste. Mir war, als polterten unterdessen befremdliche und furchtbare Ungeheuer bis an den Kreis heran. Erst Monate danach gestattete ich mir Zweifel.

Von Louisiana aus fuhr ich wieder nach Süd-Florida, und nachdem ich mich in Miami umgehorcht hatte, beschloß ich, auf die Bahamas zu reisen. Ich hatte Musik von dort gehört und in Liberty City einen »Jumping Dance« gesehen und war hingerissen.

Die Musik der Neger von den Bahamas war urwüchsiger, dynamischer und afrikanischer als amerikanische Negersongs. Ich mußte mehr davon kennenlernen. Ohne Godmother eine Chance zum Einspruch zu geben, bestieg ich ein Schiff nach Nassau.

Bei der Ankunft verliebte ich mich auf der Stelle in die Bahamas. Gleich in der ersten Nacht, als ich schon im Bett lag und dem Rauschen einer Kokosnußpalme unmittelbar vor meinem Fenster lauschte, erscholl plötzlich mehrstimmiger Gesang, begleitet von Saiteninstrumenten und Trommeln. Ich stand auf, spähte hinaus und erblickte vier junge Männer, die, angeleitet von Ned Isaacs, »Bellamina« sangen. Damals kannte ich Ned noch nicht, aber tags darauf sollte ich seine Bekanntschaft machen. Das Lied hat eine betörende Melodie und einen ganz eigenartigen Rhythmus.

Bellamina, Bellamina!
Sie is wieder zurück im Hafen
Bellamina, Bellamina
Sie is wieder zurück im Hafen
Schafft Bellamina ins Dock
Und streicht Bellamina schwarz! Schwarz!
Ja, schafft Bellamina ins Dock
Und streicht Bellamina schwarz! Schwarz!

Später erfuhr ich, daß es in dem Lied um ein einstmals strahlend weißes Schiff ging, einen Rumschmuggler, den man, nachdem er von der Küstenwache der Vereinigten Staaten aufgebracht und wieder freigegeben worden war, aus naheliegenden Gründen schwarz gestrichen hatte.

Das war mein Empfang in Nassau, und er war ganz nach meinem Geschmack. Am nächsten Tag bekam ich eine Vorstellung vom Einfallsreichtum der Liedermacher auf den Bahamas. In jenem Sprachgemisch aus westafrikanischen Dialekten und Englisch, das die ungebildeten Einwohner der Bahamas sprechen, sagte man mir: »You do anything, we put you in sing.« Fortan überlegte ich mir genau, was ich tat, um nicht in »Sing« verarbeitet zu werden.

Dieser Besuch in Nassau sollte weitreichende Folgen für mich haben. Ich blieb einige Zeit, lief zu jedem »Jumping Dance«, von dem ich hörte, lernte selber zu »springen«, sammelte über hundert Lieder und beschloß, sie in der Welt bekannt zu machen.

Nachdem ich 1932 nach New York zurückgekehrt war und vergeblich versucht hatte, andere dafür zu erwärmen, stellte ich dem New Yorker Publikum im John Golden Theater Songs und Tänze von den Bahamas vor, und beide kamen beim Publikum gut an. Die Vorstellung erfüllte ihren Zweck. Ich wollte zeigen, wieviel Schönheit und Anmut authentische Negerkultur im Vergleich zur Aufführungspraxis am Broadway zu bieten hatte. Mein Konzept ging auf.

Seither hat es eine auffällige Hinwendung zu authentischer Negerkultur gegeben. Die Tänze von den Bahamas weckten unerhörtes Interesse an der ursprünglichen Tanzkunst der Neger. Hall Johnson lud meine Gruppe in jenem Sommer zu gemeinsamen Auftritten mit seinen Sängern im Lewisohn Stadium ein und baute die religiöse Szene aus meiner Aufführung »From Sun to Sun« in sein Stück »Run Lil' Chillun« ein. Und das war noch nicht alles. Die szenische Darstellung von Liedern aus den Arbeitslagern der Neger in derselben Aufführung machte auch die

Worksongs populär, und sie wurden seither immer wieder von Sängern für die Bühne verwendet.

Ich hatte nicht die Absicht, mich als Konzertveranstalterin zu betätigen. Ich wollte der Fachwelt die Vielfalt und Schönheit dieses Kulturguts vorführen und war der Ansicht, ich hätte mein Teil getan, wenn es Anklang fand.

Meine Gruppe wurde zu Auftritten in der New School of Social Research eingeladen, zum Volkstanzfest im Vanderbilt Hotel in New York und in die Constitution Hall in Washington, D.C., nach Nyack, nach St. Louis und Chicago sowie nach Florida zu Vorstellungen im Rollins College in Winter Park, in Lake Wales, Sanford, Orlando und Daytona Beach.

Neben der Entdeckung der Tänze und der Musik machte ich zwei andere wichtige Erfahrungen in Nassau. Zum einen erlebte ich den furchtbaren fünftägigen Hurrikan von 1929 mit. Er war von verheerender Heftigkeit und Dauer. Als er vorüber war, sah ich, wie Tote durch die Straßen geschwemmt wurden, und roch den Aasgeruch toter Tiere. Allein in der Stadt Nassau wurden über dreihundert Häuser niedergerissen.

Und dann begegnete ich dort unten Leon Walton Young. Er ist ein grauhaariger, untersetzter schwarzer Mann und vertrat, als ich ihn kennenlernte, seit über zwanzig Jahren den ersten Verwaltungsbezirk der Bahamas im Abgeordnetenhaus.

Leon Walton Young war, je nachdem, wer über ihn sprach, entweder ein großer Held oder ein schwarzer Schurke. In den Augen der einfachen schwarzen Inselbewohner war er ein Idol und ein Held, und in etwas geringerem Maße galt das auch für die weißen Eingeborenen. Für sie alle war er ein Mann der Bahamas und in ihrem Sinne ein ganzer Kerl. Für die Engländer, die herbeordert waren, die Stellen der weißen und schwarzen Eingeborenen einzunehmen, war er ein unverschämter Schlawiner von einem schwarzen Koloniebewohner, den man in die Schranken weisen mußte. Auch für die gebildeten und wohlhabenden gemischtrassigen Neger, die gegenüber seiner Hautfarbe ebenso voreingenommen waren wie die Engländer, war er eine Zumutung. Überdies besaß Leon Walton Young keine ordentliche Schulbildung, obwohl ich ihn, ähnlich wie den New Yorker George Schuyler, belesener fand als die meisten Akademiker. Aber er dachte nicht daran, sich deswegen den Negern unterzuordnen, die nach London und Edinburgh gereist waren. Obendrein stand er glänzend seinen Mann auf der Rednertribüne.

Es gab den weitverbreiteten Wunsch, ihn zu dukken, aber keiner von denen, die die weiße Rüstung des Heiligen Georg anlegten und auszogen, den Drachen zu erschlagen, kehrte ehrenvoll auf seinem Schild aufgebahrt zurück. Einer war über und über mit Schmutz bekleckert und ohne Hosenboden. Ein Bauer auf einem Maultier hatte den Reitersmann aus dem Sattel geworfen und ihm die Hosen abgenommen. Und die Tanztrommeln von Grantstown und Baintown hämmerten, und Youngs düpierte Gegner kamen »in Sing«.

Einen Gouverneur, der ihn einschüchtern wollte, indem er ihn daran erinnerte, daß er »Seiner Majestät Stellvertreter auf diesen Inseln« sei, demütigte Young dermaßen, daß dieser zurückbeordert und auf irgendein friedliches Fleckchen in West-Afrika versetzt wurde. Young hatte auf die blasierte Äußerung entgegnet: »Ja, aber wenn Sie in dem Stil hier weitermachen, sind Sie selber schuld, wenn ich das irgendwann vergesse.«

Das war einer der sanftesten Dämpfer, die er dem Stolz und dem Ansehen des Gouverneurs versetzte. Ihrer Majestät Stellvertreter beschuldigte Young, öffentlich behauptet zu haben, er, der Gouverneur, sei ein dahergelaufener Lump aus der Londoner Gosse, und zu seinem maßlosen Zorn bekräftigte Young diese Einschätzung auch noch ungeniert. Die englischen Beamten und die hochmütigen blaßbraunen Mulatten erschauerten ob solcher Dreistigkeit, aber die einheimischen Weißen und die schwarzen Arbeiter ergötzten sich an seinem Schneid.

Die einfachen Neger in den Vereinigten Staaten sind großartige Liedermacher, aber die von den Bahamas sind ihnen an Phantasie und Musikalität noch überlegen. Nichts ist ihnen zu groß oder zu klein, um besungen zu werden. Ihre Musik muß nur entdeckt werden. Sie sind noch origineller als die Calypso-Sänger von Trinidad, wovon sich jeder in der Praxis überzeugen kann.

Gegenwärtig ist, soviel ich weiß, der Herzog von Windsor ihr großer Held. Für sie ist er »Unser König«. Ich würde zu gern hören, wie er und die Herzogin sich »in Sing« ausnehmen.

Das Sammeln der Volkserzählungen hat mir Freude gemacht, und ich glaube, daß die Menschen das Erzählen ebensosehr genossen wie ich das Zuhören. Wenn sie erst einmal begonnen hatten, sprudelten die »Lügenmärchen« nur so aus ihnen hervor, und die Erzähler wetteiferten um die Chance, zu Wort zu kommen. Mit den Liedern war es das gleiche. Das einzige, wovor man sich im Interesse der Echtheit hüten mußte, war überschwengliche Begeisterung. Beispielsweise schoben Sänger, wenn ein Lied Beifall fand und ihnen der

Stoff ausging, gern Versatzstücke aus anderen Songs ein. Und das merkt man nur, wenn man sein Material so gut kennt, daß man die Fälschung wahrnimmt. Selbst wenn man den Song, der als Füllmaterial verwendet wird, noch nicht gehört hat, spürt man den Rhythmus- und Tempowechsel. Auf die Wörter kommt es nicht an. In Neger-Volksliedern kann es um alles gehen, von Liebe über Arbeit bis hin zu Reisen, Essen, Wetter oder Schlägereien, ja bis hin zur Forderung an eine treulose Frau, eine geschenkte Perücke zurückzugeben. Die Melodie gibt dem ganzen Gestalt. Man muß sich gut auskennen, um das zu beurteilen, denn Neger können alles mögliche dazuerfinden oder weglassen und dennoch ein besseres Lied zuwege bringen als sonstwer auf der Welt.

Eine Forschungsarbeit, die ich gleichzeitig für das *Journal of Negro History* und die Columbia University durchführte, brachte mich nach Mobile im Bundesstaat Alabama. Dort unterhielt ich mich mit Cudjo Lewis. Das ist die amerikanische Version seines Namens. Sein afrikanischer Name war Kossola-O-Lo-Loo-Ay.

Er hatte zur letzten Schiffsfracht von Sklaven gehört, die in die Vereinigten Staaten geschafft wurden, und war der letzte lebende Neger, der auf einem Sklavenschiff herübergekommen war. Das war im Jahre 1859 gewesen, als der Konflikt zwischen Südstaaten und Abolitionisten sich zum Bürgerkrieg zuspitzte. Inzwischen ist Cudjo Lewis gestorben.

Ich lernte ihn als einen heiteren, poetischen alten Herrn kennen, weit in den Neunzigern, der großartig erzählen konnte. Seine Fassung der Geschichte des Propheten Jona war wunderbar.

Er war ein guter Christ und gab vor, seine afrikanische Religion restlos vergessen zu haben. Meine Fragen wischte er mit der Feststellung weg, seine nigerianische Religion sei das gleiche wie das Christentum. »Wir wissen auch, is ein Gott da, verstehsde, aber nich, daß Er ein Sohn hat.«

Er erzählte mir ausführlich von den Umständen in Afrika, die seine Versklavung zur Folge gehabt hatten. Wie das mächtige Königreich von Dahome den Sklavenhandel so gewinnbringend fand, daß es die Landwirtschaft, die Jagd und alles andere aufgab, um statt dessen Menschen einzufangen, in die Sklavengehege von Ouidah zu schaffen und an die Sklavenhändler zu verkaufen, die übers Meer kamen. Wie der König von Dahome kriegerische Auseinandersetzungen vom Zaun brach mit friedlicheren bäuerlichen Völkern, die in seiner Reichweite, in Nigeria und an der Goldküste, lebten. Wie sie überfallen und von der Landkarte gelöscht wurden, so daß ihre Namen nie wieder auftauchten außer in prahlerischen Balladen, in denen anläßlich der höfischen »Tributfeiern« der Ruhm des Königs besungen wurde. Die leistungsfähigen Gefangenen wurden nach Abome getrieben, in die Hauptstadt von Dahome, wo sie dem König vorgeführt und dann in Zwinger gepfercht wurden und auf Käufer warten mußten. Zu alte oder zu junge oder verwundete Gefangene wurden auf der Stelle geköpft, ihre Köpfe geräuchert und dem König gebracht. Er zahlte pro Kopf, ob tot oder lebend. Die Schädel der abgeschlachteten Gefangenen blieben nicht ungenutzt. Der König besaß einen berüchtigten Schädelpalast. Den Zugang zu den Palastanlagen bildete ein massives Tor aus Totenschädeln, die umgebenden Mauern waren aus Schädeln gebaut. Die Könige von Dahome waren wahrlich groß und mächtig, und ihre Kriegsgelüste trugen ihnen eine

Menge Totenschädel ein. Während der Anblick für sie und ihre Krieger ehrfurchtgebietend und prächtig war, muß er auf westliche Augen grauenerregend und barbarisch gewirkt haben.

Eines gab mir nach dem dreimonatigen Zusammensein mit Cudjo Lewis sehr zu denken. Die Weißen hatten mein Volk hier in Amerika in der Sklaverei gehalten. Sie hatten uns gekauft und ausgebeutet. Aber die unleugbare Tatsache, die mir auf dem Magen lag, war diese: *Mein* Volk hatte mich in die Sklaverei verkauft, und die Weißen hatten mich gekauft. Das machte dem Ammenmärchen ein Ende, mit dem ich aufgewachsen war – daß die Weißen nach Afrika gefahren seien, den Afrikanern mit einem roten Taschentuch zugewinkt und sie an Bord gelockt hätten und dann mit ihnen davongesegelt seien. Ich weiß, daß das Geld der »zivilisierten« Welt afrikanische Begierden weckte. Daß Kriege zwischen afrikanischen Stämmen oft von weißen Sklavenhändlern angezettelt wurden, um noch mehr Sklaven für die Zwinger an der Küste zu beschaffen. Aber wären die afrikanischen Prinzen so rein und unschuldig gewesen, wie es mir beliebte, hätte es gar nicht geschehen können. Nein, mein eigenes Volk hatte aus Habgier geschlachtet und gemordet, hatte ganze Völker ausgerottet und Familien auseinandergerissen, bevor die Fremden Gelegenheit bekamen, sich eine Scheibe vom Gewinn abzuschneiden. Ein ernüchternder Gedanke. Obendrein fand ich alles, was dieser Cudjo mir erzählt hatte, durch historische Quellen belegt. Es lehrte mich, daß Habgier und Ruhmsucht allgegenwärtig sind. Machtlosigkeit und mangelnde Gelegenheit werden allzuoft als Tugend hingestellt. Angenommen, ich wäre morgen Herrscherin über die westliche Hemisphäre, was würde ich dann als richtig und gerecht ansehen? Würde ich das Mäntelchen der Justitia über meinen Ehrgeiz breiten und sie für meine Machtgelüste prostituieren? Ein erschreckender Gedanke.

In Cudjos Augen standen Tränen und unvergessene Angst, als er mir vom Angriff auf seine afrikanische Heimatstadt und von ihrer Einnahme berichtete. Er sagte, sein Volk, die Takkoi, habe »drei Schlummer« weit von Dahome gelebt. Der Angriff erfolgte bei Tagesanbruch, als die Takkoi gerade aufstanden, um zu ihren Feldern vor der Stadt zu gehen. Eine brüllende Horde der berüchtigten Kriegerinnen von Dahome stürmte durchs Haupttor. Sie ergriffen die Menschen, die aus ihren Häusern flüchteten, und köpften ihre Opfer mit einem Streich ihrer großen Säbel.

»Ach, ach! Ich lauflauf zu ein Tor, aber sie sin schon da. Ich lauflauf zu andres Tor, aber sie sin auch schon da. Alle acht Tore, sie sin da. Diese Fraun, die sin ganz stark. Ich neunzehn Jahre alt, aber die zu stark für mich. Sie packen mich un binden mich. Ich weiß nich, wo meine Leute hin. Habse nie mehr nich sehn.«

Cudjo Lewis beschrieb das grauenhafte Gemetzel, das die Amazonen anrichteten, während sie die Stadt plünderten. Die Bündel menschlicher Köpfe an ihren Gürteln. Das Los derer, die durch die Stadttore flohen und draußen in die Hände der männlichen Krieger fielen. Wie sein König schließlich gefangengenommen und vor den König von Dahome gebracht wurde, welcher entgegen seiner sonstigen Gewohnheit persönlich an dieser Expedition teilgenommen hatte, weil er einen alten Groll gegen den König von Takkoi hegte. Und wie der bezwungene König ihm in Fesseln vorgeführt wurde.

»Da du freche Worte an mich gerichtet hast«, sagte

der König von Dahome, »haben wir dein Land erobert, und du stehst in Ketten vor mir. Ich werde dich nach Abome schaffen.«

»Nein«, entgegnete der König von Takkoi. »Ich bin König von Takkoi. Ich werde nicht nach Dahome gehen.« Er wußte, daß er in Dahome in einem öffentlichen Schauspiel getötet werden würde. Er entschied sich für den Tod im eigenen Land.

Da hielten zwei Krieger aus Dahome seine beiden Hände fest, und eine Amazone schlug ihm den Kopf ab.

Zwei Abgesandte einer europäischen Macht nahmen später in Abome an Hoffesten des Königs teil und berichteten, sie hätten den auf Hochglanz polierten und in ein schönes Schiffsmodell eingebauten Schädel des Königs von Takkoi gesehen. Der Schädel sei mit der allergrößten Hochachtung behandelt worden, der gleichen, die der König von Dahome für den seinen erwartete, sollte er im Kampf fallen. Das war in Afrika so Sitte. Aus diesem Grund wurden nie Menschen von königlichem Geblüt in die Sklaverei verkauft. Sie wurden getötet. Infolgedessen gibt es unter den amerikanischen Negern keine Abkömmlinge königlicher afrikanischer Familien. Diejenigen Neger, die behaupten, von afrikanischen Königen abzustammen, tun es den weißen Stammbaumfetischisten von Amerika nach, deren Vorfahren angeblich mit Wilhelm dem Eroberer nach England zogen, dann, von innerer Unruhe getrieben, die *Mayflower* nach Boston bestiegen und, einer romantischen Anwandlung folgend, die Ostküste hinuntereilten und zu Nachfahren von Pocahontas wurden. Die Anzahl ihrer Kinder legt den Schluß nahe, daß Pocahontas nicht sehr pingelig gewesen sein kann.

Kossola erzählte mir, wie sie nach dem Fall von Takkoi nach Abome verschleppt wurden. Wie sie zwischen gegabelten Stöcken angejocht und aneinandergekettet wurden. Wie die Dahomer den Marsch am zweiten Tag unterbrachen, um die Köpfe ihrer Opfer zu räuchern, weil sie anfingen zu verwesen. Die Gefangenen mußten mitansehen, wie die Köpfe ihrer Freunde und Angehörigen an langen Stangen im Rauch hin- und hergedreht wurden. Abome und der Königspalast und dann der Marsch an die Küste zu den Sammellagern. Sie kamen an, bevor ein Schiff auftauchte, um den Handel abzuschließen. Viele, viele Stämme waren dort, jeder in einem eigenen Zwinger, damit sie nicht anfingen, sich untereinander zu bekämpfen. Die Händler konnten bestimmen, welche Stämme sie bevorzugten. Wenn sie sich entschieden hatten, wurden sie zu den Pferchen geführt, wo die jeweiligen Stämme eingesperrt waren, die Frauen auf der einen Seite, die Männer auf der anderen. Sie gingen zwischen den Menschenreihen entlang und trafen ihre Wahl. Gewöhnlich nahmen sie gleich viele Frauen und Männer.

Kossola beschrieb die Abreise und die Fahrt über den Ozean in der *Chlotilde*, einem schnellen Segelschiff, von den Brüdern Maher aus Maine gebaut, die nach Alabama gezogen waren. Sie wurden von einem britischen Kriegsschiff gejagt, das nach Sklavenschiffen Ausschau hielt, aber die *Chlotilde* gab Fersengeld. Schließlich langte die Fracht in Mobile an. Sie wurden flußaufwärts ausgeladen, das Schiff versenkt, und für die rund hundert Afrikaner begann ein vierjähriges Sklavendasein.

»Viel wundern, Esel un Pflug sehn. Wir so staunen, sehn Mann schiebschieb un Esel ziehzieh.«

Nach dem Bürgerkrieg gründeten diese Afrikaner

eine eigene Siedlung bei Plateau in Alabama, etwa fünf Kilometer flußaufwärts von Mobile. Sie trieben Ackerbau, arbeiteten in den Sägewerken und kauften Land. Ihre Nachkommen leben noch heute dort.

Kossolas ganzer Kummer in Amerika war der Tod seines Lieblingssohnes David, der von einem Zug überfahren wurde. Beim Anblick des Körpers weigerte er sich zu glauben, daß es sein David war. Er wollte nicht die Glocke für ihn läuten lassen.

Schließlich überzeugte ihn seine Frau, daß der auf ein Stück Persenning gebettete kopflose Körper ihr Sohn war. Er weinte minutenlang heftig, dann sagte er: »Tut die Glocke klingeling.«

Sein anderer großer Kummer war es, von den Landsleuten in Afrika abgeschnitten zu sein.

»Die wissen nich, was mit Kossola passier. Wenn du da gehn, erzählen, wo ich hin.« Die Bitte war an mich gerichtet. Er wußte nicht, daß es seinen Stamm, abgesehen von denjenigen seiner Angehörigen, die den Sklavenzwinger in Ouidah erreichten, nicht mehr gab. Keiner seiner Verwandten war in dem Zwinger gewesen. Bestimmt hatte er ihre Köpfe im Rauch nicht gesehen. Man versteht leicht, daß nur wenige allzu genau hinschauten.

»Ich Heimweh zu meine Leute. Die wissen nix. Vielleicht sie fragen alle, was dort hingehn, wo Kossola. Ich weiß, die suchen mich.« Seine Stimme überschlug sich zu einem Klagelaut, der sich anhörte wie das Jaulen eines Hundes, der sich verlaufen hat.

Auch nach fünfundsiebzig Jahren litt er noch immer unter dem schmerzlichen Verlust. Das Heimweh nach Blutsbanden und kultureller Zugehörigkeit. Das Gefühl der Verstümmelung. Es machte mir das Herz schwer.

Von all meinen Forschungsarbeiten in der britisch verwalteten Karibik und auf Haiti war für mich das aufregendste Erlebnis die Begegnung mit einem weiblichen Zombie und die Chance, sie zu fotografieren. Das hatte es bis dahin noch nie gegeben. Ich meine das Abbilden eines Zombies. Was ich darüber weiß, habe ich in dem Buch *Tell My Horse* gesagt, das in England auch unter dem Titel *Voodoo Gods* veröffentlicht wurde. Außerdem habe ich in der Radiosendung *We the People* darüber gesprochen, und das Thema ist öffentlich so viel diskutiert worden, daß ich hier nicht ins einzelne gehen will. Aber es war eine ungeheuer aufregende, wenn auch ganz und gar makabre Erfahrung.

Bei einer Voodoo-Zeremonie auf Haiti wurde ich Canzo. Diese Erfahrung war schön und schrecklich zugleich.

Ich fand Voodoo keineswegs weniger überzeugend als irgendeine andere Religion. Ich denke, daß jede Religion, die das Verlangen des einzelnen befriedigt, für diese Person Gültigkeit besitzt. Wenn sie Millionen befriedigt, ist sie für ihre Gläubigen wahr. Die Secte Rouge jedoch, eine kannibalistische Geheimgesellschaft, auch bekannt unter dem Namen Cochon Gris* oder Ving Bra-Drig**, versteckt sich nur unter dem Deckmantel des Voodoo, aber beides hat nichts miteinander zu tun. Wenn die Forschung jemals dem haitischen und afrikanischen Voodoo auf den Grund kommt, dürfte sich im übrigen herausstellen, daß er seine Kraft weniger aus rituellen Verrichtungen bezieht als aus wichtigen medizinischen Geheimnissen, die der ärztlichen Wissenschaft bislang unbekannt sind.

* graues Schwein

** Der Name rührt vom Klang einer kleinen Trommel her.

II

Bücher und anderes mehr

Während meiner Feldforschungen im Jahre 1929 kam mir die Idee zu *Jonah's Gourd Vine.* Ich hatte einige Kurzgeschichten geschrieben, aber der Gedanke, mich an ein Buch zu wagen, war mir so gewaltig erschienen, daß ich ihn nur in der Stille der Nacht betrachtete, bei Tageslicht aber weit von mir wegschob.

Zum einen war so etwas offenbar fehl am Platze. Ich wollte die Geschichte eines Menschen erzählen, aber nach allem, was ich gelesen und gehört hatte, erwartete man von Negern, daß sie über das Rassenproblem schrieben. Das Thema war und ist mir herzlich zuwider. Mich interessiert, was einen Mann oder eine Frau dazu bewegt, dies oder das zu tun, ungeachtet seiner oder ihrer Hautfarbe. Ich hatte den Eindruck, daß die Menschen, denen ich begegnete, auf die gleichen Impulse ziemlich ähnlich reagierten. Unterschiede im Sprachgebrauch, ja. Prägungen durch äußere Umstände und Lebensbedingungen, ja. Grundlegende Unterschiede, nein. Aber ich sagte mir, das war es nicht, was von mir erwartet wurde, und deshalb scheute ich mich, eine Geschichte auf meine Art zu erzählen, oder vielmehr so, wie die Geschichte sich mir erzählte. Dabei ließ ich es drei Jahre lang bewenden.

Noch etwas anderes hielt meine Aufmerksamkeit eine Zeitlang gefangen. Wie gesagt, war ich mit der Geburt kopfüber in der Baptistenkirche gelandet und mit deren Gesängen, Predigten und Gebeten aufgewachsen. Sie waren ein Teil von mir. Und als ich später auf Konzertbühnen immer wieder Lieder hörte, die als »Spirituals« ausgegeben und als »Negermusik« beklatscht wurden, fragte ich mich, was wohl geschähe, wenn ein weißes Publikum je ein echtes Spiritual hörte. Meiner Ansicht nach war das, was die Neger in der Macedonia Baptist Church von sich gaben, besser als alles, was jemals irgendein geschulter Komponist aus unseren Volksliedern gemacht hatte.

Im Lauf meiner Forschungsjahre hatte ich Unmengen von Arbeitsliedern, Blues-Songs und Spirituals gesammelt. Nachdem ich sie zwei Neger-Komponisten angeboten hatte und abgewiesen worden war, weil ein weißes Publikum sich angeblich nur kunstvoll arrangierte Spirituals anhören würde, wollte ich überprüfen, ob das stimmte. Ich bezweifelte es nämlich, weil ich, seit ich denken kann, immer wieder Gruppen weißer Besucher in der Kirche meines Vaters gesehen hatte. Sie waren gekommen, um den Gesang zu hören, und in der Zion Hope Baptist Church gab es wahrlich keinen illustren Komponisten. Die Gemeinde nahm sich einfach ein Lied vor und gestaltete es beim Singen ganz nach Lust und Laune. Kein Berufsmusiker konnte den Darbietungen dieser ungelernten Sänger auch nur das Wasser reichen, selbst wenn er am Konservatorium studiert hatte, bis er alt und grau war und ihm die Zähne ausfielen. Meine Devise war und ist seit jeher: LASST DIE LEUTE SINGEN, und nun wollte ich endlich sehen, was dabei herauskam.

Am 10. Januar 1932 veranstaltete ich mit geliehenem Geld eine Aufführung im John Golden Theater und machte die Probe aufs Exempel. Die Darbietung kam sowohl beim Publikum als auch bei der Kritik gut an. Da ich weiß, daß Musik ohne Bewegung für meinesgleichen unnatürlich ist, ließ ich die Sänger nicht als starre Gruppe auftreten und verlangte ihnen keine hohe Kunst ab. Ich sagte ihnen, sie sollten sich vorstellen, sie wären in der Macedonia Baptist Church, und einfach drauflossingen. Ein Kritiker schrieb, er glaube nicht, daß das Konzert einstudiert worden sei, es habe zu natürlich gewirkt. Ich hatte einen Arbeitstag beim Eisenbahnbau inszeniert, vom Wecken in den Baracken bei Morgengrauen durch den *Shack Rouser* bis zur wilden Tanzerei, spätabends, irgendwo in den Wäldern.

Ich verlor zwar kein Geld dabei, aber ich verdiente auch nicht viel. Dennoch befriedigt es mich, daß ich meine These bewiesen habe. Ich habe miterlebt, wie sich dieses Konzert auf alle schwarzen Gesangsgruppen ausgewirkt hat. Der authentische Negertanz bekam dadurch ungeheuren Auftrieb. Worksongs fanden Anklang. Die westindischen Lieder und Tänze, die ich bei jener Aufführung vorstellte, spielen seither eine wichtige Rolle in Amerika. Es ärgert mich nicht, daß andere die Dinge verwerten, auf die ich aufmerksam gemacht habe. Ich freue mich vielmehr, wenn ich all denen, die daran Gefallen haben, etwas Schönes nahebringen konnte.

Im Mai 1932 brachte die Wirtschaftskrise die Forschungsgelder für meine Vorhaben zum Versiegen. Da faßte ich mir ein Herz und beschloß, die Geschichte zu schreiben, mit der ich mich schon lange getragen hatte. Während eines Aufenthalts in meinem Heimatdorf schrieb ich als erstes *Mules and Men*. Das heißt, ich bearbeitete die gewaltige Stoffmenge, die ich gesammelt hatte, gab ihr eine gewisse Ordnung und legte sie beiseite. Die Sammlung wurde erst später veröffentlicht. Robert Wunsch und John Rice, beide Dozenten am Rollins College in Winter Park, rund fünf Kilometer von Eatonville entfernt, und Hamilton Holt, der Präsident von Rollins, sowie Edwin Osgood Grover waren alle an meiner Aufführung interessiert. Auf ihr Drängen veranstaltete ich drei Folklore-Aufführungen auf dem Campus.

Dann schrieb ich die Kurzgeschichte *The Gilded Six-Bits*, die Bob Wunsch den Studenten seines Schreibseminars vorlas, bevor er sie an *Story Magazine* schickte. Dadurch lernte ich Martha Foley und ihren Mann Whit Burnett, die Herausgeber von *Story*, kennen. Sie kauften die Geschichte und druckten sie 1933 in der August-Ausgabe ab. Obwohl sie es nie sagten, glaube ich, daß sie bei einigen Verlegern ein Wort für mich einlegten, denn vier Verleger fragten daraufhin schriftlich bei mir an, ob ich nicht etwas in Buchlänge hätte. Unter ihnen war einer der Lektoren des Verlagshauses J. B. Lippincott. Er schrieb einen dermaßen liebenswürdigen Brief, daß ich gar keine Angst vor ihm hatte. Nach der Lektüre kam es mir nicht mehr so übereilt vor, ihm meine Vorhaben zu unterbreiten. Ich teilte ihm mit, ich schriebe gerade an einem Buch. Dabei hatte ich zu diesem Zeitpunkt noch kein Wort zu Papier gebracht. Aber schon in der darauffolgenden Woche zog ich nach Sanford, wo ich nicht so zu Hause war wie in Eatonville und mich besser konzentrieren konnte. Ich machte mich an die Arbeit und schrieb *Jonah's Gourd Vine.*

Für einen Dollar fünfzig mietete ich ein Häuschen mit einem Bett und einem Herd. Ich zahlte für zwei Wochen, dann ging mir das Geld aus. Meine Kusine Willie Lee Hurston hatte Arbeit und verdiente drei Dollar fünfzig die Woche. Sie gab mir immer fünfzig Cents davon ab, damit ich Lebensmittel kaufen konnte. In etwa drei Monaten hatte ich den Roman fertig geschrieben. Dann stand ich vor dem Problem, ihn getippt zu bekommen. Amtsrichter S. A. B. Wilkinson fragte seine Sekretärin Mildred Knight, ob sie es nicht für mich tun und dann auf das Geld warten wolle. Ich machte sie darauf aufmerksam, daß Lippincott das Buch unter Umständen gar nicht annehmen werde. Meine Arbeit gründe sich nur auf einen Hoffnungsschimmer. Sie ging mit dem Manuskript nach Hause und las es. Daraufhin bot sie mir an, es abzutippen. Sie sagte: »Das wird bestimmt angenommen. Ich werde es abschreiben. Und wenn der erste Verleger es nicht nimmt, dann wird es irgendein anderer nehmen.« Die beiden bezahlten Schreib- und Kohlepapier, und das Buch wurde getippt.

Als ich das Manuskript zum American Express brachte, um es aufzugeben, erfuhr ich, daß das Porto einen Dollar dreiundachtzig kostete, und so viel besaß ich nicht. Da besuchte ich Mrs. John Leonardi, eine sehr tüchtige Anwältin und Gattin des Bezirksstaatsanwalts. Sie hatte nicht so viel Geld bei sich, aber sie war Schatzmeisterin beim Ortsverein der Daughter Elks, einem wohltätigen Frauenverband. Sie borgte sich zwei Dollar aus der Vereinskasse und gab sie mir, damit ich mein Buch abschicken konnte. Das war am 3. Oktober 1933. Am 16. Oktober erhielt ich telegrafisch die Nachricht, der Roman sei angenommen.

Aber ganz so einfach war die Sache nicht. Mitarbeiter des Seminole County Chamber of Commerce hatten mich beauftragt, an diesem Tag im Geschäftsviertel von Sanford mit meiner Konzerttruppe für Unterhaltung zu sorgen. Ich war froh über den Auftrag, weil mein Hauswirt auf Bezahlung der fälligen Miete drängte. Ich schuldete inzwischen achtzehn Dollar. Da ich an diesem Tag fünfundzwanzig Dollar verdienen sollte, rechnete ich mir aus, daß ich meine Mietschulden abbezahlen könnte und sogar noch ein wenig Geld übrig haben würde. Es sollte anders kommen. Um acht Uhr am Morgen des 16. Oktober kam meine Hauswirtin und forderte mich auf, das Haus zu verlassen. Ich sagte ihr, daß ich die Miete noch an diesem Tag würde zahlen können, aber sie glaubte mir nicht, daß ich jemals soviel Geld besitzen würde. Nein, sie wollte lieber wieder über das Haus verfügen. Also schaffte ich meinen Klapptisch und meine Kleider zum Haus meines Onkels Isaiah und machte mich auf den Weg, um mich ab elf Uhr um die musikalische Unterhaltung der Stadt zu kümmern. Der Musikwagen fuhr die Straßen hinauf und hinunter, und meine Jungs sangen. Am Nachmittag, als ich noch auf dem Festwagen beschäftigt war, reichte mir ein Bote der Western Union Telegraph Company ein Telegramm. Natürlich öffnete ich es nicht gleich an Ort und Stelle. Um drei waren wir fertig. Der Gewerbeverein bezahlte uns nicht nur, sondern wir erhielten obendrein jeder einen Gutschein, mit dem wir in ein Geschäft unserer Wahl gehen und nach Belieben etwas aussuchen konnten. Ich brauchte Schuhe, also ging ich mit dem meinen in ein Schuhgeschäft. Mein Herz wog schwer wie Klafterholz, deshalb verscheuchte ich den Gedanken an das Telegramm, bis ich die Schuhe anprobiert hatte. Als ich es öffnete und las, daß *Jonah's Gourd Vine* angenommen war und daß Lippincott mir zweihundert Dollar Vorschuß anbot, stürzte ich mit einem alten und einem neuen Schuh an den Füßen aus dem Laden und raste zum Telegraphendienst der Western Union. Lippincott hatte um telegrafische Rückantwort gebeten, und die sollten sie haben! Bedingungen angenommen. Den freudigen Schreck, den mir dieses Telegramm bescherte, werde ich bestimmt nie wieder erleben. Es war etwa wie das Gefühl, wenn man das erste Schamhaar an sich entdeckt. Noch toller. Als der Filmproduzent Arthur Hornblow mich Jahre danach in Los Angeles zum Mittagessen zu Lucey's ausführte und mich für Paramount unter Vertrag nahm, war das schön – wirklich schön. Ich war hoch beglückt. Aber da waren bereits fünf Bücher von mir zur Veröffentlichung angenommen worden, ich hatte zwei Forschungsstipendien der Guggenheim-Stiftung erhalten und auf drei Buchmessen mit sämtlichen amerikanischen und etlichen ausländischen Literaturgrößen gesprochen, hatte also schon einiges erlebt. Das mag erklären, warum dieser Lektor für mich ein »Colonel« ist. Wenn Neger in den Südstaaten einen Weißen zum »Colonel« ernennen, hat das mit GRÖSSE zu tun. Er ist für sie so was wie ein gekröntes Haupt oder mehr. Und wenn die farbige Bevölkerung im Süden jemandem einen solchen Titel verleiht, nehmen die Weißen das ernst, weil die Neger sich nie täuschen. Sie mögen einem einfachen Bossman schmeicheln, indem sie ihn Cap'n nennen, aber wenn sie Colonel, General oder Governor zu jemandem sagen, anerkennen sie damit etwas Tieferes. Es ist da und wird anerkannt, weil es auf der Hand liegt.

Danach schrieb ich auf Haiti den Roman *Und ihre Augen schauten Gott.* Die Geschichte hatte sich in mir angestaut, und ich schrieb sie unter innerem Druck innerhalb von sieben Wochen. Ich wünschte, ich könnte das Buch noch einmal schreiben. Mit keinem meiner Bücher bin ich glücklich. Es gehört zur Tragik des Lebens, daß man am Anfang nicht über das Wissen verfügt, das man sich mit der Zeit aneignet. Andererseits ist es vielleicht ein Segen, daß man eine Weile vorschnell und töricht ist. Wenn Schriftsteller zu vernünftig wären, würden unter Umständen gar keine Bücher geschrieben. Womöglich ist es besser, sich die Frage nach dem »Warum« erst im nachhinein zu stellen und nicht vorher. Wie dem auch sei, die Kraft, die einen von irgendwoher aus dem All zum Schreiben nötigt, läßt einem keine Wahl. Man greift zur Feder, wenn man dazu aufgefordert wird, und schreibt, was einem befohlen wird. Es gibt nichts Qualvolleres, als eine nicht erzählte Geschichte in sich herumzutragen. Wer kennt nicht die Geschichte vom jungen Spartaner mit dem Fuchs unterm Gewand.

Ich mag mich, wenn ich lache wurde in Kalifornien geschrieben, wo ich mich wider Erwarten eine Zeitlang aufhielt.

Ich bin nicht nach Kalifornien gefahren, um über Kalifornien zu schreiben. Auch nicht, um beim Film anzukommen. Ich bin hingefahren, weil meine gute Freundin Katharane Edson Mershon mich eingeladen hatte, zur Erholung in den Westen zu kommen. Ich habe in Kalifornien ein Buch geschrieben und für den Film gearbeitet. Das wundert mich selber, weil ich damals dachte, mein letztes Stündlein hätte geschlagen. Katharane ist eine Bergziege, während ich eine Flachlandschildkröte bin. Ich tummle mich am liebsten auf ebener Erde. Sie kann keinen Berg sehen, ohne hinaufzustürmen. Ich glaube, sie würde sich schämen, jemals mit beiden Füßen auf ein und derselben Ebene ertappt zu werden. Sie schreit noch im Schlaf »Excelsior!« Ihr Mann, Jack, erklärte mir, seine Gestalt wirke deshalb wie flachgeschmirgelt, weil er von Katharane am Tag nach der Hochzeit auf einen Berg hinaufgeschleift worden sei und seither nie mehr seine normale Figur erlangt habe. Na, für mich war das Jahr 1941 auch eine Tortur. Katharane zeigte mir Kalifornien. Gegen Ende war mir, als sei ich zwei Monate lang die Zacken einer Schrotsäge auf- und abgewandert. Wenn ich mal Gouverneur von Kalifornien werde, besorge ich mir als erstes ein Riesenflugzeug mit eingebautem Nivelliereisen und richte diesen Bundesstaat so her, daß man ihn anschauen kann, ohne entsetzt zurückzuschrekken. Bleibt mir weg mit Heldentum! EINEBNEN! MACHT KALIFORNIEN EBEN! UND ICH MEINE WIRKLICH EBEN!!!

12
My people! My people!

My people! My people!« Von Kindesbeinen an habe ich diesen Ausruf aus dem Munde von Negern gehört. Er entringt sich ihnen aus Mitleid, aus Verachtung oder aus verzweifelter Resignation. Er wird laut, wenn eine Gruppe Neger das Tun und Treiben einer anderen Fraktion der schwarzen Brüder kommentiert. Zum Beispiel stöhnen gesittete Neger mit diesen Worten auf, wenn sie in einen Zug oder einen Bus einsteigen und darin andere Neger vorfinden, die die Schuhe ausgezogen haben, sich mit Bratfisch, Bananen und Erdnüssen vollstopfen und die Abfälle auf den Boden werfen. Und das ist unter Umständen noch nicht alles. Die Missetäter sind vielleicht im Begriff, ihre Umgebung niederzuschreien und sich rückhaltlos über ihr Privatleben auszulassen, und zwar mit einer Lautstärke, die das ganze Abteil einbezieht. Der wohlgekleidete Neger würde darob am liebsten im Boden versinken, er schüttelt den Kopf und seufzt: »My people! My people!«

Der gesittete Neger geniert sich für das ungehobelte Verhalten der anderen. Sie sind einander nie zuvor begegnet, geschweige denn miteinander befreundet. Warum sollte er oder sie sich also für die anderen genieren? Die Sache ist die: Der wohlerzogene Neger ist herumgekommen und hat Amerika mit eigenen Augen gesehen. Er oder sie hat sich in den Kopf gesetzt, sich an dem messen zu lassen, was er als den weißen Lebensstandard betrachtet. Er ist sich der Tatsache bewußt, daß der Neger in Amerika mehr Selbstachtung braucht, wenn er jemals so etwas wie gesellschaftliche Anerkennung erlangen will. Und nachdem er alles darangesetzt hat, Bildung zu erwerben, sich ein gepflegtes Zuhause zu schaffen, sich anständig zu kleiden und auch sonst anzupassen, entsetzt ihn der Anblick anderer Neger, die das einreißen, was er aufzubauen versucht. Ständig heißt es: »Und nach diesem nichtsnutzigen, lausigen Neger beurteilen die Weißen uns alle. Die meinen doch, wir wären alle gleich. My people! My people!«

Der gebildete Neger weiß obendrein, daß er kaum Chancen hat, die weniger gebildeten Angehörigen seiner Rasse von seinen Ansichten zu überzeugen. Klassenunterschiede und Kultur stehen zwischen ihnen. Der einfache Neger hegt eine gesteigerte Abneigung gegen den »Big Nigger«. Sonderbarerweise verübelt er es einem Weißen nicht, wenn er auf ihn herabsieht. Aber Schranken zwischen sich und den Wohlhabenden und Gebildeten der eigenen Rasse erträgt er nicht. »Der is doch ein Nigger wie wir«, ist der mißlaunige Kommentar. Dazu kann man nur sagen: »My people! My people!«

Ein höflicher Neger, ob Mann oder Frau, der, sagen wir, im Zug in eine dieser öffentlichen »Kundgebungen« gerät, kann nicht einfach hingehen und sagen: »Für dich nicht so auf, Bruder. Du bringst uns alle in Verruf.« Er oder sie würde sich hüten, das zu tun. Das Spektakel würde nicht nur weitergehen, es würde nur um so bunter werden, weil jetzt der »dickbramsige« Neger zur Zielscheibe allen Spotts würde. Der gebildete Neger mag alles wissen über Differentialrechnung und Evolution, aber er kämpft auf verlorenem Posten, wenn er versucht, mit den Unterprivilegierten

Witze zu reißen. Die Buchlosen mögen ihre liebe Not haben, einen Zeitungsartikel zu lesen, aber wenn es ans »playing the dozens« geht, ans gegenseitige »Vergackeiern«, gibt es – dafür würde ich jede Wette wagen – in ganz Amerika, ja auf der ganzen Welt niemanden, der es mit ihnen aufnehmen kann. Sie fangen damit an, den anderen einen »siebenbastigen Hurensohn« zu nennen, als nächstes beschreiben sie lang und breit alle sieben Wesensaspekte, um dann »ins Eingemachte« zu gehen, bis der allerletzte Zweig der Familie des anderen sein »Fett« abbekommen hat. Bei diesem Spiel hat der Neger aus den besseren Kreisen nichts zu lachen, daher hält er sich lieber heraus und stöhnt nur: »My people! My people!«

Da das ein altüberlieferter Aufschrei ist, bekam ich ihn zwangsläufig immer wieder und unter den verschiedensten Umständen zu hören. Aber es gab noch andere, unter unsereins gängige Schlagwörter: »Rassenstolz« – »Rassenvorurteil« – »Rassenvorkämpfer« – »Rassenzusammenhalt« – »Rassenbewußtsein« – »Rasse«.

»Rassenvorurteil«, hatte man mich gelehrt, war etwas Schlechtes, das die Weißen gegen uns hegten. Offenbar fühlten sich die weißen Menschen den Negern überlegen und beraubten sie aus diesem Grund ihrer Rechte. »Rassenstolz« war etwas, das uns, sofern wir es besaßen, ein Gefühl der Überlegenheit gegenüber den Weißen gab. Schwarzhäutig zu sein war demnach die größte Ehre, die einem Menschen widerfahren konnte. Einen »Race Man« nannte man jemanden, der stets Ruhm und Ehre der eigenen Rasse im Sinn hatte. Er mußte allezeit bereit sein, die Negerrasse gegen Demütigung, Schaden und Gefahr zu verteidigen. Besonders wenn ein Weißer »Nigger«, »You people«, »Negress« oder »Darkies« sagte. Es galt als beschämend, vorgeworfen zu bekommen: »Ach, du bist eben kein Race Man« oder »du bist keine Race Woman«. Manche machten es sich zum Lebensinhalt, »Race Men« und »Race Women« zu sein. Sie waren die Helden der schwarzen Rasse.

Der Begriff »Rassenbewußtsein« enthält die Aufforderung an die Neger, sich stets ihrer Hautfarbe bewußt zu sein. Als Kind spürte ich, daß dem Wort eine tiefe Bedeutung beigemessen wurde. Als ich erwachsen war, erkannte ich, daß es nur eine hochtrabende Aneinanderreihung von Silben war, denn kein Neger in Amerika läuft Gefahr, seine Rassenzugehörigkeit jemals zu vergessen. Unter »Rassensolidarität« stellte ich mir, als ich klein war, etwas »Solides« vor, aber wie alle Trugbilder löste sich auch dieses, aus der Nähe besehen, in Nichts auf. Sobald ich denken konnte, begriff ich, daß es in Amerika in keiner Volksgruppe so etwas wie Rassensolidarität gibt. Es wird offen eingestanden, daß sie unter Negern nicht existiert. Unsere sogenannten »Race Leaders«, die Anführer unserer Rasse, beklagen das. Andere nehmen es als naturgegeben hin, daß Neger im Gesellschaftsgefüge keinen unauflöslichen schwarzen Block bilden. Unsere jeweiligen Interessen sind zu verschieden. Persönliches Gewinnstreben steht Rassengrundsätzen zu oft im Weg, als daß sie uns zu einem solchen Block zusammenschweißen könnten. Gelänge es dennoch, könnten wir uns nie ins Staatsgefüge einordnen. Warum sollte der Rassengedanke, der noch nie irgendeine Volksgruppe in Amerika zusammengehalten hat, bei uns wirksam sein? Die Neger der Oberschicht bekennen es in ihren Worten. Die Neger der Unterklasse drücken es in ihren Fabeln aus.

Einmal wurde angeblich ein Neger aufgefordert,

seine Gemeinde beim Gebet anzuleiten. Er kniete nieder und hob an: »Ach, Herr, ich muß Dich um was bitten, aber ich weiß, Du kannsts nich machen.«

»Mach schon, Bruder Isham, sags dem Herrn.«

»Herrgott«, hob Bruder Isham noch einmal an, »ich möcht Dich wirklich um was bitten, aber ich weiß einfach, Du kannsts nich machen.«

»Na, Bruder Isham, nun mach schon un sag dem Herrgott, was du willst. Er is der Herr! Gibt nix, was er nich machen kann! Er kann sogar ne ungehörnte Kuh an Hörner führn. Du bist bloß Zeit am Verplempern. Machma voran, Bruder Isham, daß der Gottesdienst in Fahrt kommt.«

»Also gut, Herr, ich bitt Dich, mach, daß die Neger zusammenhalten, aber ich weiß, Du kannsts nich machen.« Da erklingt Gelächter und der Ruf »My people! My people!«

Nachdem ich von klein an solche Geschichten gehört hatte, mußte ich mir zwangsläufig früher oder später über meinesgleichen Gedanken machen.

Was mir nach und nach zu Ohren kam, sorgte eher für Verwirrung als für Klarheit. Eine Äußerung strafte die andere Lügen. Mitunter hörte ich widersprüchliche Ansichten aus dem Munde ein und derselben Person.

Bei Abschlußfeiern in der Schule und ähnlichen offiziellen Anlässen hörte ich Ansprachen, die donnernden Applaus einheimsten. Damals wußte ich noch nicht, wie man es nennt, aber ich merkte bald, daß es althergebrachtes Gedankengut war. Es war ebenso volkstümlich wie die Lieder in der Kirche. Ich merkte es daran, daß so viele, die sich zu Wort meldeten, haargenau die gleichen Formulierungen verwendeten: (a) Der Neger hatte binnen fünfzig Jahren größere Fortschritte gemacht als jemals irgendeine Rasse auf dem Erdball. (b) Neger verkörperten die *schönste* Rasse auf Erden, ihre Farben- und Artenvielfalt glich einem Blumengarten. (c) Neger waren die tapfersten Menschen auf Erden, sie stellten sich mit Löwenmut jeder Gefahr und nahmen selbst mit Dämonen den Kampf auf. Wir sollten stolz der Tatsache gedenken, daß das erste Blut, das für die amerikanische Unabhängigkeit vergossen wurde, das Blut des wagemutigen Crispus Attucks war, eines Negers, der den Gewehrkugeln der britischen Tyrannen in Boston die blanke schwarze Brust dargeboten und damit die erste Tat für die amerikanische Freiheit vollbracht hatte. Die Neger waren mit Colonel Shaw in den Bürgerkrieg gezogen und hatten die Streitkräfte des ruchlosen Südens zurückgeworfen, der schwarze Menschen in Knechtschaft halten wollte. Und ein Neger namens Simon war der einzige gewesen, der genug Mitgefühl und Erbarmen aufgebracht hatte, dem Erlöser zu helfen, Sein Kreuz den Kalvarienberg hinaufzutragen. Schließlich waren es die Negertruppen unter Teddy Roosevelt gewesen, die die Schlacht um die Höhen von San Juan gewonnen hatten.

Der Erfindungsgeist des Negers hatte die Dampfmaschine, die Baumwollentkernungsmaschine, die Vakuumbremse und zahlreiche andere Dinge hervorgebracht – aber abgefeimte Weiße hatten die Erfindungen des Negers gesehen und sie flugs verwertet, ehe der Neger die Chance hatte, dagegen einzuschreiten. Und so hatte der Weiße die Anerkennung eingeheimst für das, was dem genialen Hirn des Negers entsprungen war. Ohne den Neid und die Habgier des Weißen hätte der Neger – der edelste und größte Mensch auf Erden – längst den ihm angemessenen Rang inne.

Die Zuhörer jubelten sich heiser und gingen frohgemut nach Hause. Über die Gartenzäune hinweg war man sich am nächsten Tag einig, daß es eine wunderbare Ansprache und nichts als die reine Wahrheit gewesen sei. Was für ein großes Volk wir wären, wenn wir nur unsere Rechte hätten!

Aber die nämlichen Leute, die immer allem applaudierten, was von der Rednerkanzel der Schule ertönte, brachten mein Wertsystem mit ganz anderen Aussprüchen gehörig ins Wanken. So brauchte ein Gemeindemitglied nur irgend etwas zu tun oder zu sagen, das als dusselig oder hinterhältig angesehen wurde, schon hieß es abfällig: »Typisch Nigger!« oder »Nigger weg Nigger macht Nigger!«, was soviel heißt wie: Null weniger null ergibt null. Weder Verwunderung noch Mitleid sprach aus der Redensart, nur tiefe Verachtung. »Muß doch immer den Trottel spielen, der olle Cuffy. Der Affe tut, was der Affe sieht. Der Nigger siehtn Weißen was machn, schwupp will ers auch machen wie der Weiße, un kommt nix dabei raus wie n einziger Haufen Mist.« Und dann folgte der Stoßseufzer: »My people! My people!«

»Da hasde aber recht. Genau wie der Affe auf der Eisenbahnstrecke. Da war mal n Weißer, verstehsde, der war Lokführer, un der hat n zahm Affn gehabt, was er immer mitgenomm hat. Der Affe, der sitz da oben im Führerhaus beim Lokführer und kuck zu, wie der den Zug zum Fahrn bringt. Nach ner Weile meinter, er kann den Zug höchspersönlich genauso gut fahrn wie der Lokführer. Hat ihn gejuckt, daß er an den Hebel rankommt un dem Zug richtich Zunder geben kann. Na und ein Tag spring der Lokführer im Bahnhof ausm Führerhaus runter, seine Fahrbefehle holn, un da sieht unser Affe seine Chance. Er rauf auf den Führersitz, schnapp sich den Hebel, und die Lok schieß durchn

Wind die Schien lang. Da hat der Lokführer ne Depesche losgeschickt: ›Gleise frei machen. Affe auf der Strecke!‹ Na un Bruder Affe, der hat den Hebel voll aufgedreht und war auf un ab am Hopsen un sich am Kaputtlachen. 'türlich hat er keine Ahnung gehabt von kein Nebengleis un keine Weichen un kein Fahrplan, un wie er so schön am Fahrn is, ne Meile in der Minute, kommter an ne offne Weiche, un aufm Nebengleis steht n Güterzug. Rums-di-bums-di-bums-di-bums! Das war das Ende von Bruder Lokführeraffe. Feiner Affe war das, aber verdammt schlechter Lokführer.« Allgemeines Stöhnen: »My people! My people!«

Alle lachten immer über solche Geschichten, aber das Gelächter machte mich einigermaßen stutzig. Waren die Neger nicht die klügsten Menschen auf der Welt oder so ähnlich? Jemand sollte die Leute an die Rede erinnern, die wir in der Schule gehört hatten. Statt dessen kamen noch mehr Affengeschichten.

Zum Beispiel die über den weißen Arzt mit dem zahmen Affen, der auch Arzt werden wollte. Der beharkte seinen Herrn unentwegt, ihm zu zeigen, wie es ging, aber der Doktor hatte andere Sorgen. Da war ein Mann, dessen Bulldogge jeden Tag an seinem Gartentor vorbeikam und immer mit dem Affen Streit anfing. Schließlich hatte der Arzt eine Idee, wie er dem Affen abgewöhnen konnte, von ihm lernen zu wollen, wie man Arzt wurde. »Hau auf die Bulldogge ein, bis sie sich entleert, Affe, und bring mir was davon. Dann zeig ich dir, was ein Arzt tut, und präparier das Zeug so, daß es der Bulldogge für immer das Leben verdirbt. Die macht dir keinen Ärger mehr.«

»Klar hol ich das, Boß. Keine Bange. Ich will ja Doktor werden, un die olle Bulldogge is wahaftich ne Plage.«

Kaum tauchte die Bulldogge diesen Tag am Tor auf,

als der Affe, der es nicht erwarten konnte, daß sie sich wie üblich mit ihm anlegte, sich auf den Hund stürzte. Er vermöbelte ihn nach Strich und Faden. Er schlug mit aller Kraft zu und ließ nicht locker, bis der Doktor herauskam, den Hund fortjagte und dem Affen eine Chance gab, mit der erkämpften Beute in die Praxis zu stürmen.

»Da isses, Boß. Das war n harter Kampf, aber ich habs geschafft.«

»Na fein!« sagte der Arzt. »Jetzt gib mir mal die Flasche von da drüben. Ich nehm den Hund so in die Kur, daß er sich nie wieder hinsetzen kann. Wenn ich damit fertig bin, wird er seines Lebens nicht mehr froh.«

»Moment mal, Boß! Momentchen mal! Mir wärs lieber, Sie tätn das nich machen, Boß.«

»Wieso? Du willst doch die olle Bulldogge loswerden, oder nicht?«

»Stimmt schon, klar will ich das.«

»Na, warum soll ich sie dann nicht in die Kur nehmen?«

»Na ja, Boß, sehn Sie ma, die Sache is die. Das war n harter Kampf, n mächtig harter Kampf. Könnt sein, daß ich mich getäuscht hab in der Bulldogge, Boß, wir warn ja dermaßen mitnander verheddert. Lassen Sie das mit der Kur ma lieber sein, Boß. Könnt am Ende den Falschen erwischn.« Lachen, Kopfschütteln, Seufzen. »My people! My people!«

In vielen anderen, ähnlich hanebüchenen Geschichten ging es darum, daß der Neger, manchmal in Gestalt des Affen, manchmal im eigenen Namen, irgend etwas aufschnappte, das er gesehen oder gehört, aber falsch verstanden hatte. So stellte man beispielsweise Vergleiche an zwischen Heiratsanträgen von Weißen und Schwarzen. In einer Geschichte sagte ein weißer Liebhaber zu seiner Liebsten, sie habe Augen wie eine Ricke. Sein schwarzer Diener beeilte sich, seinem Mädchen zu schmeicheln, indem er ihr sagte, sie habe Augen wie eine Zicke. Und so weiter und so fort.

Der Affe wurde allgemein als Artverwandter akzeptiert. Mag sein, daß das von einer weitgehend vergessenen, aber noch vage erinnerten Affenverehrung in Afrika herrührte. Vielleicht trug die Wahl des Affen als Symbol auch unserer mimischen Begabung Rechnung.

Die klassische Affen-Parabel, die überall in Amerika im Schwange ist, wo Neger zusammenkommen, ist die Parabel über »Meine Artgenossen«.

Angeblich hockte sich einmal ein Affe zum Spielen mitten auf eine Landstraße. Da kam ein Cadillac, vollbesetzt mit Weißen, des Wegs. Der Fahrer sah den spielenden Affen und fuhr vorsichtig um ihn herum. Dann kam ein Buick, in dem noch mehr Weiße saßen, der machte es ebenso. Der Affe spielte seelenruhig weiter. Nach einer ganzen Weile kam ein Ford, Modell T, daher, in dem lauter Neger saßen. Aber anstatt um den Affen herumzufahren, hielt der Wagen direkt auf ihn zu. Der Affe konnte sein Leben nur durch einen schnellen Sprung auf den Randstreifen der Straße retten. Da saß er und guckte hinter dem Wagen her, der ratternd in der Ferne verschwand, und seufzte nur: »Meine Leute! Meine Leute!«

In einer anderen Fassung der Geschichte sagt der Affe neuerdings nicht mehr: »Meine Leute!«, sondern: »Leute gibts!«

Ich habe die Erfahrung gemacht, daß immer der schwärzeste Neger die Zielscheibe allen Spotts war. Ganz besonders schwarze Frauen.

Wenn an einem Montagmorgen eine schwarze Frau ins Haus kam, bedeutete das eine Woche Unglück.

Schwarze Frauen waren böse. Sie schliefen mit geballten Fäusten, selbst im Schlaf noch rauflustig und zänkisch. Sogar ihre Träume waren böse. Weiße, gelbe und braunhäutige Mädchen träumten von Rosen und Parfum und Küssen. Schwarze Mädchen träumten von Gewehren, Rasierklingen, Eisahlen, Äxten und heißer Lauge. Ich habe Männer schwören gehört, sie hätten gesehen, wie Frauen träumten, sie wüßten, wovon sie redeten.

»Ach, komm!« mochte einer lachend beschwichtigen. »Du weiß, das stimmt nich.«

»Eben nich, das is nich gelogen«, griff dann ein anderer das Thema auf. »Das weiß ich ganz genau. Ich hab mit gelbe Fraun geschlafen, un ich hab mit schwarze geschlafen. Die *sin* einfach böse. Du heirats ne gelbe oder ne braune Frau und tusdse nachts aufwecken, dann reckt die sich nur bißchen un sagt, ›Ich weiß noch, was ich geträumt hab, wie du mich geweckt hast. Ich hab geträumt, ich hätt dir n Huhn gebraten un dir n Mordskuchen gebacken, un wir wärn am Tisch beide aus ein Teller am Essen gewesen, un ich auf deim Schoß am Sitzen und wir hätten ein Mordsspaß gehabt.‹ Dann tutse dich öfter küssen, als wie du verlangt has, un schläft wieder ein. Aber wehe, du gehs hin un wecks ne Schwarze auf! Sowieso machtse im Schlaf schomma die Faust, und wennsdese schüttels, knalltse dir paar, ehse duse wachkriegs. Un dann, wennse endlich wach wird, hatse sich wunder wie un fräch dich, ›Nigger, was wecks du mich auf? Willsde wissen, was ich am Träum war, wie du mich geweckt has? Ich hab geträumt, du hätts mir deine olle rostiche schwarze Faust unter die Nase gehalten, un ich hätt dir n Kopp mit ner Ax gespalten.‹ Dann kicktse deine Flünke weg von ihre un tut die ganze Bettdecke an sich reißen, macht wieder ne Faust un pennt weiter. Mir kannsde nix erzählen. Ich weiß Bescheid.« Einhellige Reaktion: »My people! My people!«

Solche Geschichten lösten und lösen bis heute Lachsalven aus. Sie befremdeten mich zunehmend. Wenn es so ehrenvoll und herrlich war, schwarz zu sein, warum besaßen dann die hellbraunen unter uns so viel Ansehen? Schon ein Erstkläßler bekam das im Unterricht und bei Schulveranstaltungen mit. Die hellhäutigen Kinder gaben im Schultheater immer die Engel, Elfen und Königinnen. Je heller ein Mädchen war, desto besser ihre Chancen und desto größer die Erwartung, daß sie einmal Geld und Prestige heiraten würde. Auch später, in der Highschool, gab mir das immer wieder zu denken. Waren Neger nun die großen Helden der Sonntagsreden, oder waren sie die Hampelmänner des Alltagstratsches? War es wirklich ehrenvoll, schwarz zu sein? Schließlich bekam man zu hören, es sei zu nichts nütze, daß Negerjungen und -mädchen sich die Kraushaare an Collegewänden abwetzten. Sie könnten sowieso hinterher mit der ganzen Bildung nirgends ankommen. Manche älteren Herrschaften fanden, sie gehe in Negerköpfe gar nicht rein. So was solle man besser den Weißen überlassen, die was damit anfangen könnten. Aber es gab andere, die unbedingt dafür waren, sich nach oben zu kämpfen. Ich erlebte den Konflikt in der eigenen Familie zwischen meinen Eltern. Meine Mutter war diejenige, die alles wagte. Mein Vater war zufrieden mit dem, was war.

Das Negerproblem drang mir nach und nach durch den einen und anderen Zwischenfall ins Bewußtsein. Da war die Sache mit dem alten Bronner, der in den Wald geschleppt und zusammengeschlagen wurde.

Mr. Bronner war ein armer Weißer aus der Unterschicht, der sich im hochherrschaftlichen Maitland angesiedelt hatte. Eines Abends, kurz nach Einbruch der Dämmerung, hörten wir aus den Wäldern jenseits des Park Lake furchtbare Schreie. Sam Moseley, sein Bruder Elijah und Ike Clarke tauchten bewaffnet vor unserem Gartentor auf. Das Wehgeschrei hörte nicht auf. Es muß in den Erwachsenen alte Ängste und Erinnerungen geweckt haben. Viele Leute verrammelten ihre Türen. Während die Schreie über Wald und See herüberdrangen, wurden Papa und die Männer an unserem Gartentor immer mißmutiger und unruhiger.

»Was meint ihr, wer das is?« fragte Sam Moseley.

»Ich bin mir nich sicher, aber manche mein, es is Jim Watson. Er is jedenfalls noch nich zu Hause«, sagte Clarke, und alle sahen einander fragend an.

Schließlich sagte Papa: »Wartet mal n Momentchen und laßt mich ma eben mein Gewehr holen.«

»Da gibs kein Wenn und Aber«, stellte Elijah Moseley mit ernster Stimme fest. »Wir könn nich zulassn, daß Jim Watson zu Tod geprügelt wird.«

Papa hatte gespürt, daß die bewaffneten Männer nicht zum Herumstehen und Diskutieren gekommen waren. Sie wollten wissen, ob er mit ihnen mitkommen würde. Als er wieder hinaustrat und die sechzehn Patronen in sein Gewehr schob und weitere in die Tasche steckte, machte Mama keine Anstalten, ihn zurückzuhalten. »Tja, wir ham schließlich alle Familie«, sagte er, um einen unbeschwerten Tonfall bemüht. »Geb mal einer n Schuß ab, daß die andern wissen, wer sin soweit.«

Papa richtete selber seine Winchesterbüchse in den Himmel und feuerte einen Schuß ab. Jenseits des

Dorfladens antwortete ein zweiter, und auf der Straße kam ein Häuflein Gestalten durch die Dunkelheit herbeigehuscht.

»Es is Jim Watson. Wa müssen hin un ihn da rausholn!« Und das ganze Dutzend Männer, bewaffnet mit doppelläufigen Flinten, Hinterladern, Pistolen und Papas Repetiergewehr, hastete grimmig entschlossen weiter. Vielleicht rechnete keine von ihnen damit, lebend zurückzukehren. Sie hofften es allenfalls. Trotzdem zogen sie los.

Mama stieß einen unverständlichen kurzen Satz hervor, scheuchte uns alle ins Haus und verriegelte die Tür. Überall im Dorf gingen die Lichter aus, wurden die Türen verrammelt. Äxte waren von Holzstößen hereingeholt worden, Harken, Mistgabeln und Sensen wurden in Ecken hinter den verrammelten Türen aufgereiht. Falls die Männer nicht oder nicht alle zurückkommen sollten, waren Frauen und Kinder gewappnet, ihr Bestes zu tun. Mama machte nur den Mund auf, um festzustellen, sie wünschte, Hezekiah und John, die beiden größten Jungen, wären am späten Nachmittag nicht nach Maitland gegangen. Sie waren noch nicht zurück, und sie fürchtete, sie könnten sich auf den Heimweg machen und ... Aber sie weinte nicht. Unsere sieben Jagdhunde, allen voran der große wilde Ned, bellten ums Haus herum. Wir drängten uns schweigend um Mama in ihrem Zimmer. Im ganzen Dorf war kein Sterbenslaut zu hören. Noch nie war in unserer Gegend etwas vorgekommen, das eine so angespannte Atmosphäre erzeugte. Aber in den Menschen wurden Erinnerungen wach, und sie erzählten einander, was früher in Georgia, in Alabama oder West-Florida passiert war, und die Jungen bekamen Gänsehaut, so heftig teilte sich ihnen das Erinnerte mit.

Und die Älteren spürten, daß es ihnen noch immer in den Knochen saß.

Die düstere Stille im Dorf dauerte eine Stunde oder länger. Die lauten Schreie wurden schwächer und schwächer, bis unsere angestrengt lauschenden Ohren sie nicht mehr wahrnahmen. Seltsamerweise fiel kein einziger Schuß. Wir hockten im Dunkeln und warteten, starben ein bißchen und warteten. Die Stille war zehnmal zermürbender als die Schreie.

Zu guter Letzt näherte sich von jenseits der Scheune ein Gewirr lachender Stimmen. Zwischen Scheune und Haus wurde es lauter und änderte sein Klangbild. Mama zischte uns zu, wir sollten den Mund halten, obwohl keiner ein Wort sagte.

»He da, Little-Bits«, brüllte Papa. »Mach auf!«

»Zünd ein Licht an, Tochta«, wies meine Mutter meine Schwester an und tastete im Dunkeln nach Sarahs Hand, um ihr die Streichhölzer zuzustecken, die ich, bevor sie das Licht ausmachte, in der Umklammerung ihrer Finger gesehen hatte. Die ganze Zeit hatte Mama kaum etwas gesagt. Ihr Gesicht hatte ich im Dunkeln nicht sehen können. Aber jetzt, wo Papa wieder zu Hause war, war sie außerstande, ein Streichholz anzuzünden.

Alle Männer kamen hinter Papa her ins Haus. Sie lachten und scherzten, bestimmt mehr aus Erleichterung als aus sonst einem Grund.

»Steh nich da und grins wie ne Chessy-Katze, Mr. Hurston«, schimpfte Mama. »Du has mir noch rein gar nix erzählt.«

»Tja, das war gar nich Jim Watson, Lulu. Weiß du noch, vor ner Woche oder so, da hat der alte Bronner in der Zeitung von Orlando was geschrieben über die Tochter vom H. und den Sohn vom W.B.G. von wegen daß man die beiden dauernd an dem ein oder andern See rumsitzen sieht?«

»Jaja, da hab ich was von gehört.«

»Na, un die reichen Weißen wolltn sich das nich länger mit ankucken. Paar von denen ham ihn heute abend abgepaßt. Erst hamsen vonner Heufuhre runtergezerrt un dann nachm Wald abgeschleppt un ihm das Fell gegerbt.«

»Habter was davon gesehn?«

»Nö, wir ham ihn ne Weile brülln gehört. Wir sin bloß bis zum See gekomm. N Weißer, n andrer Sohn von den G.s, war im Gebüsch an der Straße versteckt. Wie wir grade abbiegn wollten un um den See rumgehn, kam er raus un meint, die Sache tät uns nix angehn. Se hattn den Bronner gefesselt un auf alln viern am Boden, un die Männer ham sich mitm Oxnziemer abgewechselt. Müssn auf Zehnspitzn gestandn ham dabei. Die Peitschnhiebe konnsde bis zur Straße hörn.«

Die Männer lachten alle. Ein-, zweimal äffte einer Bronners Schreie und Stöhnen nach, und die Meute lachte unbändig. Sie waren losgezogen, einem Nachbarn zu Hilfe zu kommen, und hatten ihr Leben aufs Spiel gesetzt. Jetzt, wo sie heil nach Hause zurückgekehrt waren, ließen sie ihren Gefühlen freien Lauf und lachten. Sie ließen ein oder zwei alte Witze aufleben, schlachteten sie aus und lachten noch ein bißchen. Dann lachten sie nur noch. Die gleichen Leute, die Angehörige ihrer Rasse mit Affen gleichsetzten, waren bereit gewesen, für einen der ihren zu sterben. Die gleichen Leute, die immer sagten »meine Farbe, aber nicht mein Fall« oder »Meine Rasse, aber nicht meine Klasse« waren ausgezogen, für einen dieser Nichtswürdigen zu sterben. Sie stießen sich gegenseitig an und lachten. Für mich ein Beweis, daß das, was wie

Hohn wirkte, in Wirklichkeit die Art der Neger war, sich selber auf den Arm zu nehmen. Wobei sie, wie andere auch, im Grunde hofften und wünschten, die zu sein, als die die Sonntagsredner sie darstellten.

Meine Mutter lehnte sich in ihrem Schaukelstuhl zurück und nahm eine Prise Schnupftabak. Vielleicht fühlte sie sich nicht besonders wohl, denn es kitzelte sie überhaupt nicht wie sonst. Nach einer Weile schickte sie uns mit schroffem Ton ins Bett. Es war an der Zeit, und die Männer gingen auseinander. Mama blieb auf ihrem Stuhl sitzen, bis Hezekiah und John gegen zehn Uhr nach Hause kamen. Sie gab ihnen eine fürchterliche Abreibung, weil sie so lange ausgeblieben waren, erst dann begab auch sie sich zur Ruhe.

Ich war an diesem Abend zu aufgewühlt, um über den Zusammenhang zwischen diesem Vorfall und der Rassenfrage nachzudenken. Außerdem mußte ich schlafen. Aber Tage danach wurde mir alles wieder ins Gedächtnis gerufen. In der Methodistenkirche war eine Veranstaltung geplant, bei der Mrs. Matthie Mosely eine Rede halten sollte. Es hieß, sie würde zu diesem Anlaß ein schönes neues Kleid anziehen. Das wollten wir alle sehen.

Der Tag kam, und sie trug das Kleid. Das Thema ihrer Rede war: »Was werden die Neger mit den Weißen tun?« Ich weiß nicht, zu welchem Schluß sie kam. Den übrigen Dorfbewohnern schien es genauso unwichtig zu sein. Ich erinnere mich nur, daß alle sagten, es sei ein gutes Thema. Aber in der Woche danach redeten die Frauen über nichts anderes als über die neue Armbanduhr, die Mrs. Moseley getragen hatte. Es war die erste Armbanduhr, die man je in unserer Stadt zu Gesicht bekommen hatte.

Dieser Vorfall stürzte mich in um so tiefere Verwirrung. Warum hatte man das Thema aufgegriffen? Etwas ging vor sich, das für mich nicht begreifbar war. Was sollte das Gerede über Weiße und Schwarze?

Im Dorf änderte sich gar nichts. Die Einwohner, die sich drüben in Maitland oder in Winter Park als Hausangestellte verdingt hatten, gingen wie gewöhnlich zur Arbeit. Die Weißen, die an Eatonville interessiert waren, kamen und gingen wie eh und je. Der Schriftsteller Irving Bacheller, der in Winter Park ein schmuckes Anwesen besaß, hätschelte Willie Sewell, seinen ersten Gärtner, wie immer. Bischof Whipple umschmeichelte Elijah Moseley, und Mrs. Mars, die Schwester des Bischofs, tat alles mögliche für Elijahs Frau, Lulu Moseley. Was sollte das ganze Gerede? Es war mir schleierhaft.

Meine Verwirrung nahm mit der Zeit noch zu. Auf der High School kam ich mit einer Gruppe in Berührung, die weder zur Oberschicht noch zum Bodensatz des Negertums gehörte. Ich lernte Leute kennen, die sich selber als »betterthinking Negroes«, als »besserdenkende Neger« bezeichneten. Es war für mich unfaßlich, daß sie, die sich als »Race Champions«, als »Vorkämpfer der Rasse« sahen, alles unverfälschte Negertum verschmähten. Sie zogen Farbgrenzen innerhalb unserer Rasse. Spirituals, Blues, *alles*, was eindeutig zur Kultur der Neger gehörte, war schlicht verpönt. Sie erhoben öffentlich Einspruch dagegen, daß Negerkünstler so etwas interpretierten. In ihren Augen war es eine Schande, daß Booker T. Washington anstelle geisteswissenschaftlicher Studien gewerbliche Ausbildung für Neger propagierte. Keinerlei Analyse, kein Versuch, Washingtons Bildungspolitik etwas abzugewinnen. Nieder mit allem, was auch nur entfernt an Old Cuffy erinnerte! »My people! My people!«

Diese Haltung befremdete mich so lange, bis ich imstande war, sie zu analysieren. Sie führte in die Irre, weil sie unvernünftig war. Sie war unvernünftig, weil die Leute versuchten, sich mit den Besten in Amerika auf eine Stufe zu stellen, ohne über das entsprechende Instrumentarium zu verfügen. Sie wollten dem Negertum entfliehen, weil sie angesichts der tiefen Verachtung für schwarze Haut in dieser Nation das einzige Heil in der Flucht sahen. Ihnen fehlte die fröhliche Unbekümmertheit der Schicht unter ihnen ebenso wie die Einsicht der Neger-Hautevolee über ihnen. Wenn sie versuchten, den »Boston Crimp«, den hochmütig gekräuselten Mund der Einwohner von Boston, nachzuahmen, und mich nach dem gewaltigen Unterschied zwischen dem gewöhnlichen Neger und dem »besserdenkenden Neger« fragten, machte ich nie einen Hehl aus meinem Unmut und sagte, ich wüßte nicht, wer der »besserdenkende Neger« sei. Ich wüßte zwar, wer die »sich-besser-dünkenden Neger« seien, aber wer die »Besserdenkenden« seien, das stehe auf einem anderen Blatt. Als ich jedoch zu verstehen begann, was sie zu ihrem törichten Verhalten bewegte, und sie einen Käfig durchmessen sah, der gar nicht existierte, verspürte ich eher Mitgefühl als Unmut. Wenn sie meinen, eine Art Pelzmantel-Aristokratie schaffen zu müssen, bitte sehr! Da sie dort, wo sie zufällig geboren wurden, keinen Rückhalt finden, da sie nicht über herausragende Talente verfügen, aus denen sie Kraft schöpfen können, und da ihnen andere Türen verschlossen sind, müssen sie irgendwie auf ihre Kosten kommen. Sie können nicht aus ihrer Haut. »My people! My people!«

Alle möglichen Erfahrungen gaben meinem inneren Konflikt jahrelang immer wieder Nahrung. Manchmal war ich überzeugt, daß die Negerrasse all das verkörperte, was die Sonntagsredner sagten. Dann wieder bekam ich so viel Selbstbezichtigung zu hören, daß ich restlos ernüchtert war. Wieder und wieder erlebte ich, daß Leute kopfschüttelnd unser Wesen am Beispiel eines einfachen Negers erklärten, der angeblich niederkniete und sagte: »Herr, Du weiß, ich taug nix. Meine Frau taugt nix. Meine Kinners taugen nix, un wenn Du Deine Zeit mit uns verplempern tus, Herr, dann taugs du auch bald nix mehr.«

Ich begriff also beizeiten, daß die Negerrasse keineswegs ein Ausbund himmlischer Liebe war. Die Anfechtungen kamen von innen wie von außen. Es genügte nicht, schwarz zu sein, es bedurfte mehr als einer gemeinsamen Hautfarbe, um von Liebe übermannt zu werden. Diese Erkenntnis brachte mir inneren Frieden.

Mir ging ein Licht auf, als ich begriff, daß ich keine rassische Gruppe als Ganzes zu betrachten brauchte. Gott hatte jede Gruppe Stück für Stück gemacht, und so mußte man sie auch sehen. Ich erkannte, daß Hautfarbe kein Gradmesser war für den Wert eines Menschen. Daher verloren alle Rassenklischees für mich ihre Gültigkeit. Ich mußte lachen über Weiße wie Schwarze, die aufgrund ihrer Rassenzugehörigkeit besondere Segnungen beanspruchten. Und so sah ich es weder als Fluch, schwarz zu sein, noch als besonderen Vorzug, weiß zu sein. Ich versprach mir nichts davon, mein Äußeres durch die Behauptung, ich sei Halbindianerin, zu entschuldigen. Vielmehr brüste ich mich damit, die einzige Negerin in den Vereinigten Staaten zu sein, deren Großvater mütterlicherseits *nicht* Indianerhäuptling war. Ebensowenig stamme ich von George Washington, Thomas Jefferson oder irgendeinem Südstaatengouverneur ab. Ich habe nicht das Bedürfnis, mir eine Legende zu basteln, um die Tatsachen zu verschönern. Ich bekenne mich zu einem Schuß Negerblut in den Adern meiner indianischen und weißen Vorfahren. Man mag mich als Inbegriff von »Old Tarbrush« betrachten, wenn man will. Ich bin zwar ein Mischling, aber ich weiche insofern von der herrschenden Meinung ab, als ich das weder als Ehre noch als Schande betrachte. Weder bemühe ich Jefferson als Opa, noch klage ich: »Bedenken Sie, wie dieser Weiße meine Großmutter mißbraucht hat!« Erstens ändert es nichts an den Tatsachen, und zweitens weiß ich nicht, wie es dazu kam. Da es mir nie jemand erzählt hat, halte ich meiner Ahnfrau zugute, daß sie im Zweifelsfall vor dem Weißen davonlief, so schnell sie ihre Füße trugen. Aber falls er schneller laufen konnte als meine Großmutter, dann trifft sie keine Schuld. Man darf nicht vergessen, daß er nur immer vorwärtszulaufen brauchte. Sie als Verfolgte mußte dagegen immer wieder über die Schulter schauen, um nachzusehen, wieviel Vorsprung sie hatte. Und jedermann weiß, wieviel Zeit man beim Rückwärtsschauen verliert.

Im gleichen Zusammenhang hat man mich belehrt, es sei Gottes Wille, daß alle die sogenannten Rassen der Welt rein blieben. Die das sagen, mögen ja recht haben. Dennoch ist es eine allgemein bekannte Tatsache, daß es überall, wo zwei Gruppen von Menschen aufeinandertreffen, zwangsläufig ein paar Grenzgänger gibt. Es ist, als sei das Reinheitsgebot nur in den Köpfen der Menschen angekommen, denn die übrigen Körperteile haben offenbar nichts davon mitbekommen. Vielleicht wird Gottvater das in Ordnung bringen, wenn Er den nächsten Schwung bearbeitet. Vielleicht werden dann die Männer tolpatschiger sein und die Frauen einen ganzen Zacken schneller zu Fuß. Das wird größere rassische und sonstwelche Reinheit zur Folge haben, aber auch eine irgendwie weniger aufregende Welt. Mag sein, es funktioniert, ich bezweifle es allerdings. Damit Ost und West einander nicht begegnen, müßte etwas Unüberwindlicheres zwischen ihnen liegen als ein Ozean. Aber vielleicht weiß der liebe Gott ja Abhilfe. Kann sein, daß Er es selber aufgegeben hat. Womöglich hat Er die Aufgabe in einem Augenblick der Entmutigung Adolf Hitler überlassen und sich wieder an sein Werk gemacht, noch mehr Käfer zu erschaffen.

Ich teile nicht die düstere Vorstellung, die Neger in Amerika seien dazu verdammt, in Bausch und Bogen ausgerottet oder für immer ins Elend verstoßen zu werden. Manche werden niedergetrampelt werden, und einige werden immer ganz unten sein und anderen Elenden Gesellschaft leisten. Aber es wäre wider die Natur, wenn alle Neger entweder zum Bodensatz, zur Elite oder zur Mittelschicht gehörten. So ist es anderen nie ergangen, warum sollte es uns so ergehen? Nein, wie alle anderen Menschen wird jeder von uns dahin gehen, wohin ihn sein Antrieb führt. Das hängt ganz vom einzelnen ab. Wer das Zeug nicht hat, kann es nicht zur Schau tragen. Wer das Zeug hat, kann es nicht verbergen. Das ist eines der stärksten Gesetze, die Gott je gemacht hat.

Ich stehe dazu, daß ich das Negersein dreifach am eigenen Leibe erlebt habe: Als Negerbaby, als Negermädchen und als Negerfrau. Dennoch ergeht es mir nicht anders als all denen, die sich keine präzise Vorstellung machen können von dem, was ein Neger in Amerika ist. *Den Neger* gibt es nämlich nicht. Unsere

Schicksale sind so vielfältig, unsere Weltanschauungen so verschieden, unsere äußeren Erscheinungen und unsere Fähigkeiten so mannigfaltig, daß eine allgemeingültige Klassifizierung, die uns alle einschlösse, unmöglich ist. Außer der einen: »My people! My people!«

13
Zwei Frauen vor allem

Von all den Frauen, die mir nahestanden, haben sich zwei meinem Gedächtnis unauslöschlich eingeprägt. Beide besitzen seltene Talente und sind wahre Wunder an Menschlichkeit. Beiden verdanke ich viel, Freundschaft und seelische Bereicherung. Der einen, Fannie Hurst, weil sie für ihr Alter so jung ist, und der anderen, Ethel Waters, weil sie für das ihre zugleich so alt und so jung ist.

Damit wir uns richtig verstehen: Das Alter hat bei beiden nichts mit dem Geburtsdatum zu tun. Ethel Waters ist noch immer eine junge Frau. Fannie Hurst ist alles andere als alt.

Während meiner Studienzeit arbeitete ich als Sekretärin bei Fannie Hurst. Sie verblüffte mich immer wieder aufs neue mit ihren Stimmungsumschwüngen. Unmittelbar vor oder nach tiefernsten Augenblicken konnte man sie mit ihren Puppen spielen sehen. Man wußte nie, wann der Spielteufel wieder mit ihr durchgehen würde.

Einmal ertappte ich sie beispielsweise dabei, wie sie eine Hausfrau spielte, die Besuch bekommt. Sie bat mich, das Büro nicht zu verlassen. Wenn die Türglocke läutete, würde Clara, die Köchin, aufmachen. Dann lief sie nach unten und sagte zu Clara, ich würde aufmachen, wenn es läutete. Schließlich verschwand sie irgendwo im Hause. Als ich kurz darauf zufällig nach unten ging, mir ein Glas Wasser holen, hörte ich die Türglocke. Ich wunderte mich, daß Clara nicht zur

Tür ging. Wie groß war meine Verwunderung, als ich sah, daß Miss Hurst höchstpersönlich die Tür öffnete, eintrat, sich selber liebenswürdig begrüßte und zum Tee hereinbat. Sie folgte der Einladung, begab sich in ihren weitläufigen Salon, verspeiste getoastete englische Muffins und tat eine Stunde oder länger, als hätte sie Besuch. Dann kam sie wieder nach oben ins Büro und ging an die Arbeit.

Ich wußte, daß sie Einzelkind gewesen war. Nicht einmal Vettern oder Kusinen hatte sie zum Spielen gehabt. Sie wurde in den Wohlstand hineingeboren. Ich malte mir aus, wie sie als einsames Kind in dem großen Haus ihre eigenen Spiele ersann. Wie sie sich, künstlerisch veranlagt, wie sie war, Spielgefährten erfand. Natürlich mußte sie den Part ihrer Geschöpfe selber sprechen, weil sie sonst nicht das gesagt hätten, was sie von ihnen hören wollte. Die meisten Kinder spielen das irgendwann. Ich hatte dem Spiel selber ausgiebig gefrönt, daher wußte ich, was sie tat, als ich sie in der halbgeöffneten Tür stehen, die eigene Türglocke betätigen und sich selber zu Tee und Muffins einladen sah. Wenn sie von ihren Spielen genug hatte, hörte sie kurzerhand damit auf und war wieder eine erwachsene Frau.

Sie hatte es gern, wenn ich sie chauffierte, und wir haben etliche Ausflüge miteinander unternommen. Kaum daß wir unterwegs waren, ritt sie wieder der Spielteufel. Einmal hatte sie mich gebeten, den Wagen zur Durchsicht zu bringen, um für den nächsten Vormittag startklar zu sein. Wir würden nach Maine an die Belgrade Lakes fahren und Elizabeth Marbury besuchen.

Früh am nächsten Tag saßen wir im Auto. Bis Saratoga Springs war sie die gefeierte Schriftstellerin Fannie Hurst. Als wir in die Stadtmitte fuhren, wandte sie sich zu mir und sagte, »Zora, das Wasser hier in Saratoga ist wundervoll. Hast du es schon mal probiert?«

»Nein, Miss Hurst, noch nie.«

»Dann müssen wir anhalten, damit du ein bißchen Saratoga-Wasser trinken kannst. Das darfst du dir nicht entgehen lassen.«

Wir parkten in der Nähe des berühmten United States Hotel und stiegen aus.

»Es wäre doch nett, hier zu übernachten«, sagte sie. »Ich werde mich mal im Hotel erkundigen. Da drüben im Park ist ein Trinkbrunnen. Du mußt unbedingt davon trinken! Du kannst Lummox ein bißchen spazierenführen, während du dir Wasser holst.«

Ich ließ Lummox aus dem Wagen. Zu sagen, ich hätte Lummox spazierengeführt, wäre übertrieben. Lummox wog keine drei Pfund, und mit seinen kurzen Beinen hopste er eher auf der Stelle auf und ab, als daß er lief. Trotzdem nahm ich ihn mit. Geschmacklich war das Wasser so lala.

Als ich zum Wagen zurückkam, erwartete sie mich bereits. Es sei zu früh im Jahr, und das Hotel habe noch nicht geöffnet. Wie schade! Sie wisse, daß es mir gut gefallen hätte. Also, ich brauchte einfach ein bißchen Abwechslung. Ob ich die Niagarafälle schon gesehen hätte?

»Nein, Miss Hurst. Ich hätte sie gern gesehen, aber ich hatte nie Gelegenheit dazu.«

»Zora! Willst du damit sagen, daß du die Niagarafälle noch nie gesehen hast?«

»Nein.« So wie sie es sagte, kam ich mir ziemlich einfältig vor.

»Oh, du mußt die Wasserfälle unbedingt sehen. Steig ein, wir fahren hin. Du mußt die Wasserfälle sofort sehen.« Es hörte sich an, als sei mein Leben bislang inhaltslos gewesen und wäre für alle Zukunft verpfuscht, wenn ich die Niagarafälle nicht zu sehen bekam.

Tags darauf, gegen fünf Uhr nachmittags, kamen wir bei den Niagarafällen an. Wir hatten eine bezaubernde Fahrt durch die nördliche Hälfte von New York State hinter uns.

»Da sind wir, Zora. Beeil dich und sieh dir die Wasserfälle gut an. Ich hab dich den weiten Weg hierhergebracht, damit du sie sehen kannst.«

Sie brauchte mich nicht zu drängen. Ich beugte mich über das Geländer und schaute und schaute. Was ich sah, war die Reise tatsächlich wert. Es war, als sähe man den Atlantischen Ozean von Pike's Peak herunterstürzen.

Nach etwa zehn Minuten stupste mich Miss Hurst, und ich drehte mich um.

»Zora, bist du schon mal über die International Bridge gefahren? Ich finde, du solltest die Wasserfälle von der kanadischen Seite aus sehen. Komm mit, dann kannst du sie auch von drüben sehen. Es wäre jammerschade, wenn du so weit gefahren wärst, um die Wasserfälle zu sehen, und würdest sie nicht von der Brücke aus sehen.«

Also fuhren wir über die Brücke. Sofort nahm sich ein kanadischer Zöllner unser an. Der Wagen müsse angemeldet werden. Wie lange wir zu bleiben gedächten?

»Melden Sie ihn lieber gleich für zwei Wochen an«, antwortete Miss Hurst. So geschah es. Die Sonne war fast untergegangen.

»Denk mal, Zora, es ist gar nicht mehr weit bis Hamilton. Du möchtest es bestimmt gern sehen. Wir fahren weiter und übernachten in Hamilton.«

Wir fuhren weiter. Erstaunt stellte ich fest, daß in

Kanada fast alles genauso aussah wie in den Vereinigten Staaten. Als wir in Hamilton ankamen, dunkelte es schon.

»Ich habe gehört, Kitchener soll so ein interessantes kleines Städtchen sein, Zora. Bestimmt wäre es lustig, weiterzufahren bis Kitchener und dort zu übernachten.« Und so ging es weiter nach Kitchener.

Das war Fannie Hurst, wie sie leibte und lebte, eine große, weltberühmte Künstlerin, die sich aufführte wie ein kleines Gör, das sein Kindermädchen bestürmt, mit ihr in den Zoo zu gehen, und einen Heidenspaß dabei hat.

Nun, wir machten eine aufregende zweiwöchige Rundreise durch Ontario, guckten uns die Landschaft an und speisen in altmodischen, aber gut eingerichteten Gasthäusern. Sie führte sich auf wie ein Kind im Zirkus. Eine Ausreißerin, die auf ihre Verpflichtungen pfiff.

Fannie Hurst, die Schriftstellerin und Frau von Jacques Danielson, war erst wieder mit von der Partie, als wir auf der Rückfahrt in Westchester anlangten. Da trat sie an die Stelle von Mrs. Hursts kleiner Fannie und begann, ernsthaft mit mir über ihr nächstes Buch zu sprechen.

Obwohl Fannie Hurst ihre Garderobe mit kühlem Kopf zusammenstellt, kann sie sich über neue Sachen freuen wie ein Kind. Sie weiß genau, was am besten zu ihrer schneeweißen Haut, ihrem schwarzen Haar und den Tollkirschenaugen paßt, und kleidet sich entsprechend. Ich bezweifle, daß irgendeine Frau auf der Welt schwarz, weiß und rot wirkungsvoller kombinieren kann als sie. Nicht nur das, sie versteht auch, sich damit in Szene zu setzen. Sie wird bestimmt nie wegen Verschandelung eines öffentlichen Raums eingesperrt werden.

Die Freundschaft mit Ethel Waters steht mir zu, weil ich sie mir erarbeitet habe.

Ethel offenbarte sich mir durchs Rampenlicht. Nicht nur als Künstlerin, sondern auch als Mensch, und ich sehnte mich danach, sie kennenzulernen. Ich scheute mich, hinter die Bühne zu gehen und sie dort heimzusuchen, deshalb schrieb ich ihr Briefe, aber sie ging gar nicht darauf ein. Trotzdem gab ich nicht auf. Ich spürte ihre große Menschlichkeit und ihre seelische Größe. So jemanden wollte ich kennenlernen.

Eines Tages gab Carl Van Vechten ein Abendessen für mich. Eine Menge berühmter Leute waren da, unter anderen Sinclair Lewis, Dwight Fiske, Anna May Wong, Blanche Knopf, eine italienische Sopranistin und meine alte Freundin Jane Belo. Carl flüsterte mir zu, Ethel Waters werde später kommen. Er mochte sie auch gern, und da er wußte, daß ich sie kennenlernen wollte, hatte er sie zum Kommen überredet. Carl hat einen Hang zu derlei Nettigkeiten.

Ethel und ich kamen miteinander ins Gespräch und verstanden uns prächtig. Ich fand meine Vermutung bestätigt, daß sie ein sehr scheuer Mensch ist. Es war nicht ihre Absicht gewesen, mir die kalte Schulter zu zeigen. Sie hatte nur gedacht, ich gehörte in eine andere Welt und brauchte sie nicht. Daher hatte sie mein Interesse für Neugier gehalten. Nun lachte sie über ihren Irrtum und sagte: »Und die ganze Zeit ist es Ihnen genauso ergangen wie mir.« Ihr Ton wurde immer herzlicher, und so begann unsere Freundschaft. Als man sie beschwor, etwas zu singen, fragte sie mich, was ich gern hören wollte. Natürlich wünschte ich mir *Stormy Weather*, und sie gab eine hinreißende Interpretation davon zum besten.

Kurz darauf bekam ich Gelegenheit, mich zu revanchieren und ihr einen Gefallen zu tun. Sie erzählte, daß sie mit Hall Johnsons Chor in der Carnegie Hall auftreten werde und beabsichtige, bei der Gelegenheit auch ein paar Spirituals zu singen. Spontan rieten ihr die italienische Sopranistin und andere Anwesende davon ab. Sie meinten, Marian Anderson, Roland Hayes und Paul Robeson hätten mit ihren Spiritualinterpretationen so großen Erfolg, daß das Publikum Vergleiche anstellen werde, die Ethel abträglich sein könnten. Ich sah Ethels Gesicht an, wie sehr sie das kränkte, und warf ein, sie werde ja keine Bühnenarrangements ihrer Spirituals darbieten. Sie habe nie die Collegebank gedrückt und habe einen ganz anderen Gesangsstil. Sie werde die Spirituals in der schlichten Weise vortragen, in der ihre Mutter sie ihr vorgesungen hatte.

Mit einem Lächeln, das innige Verbundenheit ausdrückte, wandte sie sich zu mir und sagte: »Danke.«

Als sie ihre Sachen holte und sich anschickte zu gehen, sagte sie zu mir: »Kommen Sie, Zora. Fahren wir zusammen rauf nach Harlem.« Ich begleitete sie, ihren Mann und die treue Lashley, eine junge Spiritualsängerin aus Mississippi, die Ethel unter ihre Fittiche genommen hatte.

Seither sind wir in Verbindung geblieben und haben unsere Bekanntschaft ständig vertieft. Wir vertrauen einander Dinge an, die uns wirklich am Herzen liegen. Ich bin ihre Freundin und spreche mit ihrer Zunge. Ich kann ihre Gefühle ausdrücken, obwohl sie ausgezeichnet für sich selber sprechen kann. Ethel Waters hat eine schlichte Philosophie für alle Lebenslagen und findet treffende Worte dafür, wenn ihr danach zumute ist.

Ethel Waters ist eines der ungewöhnlichsten, vielseitigsten Menschenkinder, die mir je begegnet sind. Wenn man lange genug mit ihr beisammen war, kann man die verschiedenen Wesen, die sie in sich vereint, förmlich Gestalt annehmen sehen. Es ist, als schaue man in ein offenes Feuer – unablässig verwandeln sich Farbe und Umriß ihrer Persönlichkeit. Sie hat ungewöhnliche Begabungen, die sie aufgrund ihrer mangelhaften Schulbildung nicht zur Geltung bringen kann. Es war ihr nicht gegeben, weiter als bis zur dritten Klasse in die Volksschule zu gehen. Für mich ist es ein niederschmetternder Gedanke, daß die Welt sie nie wirklich kennenlernen wird. Man hat sie auf der Bühne gesehen und gehört, aber von ihren Fähigkeiten wird dabei so wenig sichtbar. Ihr Ringen um angemessenen Ausdruck stürzt sie mitunter in Schwermut. Am Weihnachtstag, im Jahre 1941, sagte sie zu mir: »Du bist besser dran als ich, Zora. Ich kann bloß zeigen, was sich auf der Bühne abspielt. Du kannst jedesmal wieder ein anderes Buch schreiben.«

Sie ist tief religiös und katholisch. Obwohl sie eine gute Bridge-Spielerin ist, duldet sie sonntags bei sich zu Hause keine Kartenspiele. Ebensowenig wie ihre Mutter solches in ihrem Hause geduldet hätte. Niemand wird in ihrer Umgebung die Feiertagsruhe durch Tanzen und übermütiges Treiben stören. Was sie auf der Bühne singt und zum Ausdruck bringt, hat nichts mit ihrem Leben zu tun.

Ethel stammt aus äußerst bescheidenen Verhältnissen. Sie scheut sich nicht zu sagen, daß sie in den Slums von Philadelphia geboren wurde, in einem Milieu, das nach ländlichem Süden roch. Ethel raucht nicht und trinkt nicht und scheucht mich, wenn ich eine Zigarette anzünde, immer in eine entlegene Ecke des Raums. Sie dankt Gott, daß ich nicht trinke.

Ihre Religiosität bricht sich immer wieder auf unerwartete Weise Bahn. Einmal, als wir uns über ihre Arbeit in *Cabin in the Sky* unterhielten, erzählte sie: »Als wir die Spirituals geprobt haben, da wollten ein paar von diesen unmanierlichen Leuten anfangen mit Rumhampeln und Rumalbern. Ich hab ihnen gesagt, sie sollten mit Gottes Musik lieber nich spielen. Wenn ich sie noch mal dabei erwisch, würd ich ihnen paar reinhauen, daß sie in den Orchestergraben fliegen.« Ihre Augen sprühten Feuer, als sie mir davon erzählte. Dann beruhigte sie sich und lachte. »Weißt du, Zora, der liebe Gott hat natürlich nich gewollt, daß ich sie zusammenschlag. Das is mir bloß so rausgerutscht.«

Ihr Umgang mit Menschen hat viel mit ihrer Herkunft zu tun. Sie ist schüchtern, und man muß sie schon überzeugen, daß einem wirklich an ihr gelegen ist, ehe sie auftaut und einen an sich heranläßt. Bestimmt ist sich Ethel Waters nicht mal der Tatsache bewußt, daß sie in ihrer Laufbahn als Sängerin ganz oben angekommen ist. Deshalb ist sie dankbar für jedes Zeichen der Zuneigung oder Wertschätzung. Manche, denen sie ihre Liebe und ihr Vertrauen geschenkt hat, haben das herzlos ausgenutzt, wie Schweine, die auf dem Boden nach Eicheln wühlen und drauflosmampfen, mit den Schlappohren über den Augen, ohne je zu dem hohen Baum aufzublicken, von dem die Eicheln heruntergefallen sind.

Mit dreizehn Jahren hatte sie ihren ersten Bühnenauftritt und bekam als Anfangshonorar acht Dollar Gage die Woche. Sie hatte solches Lampenfieber, daß man sie auf die Bühne schubsen und ein Mitglied der Truppe mit hinausschicken mußte, damit sie überhaupt zu singen anfing. Obendrein mußte man einen Stuhl neben sie stellen, an dem sie sich festhalten konnte, um ihre Nervosität zu überspielen.

Mit fünfzehn Jahren stellte sie der Welt den *St. Louis Blues* vor. Sie hatte die Noten irgendwo entdeckt und sich das Stück vorspielen lassen. Dann schrieb sie an W. C. Handy und bat ihn um die Erlaubnis, es vorzutragen. Handy schrieb ihr auf einer Postkarte, sie könne nach Lust und Laune damit verfahren, oder etwas in diesem Sinne. Hätte W. C. Handy damals die Bedeutung seiner Geste ahnen können!

Ethels Gemütsverfassung schwankt zwischen Heiterkeit und Trübsinn. Ich habe erlebt, wie ihre Stimmung mitten im Geschichtenerzählen umschlagen kann. Wenn ich sie bat, etwas besonders Bewegendes, das sie gesagt hatte, zu wiederholen, entgegnete sie: »Das geht nich. Meine Gedanken sind jetzt woanders. Wenn ich irgendwann mal wieder in der gleichen Stimmung bin, erzähl ich's dir noch mal.«

Gleichnisse und Bilder strömen ihr nur so von den Lippen. Einmal saß ich tief in Gedanken bei ihr in ihrem Wohnzimmer in der Hobart Street in Los Angeles. Ich hatte völlig vergessen, daß andere Leute anwesend waren. Sie stieß Archie Savage an und zeigte auf mich. »Der Engel der Erlösung, der auf den zerstörten Tempel schaut«, bemerkte sie lachend. »Was treibst du, Zora? Mit den Gedanken am Schweifen?«

Ein anderes Mal sagte sie: »Es is schön, sich mit dir zu unterhalten, Zora. Das Gespräch ist das Hochamt der Freundschaft.«

Über einen Mann, den wir beide kennen, sagte sie einmal: »Je mehr er lügt, desto dicker trägt er auf.«

»Dieser Mann hat die Weisheit mit Löffeln gefressen, aber sagen tut er einem nix«, sagte sie über einen gemeinsamen Freund. »Er hat seine Wörter aus nem Buch. Ich nehm meine ausm Leben.«

»Die hat ihm aber gezeigt, was ne Harke is«, war ihr Kommentar, als sie im *Los Angeles Examiner* von einer Frau las, die ihren Liebhaber erschossen hatte.

Über einen Mann, der sich unflätig ausgedrückt hatte, sagte sie: »Mir wärs lieber, er tät anders reden, aber man kanns ihm nich verübeln, Zora, das is sein ganzer Wortschatz.«

Ethel Waters hat großartigen Erfolg und furchtbare persönliche Tragödien erlebt. Deshalb weiß sie, daß kein Mensch alles haben kann.

»Egal, wie gut die Musik is, Zora, man kann nich auf jeder Hochzeit tanzen.«

Ich bin dankbar für Fannie Hursts und Ethel Waters' Freundschaft. Aber wie drückt man aufrichtigen Dank aus? Wer kann die Grenzen der Freundschaft ermessen? Ich bin der Ansicht, daß niemand ohne sie leben kann. Ohne Freunde leben zu wollen, kommt mir so vor, als wollte man einen Bären melken, um Milch für seinen Morgenkaffee zu bekommen. Es kostet viel Mühe, und was dabei herauskommt, taugt nicht viel.

14
Liebe

Was ich von Liebe verstehe? Ich habe ein paar Erfahrungen gemacht und fühle mich ausreichend versiert für den eigenen Bedarf. Mit der Liebe verhält es sich meiner Ansicht nach wie mit dem Gesang. Jeder kann genug für den Hausgebrauch, auch wenn es die Nachbarn vielleicht nicht so berühmt finden. So ergeht es mir mit der Liebe, und ich kann nicht beurteilen, ob ich irgend etwas Außergewöhnliches zu berichten habe. Erwarten Sie nicht von mir, daß ich wie am Schnürchen Namen herunterbete und Einzelheiten an die große Glocke hänge. Damen plaudern ebenso ungern aus dem Nähkästchen wie Herren.

Ich habe viele Bücher gelesen, in denen die Heldin lange Zeit verliebt war, ohne es zu merken. Und etliche Menschen haben mir das gleiche erzählt. Vielleicht gehört es sich so. Bei mir verhält es sich ganz anders. Es ist mir vielleicht passiert, daß meine Liebe zu jemandem verflogen war, ohne daß ich es merkte. Aber wenn es mich erwischt, ist es wie ein Faustschlag. Das ist eine Tatsache, die ich nicht leugnen kann. Liebe mag für andere eine träumerische, schleichende Angelegenheit sein. Für mich ist es ein aufrüttelndes Ereignis, ich spüre die Erschütterung von Kopf bis Fuß.

Obwohl ich anfing, mich zu verlieben, als ich noch keine sieben war, hatte ich nie einen festen Freund, bis ich fast erwachsen war. Ich hatte einfach keine glückliche Hand. Wahrscheinlich hätte ich mehr Glück gehabt, wenn ich mich an Jungen meines Alters gehalten hätte, aber das genügte mir nicht. Ich wollte einen, der lange Hosen trug, aber die behandelten mich wie Luft. Die herzlosen Schufte gingen einfach mit erwachsenen Frauen an meinem Gartentor vorbei, ohne mich im geringsten zu beachten, sagten allenfalls »Tag« oder etwas dergleichen. Da mußte ich mich nach einem anderen Heiratskandidaten umsehen, nur um immer wieder die gleiche Pleite zu erleben.

In der Highschool bekam ich natürlich schmachtende Briefchen und schrieb selber welche. Nach ein, zwei Tagen, einer Woche oder höchstens einem Monat war die Affäre jedesmal wieder zu Ende. Spurlos vorübergegangen. Ich war bereits Studienanfängerin am College, als ich zum ersten Mal wirklich Feuer fing.

Er konnte in die Tasten hauen und tanzen wie ein junger Gott und hatte einen schönen Bariton. Außerdem beachtete er mich, und ich war hingerissen. Zum ersten Mal seit dem Tod meiner Mutter war jemand da, bei dem ich wirklich Nähe und Wärme fand.

Unterbrochen von zwei Zerwürfnissen, währte diese Beziehung bis zum Ende meines Studentenlebens. Unmittelbar nach dem Studienabschluß am Barnard College heirateten wir. Eigentlich hätte das der glücklichste Tag meines Lebens sein müssen. Und St. Augustine in Florida ist ein schöner Rahmen für so ein Ereignis.

Es war aber nicht mein glücklichster Tag. Ich wurde von Zweifeln geplagt. Zum ersten Mal, seit ich ihn kennengelernt hatte, fragte ich mich, ob ich ihn wirklich liebte oder ob wir nur aus Gewohnheit zusammenblieben. Mir war beklemmend unwirklich zumute. Auch die Naturgewalten dachten nicht daran, dem Tag und Anlaß einen besonderen Anstrich zu geben, und ich fragte mich, warum. Wer hatte den vielbeschworenen Mondspaziergang abgesagt? Jemand hatte einen Wasserschlauch auf die Sonne gerichtet. Was ich für die Ewigkeit gehalten hatte, erwies sich als schlafwandelnder Augenblick.

Nach unserem letzten Zerwürfnis hatte er mich inständig gebeten, ihm zu verzeihen, und ich hatte eingewilligt. Aber hatte ich es ernst gemeint? Erinnerungsschwere Winde wehten aus der Vergangenheit herbei und brachten frostige Nebel. Dies war nicht die erhoffte strahlende Morgendämmerung. Vielmehr hatte ein streunender Sonnenstrahl der Nacht einen Streich gespielt. Ich konnte mich nicht dazu durchringen, ihm meine Gedanken mitzuteilen. Sosehr ich es auch wollte, ich brachte es nicht über mich. Aber sie verfolgten mich auf Schritt und Tritt.

Als ich nach New York zurückkehrte, lernte ich Mrs. Mason kennen. Sie gab mir die Chance, meine Forschungsarbeiten fortzusetzen, und ich ergriff sie. Hier bot sich ein Ausweg ohne allzu viele Worte an. Sollten die Dinge ihren Lauf nehmen. Ich sagte ihm nichts von der Abmachung, redete ihm vielmehr zu, nach Chicago zurückzukehren und sein Medizinstudium fortzusetzen. Dann reckten und streckten sich meine fröstelnden Lebensgeister, und ich machte mich wieder an die Arbeit. Danach habe ich ihn nur noch einmal gesehen. Er hat wieder geheiratet, und ich hoffe, er ist glücklich.

Nachdem ich einen solchen Schlamassel angerichtet hatte, stürzte ich mich nicht gleich wieder in eine feste Beziehung. Ich begann, ernsthaft zu arbeiten. Ich würde ganz in der Arbeit aufgehen, sagte ich mir. Drei Jahre vergingen. Ich hatte einen Forschungsabschnitt abgeschlossen und erwog, mein erstes Buch zu schreiben, als ich dem Mann begegnete, der mich ganz und gar in seinen Bann schlagen sollte. Ich lernte A.W.P. kennen.

Er war groß, dunkelbraun, sagenhaft gebaut, besaß einen wunderschön geformten Hinterkopf und ein markantes, gutes Profil. Nase und Lippen sahen von vorn und von der Seite besonders gut aus. Aber sein Aussehen zog meine Blicke nur zu Beginn an. Das war es nicht allein, weshalb ich mich in ihn verliebte. Er war ein kluger Kopf, und das fesselte mich. Wenn ein Mann beim Denken schneller am Drücker ist als ich, macht ihn das ungeheuer anziehend für mich.

Ich ging ihm nicht einfach ins Netz. Ich sprang mit dem Fallschirm. Wie ich ihn auch auf die Probe stellte, ständig fand ich neue Gründe, ihn zu bewundern. Wir waren wie füreinander geschaffen. Mich zog als erstes sein Intellekt an, denn ich gehöre zu den Frauen, die geistig gern neues Territorium erobern, und es gefällt mir, wenn mein Mann mir weit voraus ist. Wenn er dazu noch stark und aufrichtig ist, um so besser. Gutes Aussehen ist nicht wesentlich, nur eine verlockende Dreingabe. Er besaß all diese Eigenschaften und noch mehr. Mir ist, als hätte der liebe Gott Überstunden gemacht, als er ihn schuf. Er war so eigenständig, daß er sich bei jeder Gelegenheit auf die Hinterbeine stellte.

Ein Streit um einen Vierteldollar, den ich ihm leihen wollte, mag das veranschaulichen.

Ich wohnte damals im Graham Court in Harlem, Ecke 116th Street und Seventh Avenue. Er wohnte an der 64th Street im Stadtteil Columbus Hill. Eines Abends kam er mich besuchen, und alles war eitel Freude, bis er Anstalten machte aufzubrechen. Er sagte, ich müsse ihn jetzt gehen lassen, weil er zu Fuß nach Hause laufen werde. Er habe seinen letzten Nikkel ausgegeben, um zu mir zu fahren. Das bestürzte mich, und ich lief einen Vierteldollar holen, den ich ihm leihen wollte, bis er sein Geld bekäme. Was mir einfalle? Er wurde fuchsteufelswild. Er war der zornigste Mensch von ganz New York – Manhattan, Brooklyn, Queens, der Bronx und Richmond – zusammengenommen. Warum ich ihn so demütigen müsse? Er allein trage die Verantwortung. Als er von zu Hause weggegangen sei, habe er gewußt, daß er das Fahrgeld für die Rückfahrt nicht besaß, aber er habe kommen wollen, und so sei er eben gekommen. Ich solle ihn die Konsequenzen tragen lassen. Ob ich ihn für so eine Memme hielte? Wie er meine Achtung verdienen solle, wenn er sich wie ein Windbeutel aufführe? Er sei ein *Mann!* Keine Frau der Welt könne ihm auch nur einen Cent leihen oder schenken. Wenn ein Mann nicht für eine Frau aufkommen könne, wozu sei er dann nütze? Sein ganzer Wunsch sei es, für mich zu sorgen. Ich solle ihn *gefälligst* nicht daran hindern, ein *Mann* zu sein.

Einen Augenblick lang war ich gekränkt, aber dann begriff ich. Er hatte etwas sehr Schönes getan, und ich machte es blindlings kaputt. Es machte ihm Freude, mir zuliebe so weit zu Fuß zu gehen, weil er damit seine Hingabe beweisen konnte. Außerdem wollte er der Gebende sein und mich in der Rolle der Nehmenden sehen. In diesem Augenblick stieg er jäh in meiner Achtung. An seiner Haltung sollte sich nie etwas ändern. Er gedachte, der Herr zu sein, und da sollte man ihm gefälligst keine Steine in den Weg legen!

Eben diese Männlichkeit, so liebenswert sie war, bereitete uns beiden Kummer. Meine Karriere verhinderte die Erfüllung seines Ideals. Ich hätte seinem Wunschbild wirklich gern entsprochen, aber es war unmöglich. Für mich gab es keinen Widerstreit. Meine

Arbeit war eine Sache, und alles übrige verkörperte er. Aber das konnte ich ihm nicht klarmachen. Seiner Ansicht nach sollte er der einzige Inhalt meines Lebens sein.

Aber ich greife den Ereignissen voraus. Fast zwei Jahre lang war ich an ihm interessiert, bevor er es erfuhr. Viel ereignete sich zwischen unserer ersten Begegnung und dem Tag, an dem wir uns zum ersten Mal ernstlich miteinander unterhielten.

Ich hatte mich, wie gesagt, verliebt, aber nichts gesagt, weil mich keiner danach fragte. Da meine Gefühle niemandem außer mir etwas zu bedeuten schienen, beschloß ich, sie für mich zu behalten.

Ich reiste gen Süden, bereitete einige Konzertauftritte vor, schrieb *Jonah's Gourd Vine* und *Mules and Men* und kehrte wieder nach New York zurück.

Er machte einige zaghafte Annäherungsversuche. Eine Weile tat ich, als hätte ich nichts bemerkt. Ich wollte auf Nummer Sicher gehen und keine Kränkung riskieren. Dann machte er mir die unerhörte Freude, sich laut und deutlich zu erklären. Offenbar war er ebenso lange in mich verliebt gewesen wie ich in ihn, aber er hatte befürchtet, daß ich »ihm nicht gut war«, wie es im Volksmund heißt. Die ganze Zeit hatte er versucht, mir etwas zu entlocken. Es fing damit an, daß er mir Komplimente über meine Kleidung machte. Eines Abends, nachdem wir einen Ball der Alpha Phi Alpha Fraternity besucht hatten – ja, er ist Verbindungsstudent –, sagte er, das weiße Kleid, das ich trüge, sei wunderschön, aber ich hätte nichts zum Drüberziehen, das kostbar genug sei für seinen Geschmack. Er habe eine ganz genaue Vorstellung von dem Stück, in dem er mich sehen wolle, und sobald er das erhoffte Geld verdiene, werde er mir als erstes eine märchenhafte Abendstola mit allem Drum und Dran kaufen. Er wolle, daß *seine* Frau toll aussehe. Unter gesenkten Lidern warf er mir einen Blick zu, um zu sehen, wie ich es aufnahm. Ich lächelte, also fuhr er fort.

»Weißt du, Zora, du hast es mit einem richtigen Mann zu tun. Du hast jemanden, der für dich sorgen wird. Ich kann es nicht mitansehen, daß du so viel arbeitest. Ich will nicht, daß meine Frau irgendwas anderes tut, als sich um mich zu kümmern. Sie soll zu Hause sein und aussehn wie Skookums, wenn ich komme.«

Er hatte schon öfter gesagt, ich erinnerte ihn an die Indianerin auf den Skookum-Äpfeln. Nun gab er mir also zu verstehen, daß er zu mir nach Hause kommen wollte. Er legte mir Radio City, die General Motors Corporation, die Vereinigten Staaten, Europa, Asien und noch einige entlegene Kontinente zu Füßen. Ich besaß alles!

Damit begann die eigentliche Liebesgeschichte meines Lebens. Er besaß ein Bachelor-Diplom vom City College und studierte an der Columbia University, um den Master-Titel zu erwerben. Er hatte kein Geld. Als Kind westindischer Eltern war er im Stadtteil Columbus Hill in New York City geboren und hatte nichts zu bieten als das, worauf es ankommt – ein heiteres Gemüt, einen wachen Kopf, einen schönen Körper und Mut. Er ist so bescheiden, daß er seine Vorzüge vermutlich noch gar nicht kennt. Das sollte uns noch Schwierigkeiten bescheren.

Es war eine merkwürdige Situation. Er war ein so außergewöhnlicher Mensch, daß ich in der panischen Angst lebte, andere Frauen müßten scharenweise seine Türschwelle belagern und ihn mir wegnehmen. Dabei konnte er, wie ich später erfuhr, gar nicht glauben, daß ich ausgerechnet *ihn* wollte und keinen anderen. Zwischen uns begann ein qualvolles Tauziehen. Eines Abends, als er ein Foto von mir betrachtete, das Carl Van Vechten aufgenommen hatte und auf dem ich einen sehr ernsten Ausdruck hatte, sagte er mit bewegter Stimme, er wünsche sich, daß ich diesen Ausdruck immer hätte, wenn ich nicht mit ihm zusammen sei. Fast hätte ich laut aufgelacht. Mir ging es nämlich genauso. Der Gedanke, daß er lächelte, wenn sein Lächeln nicht mir galt, paßte mir gar nicht. Sein spitzbübisches Grinsen war zu kostbar, um an gewöhnliche Sterbliche, vor allem an Frauen, vergeudet zu werden.

Wenn ihm nur bewußt gewesen wäre, wie viel er zu bieten hatte, dann hätte er nicht so unter der Sorge zu leiden brauchen, mich nicht halten zu können. Er hatte mich an der Kandare, aber er merkte es nicht. Er konnte mich um den Finger wickeln, aber er wollte es nicht glauben. Wenn ich beruflich irgend jemanden treffen mußte oder zu literarischen Einladungen und derlei Veranstaltungen ging, verzog er sich in den Schmollwinkel und machte mich damit unglücklich. Ich wiederum erkannte die Tiefe seiner Gefühle nicht, sondern deutete seine Launen als Desinteresse und starb tausend Tode.

Er bat mich, ihn zu heiraten, irgendwo außerhalb von New York City mit ihm zusammenzuleben und meine Karriere aufzugeben. Er konnte wahrhaftig alles von mir haben, nur *das* nicht. Es ging nicht nur um den Vertrag mit meinem Verleger, den ich zu erfüllen hatte, sondern es gab Dinge, die mir auf den Nägeln brannten und die gesagt werden mußten. Ich fand nicht, daß meine Arbeit einem Eheleben im Weg stand. Er war mein ein und alles, mit dieser einen Ausnahme. In meinen Augen kollidierte das eine nicht mit dem anderen. Für ihn war das anders. Er meinte, er bedeute mir nicht genug. Er war der Typ des Gebieters. Für ihn galt: alles oder nichts.

Das Furchtbare war, daß wir weder voneinander lassen noch Kompromisse schließen konnten. Wehe, wenn es auch nur den Anschein hatte, als behandelte ich irgendein männliches Wesen zu herzlich, schon setzte es was. Wehe, wenn er irgendeiner Frau ein zu breites Lächeln schenkte, schon gab es Krieg, kaum daß wir meine Tür hinter uns geschlossen hatten! Eines Abends brach sich unwillkürlich etwas Ungezügeltes in mir Bahn, und ehe es mir bewußt wurde, hatte ich ihn ins Gesicht geschlagen. Das war ein Fehler. In ihm gärte es noch von einem Vorfall, der eine Woche zurücklag. Auf der Seventh Avenue war uns ein Mann begegnet, der mich auf die Wange geküßt hatte. Eine harmlose Begebenheit, aber sie hatte A.W.P. rasend gemacht. Ohne es zu wollen, hatte ich ihm den ersehnten Anlaß gegeben. Nun zahlte er es mir heim, mit Zins und Zinseszins. Keine gebrochenen Knochen, kein blaues Auge. Aber hinterher begriff ich, daß ich zahlen mußte, wenn mein hitziges Temperament mich dazu verleitete, ihn zu schlagen. Ich mußte den eigenen Kopf hinhalten, wenn ich seinen Kopf wollte. Ich konnte nicht den seinen wollen und den meinen in Watte packen.

Da merkte ich, daß ich vor lauter Verliebtheit nicht mehr ich selber war. Bisher hatte mich ein Angriff auf meinen Körper immer maßlos erzürnt. Selbst gegenüber meinen Eltern war das so gewesen. Aber diesem Mann war ich überhaupt nicht böse. Wir setzten uns auf den Fußboden, und jeder von uns wollte allein die Schuld auf sich nehmen. Er ging Kuchen kaufen, und ich bereitete eine Kanne heiße Schokolade zu, und wir waren zärtlicher zueinander denn je. Am nächsten Tag baute er mir ein Bücherregal, das ich brauchte. Niemand hätte auch nur eine Stecknadel zwischen uns gebracht.

Aber das Schicksal schaute uns zu und lachte sich ins Fäustchen. Etwa einen Monat danach klingelte, als er gerade bei mir zu Besuch war, das Telefon. Ob ich nicht in eine Wohnung irgendwo zwischen Fiftieth und Sixtieth Street kommen könne, um einen berühmten Zeitgenossen zu treffen? Er sei nur zwei Tage auf der Durchreise in New York und wolle mich sehen, bevor er wieder abreiste. A.W.P. war wie ausgewechselt. Er bat mich, nicht hinzugehen. Ich machte ihn darauf aufmerksam, daß ich zugesagt hatte, und bat ihn mitzukommen. Er lehnte ab und verschwand. Ich folgte der Einladung, war aber zutiefst unglücklich.

Solche Szenen gab es wieder und wieder. Er wollte sich mit der Situation nicht abfinden. Wir waren abwechselnd die glücklichsten und die unglücklichsten Menschen auf der Welt. Unvermittelt beschloß ich, weit wegzufahren, um auszuprobieren, ob ich ohne ihn leben konnte. Ich teilte ihm nicht einmal mit, daß ich fort wollte, und kabelte erst aus irgendeiner Stadt in Virginia.

Miss Barnicle von der New York University hatte mich aufgefordert, zusammen mit ihr und Alan Lomax eine kurze Forschungsreise in den Süden zu machen. Ich sollte den Ort bestimmen und die Kontakte zu den Interviewpartnern herstellen. Alan Lomax würde ein Aufnahmegerät mitbringen. Halb wahn-sinnig in meiner Zerrissenheit zwischen Glück und Schmerz, entschloß ich mich von einem Tag auf den anderen, New York zu verlassen und zuzusehen, ob mir der Abstand eine Entscheidung erleichtern würde. Am Ende war ich nicht klüger als bei der Abreise. Nach sechs Wochen saß ich wieder in New York und war seine Sklavin wie zuvor.

Ich hatte wirklich nie Anlaß, an seiner Aufrichtigkeit zu zweifeln, und dennoch zermarterte ich mir das Herz mit meinen Verdächtigungen. Ich hatte nicht gewußt, daß ich so leiden konnte. Nun verfolgten mich alle jemals achtlos dahingesprochenen Worte. Um mich in Szene zu setzen, hatte ich heilige Worte und Beteuerungen vor ihm an andere gerichtet. Wie ich mich jetzt selber haßte wegen des Sakrilegs! Was hätte ich gegeben, wenn ich sie noch nie ausgesprochen hätte.

Auch wenn wir in Ekstase zerflossen, läutete unweigerlich das Telefon oder die Klingel, und mein Beruf meldete sich wieder. Eine Bürde war mir auferlegt, und ich mußte der Berufung folgen. Einmal sagte er mit bewegter Stimme, er könne meine Anwesenheit zeitweilig nicht spüren. Mein wahres Ich sei ihm entglitten. Seinem Gesichtsausdruck und seiner Stimme entnahm ich, daß es ihm ungeheuer weh tat. Es tat mir genauso weh, seinen Schmerz zu erleben. Er hatte wirklich keinen Anlaß zur Sorge, aber ich konnte es ihm nicht glaubhaft machen. Wir saßen beide in einer teuflischen Falle. Wir konnten nicht voneinander lassen und einander ebensowenig vor Verletzungen schützen. Unsere erbittertsten Feinde hätten keine raffiniertere Folter für uns ersinnen können.

Noch etwas anderes beunruhigte mich. Wenn er sein Master-Diplom erlangte, konnte er mit lukrativeren und besseren Stellen rechnen. Mir war, als beeinträchtige unsere Liebe seine Leistungen. Er besaß Grips und Charakter. Er konnte es weit bringen. Mich quälte der Gedanke, daß er später einmal meinen könnte, ich hätte ihn in irgendeiner Weise behindert, und daß er mir das verübeln würde. Eine niederschmetternde Vorstellung. Selbst wenn ich ihn heiratete – wie mochte es in fünf Jahren aussehen, so wie wir uns aufführten?

Mitten in diesem Dilemma erhielt ich ein Guggenheim-Forschungsstipendium. Das war die Gelegenheit, ihn freizugeben und mich selber von meiner Hörigkeit zu befreien. Er würde mein Verschwinden binnen weniger Monate verschmerzt haben und ein ganz großer Mann werden. Und so segelte ich nach Jamaika. Aber ich muß gestehen, daß ich Blutspuren fand, wo ich ging und stand. Spuren meines Herzbluts. Ich schrieb ihm nicht. Wenn er mir geantwortet hätte, wären alle meine Vorsätze zunichte gewesen.

Also kniete ich mich in meine Forschungsarbeit, um meine Gefühle zu betäuben. Aber sie waren nicht unterzukriegen. Ich reiste weiter nach Haiti und schrieb *Und ihre Augen schauten Gott.* Die Handlung des Romans war weit entfernt von der Wirklichkeit, aber ich versuchte, meine ganze zärtliche Leidenschaft für ihn darin einzufangen.

Am Ende eines knapp zweijährigen Karibikaufenthalts kehrte ich nach Nordamerika zurück und erfuhr, daß er seine Telefonnummer bei meinem Verlag hinterlegt hatte. Eine Zeitlang machte ich keinen Gebrauch davon. Nicht, weil ich nicht wollte, sondern weil ich nicht wußte, was mir in dem Augenblick blühte, in dem ich seine Stimme hörte. Sie mochte warm und begierig sein. Sie mochte kühl und unpersönlich sein und nach begrabener Liebe klingen. Deshalb reiste ich einige Monate in den Süden, bevor ich riskieren wollte, die Nummer zu wählen. Und selbst nachdem ich wieder in New York war, brauchte ich fast zwei Monate, bis ich mir ein Herz faßte. Als ich ihn dann anrief, verfluchte ich mein Zögern. Er war noch immer der gleiche schüchterne, warmherzige Mann, den ich verlassen hatte.

Als wir uns wiedersahen, entdeckten wir verblüfft, daß wir beide zwei Jahre lang ganz umsonst die Verzweiflung des Exils durchlebt hatten. Wir waren einander noch immer verfallen. Nach all meiner Selbstquälerei stellte ich fest, daß er noch immer einen Narren an mir gefressen hatte, und er stellte fest, daß er mich in der Tasche hatte. Und ich erlebte einen Triumph, den nur eine Frau verstehen kann. In meiner Abwesenheit war er weder zum Vagabunden geworden, noch war er wie ein neuer Stern am Himmel seiner Fachwelt aufgegangen. Er gestand mir, daß er meine strapaziöse Anwesenheit als Anstoß brauchte. Er hatte eine stumpfsinnige Schreibtischarbeit angenommen und sich damit abgefunden. In der Taille war er ein wenig auseinandergegangen. Das verriet mir seinen Gemütszustand und machte mich unendlich froh. Keine Frau will einen ganz und gar vollkommenen Mann. Man braucht jemanden, den man bearbeiten und anspornen kann. Die Taillenweite ging im Nu wieder zurück, und er begann voll Begeisterung, Arbeitspläne mit mir zu besprechen. Er sah wieder etwas anderes vor sich als nur Zeit. Ich war glücklich. Hätte er zwei verkrüppelte Beine gehabt, wäre es mir fast noch lieber gewesen.

Wie wird es ausgehen? Es liegt nicht in meiner Macht, das zu wissen. Das Leben gibt Fragen auf, und der zweimalkluge Geist namens Tod, der über Anfang und Ende der Dinge herrscht, weiß alle Antworten. Aber selbst wenn ich alles wüßte, sollte es mir doch vergönnt sein, ein bißchen Privatleben für mich zu behalten. Ich habe nicht die Absicht, den Ohren der Öffentlichkeit von dem, was ich weiß, mehr als nötig preiszugeben.

Vielleicht wird mich der Schwur des Herakles für immer um die Liebe bringen. Als ich noch klein war und zum ersten Mal auf die Geschichte von *Herakles am Scheideweg* stieß, war ich so beeindruckt, daß ich mir schwor, alle Freuden fahrenzulassen und den mühevollen Weg der Arbeit zu wählen. Vielleicht hat Gott mich erhört und meine Worte in Sein Buch geschrieben. Manchmal kam es mir so vor. Wie dem auch sei, ich habe die Genugtuung zu wissen, daß ich geliebt habe und vom richtigen Mann geliebt wurde. Selbst wenn ich nie wieder etwas von Liebe hören sollte: Ich habe erlebt, was Liebe heißt.

Soviel zu meinen Kenntnissen im Hauptfach Liebe. Allerdings gibt es ein paar Kurse, in denen ich nicht so gut mitgekommen bin und noch etwas Nachhilfe gebrauchen könnte.

Zum einen ist da die Sache mit den Männern, die mir nach kurzer Bekanntschaft ins Ohr schmachten: »Du Teufelsweib! Ich merk schon, wie heißblütig du bist! Die meisten Männer würden dich bloß enttäuschen. Du brauchst einen Mann wie mich. Ahhh! Ich weiß, du wirst mich ruinieren! Deine Augen und deine Lippen sagen mir alles. Du bist ein wandelnder Ofen!« Das finde ich einigermaßen verwunderlich. Wenn mir so etwas voll Inbrunst zugeflüstert wird, fühle ich mich meistens etwa so liebeslustig wie ein Gründungsmitglied des Union League Club. Ich denke vielleicht gerade an Steckrübenblätter mit Klopsen oder an die nächsten Autorentantiemen, und da ist ein Mann, der mich vor seinem inneren Auge auf einen Diwan hingegossen sieht, im Begriff, die Welt in Flammen aufgehen zu lassen. Das ist mir schon so oft passiert, daß ich aufgehört habe, mich darüber zu wundern. Ich muß irgendwas an mir haben, das Bettgeschichten suggeriert. Vielleicht ist es ein Geburtsmakel. Meine Mutter könnte ein traumatisches Erlebnis mit einem Bett gehabt haben. Daran ist vermutlich nichts zu ändern. Aber ich muß sagen, daß diese Trugbilder, die ich angeblich provoziere, mir mitunter mehr als ungelegen kommen.

Zum zweiten beschäftigt mich folgendes: Wenn ein Mann das Interesse an mir verliert und seiner Wege geht, können wir einander hinfort trotzdem als Freunde begegnen. Wenn ich dagegen genug habe und das auch durchblicken lasse, wird er mit Sicherheit mein Feind. Das zwingt mich zu lügen, daß sich die Eisenbahnschwellen von New York bis nach Key West biegen. Ich habe gelernt, es so darzustellen, als sei ich von ihm verlassen worden und am Boden zerstört. Dann geht er mit einem Abglanz von Zärtlichkeit für mich davon und fragt sich, was er hat, das so viele Frauen schwach macht. Ich muß nicht mal echte Tränen vergießen. Ich muß ihm nur mein gepeinigtes Gesicht zeigen und fluchtartig weglaufen, als wolle ich mein gebrochenes Herz und meine Entsagung vor ihm verbergen. Er begreift, daß ich seinem Zauber entfliehe, festzubleiben in meinem Entschluß, mich wieder aufzurappeln. Er hatte schon immer gewußt, daß er unwiderstehlich ist, und malt sich im Geist mein tränenfeuchtes Kopfkissen aus. Ein Glück nur, daß manch einer als Trostpflaster Rosen schickte und wegblieb. Sonst hätte er den Unglückswurm in männermordender Aufmachung vorgefunden, auf dem Sprung, sich mit einem neuen, verheißungsvollen Anwärter ins Vergnügen zu stürzen. Wie, bitte schön, kann man sich ohne Heuchelei trennen und trotzdem befreundet bleiben?

Problem Nummer drei ähnelt dem zweiten in gewisser Weise. Verzaubert von Mondlicht, Musik und Blumen oder von Schnitt und Duft feiner englischer Wollstoffe, überkommt mich hin und wieder eine Stunde, einen Tag oder auch eine Woche lang die vielbesungene Himmelsmacht. Kurz darauf ist sie wie weggeblasen, und mein Interesse wendet sich wieder Maisklöben und Senfkohlblättern zu oder der Lust, ein Stück Text mit einem weichen Tuch zu polieren. Da ruft mein ehemaliger Stimmungsgefährte an, erinnert mich mit fiebriger Stimme an jedes der albernen Worte, die ich gesagt habe, und bedrängt mich, sie zu wiederholen. Es ist, als würde man jemandem zum dritten Mal aufgewärmte Truthahnreste von Weihnachten vorsetzen. Ich werde notgedrungen zur siebenbastigen Lügnerin, wenn ich nicht der Treulosigkeit und des Wankelmuts bezichtigt werden will. Dabei ist es gar kein Wankelmut. In dem Augenblick, in dem ich die fraglichen Worte sagte, war ich aufrichtig. Es war eine momentane Anwandlung. Was ich sagte, stimmte zu jenem Zeitpunkt, aber am nächsten Tag oder in der Woche danach ist dieser Augenblick verflogen. Zwei Augenblicke gleichen einander ebenso wenig wie zwei Schneeflocken. Wie Schneeflocken ähneln sie einander äußerlich, weil sie so massenhaft und in solcher Dichte auf einen zukommen. Aber aus der Nähe betrachtet, werden die vielfältigen Unterschiede sichtbar. Jeder Augenblick hat seine eigene Daseinsberechtigung und Dimension, nur daß er nicht einfach dahinschmilzt wie Schnee und eine neue Gestalt annimmt. Er behält für immer seine Eigenart. Daher ist es problematisch, einen Augenblick des Vorabends auf einen anderen Tag übertragen zu wollen, der nichts damit zu tun hat. Dieser Blick, diese zärtliche Berührung entstammten der Münzanstalt des reichsten aller Königreiche. Der gleiche Ausdruck, am heutigen Tag wiederholt, ist die reinste Fälschung oder bestenfalls das Produkt einer ungebremsten Inflation. Was könnte reizloser sein, als ungültige Schecks auszustellen? Es ist ungerecht, unter solchen Umständen der Treulosigkeit bezichtigt zu werden. Was tun?

Ich bin mir nicht sicher, aber ich habe den starken Verdacht, daß vieles von dem, was als dauerhafte Liebe gilt, ein verklärter Augenblick ist, der als Wiedergänger fortlebt. Manche wissen, daß es die Gangart von Toten ist, aber aus Verzweiflung und Einsamkeit haben sie alles auf ein Leben nach dem Tod und die Wiederauferstehung gesetzt und verkehren am liebsten auf dem Friedhof. Sie errichten einen Altar auf dem Grab und warten dort, wie die getreue Maria, daß der Stein wegrollt. Ein Augenblick beherrscht ihr ganzes Leben. Sie hoffen inständig auf das Wunder, daß der Augenblick seine Grenzen sprengt und sich über die Zeit ausbreitet.

Aber schenken Sie meinen allgemeinen Auslassungen über die Liebe keine Beachtung, denn, wie schon gesagt, sie sind vielleicht ohne Belang. Ich singe bloß laut in der Badewanne. Nur weil mein Mund aufgeht wie ein Gebetbuch, muß er nicht gleich die Luft erschüttern wie eine Bibel. Außerdem neigt jeder Mensch mit einem losen Mundwerk bewußt oder unbewußt zum Lügen. Also messen Sie meinen wenigen ungereimten Bemerkungen über die Liebe keine Bedeutung bei. Ich kenne nur meinen Part.

Auf jeden Fall scheint Liebe das unbekannte Land zu sein, aus dem kein Reisender je zurückkehrt. Was wie ein heimkehrender Pilger aussieht, ist in Wirklichkeit ein anderer, der in dem fremden Land geboren wurde und nur zufällig die gleichen Ohren und Hände hat. Dieser andere ist ein Fremder für den, der auszog, und ein Fremder für Verwandte und alte Freunde. Er ist fürderhin und immerdar in Geheimnis gehüllt. Mag sein, daß niemand mehr weiß oder mehr zu erzählen hat als ich. Vielleicht sagt der alte Volksreim der Neger alles:

Die Liebe ist ein komisch Ding;
die Liebe ist eine Seifenblase;
Willst du n Biß in den Finger,
halt ihn nem Opossum unter die Nase.

15
Religion

Man sollte nicht meinen, daß ein Mensch, in dessen Geburtshaus Gott wohnte, jemals irgendwelche Fragen zu diesem Thema hätte. Aber seit ich denken kann, habe ich gefragt und geforscht. Nicht, daß ich zuwenig zu hören bekam. Ich purzelte mit der Geburt mitten in die Missionary Baptist Church hinein. Ich sah die Prediger und die Kanzeln, die Gläubigen und die Bankreihen. Sowohl zu Hause als auch von der Kanzel hörte ich meinen Vater, Tausenden als »Reverend Jno« – eine Abkürzung von John – bekannt, lang und breit Gottes Gepflogenheiten, Seinen Himmel, Seine Mittel und Wege darlegen. Alles war wohlbekannt und unumstößlich.

Aus den Bankreihen hörte ich willige Zustimmung zu allem, was Papa sagte. Die Füße unter den Bänken schlugen den Takt, während er die himmlischen Gefilde schilderte. Köpfe nickten überzeugt im Rhythmus mit seinen Worten. Erregte Liedfetzen wurden laut. Manche bejahten schreiend das von der Kanzel Gehörte, bis sie in Trance verfielen. Bei der »Liebesfeier«*

* Die »Liebesfeier«, auch »Erweckungsversammlung« genannt, ist ein Gottesdienst, der entweder am Freitagabend oder am Sonntagmorgen vor dem Abendmahl abgehalten wird. Da niemand das Abendmahl einnehmen soll, wenn er oder sie sich nicht eins fühlt mit allen übrigen Gemeindemitgliedern, werden heftige Beteuerungen von Liebe und Freundschaft abgegeben. Es ist eine Gelegenheit, seinen Glauben und alles, was die Phantasie einem sonst noch eingeben mag, zu bekräftigen.

erzählten einige Anwesende, sie seien dem Himmelreich so nah gekommen, daß sie in Gottes Wohnzimmerfenster hineinlinsen konnten. Manche gingen sogar noch weiter. Sie waren innen drin gewesen und hatten sich umgesehen. Sie berichteten vom Leben und Treiben rings um Gottes Thron.

Das hätte mir genügen können. Aber irgendwie war mir die Sache nicht geheuer. Diese Leute hätten nach solchen Erlebnissen anders aussehen und sich anders aufführen müssen als andere. Aber sie sahen genauso aus und führten sich genauso auf wie alle anderen – so schien es mir zumindest. Sie pflügten, hackten Holz, jagten Beutelratten, wuschen Wäsche, harkten Gärten und kochten Blattspinat wie jedermann. Keinerlei schmückende Attribute, nichts. Es befremdete mich. Da war so vieles, das sie nicht beachtet hatten, wo sie sich schon mal direkt in der Nähe des Allmächtigen befunden hatten. Ich beschloß, mehr daraus zu machen, wenn mich mein Weg jemals hinführen sollte.

Zum Beispiel hätte ich gern gewußt, warum Gott nicht lieber ausgewachsene Kinder machte anstellte dieser mickrigen Geschöpfe, die Windeln verdreckten und in einem fort schrien. Was für einen Sinn hatte es, Babys ohne Zähne zu machen? Er wußte doch, daß sie Zähne brauchten, oder etwa nicht? Warum also Babys die Zähne nicht von Anfang an mitgeben, anstatt diese zahnlosen Wesen in hohlen Baumstümpfen und Baumstämmen zu verstecken, um sie dann von Hebammen und Ärzten finden und den Leuten bringen zu lassen? Er merkte doch, wie mühselig es für die Menschen war, Babys ständig die Kiefer einzureiben und ihnen Bohr-Asseln um den Hals zu legen, damit sie endlich zahnten. Was hatte Gott bloß dagegen, daß Kinder sonntags spielten? Wenn Christus, Gottes

Sohn, so ungern starb und es Gott so widerstrebte, ihn sterben zu lassen und alle Welt bis heute darüber in Trauer zu stürzen, warum hatte Er es dann getan? Warum mußten die Menschen überhaupt sterben?

Man erklärte mir, Christus sei gestorben, um die Welt von der Sünde zu erlösen und auch damit die Leute nicht mehr zu sterben brauchten. Das war eine einfache, deutliche Erklärung. Aber dann hörte ich meinen Vater und andere Prediger die Menschen der Sünde bezichtigen. Sie gingen sogar so weit zu sagen, die Menschen seien dermaßen sündig, daß sie mit jedem Atemzug sündigten. Man konnte also nicht einmal atmen, ohne zu sündigen! Wie war das möglich, wo wir doch schon davon erlöst waren? Und was das Sterben anbelangte, so erlebte ich genug Beerdigungen mit, um zu wissen, daß Menschen starben. Mir war, als hätte sich da jemand hinters Licht führen lassen, und das tat ich meinem Vater und zweien seiner Amtsbrüder kund. Nachdem sie mir den Kopf gewaschen hatten, hütete ich mich, es noch einmal laut auszusprechen, aber ihre empörten bösen Tiraden halfen mir auch nicht aus meiner Verwirrung. In meinem Kopf waberten Schwaden von Zweifeln.

Ebensowenig verstand ich die leidenschaftlichen Liebeserklärungen für ein Wesen, das niemand sehen konnte. Die eigenen Angehörigen, das eigene Hundebaby, das neugeborene Stierkalb, ja. Aber ein Geist, weitab vom Schuß, der unentwegt an allen etwas auszusetzen hatte! Das war mir unbegreiflich. Wenn man mich fragte, ob ich Gott liebte, bejahte ich immer, weil ich wußte, daß sich das gehörte. Insgeheim hatte ich deswegen lange Zeit ein schlechtes Gewissen. Ich getraute mich nicht einmal, meine Spielkameraden zu fragen, ob sie es ehrlich meinten, wenn sie sagten, sie liebten Gott von ganzem Herzen und würden freudig sterben, wenn Er es von ihnen verlangte. Womöglich hatten sie sich damit abgefunden, und ich fürchtete mich vor abfälligen Bemerkungen, falls sie merkten, daß es bei mir nicht so war. Vielleicht würden sie nicht einmal mehr mit mir spielen.

Während ich heranwuchs, verstummten diese Fragen in mir. Ich betete einfach die Worte herunter und machte mechanisch die obligaten Gebärden. Dann wandte ich mich wieder anderen Dingen zu. Da mein Vater Prediger und meine Mutter Leiterin der Sonntagsschule war, hatte ich natürlich ständig mit religiösen Zeremonien zu tun. Manchmal machte mir die Teilnahme sogar Spaß. Was mich berührte, war weniger das geistige Erlebnis als das mehr oder weniger dramatische Geschehen.

Besonders gefielen mir Erweckungsversammlungen. Da ging der Prediger völlig aus sich heraus. Gott wurde mit all Seinen lobpreisenden Namen gerufen. Die himmlischen Gefilde wurden in allen Einzelheiten geschildert. Die Halleluja Avenue und die Amen Street waren mit so feinem Gold gepflastert, daß es genügte, eine Erbse darauf fallen zu lassen, und schon erklangen sie wie Glocken. Die Halleluja Avenue verlief nordsüdwärts über den Himmel und gab Alt- und Baßtöne von sich. Die Amen Street verlief ostwestwärts und ertönte im Sopran und im Tenor. Diese Straßen kreuzten sich unmittelbar vor dem Thron und gaben fortwährend wohlklingende Akkorde von sich. Ja, und genau an dieser Kreuzung würden all die Lieben, die schon vorausgegangen waren, auf ihre Hinterbliebenen warten.

O ja! Alle trugen ihre weißen Gewänder und funkelnde Kronen auf den Häuptern, sie hatten goldene Gürtel um die Taillen geschnallt und Schuhe aus juwelenbesetztem Gold an den Füßen, während sie erwartungsfroh Halleluja sangen. Wenn sie die goldenen Straßen auf- und abwandelten, tönten ihre Schuhe bei jedem Schritt »sol-mi, sol-do«.

Die Hölle wurde in dramatischer Inbrunst geschildert. Schon tausend Meilen von den Hölleöfen entfernt loderten Flammen auf und bildeten Blasen auf den Rücken der Sünder, noch ehe diese ihren Abstieg begannen. Höllenhunde verfolgten ihre unerlösten Seelen. Alle, die sich in Hörweite der Predigerstimme befanden, wurden ermahnt, rechtzeitig, solange sie noch um Gnade flehen konnten, Vorkehrungen zu treffen, damit sie nicht zu Fackeln im Fegefeuer würden.

Vom Eröffnungsabend an reihten sich während der Erweckungswochen die Sünder auf der Büßerbank. Ehe die Woche zu Ende ging, waren mehrere oder alle von ihnen »auf dem Weg der Bekehrung«. Menschen zogen sich mit ernsten Gesichtern in den Wald zurück, in den »Betwinkel«, um den Glauben zu suchen. Alle übrigen Kirchenmitglieder setzten ihnen heftig zu, und es erhob sich großes Jubelgeschrei, wenn jemand von ihnen zum Glauben »heimfand«.

Der Druck auf die zu Bekehrenden wurde mit Musik und dramatischen Einlagen gesteigert. Zum Beispiel habe ich miterlebt, wie mein Vater plötzlich mitten in der Predigt innehielt, an die Vorderkante der Kanzel trat und einen geflüsterten Choral anstimmte. Einer seiner wirkungsvollsten war:

Lauft! Lauft! Lauft zur Stadt der Zuflucht, Kinder!
Lauft! Ja, lauft! Sonst werdet ihr von Flammen
verzehrt.

Gleich einem griechischen Chor griff die Gemeinde den Choral und die Stimmung auf und unterhielt sie noch eine Weile, auch nachdem er schon wieder in hohen Gefilden der Predigt weilte:

Seid ihr bera-heit? Hah!
Für den großen Tag, hah!
Wenn der Mond sein Gesicht in Trauer hüllt, hah!
Und Blut aus der Sonne tropft, hah!
Wenn die Sterne, hah!
Aus ihren Diamantfassungen herausbrechen, hah!
Und die Berge wie Lämmer hüpfen, hah!
Dann wird das Unheil über uns kommen, meine
  Freunde, hah!
Mit weitaufgerissenem Rachen, hah!
Und der Sündenmensch, hah!
Wird zu den Bergen laufen, hah!
Und schreien, o ihr Felsen! Hah!
Gebt mir Zuflucht! Hah!
Versteckt mich vor den Augen des zürnenden
  Gottes, hah!
Gebt mir Zuflucht, aaaaaach!
Aber die Felsen werden rufen, hah!
Verschwinde! Sünder, verschwinde, hah!

Erregter mehrstimmiger Gesang brandet über die Gemeinde.

Solist: Du läufst ins Gebirge.
Chor: Du kannst dich nicht verstecken!
Solist: Ach, du läufst ins Gebirge.
Chor: Kannst dich nicht verstecken!
Solist: Läufst in die Berge, aber du kannst dich nicht verstecken!

Alle: Kannst dich nicht verstecken, Sünder,
Du kannst dich nicht verstecken.
Die Felsen schrein »Ich brenne auch, hah!
Im ewigen Feuer, hah!«
Sündenmensch! Hah!
Wo wirst du stehn? Hah!
Am großen Auferstehungsmorgen? Hah!

Die Gemeinde trat genau im richtigen Augenblick auf den Plan, sie unterstützte Papa und verstärkte hundertfach die Wirkung des schauerlichen Bildes. Die Empfänglicheren wurden von der Woge mitgerissen und kamen schreiend »heim«, und selbst die Widerstrebendsten gerieten ins Wanken. Selten blieb am Ende der Erweckungstage irgend jemand auf der Büßerbank übrig. Ich habe erlebt, wie mein Vater in einer zweiwöchigen Erweckungsperiode bis zu fünfundsiebzig Leute »heimbrachte«. Dann wurde ein Tag festgelegt, an dem ihre Einführung in die reguläre Gemeinde begann. Als erstes legten sie dabei Zeugnis ab, das heißt, sie schilderten ihre religiöse Erfahrung, und so konnte die Gemeinde beurteilen, ob sie wirklich »den Glauben besaßen« oder ob sie heuchelten und noch mal eine Abreibung brauchten.

Es war spannend, die Leute von ihren »Visionen« erzählen zu hören. Das geschah beim sogenannten Kirchenbeitritt aufgrund »christlicher Glaubenserfahrung«. Eine mitreißende Veranstaltung.

Diese Visionen haben Tradition. Wie die übrigen Gemeindemitglieder kannte ich sie in- und auswendig, und dennoch war es immer wieder faszinierend, wie die Bekehrten damit umgingen. Manche erfanden neue Einzelheiten. Manche vergaßen einen Teil und improvisierten unbeholfen oder füllten die Lücke mit

Schreien. Die Zuhörer wußten genau Bescheid, aber alle taten, als sei jedes Wort neu.

Zuerst berichtete der Geläuterte, er habe auf einmal begriffen, daß er sterblich sei. Er sei sich seiner Sünden bewußt geworden und habe sich gotterbärmlich geschämt. Aber irgendwie habe er nicht zum Glauben gefunden. Da habe er angefangen zu beten. Er betete und betete, daß ihm seine Sünden vergeben und seine Seele bekehrt würde. Während er sich der Bekehrung unterzog und um Erlösung rang, wurde er von den Höllenhunden verfolgt. Er hing an einer Haarsträhne über der Hölle. Außerhalb der Versammlung hätte jeder Zuhörer nur gelacht über den Gedanken, daß jemand, dessen Haare so nah am Kopf waren wie neunundneunzig an Hundert, an einer Strähne dieser Haare über der Hölle oder sonstwo hängen sollte. Aber das gehörte zur Vision, und die Gemeinde schauderte und stöhnte inbrünstig bei der Vorstellung. Das Geschehen mußte seinen Lauf nehmen. Während der Heilsuchende dort hing, schlugen Flammen empor und hätten um ein Haar seine unerlöste Seele vernichtet. Aber er rief Jesus an, und schon war diese Bedrängnis überstanden. Dann balancierte er auf einem Fußsteg, der so schmal war, daß er einen Fuß dicht vor den anderen setzen mußte, über die Hölle, während die heulenden Höllenhunde ihn unbarmherzig verfolgten. Großer Gott! Er sah keine Rettung. Aber dann schaute er auf die andere Seite und erblickte einen kleinen weißen Mann, und der forderte ihn auf näherzukommen. Da rief er den Namen des Herrn, und mit einem Mal war er auf der anderen Seite. Der Mann träufelte ihm das Öl der Erlösung in die Seele, und Halleluja! da wußte er, daß er nie wieder rückfällig werden würde. Und trotzdem glaubte er noch immer nicht. Da bat er Gott, ihm durch ein Zeichen zu beweisen, daß seine Seele wirklich gerettet sei. Wenn seine Sünden vergeben würden und seine Seele erlöst sei, dann solle Er doch bitte den großen Stern dort im Westen nach Osten verschieben. Der Stern bewegte sich zur anderen Seite. Aber noch immer konnte er nicht glauben. Wenn er wirklich erlöst sei, solle Er bitte die große Eiche dort auf die andere Straßenseite versetzen. Der Baum wechselte auf die andere Straßenseite und wuchs weiter, als habe er schon immer dort gestanden. Er glaubte noch immer nicht. Da bat er Gott um ein letztes Zeichen. Ob Er bitte die Sonne etwas rufen lassen könne, damit er Gewißheit hätte. Da wurde Gott böse und sagte, er habe ihm alle Zeichen gewährt, die er zu gewähren beabsichtige. Wenn er noch immer nicht glauben könne, werde er seinen Körper ins Grab schikken, wo der Wurm sein Werk tue, ohne je zu sterben, und seine Seele werde er in die Hölle schicken, wo das Feuer nie verlösche. Da schrie der Bekehrte auf: »Ich glaube! Ich glaube!« Und der Kerker bebte, und die Ketten fielen von ihm ab. »Halleluja! Ich spür's, ich hab den Glauben gefunden! Ich spür's, ich bin bekehrt un meine Seele is erlöst! Den Tag vergeß ich nie, wo der Morgenstern mir in die Seele gefahren is. Ich will nie wieder rückfällig werden!«

Der Bekehrte kreischte. Ekstatische Schreie wurden laut, Liedfetzen erklangen, früher Bekehrte schrien im Chor mit den frisch Bekehrten ihr Entzücken hinaus. Wenn der Tumult sich endlich legte, fragte der Pastor der Gemeinde, ob die Person aufgenommen werden solle, und alle bejahten einstimmig. Sie reichten ihm oder ihr die rechte Hand der Brüderlichkeit, und die nächste Kandidatin oder der nächste Kandidat kam an die Reihe. Und so weiter und so fort.

Heute weiß ich, daß mir diese Szenen gefielen, weil

sie hochdramatisch waren. Aus dem gleichen Grund mochte ich auch Taufen im See und Beerdigungen. Aber mit meinem inneren Dilemma war ich genausoweit wie zu Beginn meiner Suche.

Außerhalb der Kirche wurde, sobald das emotionale Feuer erloschen war, über manche Bekenntnisse gewitzelt. Ein Diakon sagte beispielsweise in meiner Hörweite: »Schwester Seeny tät besser den lieben Gott nich damit behelligen, daß Er wegen ihr die Sonne verschieben soll. Sie hat Ihn ja schon gebeten, daß Er den Baum verschiebt, damit sie überzeugt is, und Er hats gemacht. Dann is sie hingegangen und hat Ihn gebeten, daß Er ihr zuliebe nen Stern verschiebt, und Er hats gemacht. Aber wie sie Ihm damit gekommen is, daß er ihr zuliebe auch noch die Sonne verschieben soll, da is er hingegangen und hat gesagt, sagt er, ›Ich hab nix dagegen, den Baum deinetwegen zu versetzen, und ich hab nix dagegen, nen Stern zu verschieben, bloß damit du deine Seelenruhe hast. Von *denen* hab ich nämlich genug. Aber ich hab numa nur eine Sonne, Seeny, und die tu ich nich einzig wegen dir hin- und herschieben. Wär mir ja wirklich lieb, wenn du glauben tätst, aber wenn du nich glauben kannst, ohne daß ich meine Sonne wegen dir verschieben tu, dann kannst du von mir aus direkt in die Hölle fahrn.‹«

Die Sache schlummerte in mir bis in die College-Zeit. Ich fand keine Lösung, machte nur mechanisch die üblichen Gebärden und gewöhnte mir ab, darüber nachzudenken. Aber als ich anfing, Geschichte und Philosophie zu studieren, erwachte der alte Konflikt wieder.

Während ich mich mit der Geschichte der großen Weltreligionen beschäftigte, erkannte ich, daß der Mensch in seinen Religionen von sich selber ausgeht. Sie spiegeln seine Anbetung der Stärke wider. Das

Bild, das er sich von Gott macht, ist entsprechend. Nehmen wir Kaiser Konstantin den Großen, einen Heiden, wie er leibte und lebte. Der hatte die berühmte Vision vom Kreuz mit der Inschrift »In Hoc Signo Vinces«, und tags darauf zog er nicht nur aus, eine große Schlacht zu gewinnen, sondern mit dem Schwert einen Kreuzzug zu führen. Weder konnte er singen wie Petrus, noch konnte er predigen wie Paulus. Vermutlich besaß er nicht mal eine tolle Stentorstimme wie mein Vater, mit der er Menschen hätte bekehren und bearbeiten können. Aber er hatte seine Trümpfe – nämlich ein Schwert und eine kampferprobte Armee. Und seine Fähigkeit, Sünder zur Reue zu bewegen, grenzte ans Märchenhafte. Ganze Völkerstämme und Nationen wurden vom Bekehrungswillen befallen, sobald sie nur hörten, daß er nahte. Sie warteten nicht erst, bis Sterne sich bewegten oder Bäume die Straßenseite wechselten. Kaum daß er die Grenzen überschritt, waren sie bekehrt. Sie bekundeten einschlägige christliche Glaubenserfahrung und waren bereit, die rechte Hand der Brüderlichkeit auszustrekken und die Taufe entgegenzunehmen. Wie es scheint, trug Hochwürden Bruder Kaiser Konstantin mit seinen Erweckungsversammlungen das Evangelium so nachhaltig kreuz und quer durch Europa, daß das Christentum wirklich Fuß faßte. Auch in Rom, wo Christen bestensfalls als zweitrangige Löwenköder gegolten hatten und als Leute, die sich zu Hause Jungfrauen hielten, ohne daß es denselben frommte, stieg das Ansehen des Christentums. Während die römischen Kaiser zuvor kaum genug Christen zusammengebracht hatten, um die Volksspektakel in Gang zu halten, traf man sie jetzt in allen Kreisen an. Der Pfeil hatte den Bogen verlassen. Die Christenheit war dabei, dauerhaft

Weltgeltung zu erlangen. Und das war nur der Anfang. Wieder und wieder sollten Streitkräfte bemüht werden, um die Friedensbotschaft zu verbreiten. Von Toten hat man keine Widerrede mehr zu gewärtigen.

Offenkundig hatten zwei Menschen, beide Außenseiter, meiner Religion zum Erfolg verholfen. Zum einen der Apostel Paulus, einstmals der gebildete Pharisäer Saulus, welcher auf dem Weg nach Damaskus eine Vision hatte und vom Pferd stürzte. Er faßte die Religion nicht nur in Worte, sondern setzte seinen brillanten Geist daran, sie den zivilisiertesten Staaten seiner Zeit zu bringen. Und dann machte Konstantin mit Gewalt da weiter, wo Paulus aufgehört hatte.

Ich stellte fest, daß, mit einigen Unterschieden im Detail, in allen anderen großen Religionen das gleiche geschah, und diese Erkenntnis gab mir wieder zu denken. Einen gewissen inneren Frieden habe ich gefunden, aber vielleicht wird meine Suche nach dem Kern der Wahrheit nie zu Ende sein. Ein weites Feld für alle möglichen interessanten Überlegungen.

Nachdem ich das Thema von verschiedenen Seiten betrachtet und studiert habe, wie Religionen zunächst von Mund zu Mund weitergegeben und dann in große, starre Formen gegossen wurden, stelle ich fest, daß ich eine Menge über äußere Formen weiß, aber so gut wie nichts über die Rätsel, die ich schon als Kind zu lösen suchte. Wie der Zeltmacher im Altertum sagte: Ich bin aus der gleichen Tür gekommen, durch die ich hineingegangen bin.

Manches Wahre schien mir jedoch aus dem Munde derjenigen zu kommen, die die Gabe der Rede besaßen und an den Büchern hingen. Es scheint mir richtig, daß das Himmelreich am Firmament angesiedelt wird, weil es das Unerreichbare ist. Das Unerreichbare, und damit das Uner-forsch-liche, erscheint immer göttlich – ergo Religion. Die Menschen brauchen Religion, weil die großen Massen sich vor dem Leben und seinen Folgen fürchten. Die Verantwortung dafür wiegt schwer. Da Menschen angesichts großer Gewalten Schwächen empfinden, streben sie ein Bündnis mit der Allmacht an, um ihre Schwäche zu überspielen, obwohl die Allmacht, auf die sie sich verlassen, ihren eigenen Hirnen entsprungen ist. Sie vermittelt ihnen ein Gefühl der Sicherheit. Starke, selbstbestimmte Menschen sind berüchtigt für ihren Mangel an Ehrfurcht. Konstantin, der Millionen mit dem Schwert zum Christentum bekehrt hatte, wollte bis zu seiner letzten Stunde nichts vom Troste Christi wissen. Manche meinen, selbst dann noch nicht.

Ich behaupte nicht, ich könnte Gottes Gedanken lesen. Sollte Er einen bis ins kleinste Detail ausgearbeiteten Plan für das Universum haben, wäre es Torheit zu meinen, ich könnte niederknien und versuchen, diesen Plan zu revidieren. Das erschiene mir als äußerstes Sakrileg. Also bete ich nicht. Ich gebe mich zufrieden mit den Mitteln, die mir zur Verfügung stehen, um mit meinem Schicksal ins reine zu kommen. Ich denke, daß ich zu eben diesem Zweck einen Geist und einen Willen mitbekommen habe. Ich erwarte nicht, daß Gott mich auswählt und mir Vorteile gegenüber meinen Mitmenschen zuschanzt. Gebete sind für Menschen da, die sie brauchen. Auf mich wirken sie wie ein Hilfeschrei, wie der Versuch, die festgelegten Spielregeln mit List und Tücke zu umgehen. Es ist nicht meine Art, Schwäche einzugestehen. Ich nehme die Herausforderung der Verantwortung an. Das Leben ängstigt mich nicht, da ich mit dem Universum, so wie ich es vorfinde, Frieden geschlossen habe und mich seinen Gesetzen beuge. Das allezeit schlaflose Meer in seinem Bett, das der Zeit zuruft: »Wie lange noch?«, und die tausendgestaltige und rastlose Flamme – allein die Betrachtung dieser beiden Elemente bietet meinem Geist genug Nahrung für zehn Spannen meiner Lebenszeit. Organisierte Bekehrungen sind in meinen Augen Wortschwärme, die um einen Wunschtraum kreisen. Ich verspüre kein Bedürfnis danach. Dennoch würde ich weder mit Worten noch mit Taten versuchen, einen anderen der Tröstung zu berauben, die sie spenden. Sie sind einfach nichts für mich. Mag jemand anders an meiner statt die Erzengel mit verzückten Blicken betrachten. Das Auftauchen des gelben Morgenstreifs aus der dunstigen Tiefe der Dämmerung ist mir Herrlichkeit genug. Ich weiß, daß nichts endgültig verlorengehen kann; die Dinge ändern nur ihre Gestalt. Ich weiß, daß ich, wenn das Bewußtsein endet, das wir als Leben kennen, noch immer Bestandteil der Welt sein werde. Ich war schon ein Teil davon, bevor die Sonne Gestalt annahm und in der Ekstase der Verwandlung aufloderte. Ich war es schon, als der Erdball aus ihrem Feuerkranz hinausgeschleudert wurde. Und mit der Erde werde ich zu Vater Sonne zurückkehren und selbst dann noch stofflich existieren, wenn sein Feuer vergangen ist und er sich in der Unendlichkeit aufgelöst hat, vielleicht um Teil des wirbelnden Weltraumschutts zu werden. Wozu Furcht? Der Stoff meines Seins ist Materie, stets im Wandel begriffen, stets in Bewegung, aber nie verloren. Wozu also Konfessionen und Religionen, die mir den Trost versagen, den sie all meinen Mitmenschen schenken? Der weite Gürtel des Universums macht Fingerringe entbehrlich. Ich bin eins mit dem Unendlichen und brauche keine andere Gewißheit.

16
Alles in allem

So stehen also die Dinge bis zum heutigen Tag. Wenn ich zurückblicke, sehe ich harte Schatten, lichte Augenblicke und verschwimmende Zwischenzonen. Ich bin in der Küche des Kummers gewesen und habe alle Töpfe ausgeleckt. Und ich bin, in Regenbögen gehüllt, eine Harfe und ein Schwert in den Händen, auf ragenden Gipfeln gestanden.

Was ich in der Küche zu schlucken hatte, mindert nicht meine Freude, gelebt zu haben, noch weckt es in mir den Wunsch, die Gattung Mensch oder ganze Gruppen davon zu verteufeln. Ich flüchte nicht vor mir selber in die Bitterkeit. Für mich ist Bitterkeit der Achselgeruch willfährig hingenommener Schwäche, die würdelose Bestätigung der Niederlage. Ich verspüre bislang kein Bedürfnis, der Welt derlei Zugeständnisse zu machen. Vielleicht werde ich eines Tages anders denken, aber ich bezweifle es. Ich stelle mich dem Kampf mit dem Schwert in der Hand, und ich werde nicht weglaufen, solange man mich nicht dazu zwingt. Warum also eine Leichenbittermiene aufsetzen, während ich mich wacker mit meinen Waffen im Kampfe tummle?

Ebensowenig wie Pechsträhnen mich verbittern konnten, haben Glücksmomente mich veranlaßt, mir selber Altäre zu errichten, um darauf Gottes bestes Machwerk zu beweihräuchern. Mein Sinn für Humor wird mich immer daran hindern, mich, meine Familie, meine Rasse oder meine Nation als alleinigen Zweck des Universums anzusehen. Wenn ich uns realistisch betrachte, muß ich mir sagen, Gott ist ein zu großer Künstler, als daß wir Leute auf meiner Seite vom Fluß Seine einzigen Glanzstücke sein könnten. Einige Seiner gelungensten Würfe sind zweifellos unter uns, aber ein paar Seiner Meisterwerke finden sich auch unter den Leuten, die drüben, auf der anderen Seite leben.

Wenn ich mich in der Geschichte und in der heutigen Welt so umschaue, dann kann ich mir kaum vorstellen, daß der Mond vor lauter Entsetzen über Beispiele menschlicher Selbstherrlichkeit in blutige Tränen zerfließt, noch daß Vater Sonne darob seine feurigen Augen zuschlägt und sich im Schoß der Ewigkeit in den Schlaf wiegt. Ich denke, daß Sonne und Mond inzwischen an derlei Anblicke gewöhnt sein müssen. Auch ich sehne mich nach weltweiter Gerechtigkeit, aber ihre Verwirklichung steht auf einem anderen Blatt. Es ist eine überaus komplizierte Angelegenheit, denn wie Schönheit entsteht Gerechtigkeit im Auge des Betrachters. Über das Prinzip herrscht allenthalben Einigkeit, aber die praktische Umsetzung führt zum Kampf. Ach, wenn doch eine uneigennützige Instanz darüber urteilte! Irgendwer wird mich eilfertig darauf hinweisen, daß wir Gott ja deswegen zum Schiedsrichter erkoren hätten. Aber so wie die Schriftgelehrten Seine Worte auslegen, hat es den Anschein, als hätten sie sie selber ausgedacht. Da ich Idealistin bin, wünschte auch ich, die Welt wäre besser, als ich es bin. Wie alle meine Mitmenschen möchte ich ungern mit Leuten zusammenleben, die auch nicht tugendhafter sind als ich. Mein besseres Ich stellt immer wieder mit Bestürzung fest, daß die Welt eine einzige Sippschaft von Hurstons ist.

Ich bin mit den Dingen ins reine gekommen, indem

ich versuche, aus dem vorhandenen Tag das Beste zu machen, und mir immer wieder die Nutzlosigkeit von Trübsal vor Augen führe.

Daher finde ich es völlig fruchtlos, mit vorwurfsvollem, rückwärtsgerichteten Blick auf das Grab irgendeines Weißen zu starren, der schon seit einer halben Ewigkeit tot ist. Und eben das würde ich tun, wenn ich unbedingt jemandem die Schuld zuschreiben wollte für die finsteren Tage der Sklaverei und der »Rekonstruktion«. Meines Wissens waren sie trostlos. Keine Frage. Aber meine Vorfahren, die zeitlebens darunter gelitten haben, sind tot. Die Weißen, die von ihrer Arbeit und ihrer Existenz profitierten, sind auch tot. Ich habe keine eigene Erinnerung an jene Zeiten und trage keine Verantwortung dafür. Ebensowenig wie der Enkelsohn des Mannes, der meine Verwandten in Leibeigenschaft hielt. Und so sehe ich keinen Sinn darin, diesen Enkel zur Rede zu stellen, wie es Coleridges alter Seemann mit dem Hochzeitsgast tat, um ihn dann im Namen des Gesetzes festnehmen zu lassen.

Ich bilde mir nicht ein, ich hätte diesem Abkömmling eines Sklavenhalters irgend etwas Neues zu sagen. Er hat ebensoviel über die Sklaverei gehört wie ich. Ich bin nicht so humorlos, mir einzubilden, dieser Enkel würde sich auf offener Straße mir gegenüber vor Reue überschlagen, weil seine Vorfahren Sklaven hielten. Ganz im Gegenteil! Wenn es zufällig ein schöner Tag wäre und er gut gefrühstückt hätte, bliebe er vielleicht stehen und antwortete mir folgendermaßen:

»Erstens mal konnte ich aus dem Bauch meiner Großmutter keinen besseren Einblick in die damaligen gesellschaftlichen Verhältnisse bekommen als Sie aus dem Bauch der Ihren. Gehen wir einmal davon aus, daß ich die Einrichtung der Sklaverei und alles, was damit zusammenhing, ebenso verabscheue wie Sie. Sie müssen zugeben, daß ich in meinem ungeborenen Zustand ebensowenig imstande war, etwas dagegen zu unternehmen, wie Sie. Warum richten Sie Ihr Augenmerk auf mich?

Ich verweise Sie höflich auf meine Vorfahren und wünsche Ihnen einen guten Tag.«

Sollte ich noch zögern, von ihm abzulassen, würde er mir vielleicht mit den folgenden Fragen antworten:

»Sind Sie so einfältig zu glauben, die Große Kapitulation* hätte das Prinzip menschlicher Versklavung von der Erde verbannt? Worum geht es denn bei der Sklaverei? Nur darum, menschliche Leiber auf Versteigerungen zu kaufen und zu verkaufen? Das war doch nur eine symbolische Handlung. In Wirklichkeit beruht Sklaverei auf dem Wunsch und dem Streben aller Menschen beziehungsweise aller menschlichen Gemeinschaften, ihr Leben und ihre Interessen auf Kosten des Lebens und der Interessen anderer zu verwirklichen. Daraus ergeben sich alle äußeren Merkmale. Haben Sie noch nicht gemerkt, daß Macht, Ansehen und Wohlstand der größten Nationen unserer Erde auf der Ausbeutung von Kolonien und deren Rohstoffreserven beruhen? Warum sonst werden große Kriege geführt? Wenn Sie darüber noch nicht nachgedacht haben, können Sie sich Ihre haltlosen Anschuldigungen sparen. Sollten Sie es doch getan haben, warum *mich* als Sündenbock herausgreifen?« Und wie Pilatus wird er seine Hände in Unschuld waschen, das heißt, er wird schulterzuckend weitergehen, ohne eine Entgegnung abzuwarten.

* Schwarze wie weiße Südstaatler nennen General Lees Kapitulation vor General Grant »The Big Surrender«.

Da ich auf solche Antworten gefaßt bin, denke ich nicht daran, meine Wut sinnlos an alten Gräbern auszulassen. Ich weiß, daß ich mich dem unerbittlichen Gang der Zeit nicht entziehen kann, deshalb will ich all meine Gedanken und Energien auf die Gegenwart richten und mich künftig mit den Dingen abfinden.

Und warum auch nicht? Mich als Old Black Joe aufzuspielen und auf seinen Problemen herumzureiten wäre ebenso lächerlich, als präsentierte Winston Churchills Regierung dem Herzog der Normandie an jedem Monatsersten eine Rechnung oder als scharten sich die Juden um die Pyramiden und bestreikten den alten Pharao. Würde ich mit dem Taschentuch vor den Augen über die Landung der ersten Sklaven an der amerikanischen Küste Tränen vergießen, könnte ich irgend etwas Tolles verpassen, das im Jahre 1942 geschieht. Außerdem würde es mir, wenn jemand die ungestillten Wünsche meiner Großmutter berücksichtigte und *mir* gäbe, was *sie* wollte, schlichtweg die Sprache verschlagen.

Was will ich dann? Ich will es in einer Parabel ausdrücken. Ein Negerdiakon lag einmal bei einer Totenwache auf den Knien und betete für eine soeben verstorbene Glaubensschwester. Er hatte die Augen geschlossen und war richtig schön in Fahrt, als ihm auffiel, daß er von den Anwesenden kein bestätigendes »Amen« mehr hörte. Er öffnete die Augen und stellte fest, daß außer ihm und der toten Frau alle verschwunden waren. Dann merkte er, warum. Die vermeintliche Tote versuchte, sich aufzurichten. Er stürzte selber zur Tür, aber die knallte so schnell zu, daß sich seine fliegenden Rockschöße darin verfingen und ihn gleichsam festhielten. »Oh, nein, Gabriel!« schrie der Diakon, »das is aber nich die feine Art. Laufen kann ich selber, aber du muß mir schon die gleiche Chance geben wie den andern.«

Ich weiß auch nicht mehr über die Zukunft als jedermann. Ich hoffe, sie wird von Arbeit erfüllt sein, denn ich habe die Erfahrung gemacht, daß Arbeit für mich von allen Dingen dem Glück am nächsten kommt. Ich mag noch soviel haben von allem, was Menschen sich sonst noch ersehnen, aber wenn ich nicht arbeite, drehe ich in kürzester Zeit durch. Wozu all meine Arbeit einmal gut sein wird, weiß ich auch nicht, denn jede Stunde bleibt einem fremd, bis man sie lebt. Ich wünsche mir ein arbeitsreiches Leben, einen redlichen Geist und einen Tod zur rechten Zeit.

Für den Fall, daß ich dennoch sehr alt werden sollte, habe ich mir schon überlegt, wie ich es anstellen kann, daß es mir nicht zu langweilig wird. Bisher habe ich weder Kaffee noch Alkohol oder irgendwelchen Stimulantien gefrönt. Wenn ich alt werde und meine Gelenke und Knochen sich melden, kann ich mich hinsetzen und, wenn schon für sonst niemanden, für mich selber schreiben, kann mich andächtig in die mystischen Lehren des Ostens vertiefen und mich genüßlich noch einmal mit Spinoza beschäftigen. Mögen meine Tage getrost aus einer Tasse Kaffee nach der anderen bestehen. Wenn mich dann die Schlaflosigkeit des Alters befällt, kann ich klammheimlich ein Fläschchen Schnaps in meiner Vorratskammer bereithalten und vor mich hinsüffeln, bis ich einschlafe. Altersmilde werden und wohlwollend urteilen über die Welt. So könnte ich werden, weil ich das Glück und den Schmerz tiefer Freundschaft erfahren habe. Ich habe gegeben, und mir ist gegeben worden. Ich habe ein paar gute Feinde erworben, was ich kein bißchen bedaure. Ich habe selbstlos geliebt und den Haß mit den rotglühenden Zangen der Hölle gestreichelt. Das nenne ich Leben.

Ich habe keinerlei Rassenvorurteile. Meine Blutsverwandten und meine »Hautverwandten« sind mir lieb und teuer. Mein Lebensalltag spielt sich zwischen ihnen ab. Aber wo ich auch hinschaue, sehe ich genau die gleichen Tugenden und Laster, die auch ihnen eigen sind. Daher reiche ich allen Menschen die rechte Hand der Brüderlichkeit und Liebe und erhoffe mir das gleiche von ihnen. In meinen Augen geht all denen, die nicht genauso aussehen wie ich, nichts ab. Ich werde ihrer freundlich gedenken und bitte sie herzlich, mir Gleiches wiederfahren zu lassen. Nicht nur mir. Ihr, die ihr die Zickzackblitze der Nacht über der Welt spielen laßt und den grollenden Donner im Gefolge habt, urteilt wohlwollend über die, die im Staube leben. Und ihr, die ihr in bescheidenen Verhältnissen lebt, urteilt auch ihr wohlwollend über andere. Bislang wurde nirgends auf der Welt der Beweis erbracht, daß ihr weniger arrogant wäret, wenn ihr die Hebel der Macht in den Händen hieltet. Laßt uns uns alle miteinander vertragen. Bedenkt, daß wir ausgemachten Unholde mit Hilfe von Toleranz und Geduld vielleicht in einigen hundert Generationen eine anständige Welt schaffen können. Vielleicht treffen sich all diejenigen von uns, die nicht das Glück haben, einander auf dieser Welt zu begegnen oder wiederzubegegnen, beim himmlischen Barbecue.

Anhang

Appendix
Einleitung

Auf Carl Van Vechtens Wunsch überließ Zora Neale Hurston das Manuskript von *Ich mag mich, wenn ich lache* der James Weldon Johnson Collection, einer Spezialsammlung der Beinecke Library an der Harvard University. In der Widmung vom 14. Januar 1942, mit der sie das Manuskript der Sammlung einverleibte, bemerkte sie: »Bei der endgültigen Zusammenstellung des Buchs wurden Teile des Manuskripts aus verlegerischen Gründen (auf Wunsch des Verlegers) nicht verwendet.«

Das Manuskript ist in den Mappen 10 bis 15, Kasten I der »Hurston Papers« enthalten. Die Mappen 12 bis 15 beinhalten ein maschinengeschriebenes Manuskript, offenkundig die Endfassung, die als Satzvorlage des veröffentlichten Buchs diente. In den Mappen 10 und 11 befinden sich sowohl maschinengeschriebene als auch handgeschriebene Kapitel, die entweder aus der Endfassung herausgenommen oder vor der Drucklegung beträchtlich geändert wurden.

Drei dieser zuletzt genannten Kapitel habe ich hier angefügt, da sie wertvolle Einblicke in Hurstons Schaffensprozeß vermitteln. »My people, My people« ging in erheblich veränderter Form in Kapitel 12 des Buchs ein. Die Originalfassung ist bedeutsam, weil Hurston darin viel offener über Rassenfragen spricht als in der veröffentlichten Autobiographie. Der Originaltext, der 1937 während eines Haiti-Aufenthalts entstand, macht deutlich, wie schwer es ist, Hurstons Einstellung zu diesem Thema dingfest zu machen.

Das Kapitel »Das innere Licht oder Lob der Freundschaft« entstand, kurz bevor das Buchmanuskript an den Verlag geschickt wurde, und offenbart sowohl Hurstons Befähigung zur Freundschaft wie auch ihre Bereitschaft, der Öffentlichkeit persönliche Bindungen preiszugeben. Es erweist sich als hilfreich, wenn man Personen sucht, die Hurston kannten. Und es ist besonders aufschlußreich in der Beschreibung von Hurstons Beziehung zu Fannie Hurst, die um einiges von der veröffentlichten Buchfassung abweicht.

Das Kapitel »Die Welt, nüchtern betrachtet« mit seinen höchst umstrittenen Äußerungen über Rasse und über Politik ist jedoch das wichtigste. Es wurde offenbar vor dem 7. Dezember 1941 geschrieben und enthielt zu viele antiamerikanische Ansichten, als daß es nach Pearl Harbor veröffentlicht werden konnte. Bezeichnenderweise war dieser Text als Abschlußkapitel der Entwurfsfassung gedacht. Das macht Hurstons projapanische Äußerungen und ihre Kritik des US-Imperialismus um so bemerkenswerter. Offenkundig wollte sie ursprünglich ihre Autobiographie mit diesen radikalen Einlassungen beenden.

Alles in allem zeigen die drei Kapitel das Schaffen einer Schriftstellerin, die einerseits aus dem Rat ihres Lektors Nutzen zog, andererseits jedoch erleben mußte, daß ihre wahren Gefühle durch den verlegerischen Prozeß erheblich entstellt wurden. Der Anhang vermittelt uns einen besseren Eindruck von der Schriftstellerin Zora Neale Hurston, die offenkundig nicht fand, daß ihre Meinungen zu Fragen der Weltpolitik für ihre Autobiographie »irrelevant« waren – wie ihr Verleger behauptete –, noch daß es nötig war, ihre Ansichten über ihresgleichen durch die Lektoratsmaschinerie zu filtern.

Der hier abgedruckte Text gibt Hurstons Worte getreulich wieder. Lediglich einige Ortographie- und Zeichensetzungsfehler wurden korrigiert, um eine flüssige Lektüre zu gewährleisten.

»My people, my people!«

My people, my people!« In diesem Augenblick stoßen ganze Völkerscharen diesen Seufzer aus und schütteln die Köpfe. Tausende und Abertausende geben ihn an ungezählten Orten des Erdballs von sich. Geographische und sprachliche Unterschiede sorgen allenfalls für ein paar lautliche Unterschiede. Aber der Gefühlsinhalt ist der gleiche. Und doch ist es eine ganz persönliche Klage, die allein meinesgleichen gilt.

Nicht daß der Ausruf selten zu hören wäre. Er wird sehr freizügig geäußert. Nur die Interpretation ist schwierig. Bestimmt haben ihn Hunderte von Ohrenzeugen oft genug gehört, aber nur diejenigen, die sich mit uns angefreundet haben, wie Carl Van Vechten, können ihn richtig deuten.

Wie man es auch beschreiben mag – der Aufschrei, der Stoßseufzer, der Klagelaut oder auch das stillvergnügte Stöhnen »My people, my people!« entringt sich uns angesichts von Szenen, die uns zur Verzweiflung treiben.

Stellen wir uns vor, eine junge braunhäutige Frau, geradewegs den heiligen Hallen von Barnard entschwebt und in Begleitung eines jungen schwarzen Absolventen der Yale University, betritt in der 50th Street die U-Bahn. Beide sind wohlgekleidet, gesittet und gutaussehend. Die Augen sämtlicher Wageninsassen stellen das einmütig fest. Die beiden kommen aus einem Konzert von Marian Anderson und sind noch ganz beschwingt von der Glut ihrer Stimme. Sie äußern sich beglückt über den Beifall, mit dem die riesige weiße Zuhörerschaft ihrem Talent und ihrer Kunst huldigte. »Ja«, sagen sie, »unsere Rasse wird es doch noch zu etwas bringen. Bestimmt! Nimm nur George Washington Carver, Ernest Just und Abram Harris, und auch Richmond Barthé kommt mit seiner Bildhauerei gut an, E. Simms Campbell behauptet sich mit seinen Karikaturen auf dem *Esquire*, und, ach ja, Charles S. Johnson macht sich auch nicht schlecht. Und die Erfolge von Paul Robeson, E. Franklin Frazier, Roland Hayes nehmen wir ja schon als selbstverständlich hin. Es gibt doch Hoffnung für unsere Rasse.«

In diesem Augenblick hält die Bahn an der 72nd Street. Zwei abgerissene Neger drängeln lärmend in den Wagen. Es sind reichlich freie Sitzplätze da, aber sie müssen sich unbedingt neben das Yale-Barnard-Pärchen setzen. Also wirklich! Schmuddelig und übelriechend, wie sie sind, könnten sie wenigstens still sein. Nichts da! Sie schwafeln, lästern lauthals, »diskrümmenieren« alles und jeden und spucken Töne von einem Ende des Wagens bis zum anderen. Sie sehen eine glänzende Gelegenheit, sich zu produzieren. Die Mitfahrenden sind alle neu für sie und haben natürlich noch nie gehört, wie der eine von ihnen seine Frau auf der Lenox Avenue verdroschen hat. Deshalb müssen sie haarklein erzählt bekommen, wie es zu dem Krach kam, wie viele Zähne er ihr beim Zweikampf ausschlug und wie es weiterging. Sein Kumpel ist schließlich auch noch da, nicht? Also bitte schön. Auch er muß reden, wie ihm der Schnabel gewachsen ist, und die Wageninsassen wissen lassen, wie er *seine* Frau zugerichtet hat, als die das gleiche mit *ihm* machen wollte.

Barnard und Yale versinken fast im Boden. Sie sehen sich nicht im Wagen um, um festzustellen, was sich auf den Gesichtern der weißen Passagiere abspielt. Sie wissen es nur zu gut. Manche grinsen übers ganze Gesicht, manche schweigen eisern. Aber die einen wie die anderen denken bei sich: »Typisch Neger!« Nicht etwa typisch für *einige* Neger, nein, typisch für alle, mit dem einzigen Unterschied, daß manche Neger besser gekleidet sind. Yale und Barnard sitzen wie auf glühenden Kohlen, sie schütteln die Köpfe und stöhnen: »My people! My people!«

Vielleicht sagt ein anderes Paar am anderen Ende des Wagens das gleiche, nur mit anderem Ausdruck. Sie schmunzeln dabei. Ihnen hat die Vorstellung Spaß gemacht, und sie sagen es im Tonfall des stolzen Vaters, der vor anderen mit seinem schlimmen kleinen Sohnemann prahlt. »Ein Lauser, steckt überall seine Nase rein und verprügelt alle Kinder in der Nachbarschaft. Ich weiß gar nicht, was ich mit dem kleinen

Schlingel machen soll.« So hört sich bei manchen der Stoßseufzer an.

Aus diesem Grund fürchten sich einige meiner Artgenossen vor Zugabteilen. Ihnen graut mehr vor solchen Szenen als vor schmutzigen Sitzpolstern und anderen Unannehmlichkeiten von Jim-Crow-Abteilen. Sie scheuen das erzwungene Zusammensein. Die Eisenbahngesellschaft vertritt den Standpunkt: »Ihr seid doch alle schwarz, oder nicht? Warum soll man euch nicht zusammensetzen? Wenn ihr nicht alle gleich seid, *dann seid ihr selber schuld.* Früher wart ihr mal gleich. Ihr hattet nicht das Recht, euch zu verändern. Wenn ihr nicht mehr so seid, habt ihr Pech gehabt. Ihr habt alle so zu sein.« Wenn empfindsame Seelen gezwungen sind, so zu reisen, sitzen sie wie betäubt da, und wenn ein freizügiger Mensch seine Schuhe und Socken auszieht, murmeln sie: »Meine Rasse, aber nicht meine Klasse.« Wenn jemand Bratfisch und Bananen ißt, mit Erdnüssen herumkrümelt und die Abfälle auf den Fußboden wirft, sagt er entrüstet: »Meine Hautfarbe, aber nicht meinesgleichen.« Und traurig seufzen sie immer wieder: »My people, my people!«

Wer sind »meine Leute«? Ich würde sagen, die Scharen all derer, die als »Neger«, als »Farbige«, als »Tante Hagars Kinder«, als »Brüder in schwarz«, als »Race men« und »Race women« bezeichnet werden. Ihre Hautfarbe reicht von Walter-White-Weiß über Gelb, Goldgelb, Kürbisfarben, Hellbraun, Milchkaffeebraun, Seehundsbraun, bis hin zu Schwarz, Samtschwarz, Staubschwarz, Rostschwarz, Pechschwarz, Knallschwarz und verdammt Schwarz. Also alle meine Leute unten im Süden, im Osten und Westen der Welt, und sogar einige wenige im Norden. Und dennoch kann man meinesgleichen nicht einfach anhand der Hautfarbe erkennen.

Es gab Weiße, die mit einer tiefen Falte zwischen den Augen zu mir kamen und mich ausfragten. Sie hatten läuten gehört, manche würden sich als weiß ausgeben, und nun wüßten sie gern, was es damit auf sich hätte. Da ich um Auskunft gebeten wurde, kann ich reden, ohne ein Blatt vor den Mund zu nehmen.

Dieses So-tun-als-ob funktioniert in beide Richtungen. Nicht immer geht es darum, daß sich jemand als weiß ausgibt.

Es gibt Weiße unter uns, die sich als Farbige ausgeben. Sie wurden zufällig mit einer Spur Braun in der Hautfarbe geboren und machten es sich zur Lebensaufgabe, farbig zu sein. Nehmen Sie James Weldon Johnson.

Da haben wir einen Mann, der weiß genug ist, um Hitlers Ansprüchen zu genügen, und der sich dennoch jahrelang als farbig ausgegeben hat.

Nicht daß er nicht willkommen wäre unter uns. Ganz im Gegenteil. Er hat teuer bezahlt dafür. Aber er ist einfach kein Neger. Sehen Sie ihn sich an und bedenken Sie noch einmal, was ich gesagt habe. Ich habe ja schon darauf hingewiesen, daß man nicht zu viel auf Hautfarbe geben darf, weil man dann mit Sicherheit in die Irre geht. Schauen Sie sich James Weldon Johnson von Kopf bis Fuß an und lassen Sie sich nicht von seiner Hautfarbe und von seinem widerborstigen Haar täuschen. Beobachten Sie ihn! Stolziert er beim Gehen? Nein. Und er lächelt. Er könnte nicht grinsen, selbst wenn er es wollte.

Er kann nicht mal den Onkel Tom spielen. Nichts gegen »Tomming«, wenn es gut gemacht ist. »Tomming« tut niemandem weh, und es hat seine Vorteile, zum Beispiel beim Täuschen im Boxring. Aber James Weldon Johnson kann einfach nicht den Onkel Tom abgeben. Er wurde dabei ertappt, wie er es versuchte, aber es war ein Trauerspiel. Er sollte sich unter den anderen großen Negern umsehen und ihnen das Feld überlassen.

Nein, ich rechne nicht damit, daß James Weldon Johnson jemals in den eigentlichen Negerkünsten Erfolg haben wird. Aber ich wäre kein bißchen überrascht, wenn er gekrönt würde. Der Mann ist einfach aus altem Monarchenholz geschnitzt. Wenn ich eines Tages aus meinem Fenster auf die Seventh Avenue hinausschaute und ihn im Hermelin inmitten einer großen Prozession zur Krönung in die Cathedral of St. John the Divine gehen sähe, würde mich das nicht wundern. Vermutlich würde er einen prächtigen König abgeben. Er hat getan, was er konnte, um als Farbiger durchzugehen, aber er hat es einfach nicht geschafft. Sein eigener Bruder hat Angst vor ihm. Er verbeugt sich, macht Kratzfüße vor ihm und nennt ihn »The Duke«.

Jetzt werden Sie sagen: »Na, wenn Sie nicht an der Hautfarbe erkennen können, wer Ihre Leute sind, woran wollen Sie sie dann erkennen?« Es gibt mehr als einen Anhaltspunkt, und die will ich im folgenden darlegen.

A

Warten Sie ab, bis Sie mehr als zwei dunkelhäutige Menschen beieinander sehen. Wenn diese sich über keine einzige Sache einig werden, können Sie sich darauf verlassen, daß das meine Leute sind. Es ist einfach wider unsere Natur, uns über irgend etwas zu einigen. Wir weigern uns nicht nur zuzustimmen, wir werden böse und fangen Streit an. *Aber nur mit unsereins!* Jeder kann uns auf der Stelle wieder beschwichtigen. Wir erzürnen uns schnell, aber ebenso leicht regen wir uns wieder ab, wenn wir feststellen, daß derjenige, der uns wütend gemacht hat, kein Neger ist.

Es gibt die Geschichte von dem Weißen, der fünf Männer dazu anstellte, ein Seil festzuhalten und damit einen Zementblock hochzuziehen. Sie packten zu, zogen mit einem Ruck am Seil, und der kleine Block flog gleich beim erstenmal hinauf bis zur Rolle des Flaschenzugs. Die Männer sahen einander verwundert an, und einer sagte zum Bossman: »Boss, wieso stelln Sie uns alle an, damit wir den kleinen Steinklotz da hochziehn? Das schafft doch einer ganz alleine.« »Ja, weiß ich«, antwortete der Bossman, »ich wollte bloß ein einziges Mal fünf Neger an einem Seil ziehen sehen.«

Und dann ist da die Geschichte von dem Mann, der Gott um etwas bitten sollte. Er kniete nieder und sagte: »Ach, lieber Gott, ich tät dich ja gern um was bitten, aber ich weiß, Du kannst's nich machen. Ich *weiß* einfach, Du kannst's nicht machen.«

Dann legte er eine lange Pause ein.

Jemand wurde unruhig und sagte: »Mach schon und sag, was du willst. Du bist schließlich mit dem lieben Gott am Reden. Der kann alles machen.«

Der betende Mann sagte: »Ich weiß, Er kann alles, bloß nich das eine, was ich von ihm will.«

»Och, mach schon und sag's Ihm. Der Allmächtige kann alles machen. Mach voran, Bruder, sag's Ihm und bring dein Gebet zu Ende.«

»Also gut, ich sag's Ihm. Lieber Gott, ich tu Dich bitten, weil sie alle sagen, ich soll voranmachen. Ich will Dich um was bitten, aber ich weiß, Du kannst's nich machen. Ich *weiß* einfach, Du kannst's nicht machen. Aber ich frag Dich einfach mal. Lieber Gott, ich bitt Dich, bring mein Volk zusammen, aber ich weiß, Du kannst's nich machen. Amen.«

Vielleicht *kann's* der Herr tatsächlich machen, aber bislang hat Er's nicht gemacht.

In der Bibel steht ja geschrieben, daß der Herr den Ärger selber angefangen hat. Die Söhne von Ham bauten die erste große Stadt und begannen, den Turm von Babel zu errichten. Sie sangen und arbeiteten sich zum Himmel empor, als der Herr herabstieg und ihre Zungen verwirrte. Türme und derlei Dinge haben wir seither keine mehr gebaut, aber die Verwirrung haben wir immer noch. Der Teil der Geschichte über den Bau und das ganze Drum und Dran mag ja ein Volksmärchen sein, aber für die Macht der Zunge haben wir Beweise.

Wenn Sie also auf eine Ansammlung von Menschen treffen, die sich über nichts einigen können – dann haben Sie es mit meinen Leuten zu tun.

B

Wenn Sie Zweifel haben, hören Sie dem Mann zu, wenn er redet. Wenn er nach sechs großen Worten sucht, wo eines genügen würde, dann ist er einer der Unsrigen. Kommt er nicht auf das tolle Wort, nach dem er fahndet, ersinnt er einfach ein neues. Und irgendwie trifft das neuerschaffene Wort die Sache, für die es gemacht wurde, ziemlich genau. Obendrein klingt es gut. Als einer zum Beispiel das Wort »verleumden« brauchte und noch nicht kannte, dachte er sich einfach »diskrümmenieren« aus, und jeder, der das Wort hörte, wußte sofort, was gemeint war. »Tu nich die Frau diskrümmeniern.« Einmal kannte einer die Wörter »total« oder »ganz« nicht, da erfand er »radibutz«. Und dann gibt's da noch »hochschnoplig« und so weiter und so fort. Wenn Sie einem begegnen, der ständig das Wörterbuch wiederkäut und Sprache ausspuckt, dann ist er einer der Unsrigen.

C

Sollten Sie noch immer Zweifel haben, sehen Sie sich den Mann gut an und beobachten Sie sein Verhalten. Prüfen Sie, ob alles an ihm ins Heute paßt. Wenn er keine Erinnerung an gestern und keinen Begriff von morgen hat, dann gehört er zu meinen Leuten. Für diesen Mann gibt es kein Morgen. Er gebraucht das Wort zwar reichlich und oft, aber er glaubt nicht wirklich an einen Tag, der nicht hier und jetzt ist. An ein Morgen zu glauben, würde ihn dazu verpflichten, Konsequenzen anzuerkennen. Er hat aber keinen Sinn für Konsequenzen. Andernfalls gehört er nicht zu unsereins.

D

Sollten Sie noch immer nicht überzeugt sein, schichten Sie zwei Stapel Geld auf. Geben Sie in den einen Stapel nicht weniger als tausend Dollar und in den anderen nicht mehr als eineinviertel Dollar. Lassen Sie die beiden Geldbeträge irgendwo liegen, wo sie gleichermaßen zugänglich sind. Nimmt er die tausend Dollar, gehört er nicht zu meinen Leuten. Das steht fest. Meine Leute stehlen nie mehr als eineinviertel Dollar. Das ist ein untrüglicher Test.

E

Der zuverlässigste Beweis ist jedoch, wenn einer den Affen als unseren Bruder akzeptiert. Wo man den Bruder in Schwarz auch antrifft, immer wird er eine Geschichte über seinen Bruder, den Affen, erzählen. Verschiedene geographische Gegebenheiten und Sprachen, aber überall die gleiche zärtliche Zuwendung. Jeder von uns akzeptiert den Affen als Bruder.

Immer wenn wir uns über uns selber ein bißchen lustig machen wollen, hängen wir dem Affen unsere Unzulänglichkeiten an. Die klassische amerikanische Variante der Geschichte geht folgendermaßen:

Einmal war der Affe auf der Straße am Spielen. Da kam ein großer neuer Cadillac, voll mit lauter Weißen, angefahren. Der Fahrer sieht den Affen, macht ne kleine Seitwärtsbiege und fährt weiter. Noch ein paar Autos kommen vorbei und stören den Affen kein bißchen. Nach ner ganzen Weile kommt ein Ford längs, voll mit lauter Farbigen. Der Fahrer will angeben und wäscht seinen Fuß im Benzintank. Der Wagen kann neunzig Sachen machen, aber der Mann hat ihn schon auf über hundert hochgejagt – er drückt das Gaspedal bis zum Anschlag durch. Anstatt vom Gas runterzugehn, wie er den Affen sieht, gibt er erst recht Gas und will ihn überfahren. Der Affe entkommt ihm mit knapper Not, weil er nen Riesensatz zur Seite macht. Der Neger brüllt ihn an: »Wieso zum Teufel gehst du nich ausm Weg? Du siehst doch, daß ich den Fuß im Benzintank hab! Umbringen sollte man dich!« Da sind sie schon n ganzes Stück weitergefahren auf der Straße. Der Affe sitzt da, schüttelt den Kopf und sagt: »Mein Volk, mein Volk!« Aber Georgette Harvey, die unvergleichliche Schauspielerin, sagte, sie hätte kürzlich mit unserem Bruder, dem Affen, gesprochen. Er würde nicht mehr »Mein Volk« sagen, sondern »Dieses Drecksvolk!« Vielleicht hat er der Rasse den Rücken gekehrt. Hat die Familie kaltblütig sitzengelassen.

F

Wenn Sie einen Mann einschätzen wollen und Ihrem Urteilsvermögen mißtrauen, dann machen Sie am besten irgendeine Geste und warten ab, ob er Sie sofort nachahmt. Tut er es, dann ist er einer von den Unsrigen. Wir ahmen leidenschaftlich gern andere nach und würden lieber eine gute Imitation liefern als irgend etwas Originelles. Nichts ist halb so gut wie etwas, das genauso ist wie etwas anderes. Und kein Titel ist so begehrt wie »der schwarze Dies oder Das«. Roland Hayes ist in der Beziehung richtig weißeleutemäßig. Er hat den Titel »der schwarze Caruso« glatt abgelehnt. Er will Roland Hayes sein und sonst gar nichts. Aber er ist in der Beziehung eine Ausnahme. Wir haben eine Black Patti und »Black Yankees« und »Black Giants«. Rose McClendon wurde immer wieder als »die schwarze Barrymore« bezeichnet. Sogar einen schwarzen Dillinger hatten wir! Das war der Neger, den John Dillinger bei seinem berüchtigten Ausbruch mit der Holzpistole aus Crown Point mitnahm. Natürlich konnte er sich nach seiner Rückkehr nach Detroit oder Buffalo – oder wo immer er gewesen war, bevor die Polizei ihn bewußtlos schlug – nur einen oder zwei Tage lang halten. Er hätte den Mund halten sollen und womöglich noch lange leben können, aber er wollte lieber sein Leben riskieren, als auf seinen Titel verzichten. Er wollte dem alten Dillinger so getreulich wie möglich gleichen. Der Fallschirmspringer (und Pilot) Hubert Fauntleroy Julian setzte sein Leben aufs Spiel, als er beweisen wollte, daß er ein Flugzeug ebenso gut fliegen konnte wie Lindbergh, und dabei in den East River stürzte. Lindbergh landete in Paris, und Julian landete im New Yorker Hafen. Aber immerhin flog er ein bißchen und erntete den Spitznamen »Black Eagle«.

Was haben die Haitianer vollbracht, das die Welt mit Beifall quittierte? Sie haben, gleich nach der weißen Revolution in Frankreich, eine schwarze Revolution inszeniert. Und heute spazieren ihre Senatoren und Abgeordneten mit Spitz- und anderen Ziegenbärten umher und wirken wie Karikaturen französischer Minister und Senatoren. Sie gestikulieren mit Händen und Füßen und verweisen auf ihr südamerikanisches Temperament, aber es wirkt wenig überzeugend. Würde man sie nicht miteinander reden hören, könnte man sie ebensogut für Gemeindemitglieder von Adam Clayton Powells Abyssinian Baptist Church halten, niemand würde einen Unterschied feststellen.

In Jamaica treiben Neger sämtlicher Schattierungen viel Aufwand, um Fremden weiszumachen, sie seien, entgegen allem Augenschein, im Innersten eigentlich Weiße – *weiße* Engländer. Spricht man mit einem Mulatten, findet er alsbald einen Vorwand, einem mitzuteilen, wer sein Vater war. Über diesen Engländer oder Schotten bekommt man auf jeden Fall allerlei zu hören. Aber kein einziges Wort über seine schwarze Mama. Als gäbe es sie gar nicht. Als hätte sie nie existiert. Man könnte meinen, Jamaika wäre der Ort, wo Hähne Eier legen. Als kämen diese Engländer einfach dort an, buddelten, ohne jegliches Zutun weiblicher Wesen, ein Nest in den Boden und legten jeder ein Ei hinein, aus dem später ein Jamaikaner schlüpft.

Sosehr es den Äthiopiern auch widerstrebte, sich von Haile Selassie und der Freiheit zu trennen, muß es doch eine gewisse Befriedigung sein, Mussolini zum Vorbild zu haben. Inzwischen schieben die Ras und alle anderen hohen Tiere von Äthiopien grimmig die Unterkiefer vor, knirschen mit den Zähnen und schneiden Grimassen wie Il Duce. Ich halte jede Wette, daß die kleinen Äthiopier alle wie die Kropftauben mit geschwellter Brust durch Addis Abeba marschieren.

Und wir hier, in den Vereinigten Staaten, ahmen unbesehen alles nach, was die Weißen tun. Bildung, Sport, Statussymbole, den ganzen Klimbim. Auf jegliche Kritik kommt die unwiderlegliche Feststellung: »Die Weißen tun es, oder nicht?« In Mobile, Alabama, erlebte ich einmal den »Ball der Millionäre« mit. Ein Mann, der im gleichen Haus wohnte wie ich, verschaffte mir eine Eintrittskarte und geleitete mich zu einem Platz auf der Empore. Er schärfte mir ein, nicht auf die Tanzfläche zu gehen, bevor der erste Tanz vorüber war. Die »Millionäre« und ihre Damen wollten die Tanzfläche bei diesem einen Tanz ganz für sich haben. Eine sehr denkwürdige Veranstaltung, ich war gebührend beeindruckt.

Eine passable Tanzkapelle eröffnete den Ball. Der bewußte erste Tanz, ausschließlich für die »Millionäre«, wurde angekündigt und jeder »Millionär« und seine Dame namentlich vorgestellt, sobald sie auf die Tanzfläche hinaustraten.

»John D. Rockefeller mit seiner Tanzpartnerin Miss Selma Jones!« Als ich hinunterschaute, präsentierte sich »Mr. Rockefeller« in weißen Wollhosen und rosafarbenem Seidenhemd mit schwarzen Nadelstreifen. Er hatte kein Jackett an, weil es Sommer war. Üblicherweise trug »Mr. Rockefeller« Hüte für einen Modesalon aus. Aber nicht an diesem Abend.

»Commodore Vanderbilt« wurde angekündigt und trat auf die Tanzfläche. In seinen kremfarbenen Hosen wirkte der »Commodore« so dünn, als hätte er überhaupt kein Hinterteil.

»Mr. Ford« scharwenzelte mit seiner Dame daher und vollführte eine heiße kleine Tanzeinlage mit ihr. »J. P. Morgan« legte ein paar scharfe Black-Bottom-Schritte hin. Und so ging es weiter. Jeder »Millionär« präsentierte seiner Dame nach dem Tanz eine goldene Fünfdollarmünze. Man meinte, die weißen Millionäre hätten das gleiche mit dem gleichen Vergnügen getan.

G

Nicht zuletzt liebt unsereins das Schauspiel. Wir sehen Schauspielern gern zu, aber noch lieber spielen und inszenieren wir selber, und wir haben gerne Publikum, wenn wir anfangen, jemandem bis ins kleinste Detail die Meinung zu sagen. Deshalb nutzen manche von uns gern Züge und andere öffentliche Einrichtungen und Anlässe wie Tanzsäle und Picknicks, um sich auszutoben. Wir lieben theatralische Auftritte.

Nun haben Sie es gehört und sollten Bescheid wissen. Aber vielleicht gibt es den Neger in Wirklichkeit gar nicht, und was wir für eine Rasse halten, sind nur zusammenhanglose Stimmungen und Wesensfacetten von Menschen, die auf der Erde herumlaufen. Was wir gerade erörtert haben, gibt es vielleicht gar nicht. Es könnten Schattenrisse von etwas anderem sein, andere Menschen, als Schatten gesehen. Und selbst wenn es uns gibt, ist sowieso alles nur Zufall. Die Farben der anderen sind von Gott geschaffen. Wir haben die unsere durch ein Versehen angenommen. Wenn man die alten Leute hört, hat es sich folgendermaßen zugetragen:

Gott hat die Menschen nicht auf einmal gemacht. Er hat sie Schritt für Schritt gemacht. Zuerst hat Er den Lehm gestampft, dann hat Er die Formen ausgeschnitten und zum Trocknen an den Zaun gelehnt. Als sie trocken waren, ist Er hingegangen und hat ihnen den Lebensatem eingehaucht und sie in die Welt geschickt. Tags darauf hat Er allen ausrichten lassen, sie sollten raufkommen und sich Zehennägel geben lassen. Da sind alle gekommen, haben ihre Zehennägel und Fingernägel gekriegt und sind wieder gegangen. Ein andermal hat Er gesagt, alle sollten kommen, Er würde Nasen und Münder austeilen. Da sind alle gekommen, haben Nasen und Münder gekriegt und sind wieder gegangen. So ging es weiter, bis die Menschen alles hatten, bloß keine Farbe. Da hat Gott eines Tages alle rufen lassen und gesagt, »Ich will, daß ihr euch alle morgen früh punkt sieben um den Thron versammelt. Morgen teil ich Farbe aus, und ich will, daß alle pünktlich da sind. Ich hab noch ne Menge andere Schöpfungsarbeiten zu tun, und da will ich die Geschichte mit der Farbe hinter mich bringen.«

Um sieben am nächsten Morgen saß Gott mit Seiner großen Krone auf dem Thron. Er hat nach Norden geschaut, Er hat nach Osten geschaut, Er hat nach Westen geschaut, und Er hat nach Australien geschaut, und gleißende Welten sind aus seinen Zähnen gefallen. Nach einer Weile hat er von seinen hohen Türmen der Erhabenheit runtergeguckt und sich die Völkerscharen, die vor ihm standen, gut angeschaut. Er hat zur Linken geguckt und gesagt: »Ihr seid rote Menschen!« Da sind sie alle rot geworden, haben »Danke, lieber Gott« gesagt und sind gegangen. Da hat Er die nächste Schar angeguckt und gesagt: »Ihr seid gelbe Menschen!« Und sie sind gelb geworden, haben gesagt »Danke, Gott« und sind gegangen. Dann hat er die nächste Menschenmenge angeguckt und gesagt: »Ihr seid weiße Menschen.« Da sind sie weiß geworden, haben »Danke, Gott« zu ihm gesagt und sind gegangen. Da hat Gott auf Seine andere Seite geguckt und gesagt: »Gabriel, sieht so aus, als ob mir ein paar Völkerscharen fehlen.« Da hat Gabriel sich umgesehen und gesagt: »Stimmt, Sir, n paar Völkerscharen sind nich da.« »Na gut«, hat Gott gesagt, »such sie mal zusammen und sag ihnen, ich hätte gesagt, sie sollten sich besser sputen, wenn sie noch ne Farbe abhaben wollen. Wenn die mich zum Narren halten, geb ich keine mehr aus.« Da ist Gabriel überall hingegangen und hat gesucht, bis er die fehlenden Völkerscharen nach ner ganzen Weile gefunden hat. Sie waren unten beim See des Lebens unter einem Baum am Schlafen. Da hat er ihnen gesagt, sie sollten sich besser beeilen, wenn sie noch Farbe abhaben wollten. Gott würde nicht mehr viel länger auf sie warten. Da sind alle aufgesprungen und zum Thron gerannt. Wie die ersten angekommen sind, konnten sie nicht anhalten, weil die hinter ihnen so am Schubsen und Drängeln waren. Sie haben so lange gedrängelt, bis der Thron weit nach einer Seite gekippt ist. Da hat Gott sie angebrüllt: »Macht mal Platz!« Aber sie dachten, Er hätte gesagt: »Ich mach euch schwarz!« Da sind sie schwarz geworden, und dabei ist es dann geblieben.

Demnach sind wir also keine Rasse. Wir sind lediglich eine Ansammlung von Menschen, die ihre Zeit verschlafen haben und im Entwurfsstadium steckengeblieben sind.

Zora Neale Hurston
2. Juli 1937
Port-au-Prince, Haiti

Das innere Licht oder Lob der Freundschaft

Nehmen Sie Freundschaft. Sie ist ein wunderbares Geschäft, eine schöne Aufgabe für jedermann. Gott schuf die Welt aus zähem Material, damit sie eine Weile hält. Aber dann stellte Er aus dem Geheimsten und Besten, das Er hatte, einen Nektar her und gab ihn als Würze über das Ganze.

Manchmal sieht man scheinbar einsame, wüste rote Berge, die nicht mal Kleider haben, ihren Rücken zu bedecken, und die einfach daliegen und nutzlos aussehen. So als hätte der Schöpfer einen Abfallhaufen wie jedermann. Aber man muß nur mal spät am Tag hingehen und der Herde freundlicher Schatten zusehen, die vergnügt zu Füßen dieser Berge weiden. Wenn man dann zu den Gipfeln aufschaut, erblickt man staunend die scheidende Sonne, von ihren Gefühlen ganz mit Farbe übergossen, wie sie den einsamen Bergen liebevoll gute Nacht wünscht und ihnen das Versprechen gibt, sie nie zu vergessen. So viel zarte Schönheit bei einem Abschied kann nur Freundschaft bedeuten. »Ich werde euch mit meiner Liebe beschenken«, sagt die Sonne. Deshalb überdauern die Berge.

Ich weiß, wovon ich rede. Ich bin nie die gute Freundin gewesen, die ich gern gewesen wäre. Immer wieder entdecke ich neue Höhen und Tiefen, die man erreichen sollte, nur um vom Existenzdruck, welcher kein Freund der Großmut ist, daran gehindert zu werden. Ich habe Akte der Treue und Selbstlosigkeit auf meinem Guthaben, aber ich bin mir ihrer Unvollkommenheit bewußt, und das hinterläßt unstillbaren Hunger in mir.

Aber ich habe uneigennützige Freundschaft erfahren, die wohltut. Eigentlich bin ich eine »Himmelsgabe«, wie der ungebildete Neger sagen würde. Von meinen Hüllen entblößt, bin ich nichts weiter als das. Ohne den Nektar der Freundschaft wäre ich nicht mal, was ich zu sein scheine. Viele Menschen haben mir die Hand gereicht und mir auf meiner Wanderschaft weitergeholfen. Mit dem Auge des Wohlwollens haben mich manche ohne Ruder in der Hand und ohne Licht im Herzen vorm dunklen Tor der Hölle stehen sehen und mich zum Seelenfrieden geführt. Andre sind in die grauenvolle Gegend im Westen und Süden der ursprünglichen Hölle geflogen, haben mich aus tiefem Mitgefühl von den glühenden Kohlen weggeholt und mir Bäume und Blumen gezeigt. Freundschaft kann Berge versetzen.

Mir sind so viele Freundschaftsbeweise zuteil geworden, daß Zeit und Papier nicht ausreichen würden, sie alle zu erfassen. Freundschaften eines Augenblicks, einer Stunde oder eines Tages, die dennoch wichtig waren, Freundschaften einfacher Leute, deren Namen Staub angesetzt haben, während das Gefühl der Berührung lebendig blieb. Freundliche Gesten bleiben haften wie Moschus. Noch im nachhinein können sie einen Tag aufhellen, der so dunkel war, daß selbst die Sonne nichts mit ihm zu tun haben wollte.

Seit jeher war es mir bestimmt, daß ich Mrs. R. Osgood Mason begegnen sollte. Sie war die Person, die mir von Anfang an immer wieder in der letzten meiner prophetischen Visionen erschienen war. Daß sie es sein würde, konnte ich, bevor ich sie kennenlernte, nicht wissen. Aber in dem Augenblick, in dem ich bei ihr eintrat, wußte ich, daß das Ende meiner Prüfungen gekommen war. Da waren die beiden Frauen, genau wie sie mir immer erschienen waren, nur daß ihre Gesichter in meinem Traum verschwammen. Miss Cornelia Chapin arrangierte, als ich eintrat, einen riesigen Strauß Sumpf-Callas in einer Vase. Das waren die wunderlichen Blumen, die ich immer gesehen hatte. Ihre Haltung glich exakt derjenigen, die ich Hunderte von Malen geträumt hatte. Mrs. Mason saß auf einem Stuhl, und alles um sie her war so, wie ich es schon kannte. Nur ihr Gesicht konnte ich erst jetzt sehen. Obwohl wir in jeder Hinsicht weit voneinander entfernt geboren worden waren, lag der Schlüssel zu bestimmten Phasen meines Lebens in ihrer Hand. Ich war zu ihr geschickt worden, ihn zu holen. Ich schulde ihr Dank, Dank und noch mal Dank! Nicht nur für materielle Hilfe, sondern auch für geistige Anleitung.

So oft wie »Godmother« hat mich nur Carl Van Vechten zur Schnecke gemacht, sonst niemand. Er war nie einer dieser weißen »Freunde des Negers«, die sich durch permanente Komplimente einschmeicheln wollen. Wen er zu seinen Freunden zählt, den macht er unverblümt auf seine Schwächen wie auf seine Stärken aufmerksam. Friß, Vogel, oder stirb. Wer das an ihm nicht leiden kann, läßt besser die Finger von ihm. Wenn er sich für jemanden überhaupt nicht interessiert, teil er es dem Betreffenden ungeniert mit, aber er ist verläßlich wie der Äquator, wenn er für jemanden eingenommen ist. Ich sage ihm und seiner Frau, Fania Marinoff, meinen ergebenen und aufrichtigen Dank.

Daß Fannie Hurst mir als Sekretärin und als Freundin am Zeug flickte, war nur zu meinem Nutzen. Sie ist eine eigentümliche Mischung aus kleinem Mädchen und kluger Frau. Man muß ganz genau hinschauen, um zu wissen, was davon sie gerade ist. Ihre Stimmungswechsel geschehen schnell wie der Blitz und sind ebenso rätselhaft wie dieser. Ich habe sie in allen möglichen Situationen beobachtet, und sie wird nie aufhören, mich zu verblüffen. Man muß einmal miterlebt haben, wie sie in einem Luxushotel anruft und Zimmer für sich und Prinzessin Zora bestellt und wie sie mich dann in meiner vornehmen Aufmachung als Asiatin aus königlichem Geblüt hineinbegleitet, ohne eine Miene zu verziehen, während die Bediensteten mich angaffen und sich tief vor mir verbeugen! Es konnte vorkommen, daß sie mich, voll kindlicher Freude über ein unwiderstehliches neues Kleid, an irgendeinen exklusiven Ort in New York zum Tee ausführte. Ich machte denn die Öffentlichkeitsarbeit für das Kleid, denn es fiel sofort auf, wenn jemand wie ich ins Astor oder ins Biltmore spazierte. Sie könnte die tollsten Kleider tragen, aber wer würde schon merken, daß sie es ist? Aus einer spontanen Anwandlung heraus ließ sie mich, nur zum Jux, mit ihr in meinem Chevrolet Tausende von Kilometern über den nordamerikanischen Kontinent brausen, und ebenso unvermittelt beschloß sie, zurückzukehren und wieder an die Arbeit zu gehen. Nach einem Spiel mit ihren Puppen ist sie im Nu wieder tief in irgendein gesellschaftliches Problem vertieft. Sie ist viele Jahre lang eine gute Freundin gewesen, und ich liebe sie.

Für James Hubert und seine Frau, den Urban League-Koryphäen, hege ich die innigsten Gefühle. Sollten sie je aufhören, mich zu mögen, wäre ich wirklich todunglücklich. Sie haben mich zu einer der Huberts ernannt, und ich werde sie beim Wort nehmen.

Für die Beers, besonders Eleanor Beer de Chetelat, und ihre Mutter, Mrs. Georgo W. Beer, gebe ich einundzwanzig Salutschüsse ab!

Amy Spingarn bin ich zutiefst zu Dank verpflichtet. Sie weiß, was ich damit meine.

In der Studentenzeit half mir Harry T. Burleigh, der Komponist von »Deep River« und anderen großartigen Liedern, Zielbewußtsein und Haltung zu entwickeln. Wieder und wieder sagte er, Neger zielten gewöhnlich nicht hoch genug. Sie verwechselten Talent mit Kunst. Man müsse arbeiten, Kunst sei mehr als Inspiration. Obendrein führte er mich in gute Restaurants aus, um mir Lebensart beizubringen. Er sieht aus wie eine braune Ausgabe von Otto Kahn und führt sich auf wie ein Maharadscha, wogegen ich nichts einzuwenden habe.

Im Kreis meiner Förderer nimmt der unübertreffliche Bob Wunsch eine herausragende Position ein. Ich wüßte gern, woher der Mann seine Seelengröße nimmt. Alle Schlechtigkeit der Welt perlt irgendwie von ihm ab. Ich wünschte, ich könnte ein Pulver aus ihm machen und damit den Menschenteig würzen. Er besitzt reichlich gute Zutaten.

Henry Allen Moe ist für mich wie ein Zwillingsbruder von Bob Wunsch. Wenn man mit ihm spricht, überkommt einen unweigerlich das Gefühl, als hätte man sich in der Vergangenheit mehr anstrengen sollen und als müsse man stehenden Fußes damit beginnen, alles besser zu machen. Er hat ein inneres Leuchten, das er nicht verbergen kann. Ihm zu begegnen ist eine Bereicherung.

Ich habe schon gesagt, daß ich Charles S. Johnson und seiner Frau aufrichtig dankbar bin. Kein Jota der Freundlichkeiten, die ich von ihnen erfahren habe, ist vergessen.

In Jane Belo verliebte ich mich, weil sie so gar nicht den Erwartungen entspricht. Sie besitzt Grips und Talent und benutzt beides, obwohl sie reich und hübsch geboren wurde und es auch ohne Verstand zu etwas gebracht hätte. Sie lebte mehrere Jahre in Bali und erforschte das Brauchtum der Eingeborenen. Dann kehrte sie nach Amerika zurück und bereiste zusammen mit mir den tiefen Süden, um dort vergleichende Studien anzustellen. Wenn wir miteinander über einsame Straßen durch Süd-Carolina fuhren, staunte ich über ihre ungeheure geistige Energie, und meine Bewunderung wuchs ins Unermeßliche. Manchmal fragte ich mich, warum sie mich so mochte. Bestimmt nicht, weil es ihr an Freunden mangelte. Als Tochter einer reichen texanischen Familie ist sie in den amerikanischen und europäischen Salons zu Hause und nicht nach Gesellschaft ausgehungert. Dennoch gibt sie mir durch ihr Verhalten zu verstehen, daß meine Freundschaft für sie reizvoll ist. Inzwischen ist sie mit Frank Tannenbaum verheiratet, der an der Geschichtsabteilung der Columbia University lehrt, und lebt mit ihm auf einer Farm irgendwo auf dem Lande im Bundesstaat New York, wo sie tatsächlich Kühe melken. Sie zeichnet und malt so gut, daß sie davon leben könnte, wenn sie es müßte, sie hat anthropologische Arbeiten veröffentlicht, die Margaret Mead gutheißt, sie melkt Kühe und drückt ihren kleinen Hut so tief ins Gesicht, daß er fast die Nase bedeckt. Wie soll man so eine Person einordnen? Ich geb's auf. Hauptsache, sie bleibt meine Freundin. Die Erklärung ihrer Persönlichkeit überlasse ich anderen.

Mit Miguel und Rose Covarrubias verbinden mich kostbare Erinnerungen an alte Zeiten. Lange bevor sie heirateten, haben wir so manches Brathähnchen miteinander verputzt. Gemeinsam mit Harry Block bereiteten wir »hand chicken« – so nannten wir gebratene Hähnchenschenkel und -flügel, die man mit der Hand aß –, und dann klärten wir Menschheitsfragen über den Knochen. Wir stellten viele vergnügliche und unsinnige Dinge miteinander an und stärkten unsere Geisteskräfte, indem wir noch mehr Hähnchen aßen. Vielleicht ist Miguel deshalb so ein großartiger Künstler. Er mußte immer knapsen, aber er hat sich vom Erfolg weder zu Schnellgerichten noch zu modischem Schnickschnack verleiten lassen.

James Weldon Johnson und seine Frau Grace haben viel dazu beigetragen, meine ersten Jahre in New York angenehm und ergiebig zu gestalten. Ich kenne außer ihnen kaum Menschen, die so oft recht haben, ohne dabei ihren Charme zu verlieren.

Walter White und seine bezaubernde Frau Gladys luden

mich in meinen Studentenjahren immer wieder zu sich ein und fütterten mich, einfach weil es ihnen Spaß machte, mit leckeren Brathähnchen. Sie haben mir viele angenehme Stunden beschert, und ich habe die Absicht, mich irgendwann zu revanchieren.

Es gibt noch so viele andere – »Colonel« Bert Lippincott und seine Frau, Frank Frazier, Paul und Eslanda Robeson, Lawrence Brown, Calvin J. Ferguson, Edwin Osgood Grover, Hamilton Holt, H. P. Davis, J. P. McEvoy, Edna St. Vincent Millay, Simeon L. Carson und seine Frau und Betram Barker. Ich bin eben, wie ich eingangs schon sagte, eine »Himmelsgabe«. Auf dem Papier ist nicht genug Platz für alle meine Förderer, aber in meinem Herzen ist Raum genug. Ich bin bloß ein Konglomerat aus lauter Freundschaftsbeweisen, das die Zeit zusammenhält.

Josephine Van Doltzen Pease, Sproß einer alten Familie aus Philadelphia, die so zauberhafte Kindergeschichten schreibt, und unsere gemeinsame Freundin Edith Darling Thompson, haben ganz tief in meinem Herzen einen festen Platz. Sie sind Heilige auf dem Altar, auf dem ich der Liebe huldige.

Gar nicht auszudenken, was aus mir geworden wäre ohne Whit Burnett und Martha Foley. Reiner Zufall, daß ich seinen Namen zuerst niederschrieb. Wie man diese Familie auch nimmt, sie hat einen Kopf. Einen Kopf mit Schnurrbart und einen ohne, aber beide echte Köpfe. Selbst Klein-David, der Sohn, hat seinen eigenen Kopf. Klein wie er ist, wird er hin und wieder überstimmt. Aber er weiß ganz genau, was er will, und legt eine Menge Willenskraft darein, es zu erreichen. Es ist nicht seine Schuld, wenn Whit und Martha gelegentlich seine Pläne durchkreuzen. Ich habe keine Ahnung, wofür er sich später mal entscheiden wird, wenn er erwachsen ist, aber was es auch immer sein wird, er wird nicht ziellos umherlaufen. Darauf wette ich einen dicken Mann. Zwei dicke Männer gegen Ihren spillerigen Mann.

Weitere Kalifornier, denen meine Zuneigung und mein Dank gehören, sind Herbert Childs und sein Cherub von einer Frau.

Katharane Edson Mershon hat mir große Freundschaft bewiesen. Sie besitzt ungeheuer viel Einfühlungsvermögen. Ich frage mich, ob ihre spontane Anteilnahme der eigenen Lebenserfahrung entspringt oder ob sie angeboren ist und sich nur vertiefte, weil sie selbst zu kämpfen hatte. Vermutlich ist es beides.

Sie ist die Tochter von Katherine Philips Edson, der Frau, die Mindestlöhne für Frauen in Kalifornien zum Gesetz machte. Es war nicht ihre Schuld, daß krumme politische Machenschaften es später wieder zu Fall brachten. Sie hat noch viel mehr Gutes für Kalifornien getan. So kämpfte sie zum Beispiel für die Erhaltung der Küstenmammutbaumwälder. Als einzige Frau saß sie in der Abrüstungskonferenz in Washington, und sie finanzierte ihren beiden Söhnen im Schweiße ihres Angesichts im Alter von über vierzig Jahren das College-Studium.

Katharane Edson Mershon dürfte einiges vom Geist der Mutter mitbekommen haben. Jedenfalls nahm sie ihr Leben in die eigenen Hände, riß von zu Hause aus und begann zu tanzen, um eine eigene Ausdrucksform zu finden. Sie spielte eine wichtige Rolle am heute berühmten Play House von Pasadena, leitete eine Tanzschule und wurde schließlich Direktorin der für den Modern Dance berühmten Schule von Ruth St. Denis in Los Angeles. Nach der Hochzeit lebte sie neun Jahre lang in Bali, wo sie auf eigene Kosten eine Klinik leitete. Sie delegierte die Arbeit nicht etwa an andere, sie war jeden Tag selber anwesend, verabreichte Medikamente, wusch Wunden aus und saß bei den Sterbenden. Der Tanz war ihr Leben, aber ihr Mitgefühl drängte sie zu dieser anderen Aufgabe. Ihr Mann stand ihr dabei zur Seite. Seine Liebe gilt dem Gartenbau, aber auch er warf sich voll Begeisterung in das Klinikprojekt.

Mir gab Katharane meine Gesundheit und meine Zuversicht wieder, und ich habe ihr die Rettung meines unnützen Lebens zu verdanken.

Jack Mershon, der Mann ihres Herzens, ist der Sohn von William B. Mershon aus Saginaw in Michigan. Dieser William B. ging in die Wälder von Michigan und schlug sich ein Vermögen zusammen. Er ist zäh wie Weißleder, leidenschaftlicher Jäger und Angler und zugleich einer der bestinformierten Menschen, was amerikanische Landeskunde, vor allem den amerikanischen Nordwesten, betrifft. Er hat Parks gestiftet,

Siedlungen gegründet, hat in Michigan mit Millionen von Bäumen ganze Wälder neu gepflanzt und überhaupt einiges zur Verschönerung der Stadt Saginaw beigetragen, was in der jüngeren Generation kaum noch jemand weiß, denn er selber sagt nichts.

Wie seine Frau lief auch Jack von zu Hause weg und schlug sich als Bühnenschauspieler durch. Er ist eine sanftmütige Natur, nur manchmal geht noch etwas vom schroffen Stoff des alten William B. Mershon mit ihm durch. Der gleiche Dickkopf auf der einen und das gleiche große Herz auf der anderen Seite. Er wird vermutlich nie ein herzhaft fluchender, zupackender Gründervater werden wie sein alter Herr, aber was er sich vornimmt, das tut er auch.

Katharane Mershon lud mich nach Kalifornien ein, und das ist eine Geschichte für sich. Vertrauensvoll, wie ich bin, eilte ich gen Westen. Sie gab mir gut zu essen, holte Ärzte herbei und schaffte mir die Malaria aus dem Leib, sie schleppte mich zu Magnin's und kleidete mich ein. Ich zerfloß vor Dankbarkeit und ahnte nichts Böses.

Dann sah ich etwas wie Tücke in ihren Augen aufflackern. Die Frau hatte Absichten mit mir! Etwas war an ihrem Blick, aber ich kam nicht dahinter, was es war. Ich hätte es wissen sollen. Ich hätte mißtrauisch sein sollen, aber ich war arglos und merkte nichts, bis ich in die Falle ging.

Eines Tages sagte sie wie nebenbei zu mir: »Du solltest ein wenig von Kalifornien sehen, wenn du schon hier im Westen bist.«

»Ach, das wäre schön!« krähte ich und bekam glänzende Augen bei dem Gedanken. Und dann kriegte ich Kalifornien zu sehen! Zuerst dachte ich, alles geschähe, um *mir* Freude zu machen, nur um bald festzustellen, daß ich es mit der Schadenfreude einer unverbesserlichen Kalifornien-Fanatikerin zu tun hatte, die es einer armen, wehrlosen Florida-Närrin heimzahlte.

Sie ließ mich in den Wüsten schmoren, während ich Mohnblumen, Sukkulenten – »Kakteen« für jeden Normalverbraucher, bloß nicht für Kalifornien-Fanatiker –, Josuabäume, im Sonnenofen gedörrte Eidechsen und Staudenlupinen besichtigen mußte. Guck dir bloß diesen wilden Flieder an! Und den

Chaparral! Den Wacholder darfst du dir nicht entgehen lassen! Sag bloß, du hast noch nie unsere Schwarzpappeln gesehen! Und sieh mal diese kalifornischen Edlen!*

Ehe ich's mich versah, kurvten wir irgendeinen zerklüfteten Berghang hinauf, und ich wurde auf jede Erhebung und jede Senke aufmerksam gemacht. Es nützte nichts, wenn ich murmelte, ich müsse beim Fahren auf die Straße achten. »Guck mal diese Bergspitze! Toll! Da kann man über die Kante runterschauen!« Da ich die Beobachtung der Straße als Ausflucht benutzte, verfiel sie auf eine neue Taktik. Jack, ihr Mann, wurde zwangsrekrutiert, und ich brauchte mich nur noch auf dem Rücksitz des Buick niederzulassen, während Katharane meinen Kopf von einer Seite zur anderen drehte und mich auf die Sehenswürdigkeiten hinwies.

Von San Diego nordwärts bis nach Los Angeles sahen wir uns sämtliche Wellen auf dem Pazifik an, sämtliche Eidechsen, Sträucher, Pflaumen- und Orangenpflanzungen, Dattelpalmen, Eukalyptusbäume, jedes Rinnsal, das diese Kalifornien-Fanatiker »Flüsse« nennen, Asphaltgruben, in denen Überreste prähistorischer Tiere gefunden worden waren, und die vorgeschichtlichen Knochen dazu, Säbelzahntiger, Kurzschnauzenbären – so sahen Bären früher aus, bevor sie Kalifornien-Fanatiker zu sehen bekamen und lange Gesichter machten –, altertümliche Elefanten, die fast nur aus Stoßzähnen bestanden, Saurier und was weiß ich alles. Und dann gab es Barrakuda- und Haifischfleisch, rote Seeohren, Strände voller Menschen mit dunklen Sonnenbrillen, Hollywood und lange Hosen auf Hüften, deren Besitzer bei Gott und anderen Sachverständigen schworen, daß sie ungemein gut anzusehen seien, was meistens schamlos gelogen war.

Mein lieber Mann! Ich hatte Süd-Kalifornien gesehen und dachte, ich hätte was geleistet. Als Floridianerin hatte ich mich zurückgehalten und nur hin und wieder den einen oder anderen gemurmelten Hinweis über unser Klima, unsere Bäume und derlei mehr geäußert. Nichts Kränkendes, versteht sich. Aus Höflichkeit sagte ich nie, wie schön es dort in Wirklichkeit

* Kalifornische Eichen

ist. Daher holte ich tief Luft, nachdem wir ganz Süd-Kalifornien inspiziert hatten, ohne daß ich geplatzt war.

»Und jetzt werde ich dir Nord-Kalifornien zeigen! Das ist der schönste Teil des Landes«, frohlockte meine teuflische Freundin. »Ach, die Berge!«

»Aber ich mach mir gar nicht so viel aus Bergen«, murmelte ich durch den faden Geschmack in meinem Mund.

»Du wirst sie trotzdem besichtigen. Du willst doch nicht etwa in den Osten zurückfahren und behaupten, du hättest nichts von der Schönheit meines Staates gesehen? Du wirst Kalifornien sehen und lieben – du Florida-Närrin! Bloß weil eure Schlammschildkröten in euren Sümpfen und in diesen Everglades, was auch immer das ist – hört sich ja nicht grade nach viel an –, bloß weil die sich angewöhnt haben, sich im Morast zu vergraben, deshalb brauchst du dich ja noch lange nicht den Reizen der kalifornischen Berge zu verschließen. Auf geht's!«

Und so reisten wir gen Norden. Wir fuhren über felsenstarrende Gebirgskämme, stellten uns in luftiger Höhe auf Felssimse und schauten auf den kilometertief unter uns liegenden Pazifik. Ich sah Küstenmammutbäume, Goldene Tore, Drahtseilstraßenbahnen, Missionsstationen, Erdspalten, Wasserrinnen, San Simeon mit dem Reich von Zeitungsmogul William Randolph Hearst, Monterey mit seiner Geschichte, Carmel mit seinem Künstlerflair, Big Sur und Santa Barbara, Brücken über die San Francisco Bay und Mammutbäume, Alcatraz, Werften, Amtssitze, Berge – die nicht merkten, daß es Sommer war und höchste Zeit, die Winterkleider abzulegen –, Robben, Robbenfelsen und Robben auf Robbenfelsen, Pelikane und Pelikanfelsen, und dann diesen Pazifik!

Schließlich, als wir wieder zurück nach Carmel kamen, schlug ich zu. Ein Mensch hat schließlich nur eine begrenzte Anzahl Stellen am Körper, auf denen er aufschlagen kann, wenn er felsige Klippen hinunterfällt. Aber brachte es mir Erlösung? Mitnichten! Ich stand auf einem großen Haufen knochiger Felsen auf Point Lobos, als ich verkündete, ich könne mir jetzt ungefähr ein Bild von Kalifornien machen und von dem, was es zu bieten habe.

»Oh, nein!« stieß Katharane arglistig hervor. »Von wegen Kalifornien gesehen! Dies ist der zweitgrößte Staat im Lande!

Du hast noch nicht mal die Hälfte davon gesehen, aber du kriegst es noch zu sehen. Ich hab dich hier hergebracht, und ich werde dich mit der Nase auf Kaliforniens Schönheiten stoßen! Du wirst es sehen, das verspreche ich dir.« Weiter ging die Reise. Ich sah und sah und sah! Liebe Leute! Ich kann euch flüstern, ich habe Kalifornien gesehen. Die Hüte in San Francisco zum Beispiel! In Los Angeles lassen sich die Frauen vorschreiben, was für Hüte sie tragen sollen, aber in San Francisco gehen sie offenbar in den Wald und schießen sich welche.

Und dann, nachdem ich von einem Ende des Staats zum anderen und von der Gebirgsfluh zum Ozean und wieder zurück galoppiert war, kommt Katharane Mershon plötzlich und sagt zu mir: »Ich wollte nur, daß du die Küstenmammuts noch zu sehen kriegst!« Ich werde an die Handelskammer von Florida schreiben und die Leute dazu animieren, daß sie eine Meute Kalifornien-Fanatiker nach Florida locken und mir die Führung anvertrauen. Das wird bestimmt gut, ich verspreche nicht zuviel. Von Key West bis zum Fluß Perdido werden sie sämtliche Orangenbäume, Klapperschlangen, Land- und Sumpfschildkröten, Palmen, Sandhügel, Mangobäume, Sapodill- und Kumquatbäume, Alligatoren, die ganzen Touristenfallen, alle Sellerie-, Bohnen- und Erdbeerfelder, Seen, Musiklokale, Buchten, Meeresküsten und Flüsse zu sehen bekommen, und wenn sie schlappmachen, wird das schade sein, aber das gehört zum Geschäft.

Trotzdem: Kalifornien ist nicht übel. Gar nicht so übel. Natürlich flunkern sie dort über das Wetter noch ein bißchen mehr als wir über das unsere, aber das wollen wir ihnen nicht verübeln. Es bleibt ihnen ja nichts anders übrig, wenn sie sich an uns messen wollen. Aber ansonsten ist Kalifornien ein prima Bundesland, besonders von Santa Barbara nach Norden. Als Einwohnerin von Florida komme ich mir natürlich vor wie der Mensch, der zum erstenmal einen Buckligen sah – mir ist, als trüge Kalifornien die Hüften ein bißchen hoch. All diese Berge. Ein zu großer Teil dieses Staates steht hochkant da. Meiner Ansicht nach sollte Land sich flach hinlegen und zum Drüberlaufen einladen – und sich nicht aufbäumen und einem entgegenstarren. Das ist zu großkotzig und aufdringlich. Aber insgesamt kann man Kalifornien als schönen Staat gelten lassen, bis Gott etwas Besseres hinkriegt. Daher vergebe ich Katharane Mershon, daß sie mir das ganze Land gezeigt hat. Wieder ein Pluspunkt für die Freundschaft.

Ich kann wirklich sagen, daß ich Freundschaft erlebt habe. Freundschaft ist eine mysteriöse Sache, abgründig wie der Ozean. Wer kann sie schon ermessen? Immerhin muß Gott viel davon gehalten haben, als Er sie schuf. Wenn man will, kann man versuchen, ohne Freunde durchs Leben zu gehen, aber man wird feststellen, daß es ist, als wollte man einen Bären melken, um Milch für den Morgenkaffee zu beschaffen. Es kostet jede Menge Mühe, sie zu ergattern, und am Ende taugt sie nicht viel.

11:00, 20. Juli 1941
1392 Hull Lane
Altadena, Kalifornien

Die Welt, nüchtern betrachtet

Mutter Ding liegt für immer im Wochenbett und frohlockt. Der hungrige Vater Zeit aber hockt wartend neben ihrer Liegestatt. Seine Gestalt wurde aus Leere geschaffen, sein Mund ist breit geschnitten für seine Beute. Mysterium ist sein ältester Sohn, und Macht seine Mitgift.

Das bringt mich zum ungelebten Augenblick, dem ersten Mysterium des Universums, mit seinem unbekannten Gesicht und dem rückwärtsgekehrten Blick. Denn am Tag des ersten Sagens hieß es, Vater Zeit werde rückwärtsgewandt über die Schulter sprechen, niemand solle sein Gesicht sehen, so sehr verachte er die Geschöpfe von Ding.

Was das gesichtslose Jahr mit mir vorhat, weiß ich nicht. Ich sehe die Fußspuren der Zeit und gewahre ihren Widerschein. Meine Knie sind durch das Untergeschoß der Hölle gerutscht, ich war in der Küche des Kummers und habe, wie mir scheint, alle Töpfe ausgeleckt. Es hat manche Winter gegeben, und meine Seelenfasern lagen stumm da wie eine Prärie, während Herden von Ereignissen über meine Brust donnerten. In diesen Zeiten waren tiefe Abgründe in mir, die die Erinnerung an die Sonne vergessen hatten.

Aber Vater Zeit hat auch mildtätige Launen. Er befahl einigen Dienstbotenmomenten, mich auf hohe Türme der Erhebung zu bringen, um mir einen Überblick über die Ausdehnung der Dinge zu verschaffen. Eine Gunst, die der Herr über unzählige Milliarden Stunden und Diener keiner Stunde einer Dienerin vieler Stunden und Herrin über wenige Stunden gewährte.

In solchen Augenblicken habe ich erkannt, daß es für mich sinnlos ist, irgendwo jenseits der Sterne im Weltraum das Antlitz eines anklagenden Gottes zu suchen und zu fürchten. Ich lebe selbst auf einem Stern und kann mich mit der millionenfachen Beteuerung des Göttlichen in meinem Umkreis begnügen. Wenn ich auch in den religiösen Bräuchen des Menschen nichts Göttliches wahrgenommen habe, so doch in seinen Werken. Sobald ich zu den hochragenden Strukturen Manhattans aufblicke und die mächtigen Tunnel und Brücken der Welt betrachte, weiß ich, daß meine Suche zu Ende ist und daß ich in Frieden scheiden kann. Denn meine Seele sagt mir: »Dies ist wahrhaftig Gottes Sohn. Steine und Winde, Gezeiten und Berge sind seine Diener. Er mag von Fingerringen sprechen, aber seine Arbeit spielt sich in Horizonten ab, die den Äquator zum Winzling schrumpfen lassen. So töricht seine Worte sind, so edel sind seine Werke.«

Ich kam zu der Erkenntnis, daß ich weder Klassen- noch Rassenvorurteile, diese Geißeln der Menschheit, gebrauchen kann. Der Trost bequemer Verallgemeinerung war mir dadurch zwar genommen, aber statt dessen erhielt ich das wertvollere Geschenk des Individualismus. Wenn mich andere leiden ließen oder glücklich machten, wußte ich, daß Individuen dafür verantwortlich waren, nicht Rassen. Alle Menschenmassen bestehen, genau besehen, aus lauter Individuen.

Das bedeutete, daß ich eine Unmenge Ballast abwerfen mußte. Seit ich denken kann, bekam ich Formulierungen wie »Rassenproblem«, »Rassenstolz«, »Rassenheld« oder »Rassenheldin«, »Rassensolidarität«, »Rassenbewußtsein«, »Rassenführer« und derlei mehr zu hören. Es war Ehrensache, als »Race Man« zu gelten. Jemandem zu sagen »Du bist kein Race Man«, war eine Beleidigung. Natürlich waren diese Begriffe für mich als Kind nur hohlklingende Silben. Dann kam eine Zeit, in der ich dachte, sie bedeuteten mir etwas. Ich kann nicht sagen, daß ich je eine klare Vorstellung davon gehabt hätte, aber vermutlich waren sie mir ungefähr so klar wie der großen Menge, die sie im Munde führte. Heute bedeuten sie mir nichts mehr. Jedenfalls nichts, worauf ich Gefühle verschwenden möchte.

Mag sein, daß bei mir etwas nicht stimmt, weil Neger in meinen Augen weder besser noch schlechter sind als irgendeine andere Rasse. Rassenstolz ist ein Luxus, den ich mir nicht leisten kann. Die Sache hat zu viele Haken. Stellen wir uns vor, ein Neger vollbringt etwas wirklich Großartiges, und ich frohlocke – nicht über den Gewinn für die Menschheit, sondern über die Tatsache, daß der Vollbringer Neger ist. Müßte ich dann nicht den Kopf beschämt senken, wenn ein Mitglied meiner Rasse etwas Verabscheuenswürdiges tut? Nein, wenn ein Neger etwas Schönes tut, bin ich entzückt, weil er oder sie etwas Schönes getan hat und nicht weil er oder sie Neger ist. Das ist Nebensache und Zufall. Was für mich zählt, ist die menschliche Leistung. Ich verwünsche die Schandtat eines Negers, aber wiederum nicht aufgrund der Tatsache, daß der Täter Neger ist, sondern weil die Tat schändlich war. Ein Mitglied meiner Rasse hat sich zufällig als Schandfleck für die Menschheit erwiesen. Mit anderen Worten, ich kann nicht für dreizehn Millionen Menschen die Verantwortung übernehmen. Jedes Faß muß, ungeachtet seiner Beschaffenheit, auf seinem eigenen Boden stehen. Was an »Rassenstolz« in mir war, hatte also zu verschwinden. Warum sollte ich mir überhaupt etwas darauf einbilden, Neger zu sein? Warum sollte sich irgend jemand etwas darauf einbilden, weiß zu sein? Oder gelb? Oder rot? Schließlich dient der Begriff »Rasse« nur einer groben Klassifizierung körperlicher Merkmale. Er sagt nichts über das Wesen der Menschen aus. Im Zusammenhang mit Leistung ist Rassenzugehörigkeit ebenso unerheblich. Rassen haben nie irgend etwas geleistet. Was als Leistung einer Rasse erscheint, ist das Werk von Individuen. Nicht die weiße Rasse ging in ein Labor und erfand die Glühlampe, sondern Edison. Nicht die Juden dachten sich die Relativitätstheorie aus, sondern Einstein. Nicht die Neger erforschten die biologischen Geheimnisse von Erdnüssen und Süßkartoffeln oder der Eizellen von Meerestieren, sondern George Washington Carver beziehungsweise Ernest Everett Just. Wenn Sie der Meinung sind, jeder Weiße sei ein Edison, dann schauen Sie sich mal ein bißchen um. Und wenn Sie denken, jeder Neger sei ein Carver, dann nehmen Sie sich besser viel Zeit für Ihre Suche.

Nein, Rassenstolz ist keine Tugend, sondern ein verheerendes Laster. Er hat auf der Welt mehr Leid verursacht als religiöse Ansichten, und das will etwas heißen.

»Rassenbewußtsein« ist etwa gleichbedeutend mit »Rassenstolz«. Selbst wenn man den Hauch eines Bedeutungsunterschieds einräumt, läuft beides doch nur auf die Ermahnung hinaus: »Sei dir stets bewußt, zu welcher Rasse du gehörst, und sei stolz darauf.« Das eine ergibt sich aus dem anderen. Aber was bringt es? Mir ist es gleich, zu welcher Rasse Sie gehören. Wenn Sie auch nur einen Funken aufrichtig sind, können Sie kaum stolz darauf sein. Warum sollte man Zeit darauf vergeuden, sich seiner Körpermerkmale bewußt zu sein? Was die Welt augenblicklich verzweifelt nötig hat, ist *weniger* Rassenbewußtsein. Die Gattung Mensch würde sich selber restlos auslöschen, wenn sie noch mehr davon besäße. Es ist eine tödliche Waffe auf der Zunge der Menschen. Ich verzichte darauf.

Ich habe etliche gebildete Menschen beider Rassen gebeten, mir zu erklären, worum es bei diesem »Rassenproblem« eigentlich geht. Zuerst gucken sie verdutzt. Dann sehe ich, wie sie sich das Hirn martern auf der Suche nach der Bedeutung des Begriffs, der ihnen so glatt und salbungsvoll über die Lippen ging. Ich habe nie wirklich eine Antwort bekommen und mußte mir selber eine geben. Da kein grundlegender Konflikt besteht und es keinen handfesten Grund gibt, warum Schwarze und Weiße nicht in vollkommener Harmonie in einem Staat leben sollten, ist das einzige, was dem im Wege steht, der Rassenstolz beziehungsweise das Rassenbewußtsein auf beiden Seiten. Es ist, als hätte jemand einen Bären am Schwanz gepackt. Fänger und Gefangener laufen um einen Baum herum und fauchen sich gegenseitig an. Der Mann hat Angst, den Bären loszulassen, aber sein Zugriff erlahmt. Der Bär würde sich lieber um seine Angelegenheiten kümmern, aber er meint, etwas gegen die Freiheitsberaubung tun zu müssen. Und so laufen sie weiter hintereinander her um den Baum.

In meinen Augen sind Rassenstolz und Rassenbewußtsein nicht nur ein Irrweg, sondern ein Übel. Sie sind die Wurzel von Mißverständnis und damit von Elend und Ungerechtigkeit. Logischerweise kann ich sie nicht bei anderen anprangern und ihnen selber frönen. Rassenstolz hat lediglich den Vorteil, daß man sich sagen kann: »Ich bin nichts, meine Leute taugen nichts. Aber macht nichts. Ich gehöre ja zu der und der Rasse.« Kümmerliche Seelennahrung für meine Begriffe. Herzlich wenig zum Beißen dran. Man muß das ganze höllisch mit Egoismus nachwürzen, damit es nach etwas schmeckt.

Der Hang, sich auf seine Körpermerkmale, auf die man keinen Einfluß hat, etwas einzubilden, ist ein weiteres Anzeichen dafür, daß der Mensch ein undankbares Subjekt ist. Er klatscht sich selber laut Beifall für sein Aussehen und läßt durchblicken, daß er alles selber bewerkstelligt hat. Gott schwante schon, daß es so kommen würde, ehe Er den Menschen schuf, deshalb zog Er alle übrigen Schöpfungsarbeiten vor, ehe Er ihn machte. Hätte der Mensch mitbekommen, wie Gott es anstellte, dann hätte er vor der erstbesten Frau, die willens war, ihm zuzuhören, geprahlt: »Siehst du den ollen gestreiften Tiger da drüben? Den hab *ich* gemacht! Hab ihn einmal morgens vorm Frühstück in die Welt gesetzt.« Und so weiter und so fort, bis es im Himmel und auf Erden gar nichts mehr gegeben hätte, dessen er sich nicht gerühmt hätte. Deshalb tat Gott das einzige, was ihm übrigblieb, um das Feld für die Prahlerei des Menschen einzugrenzen. Er schuf ihn spät und schlug ihn mit Torheit.

Wie soll Rassensolidarität möglich sein in einer Nation, die aus so vielen Einzelelementen besteht wie die Vereinigten Staaten? Sie würde nur Chaos stiften. Das Schicksal jeder Gruppe hängt untrennbar mit dem Schicksal aller anderen zusammen. Individuelle Fähigkeiten in einer Gruppe müssen allen anderen zugute kommen. Nationales Unglück betrifft uns alle. Es gibt kein Entrinnen durch Gruppenbildung. In der Praxis lassen sich keine scharfen Trennlinien ziehen, weil die Interessen der Individuen innerhalb der jeweiligen Rassengruppen nicht identisch sind. Fraktions- und Ortszugehörigkeit, Eigeninteressen, Sonderbegabungen und derlei mehr bringen eine Gruppe Angelsachsen, Juden oder Neger gegen einen anderen Klüngel Angelsachsen, Juden oder Neger auf. Ein leerer Geldbeutel bestimmt unser Verhalten genauso wie das aller anderen. Im Bürgerkrieg kämpften Neger in der konföderierten Armee, weil viele von ihnen selber Sklavenhalter waren und ebenso sauer auf Lincoln wie alle übrigen Südstaatler. Wer vor ein Gremium tritt und vorgibt, sich für das einzusetzen, was »der Neger« will, lügt schamlos. Neger haben alle möglichen, mitunter diametral entgegengesetzten Wünsche. Kein einzelner Neger und keine einzelne Organisation kann alle dreizehn Millionen Neger in eine bestimmte Richtung lenken. Nicht mal Joe Louis könnte es, obwohl er gegenwärtig noch am ehesten das Zeug dazu hätte.

Warum sollten Neger überhaupt einig sein? Niemand sonst

in Amerika ist es. Wären sie es, dann würde einer der beiden folgenden Sätze gelten: Entweder wir wären uns einig über das, worüber die Weißen sich einig sind – aber nur ein Gott könnte sagen, was das ist –, und sofortige, vollständige Assimilation wäre die Folge. Oder wir würden uns über etwas Negerspezifisches einigen, und das hätte die Bildung eines kompakten schwarzen Blocks im Staatskörper zur Folge, was ein Unding wäre innerhalb einer Nation. Natürlich wollen sämtliche Oberschicht-Neger politische und ökonomische Gleichstellung. Das ist das einzige übergreifende Anliegen, das ich feststellen kann.

Neger sind wie alle anderen Menschen. Manche schwingen sich hoch hinauf. Manche trotten vor sich hin. Manche bauen Mist und treten selber hinein – wie das übrige Amerika und die übrige Welt auch. Rassensolidarität ist eine Fiktion und wird es immer bleiben. Deshalb habe ich das Wort aus meinem Mund getilgt.

Ein »Race Man« ist ein – nicht notwendigerweise fähiger – Mensch, der seine Rasse über alles andere stellt. Er sagt, er werde, wenn irgend möglich, nur bei einem schwarzen Händler kaufen, alle Neger-Einrichtungen und -Bewegungen unterstützen und so weiter. Das kann aus einem ganz bestimmten Grund nicht funktionieren: Es ist unmöglich, eine Nation innerhalb einer Nation zu bilden. Der »Race Man« unternimmt krampfhafte, kurzatmige Anläufe, aber jeden Tag bringen ihn irgendwelche Zwänge wieder davon ab. Er stellt fest, daß er in einem beschränkten Wirkungskreis weder Geld verdienen noch Geld ausgeben kann. Er ist Teil der Nationalökonomie. Aber er kann seine Idee wortreich vertreten. Er gerät in Harnisch über Dinge wie den Titel *Nigger Heaven* von Carl Van Vechtens Buch oder über Will Rogers, der im Radio meinte, die meisten Cowboy-Songs seien nichts weiter als Adaptationen von »Nigger-Liedern«. Er tut es, weil er meint, damit seine Rasse zu verteidigen. Manche seiner Unternehmungen sind gerechtfertigt, manche sind lächerlich. Sein Eifer ist aufrichtig; aber das Fehlen nüchterner Analyse führt ihn in die Irre.

Der »Rassenführer« ist, wie gesagt, eine Fiktion, die nur am politischen Futtertrog etwas bringt. Aber nur noch halb soviel wie früher. Die weißen Spitzenpolitiker haben ansatzweise begriffen, daß sie sich nicht auf der ganzen Linie durchsetzen können. Viele sind einigermaßen erfolgreich, aber nicht so richtig, mit Glanz und Gloria. Ein Politiker mag sich noch so sehr anstrengen, wenn die Menschen nicht mitgehen, kann er nicht führen. Als Amerikanerin bin ich genau wie Yankees, Weststaatler und Südstaatler, Neger, Iren, Indianer und Juden. Ich lasse mich auch nicht leicht führen. Man soll mir nicht einfach vorschreiben, was ich zu tun habe. Ich will wissen, was auf der Tagesordnung steht, und dabeisein, wenn die Kosten kalkuliert werden. So stelle ich mir das vor, und dabei bleibe ich. Neger sind den übrigen Amerikanern so ähnlich, daß sie nicht nur alles in Frage stellen, was ihnen vorgesetzt wird. Inzwischen haben sie sich sogar angewöhnt, an der Bar zum Gin noch etwas dazuzubestellen, und das will etwas heißen. Den Gedanken an Rassenführerschaft habe ich also auch fallengelassen.

Ich weiß, daß es Rassenvorurteile gibt, nicht nur in Amerika, sondern überall, wo die Angehörigen zweier Rassen einander in nennenswerter Anzahl begegnen. Ich habe sie am eigenen Leibe kennengelernt und festgestellt, daß sie nie auf eine Seite beschränkt sind. Ich nehme sie mir nicht zu Herzen, denn sie erscheinen mir wie die letzte Zuflucht von Schwächlingen. Nach allem, was ich erlebt habe, weiß ich, daß Redlichkeit und Laster, Fähigkeit und Dummheit nichts mit Rassenzugehörigkeit oder Geographie zu tun haben. Ich möchte mich nicht selber vom Leben aussperren. Ich möchte nicht in einem Raum leben, dessen Grenzen durch Rasse beziehungsweise Nation bestimmt werden, und mich so um die Chance bringen, individuelle Fähigkeiten und Tiefen auszuloten und meine Spielräume zu erweitern. Herr, laß meine arme stammelnde Zunge wenigstens einmal die ganze runde Welt schmecken, wenn's beliebt, Sir.

Ich weiß im übrigen, daß Menschen, die mit rassischen, sozialen oder nationalen Vorurteilen um sich werfen, dies aus einem Gefühl der Ohnmacht tun, das sie nie zur Sprache bringen. Statt dessen verfallen sie auf die Idee, den Wettbewerb einzuschränken. Sie sind rassistische Falschspieler, die versuchen, die Karten so zu mischen, daß sie nicht verlieren können. Wenn ich sie Spielverderber nenne, müssen sie erst mal das Gegenteil beweisen. Ich sehe mir die Sache aus den Augenwinkeln an und lächle über das zweifelhafte Kompliment, schließlich weiß ich, daß wir einander, wenn ich geboren worden wäre, wo *sie* geboren wurden, und wenn sie geboren worden wären, wo *ich* geboren wurde, höchstwahrscheinlich nie begegnet wären. Also lächle ich ganz ohne Bitterkeit. Schließlich weiß ich, daß Gleichberechtigung sich an Taten mißt und nicht an Worten. Wenn ihr besser seid als ich, könnt ihr mir das sagen, wenn ihr wollt, aber lieber wäre es mir, ihr würdet es mir beweisen, damit ich Bescheid weiß. Es tut immer gut, etwas zu lernen. Aber solange ihr mir nicht den Beweis liefert, werde ich weiterfragen. Ich bin gern in Gesellschaft von Menschen, die mir überlegen sind. Wenn ich nicht gleich kapiere, dann zerbröselt alles fein, damit ich es verarbeiten kann. Aber wenn ihr es mir nicht *beweisen* könnt, dann verschont mich mit dem Quatsch.

Aus dem gleichen Grund, aus dem ich mir Rassenstolz abschminke und Rassensolidarität ablehne, kehre ich der Vergangenheit den Rücken. Ich sehe keinen Grund, wie gebannt auf die dunklen Jahre der Sklaverei und der Rekonstruktion zu starren. Das alles liegt drei Generationen hinter mir, ich kenne es nicht aus eigener Erfahrung. Soviel ich weiß, war es trostlos. Zweifellos ginge es Amerika besser, wenn es diese Dinge nie gegeben hätte. Aber es hat sie gegeben, wir brauchen nicht um den Brei herumreden. Dennoch erscheint es mir vollkommen fruchtlos, mit rückwärtsgerichtetem, tadelndem Blick auf das Grab irgendeines Weißen zu starren, der schon seit einer halben Ewigkeit tot ist. Ich sehe auch keinen Nutzen darin, mir seinen Enkel deswegen vorzuknöpfen. Der alte Herr hat seinerzeit vermutlich einige Dinger gedreht, die meinen Großeltern ganz bestimmt nicht gefielen. Aber der alte Herr ist tot. Meine Altvorderen sind tot. Sollen sie das in der Hölle miteinander ausmachen, wenn sie wollen. Das ist ihre Sache. Ich bin mit der Gegenwart konfrontiert, und die Enkel dieses Weißen auch. Ich habe es hier und heute mit dem Enkel zu tun. Ich möchte die anstehenden Dinge bewältigen. Da ich die unerbittlichen Zeiger der Uhr nicht anhalten kann, will ich mich mit ein wenig Einfluß auf die Gegenwart begnügen. Es wäre lächerlich, wollte ich mich als Old Black Joe aufspielen und meine Zeit damit vergeuden, seine Probleme wiederzukäuen. Ebenso lächerlich, wie es für die Juden wäre, sich um die Pyramiden zu scharen, um beim Alten Cheops vorzusprechen. Oder für die Engländer, dem Herzog der Normandie an jedem Monatsersten eine Rechnung zu präsentieren.

Ich bin willens, einvernehmlich mit dem gegenwärtigen Machthaber etwas vollkommen Neues zu beginnen. Wenn ich nicht auf Gegenliebe stoße (es mir gegenüber mit der Kooperation hapert), werde ich trotzdem etwas Neues in Angriff nehmen. Wenn ich es verhindern kann, wird die Welt nicht stehenbleiben wie der Ochse vorm Tor. Laßt uns die Sache auf die Tagesordnung bringen und eine Anhörung abhalten.

Wenn ich auf meinem Wachposten stehe und mich umschaue, erwarte ich nicht mehr das Paradies auf Erden. Es wäre Wunschdenken, nach absoluter Gerechtigkeit zu streben. Die Menschheit ist nicht dafür geschaffen. Soweit ich das erkennen kann, ist die Welt nämlich eine Sippschaft von Hurstons. Das war sie schon immer, daher wäre es töricht, eine von den Machenschaften der Selbstsucht unbeschädigte Gerechtigkeit zu erhoffen. Lesen Sie im Buch der Bücher nach, sie kommt überhaupt nicht darin vor. Das Alte Testament ist dem gewidmet, was die alten Hebräer als richtig und gerecht empfanden. Alle ihre Feinde waren zweiundzwanzigkarätige Schurken. Sie, die Hebräer selber, waren nie die Aggressoren. Der Herr wollte, daß Seine Kinder ein Land mit großen Trauben und üppig wachsendem Getreide bekommen sollten. Während sie dabei waren, es sich zu verschaffen, durften sie sich nebenbei gleich noch einiger nichtswürdiger Stämme entledigen, von denen Er sowieso nie viel gehalten hatte. Kanaan, mit all seinen Feigen und sonstigen Vorzügen, war für sie bestimmt. Gott schickte eigens jemanden, der ihnen davon erzählte. Wenn die Eroberung den Kanaanitern wie blutige Vergewaltigung erschien, dann nur, weil sie vor lauter sündigem Lebenswandel nicht kapierten, was auf der Hand lag. Deshalb mußte man ihnen das Argument zwischen die Rippen stecken. König David, der die »Schutzgeld«-Erpressung erfunden hatte, bevor die Krönung zum König ihn rettete, war ein großer Held. Er mordete und plünderte nur, um seinen Leuten zu helfen. Er war ein Mann ganz nach Gottes Herzen und machte sich nützlich, indem er Ihm half, miese Schurken los zu werden, die die Gegend unsicher machten.

Das Neue Testament ist nicht ganz so freimütig aber ebenso einseitig. Paulus und die Jünger schufen nach Jesu Tod eine neue Ordnung in Palästina, aber die Juden zeigten ihr die kalte Schulter. Nun wurde der orthodoxe Jude als ausgemachter Feind des Rechts hingestellt. Bis heute sind Namen wie Pharisäer und Sadduzäer für neunundneunzigeinhalb Prozent der Christenheit gleichbedeutend mit Heuchelei und Betrug. Dabei waren die Pharisäer in Wirklichkeit ein Orden aus wenigen hochgebildeten, wohlbeleumundeten Männern aus guter Familie, die es sich zur Aufgabe gemacht hatten, die Reinheit des Glaubens zu wahren. Die Sadduzäer hatten fast ebenso hehre Ziele. Natürlich verstrickten sie sich in den turbulenten Zeiten damals in politische Händel um die Regierungsform, aber das gilt auch für beide Zweige der Christenheit.

Dann war da noch die Ermordung der unschuldigen Kinder durch Herodes. Eines fällt mir daran besonders auf. Den nicht konvertierten Juden schienen nie Kinder zu fehlen. Also muß Herodes sorgfältig Kinder von Familien ausgewählt haben, die vierzig Jahre später zu Christen werden sollten. Vermutlich war ihm nicht klar, was für ein schlechtes Beispiel er den neuen religiösen Eiferern gab. Er konnte nicht wissen, daß Christen später innerhalb einer einzigen Nacht selber mehr Unschuldige abschlachten sollten, als seine Soldaten je zu sehen bekamen.

Die Juden, die das Christentum nicht annahmen, schneiden im Neuen Testament sehr schlecht ab. Zweitausend Jahre sind vergangen, und die gesamte westliche Welt verwendet das Zeichen des Kreuzes, aber offenbar sind die Juden nicht die einzigen, die es nicht akzeptieren. Das Abendland wurde nie christianisiert und wird es auch nie werden. Das Christentum ist ein orientalisches Konzept, das den Söhnen des hammerwerfenden Thor schlecht bekommt. Es verlangt Demut, aber der Westen ist für Demut nicht geschaffen. Anstatt hochgemut die andere Wange hinzuhalten, brüsten wir uns damit, dem anderen mit dem Schlag zuvorzukommen.

Wir haben sogar aus der Friedensbotschaft eine Kampfschrift gemacht, wir knüppeln einander nieder, um zu zeigen, wer der bessere Missionar ist. Die menschliche Natur setzt sich durch. Wir können weder auf unsere Gemeinplätze noch auf unseren Gewinn verzichten. Die Gemeinplätze klingen gut, und die Gewinne fühlen sich wie Seide an.

Päpste und Prälaten, Bischöfe und Kirchenälteste unterbrachen ihre Friedenspredigten, sobald Schlachtgetümmel erklang, eilten von ihren Kanzeln, um das Schwert zu zücken und im Namen Jesu nach blutiger Rache zu schreien. Die Gemeindemitglieder folgten den Kanzelrednern freudig. Offenkundig ist der Friedensprinz nichts weiter als ein Symbol. Er wurde in sämtliche Armeen des Abendlandes einberufen. Er muß hinter jeder Kanone einen Abgesandten haben. Zwanzig lange Jahrhunderte haben wir uns mit dem weichen, nachgiebigen Stoff abgegeben, mit dem einzigen Erfolg, daß die Worte in unserem Alltag Einzug hielten. Wir sind durchaus moralisch, aber wir sind einfach keine Christen. Wenn wir Demut wirklich liebten, wie wir behaupten, dann müßte man Napoleon im Nonnengewand abbilden, Bismarck in einer Soutane und George Washington im Gandhi-Lendentuch. Auf den Denkmalssockeln müßte stehen: »Diese Steine ehren unsere demütigsten Männer. Ihre Frömmigkeit hat Millionen niedergestreckt. Gelobt sei der Herr!« Ein Vergleich mit der tatsächlichen Darstellung würde die Verwirrung in unseren Köpfen offenbaren. Nach unseren Huldigungen zu urteilen, stünde Joe Louis ein Kardinalshut zu.

Aber zurück zu Mahatma Gandhi. Seine Praxis christlicher Grundsätze bringt uns in große Not. Wir wollen zwar, daß alle Menschen von Grönlands eisigen Bergen bis zum indischen Korallenstrand davon hören, aber gleichzeitig wünschen wir, daß die Menschen dort nicht den Kopf verlieren und die Sache zu weit treiben, wie Gandhi zum Beispiel. Das schadet nämlich dem Geschäft.

Nein, wahre Gerechtigkeit ist irgendwo ganz weit weg. Wir sehen hier nur ihr flackerndes Abbild. Jeder hat sie auf der Zunge, und niemand trägt sie im Herzen. Nehmen wir das Thema der Eroberungen.

Einst marschierten die Könige von Dahomey kreuz und quer durch Westafrika, metzelten die Alten und Schwachen der umliegenden Stämme und Völker nieder und verkauften die tauglichen als Sklaven an den Westen. Die Dahomeer wären empört gewesen, hätte irgend jemand gesagt, sie seien ungerecht. Was könnte gerechter sein? Die Gewinne waren gewaltig. Sie zweifelten erst an der Gerechtigkeit der Welt, als die Franzosen bei ihnen einfielen und sie eroberten. Die Franzosen wiederum hätten grenzenlos verwundert mit den Schultern gezuckt, wenn jemand ihnen vorgeworfen hätte, sie seien ungerecht. Was konnte billiger sein? Jetzt haben die Deutschen Frankreich erobert, und die Franzosen fragen sich, wie die Deutschen so herzlos sein können. Die Deutschen wiederum sperren verwundert ihre blauen Augen auf. Nichts könnte vernünftiger und gerechter sein. Wenn die Menschheit bei den Deutschen keine wahre Gerechtigkeit findet, dann wird sie sie nirgendwo finden. Wenn die Franzosen so unfair sind, ihnen das bißchen Profit bei dem Geschäft zu mißgönnen, zeigt das nur, wie engstirnig und kleinlich sie in Wirklichkeit sind.

Internationale Beziehungen werden nicht großflächig ausgeleuchtet, um eine annähernd vollständige Sicht der Dinge zu ermöglichen. Das Licht wird scharf auf einen Punkt gerichtet, und so bleibt nicht nur der größere Teil im Dunklen, sondern es wird stillschweigend geleugnet, daß der große unbeleuchtete Bereich überhaupt existiert. Abgesehen von wenigen Ausnahmen, lohnt es sich nicht mehr, jemanden zu fragen, was er denkt, weil man statt dessen nur zu hören bekommt, was der Betreffende sich wünscht. Vielleicht haben die Menschen noch zu keiner Epoche der Weltgeschichte in einer solchen Traumwelt gelebt wie heute. Sie versteigen sich sogar dazu, Kriegsgegnern vorzuwerfen, sie schössen zu heftig oder zu genau zurück. Dafür nimmt man es mit der Wahrheit nicht allzu genau. Es geht nur darum, dem Ego zu schmeicheln und den Traum am Leben zu erhalten. Die andere Seite begeht grauenvolle Gemetzel. Die eigene Seite erringt glänzende Siege.

Da ich ein Mensch und Teil der Menschheit bin, bilde ich mir trotz aller augenfälligen Tatsachen gern ein, meine Nation sei gerechter als jede andere. Das gibt mir ein Gefühl von Stolz und Größe. Aber hin und wieder werden die bestickten Vorhänge beiseite geweht, und dann bin ich weniger erbaut. Dann sehe ich, daß die vollmundig vorgebrachten, hehren Prinzipien den Blumen im Frühling gleichen – sie haben mit der Sache nichts zu tun. Wenn meine Schlußfolgerungen nicht stimmen, dann haben die Redner und die Schönschreibhefte gelogen. Man hätte mir von Anfang an mitteilen sollen, daß die Wörter nur zum Abschreiben gedacht waren, nicht als Anleitung fürs Leben. Aber das hat man mir nicht gesagt. Sie schworen bei allen Heiligen, es gäbe unerschütterliche Wahrheiten, ohne die ein Mensch oder eine Nation aufgeschmissen wäre.

Da war zum Beispiel die Würde des Menschen. Die Heiligkeit seiner unantastbaren Rechte. Der Mensch, der edle Mensch, hatte wahrhaftige Größe gezeigt und die schändliche Einrichtung der Sklaverei ausgerottet. Das bekommt man zu lesen und zu hören. Ich weiß hingegen, daß das Prinzip menschlicher Leibeigenschaft noch nicht von der Erde verschwunden ist. Ich weiß, daß große Nationen auf ihr gründen. Ich will nicht leugnen, daß große Fortschritte in Richtung Freiheit gemacht wurden. Immerhin hat man sich darauf geeinigt, daß der Begriff »Sklaverei« etwas sehr Verwerfliches ist. Zivilisierte Nationen wollen ihn nicht mehr verwenden. Man will das Geschäft auch nicht mehr zu Hause weiterführen. Es bekommt einen vornehmeren Anstrich, wenn man es im fernen Ausland betreibt und von der Eröffnung von Rohmaterialquellen spricht und vom Offenhalten der Märkte. Außerdem kam man zu dem Schluß, daß es nicht die feine Art ist, Seinesgleichen zu versklaven. Das gilt als unsägliche Tyrannei.

Soll eine Nation denn wegen hehrer Prinzipien auf Wohlstand und Expansion verzichten? Mitnichten! Wenn ein Herrscher einen weit entfernten Ort findet, wo die Menschen anders aussehen als er, und wenn er dann eine ausreichende Anzahl von ihnen umbringt, um die Überlebenden davon zu überzeugen, daß sie ihn mit ihrem Leben und ihrer Arbeitskraft unterstützen sollten, dann wird dieser Herrscher als großer Eroberer gefeiert, und die Menschen errichten ihm Denkmäler. Selbst die Waffen, die er gebraucht hat, werden in Ehren gehalten. Er wird in Stein verewigt mit dem geheiligten Werkzeug seiner Eroberung in der Hand. Wie Religion war Demokratie nie darauf angelegt, unsere Profite zu schmälern.

Würden die Briten Truppen in Frankreich stationieren und die Franzosen zwingen, für achtundvierzig Cents die Woche zu arbeiten, während sie selber alljährlich über eine Milliarde

Dollar aus Frankreich abzweigten, wären die Briten auf gut abendländische Manier empört. Aber im Grunde tut die britische Regierung im Namen der Demokratie in Indien nichts anderes. Die Briten werden nicht nur als große Reichsgründer gerühmt, sondern auch als Führungsmacht der Zivilisation. Und die gleichen Leute, die betonen, daß es edelmütig sei, für Freiheit und Demokratie zu sterben, schreien entsetzt auf, wenn sie von einer »Revolte« in Indien hören. Ja, sie schäumen förmlich vor Wut, wenn jemand auf die Inkonsequenz ihrer moralischen Maßstäbe hinweist. Das Leben, wie wir es kennen, ist demnach etwas ganz Großartiges. Das muß es sein, um so manches zu rechtfertigen.

Ich will England gar nicht als denkwürdigen Sonderfall hinstellen. Auch wir haben unsere Marineinfanterie nach China geschickt. Auch wir betrachten Gewehrkugeln als gutes Heilmittel für Heiden, die sich vom schädlichen Virus der Eigenstaatlichkeit anstecken lassen. Wenn der Patient an der Behandlung stirbt, liegt es nicht daran, daß die Medizin nichts taugte. Da sind wir unserer Sache ganz sicher. Wir haben erlebt, daß sie bei anderen Patienten doppelt und dreifach gewirkt hat. Außerdem muß man dem Arzt, ungeachtet des Ergebnisses, zugute halten, daß er es immerhin versucht hat.

Die Tatsache, daß die Vereinigten Staaten die Übermacht der westlichen Welt sind, bringt Verpflichtungen mit sich. Der kleine lateinamerikanische Bruder an unserer Südgrenze war mitunter eine Spur lästig. Niemand bezweifelt, daß er ein guter Nachbar sein will. Wir wissen, daß er die besten Absichten hat. Nur leider ist er so übermütig und so auf Fiestas versessen, daß er dazu neigt, Vereinbarungen zu treffen, die nur ihm zugute kommen. Keine Spur Eigennutz im Leibe, versteht sich. Einfach zu rumbaselig. Und als der Größere haben wir die brüderliche Pflicht, ihm beizubringen, was richtig und was falsch ist. Er muß lernen, mit dem großen Bruder zu teilen, bevor der große Bruder kommt und ihm die Zähne einschlägt. Ein großer *guter* Nachbar ist eine feine Sache. Wir sind ein viel zu moralisches Volk, um zuzulassen, daß die Maßlosigkeit der Lateinamerikaner guten Werken abträglich ist.

Allerdings gibt es eine geographische Schranke für unsere Prinzipien. Sie dürfen die Vereinigten Staaten nicht verlassen, es sei denn, wir exportieren sie selber. Japans Anwendung unserer Prinzipien auf Asien kann gar nicht genügend beklagt werden. Da sind wir wie die Braut des Südstaatengutsbesitzers, als sie zum ersten Mal von ihm geküßt wurde.

»Liebling«, sorgte sie sich, »umarmen und küssen sich Nigger auch so?«

»Ich denke doch, Schatz. Ich bin sogar sicher. Warum fragst du?«

»Du gehst morgen früh gleich los und bringst sie bis zum letzten Mann um. So was ist zu schade für Nigger.«

Unsere Entrüstung ist mehr als gerechtfertigt. Wir Westler haben uns vor Jahrzehnten das Stück mit der Kanonenbootpolitik mit China ausgedacht. Nun ahmt uns Japan aufs schamloseste nach. Von uns stammt auch das Lied von der ganzen Hemisphäre, die man unter den Flügeln trägt. Jetzt singen die Einwohner Nippons überall in Asien unsere Songs. Sie platzen fast vor Lebenskraft, die sie irgendwo austoben müssen. Der einzige Haken dabei ist, daß sie uns unsere Hausapotheke abgeguckt haben. Sie sind mit den gleichen Stahl-Pillen und Kanonen-Kuren ausgestattet, die Doktor Okzident verordnet.

Mexiko, das liebe kleine Ding, steht auch schon die ganze Zeit auf der Krankenliste. Gangrän hatte die oberen Gliedmaßen befallen, und Amputation war die einzige Rettung des Patienten. Trotzdem kränkelte er noch lange, und gelegentlich mußten ihm innere Arzneien verabreicht werden. Der Arzt ist noch nicht sicher, daß alle Keime aus dem System beseitigt wurden, aber was soll der Arzt machen, wenn der Patient aus der Obhut des Krankenhauses flüchtet?

Aus Weitsicht und Großherzigkeit wurde kein Fall vernachlässigt. Die afrikanischen Stammesangehörigen wurden in letzter Minute vor spießigem Dünkel und Besitzdenken gerettet.

Wenn ich mir das alles ansehe, muß ich zu dem Schluß kommen, daß Demokratie ein wunderbares, aber viel zu wirkungsvolles Instrument ist, um es anderen als rein westlichen Händen anzuvertrauen. Die Menschen in Asien und Afrika sollen davon erfahren. Sie sollen bereit sein, für die Demokratie und für ihre Urheber zu sterben, aber selber praktizieren dürfen sie sie nicht.

Um mich her werden bittere Tränen vergossen über das Schicksal von Holland, Belgien, Frankreich und England. Ich muß gestehen, daß meine Augen eher trocken bleiben. Soviel ich höre, schaudert manch einer bei dem Gedanken, daß Deutschland in Holland Steuern eintreibt. Aber soviel ich gehört habe, sagt niemand ein Wort der Kritik gegen Holland, das der armen Bevölkerung Asiens ein Zwölftel ihres Lohns abnimmt. Hitlers Verbrechen liegen darin, daß er so etwas mit Seinesgleichen tut. Das ist internationaler Kannibalismus und sollte unterbunden werden. Er ist ein Bandit. Soviel ist gewiß, aber das ist es nicht, was man ihm vorhält. Er kommt wohl etablierten Gangsterbanden ins Gehege. Das sollte man ihm zugute halten. Er hat, weit weg in Afrika und Asien, ein paar Pfründen ausbaldowert, aber die großen Banden kassierten dort bereits Schutzgelder und rieten ihm, die Finger davon zu lassen. Seine einzige Chance, aus der Klasse der Kleinganoven aufzusteigen, besteht darin, sich die Beute unter den Nagel zu reißen, und genau das tut er.

Präsident Roosevelt sollte seine vier Freiheiten lieber ein paar Leuten hier bei uns in Amerika einräumen, bevor er alles ins Ausland schafft. Er würde es bestimmt tun, wenn es gleichviel Ruhm einbrächte. Ich sage das nicht aus Verbitterung, aber ich sehe, was ich sehe. Er kann Schimpfkanonaden über den Ozean schleudern, aber zu Hause fehlt ihm offenkundig der Mut, den Mund auch nur vorsichtig aufzumachen. Wenn man ihm den Ozean wegnähme, würde er schnell ganz klein werden. Ich wünschte, ich könnte etwas anderes sagen, aber das geht leider nicht. Ich werde für mein Land kämpfen, aber ich werde nicht um seinetwillen lügen. Unser Land ist so damit beschäftigt, den Hehler für die Gangster abzugeben, daß über den Preis an menschlichem Leid noch nicht nachgedacht wird. Das können wir in der nächsten Wirtschaftskrise nachholen.

Meiner Ansicht nach haben die Grundsätze der Demokratie mit den Bestrebungen der menschlichen Seele zu tun, aber bei der Ausübung geht es um materielle Dinge. Eine Hand in der Tasche eines anderen und eine am Schießeisen, und schon ist man hoch zivilisiert. Das Herz ist da, wo es hingehört – im Portemonnaie. Verlagert man es in die Brust, gilt man als rückständig. Wünscht man sich genug für den eigenen Bedarf, ist man ein Heide. Zivilisierte Leute haben Dinge, die sie vor den Nachbarn zur Schau stellen können.

Das soll nicht heißen, daß die dunkleren Rassen durchreisende Engel sind, die sich hier unten nur mal umsehen. Sie haben sich kein bißchen anders verhalten, sobald sie die Chance dazu hatten, und werden es bei der erstbesten Gelegenheit wieder tun. Aber ich fände es einfach erfreulich, wenn die Angelsachsen sich endlich die Vorstellung aus dem Kopf schlügen, daß jeder ihnen etwas schuldet, nur weil sie blond sind. Ich bin zu der Feststellung gezwungen, daß zwei Drittel von ihnen dieser Meinung sind. Der Gedanke der Versklavung von Menschen sitzt so tief, daß die Weißhäute nicht davon loskommen. Man hat soeben beschlossen, die Sklavenhütten in größerer Entfernung vom Herrenhaus aufzustellen. Es wäre schön, wenn der blonde Bruder am Ende seiner Amtszeit mit Stolz auf die Tatsache verweisen könnte, daß unter seiner Regierung Gruppenprofit auf Kosten anderer abgeschafft wurde. Ich weiß wohl, daß der Fall noch nie eingetreten ist, aber er könnte ja eintreten, oder nicht?

Allein die hundertjährige Anwesenheit der Angelsachsen in China ist Beweis genug für die Kehrseiten dieser Weltanschauung. Die Millionen Chinesen, die für unser Prestige und unseren Profit gestorben sind! Noch heute sterben sie dafür. Man mag das mit noch so vielen hochmütigen und wohlklingenden Phrasen rechtfertigen, dennoch sollten wir, wenn wir unsere Politik richtig finden, den Chinesen einmal gestatten, ein Kanonenboot den Hudson hinaufzuschicken, um den Handel mit uns anzukurbeln. Der Aufschrei der Empörung würde die Heiligen in den Hinterstuben des Himmels aufscheuchen. Und, schlimmer noch, wir tun nach wie vor, als könnten die sogenannten minderwertigen Völker nicht denken – beziehungsweise als spiele es, falls sie es doch können, keine Rolle. Als würde der Tag nie kommen, an dem man die Quittung für seine Untaten bekommt. Diese Leute mögen gegenwärtig keine guten Waffen haben, aber man kann ihnen nicht das Denken verbieten.

Ich zerbreche mir allerdings nicht den Kopf über die weiten Abstände zwischen Idealen und Praxis. Die Welt ist voller Widersprüche. Mir ist bewußt, daß Menschen dazu neigen, Wörter zu verwenden, lange bevor diese irgendeinen tieferen Sinn für sie gewonnen haben. Wir sind wie Kinder, die sich auf einer Wiese tummeln und etwas Rundes, Hartes zum Spielen finden. Es kann wunderschön sein und viel Vergnügen versprechen und gleichzeitig den Tod in sich tragen.

Jetzt noch zu etwas anderem. Viele Menschen haben mir zu spüren gegeben, daß ich ein Neger bin und daß ich arm bin. Warum habe ich mich dann nicht einer Protestpartei angeschlossen? Ich werde es Ihnen verraten. Nehmen wir die kommunistische Partei. Ich sehe viele gute Seiten an ihr. Man wäre ein Lügner und ein Dummkopf, wollte man behaupten, es sei nichts Gutes an ihr. Aber ich habe nicht viel Herdeninstinkt mitbekommen. Oder, wenn ich schon mit der Herde zu tun bekomme, dann will *ich* höchstpersönlich der Hirte sein. So bin ich nun mal beschaffen.

Ich kann mich nicht für Protestaktionen begeistern, deren Ziel es ist, daß der Boss mir eine bessere Hacke gibt, um seine Baumwollfelder zu hacken. Warum soll ich überhaupt Baumwollfelder hacken? Wozu eine Klasse von Menschen zum Baumwollehacken verdonnern? Ich werde mich keinem Protest anschließen, bei dem es darum geht, daß der Boss ein bißchen mehr Füllmaterial in die Unterlage auf meiner Schlafpritsche stopft. Ich will die Pritsche überhaupt nicht. Ich will das Bett des Herrn. Mir scheint, die Leute, die solche Ziele verkünden, sind derart mit europäischem Gedankengut gesättigt, daß ihnen völlig entgeht, worum es in Amerika geht. Die Menschen, die dieses Land gründeten, und die Einwanderer, die ihnen folgten, kamen her, um sich von Klassenunterschieden zu befreien und ihren ungeborenen Kindern die Konfrontation damit zu ersparen. Ich bin für vertikale, nicht für horizontale Bewegungsfreiheit. Wer es kann, soll aufsteigen, wer es nicht kann, soll auf der Ebene seiner Fähigkeiten bleiben. So funktioniert es von allein, daher die Redensart »Vom Hinterwäldler zum Hinterwäldler in drei Generationen«. Die Fähigen von ganz unten schnappen den Schwachen auf der obersten Sprosse immer die Leiter weg. So sollte es auch sein. Der Rücken eines toten Großvaters hat sich seit eh und je als schlechte Stütze erwiesen. Wenn jemand es nach oben schaffte und oben blieb, besaß er etwas mehr als einen glücklichen Vorfahr. Daher habe ich nichts davon, mich selber zum Kleinbauern zu ernennen und in den Hinterräumen Feste zu feiern. Ich will den Vorderteil des Hauses und werde mich weiter darum bemühen, auch wenn mein Vorhaben nie in Erfüllung geht.

Wenn man mir sagt, ein ganzes System müsse umgewälzt werden, damit ich gewinnen kann, bedeutet das doch, wie mir scheint, daß ich gar nicht am Spiel teilnehmen kann, daß erst bessere Regeln gemacht werden müssen, die mir eine Chance geben. Das lehne ich ab. Wenn andere mitspielen, sollen sie mir ein Blatt austeilen, und dann sehe ich zu, was ich draus machen kann, obwohl ich weiß, daß manche die unterste Karte geben und auch sonst auf Teufel komm raus mogeln. Wenn ich in einem solchen Spiel überhaupt irgend etwas gewinnen kann, dann ergattere ich zu guter Letzt, wenn es mir gelingt, die Haie zu verjagen, bestimmt den Einsatz. Wie die Neger im Süden sagen: »Zusammen mit meinen Gebeten bin ich unschlagbar.« Und sie meinen kein demütiges Flehen, wenn sie das sagen. Ich habe keine Lust, mich mit dem Bohren von dikken Brettern abzumühen. Wenn die Führer der Linken meinen, nur Gewalt könne die Dinge ins Lot bringen, dann sehe ich keinen Sinn darin, den Kampf mit den Fingernägeln zu führen. Warum nicht entschiedener auftreten? Wenn schon, denn schon. Ausprobieren, wie es sich anfühlt, wenn das Zwerghuhn auf das Maultier springt. Töten und dafür ins Gefängnis gehen. Ich bin weder blutdürstig, noch verlangt es mich nach Kampf, aber wenn es stimmt, daß dieser Umsturz notwendig ist, warum ihn nicht weltweit führen? Viele würden mitmachen, allein wegen des dramatischen Geschehens und ganz ohne Hintergedanken.

Ich will nicht behaupten, daß meine Gedankengänge zu irgendeinem Thema universelle Gültigkeit besitzen, aber ich habe sehr vielfältige Erfahrungen gemacht, schöne und bittere, und für mich sind sie in Ordnung. Ich habe gesehen und gehört. Ich habe über das Verhalten von anderen zu Gericht gesessen, und in der lautlosen Stille der Nacht habe ich auch über mich selber Gericht gehalten. Leider war mir dabei nicht immer die Freude vergönnt, im Spiegel meiner Seele ein leuchtendes Abbild der Würde und der Weisheit zu finden. Ich habe mir selber mehr Qualen bereitet, als irgend jemand anders mir je antun konnte. Niemand anders kann einem den Schmerz des eigenen Treuebruchs zufügen. Mitunter überkam mich die vernichtende Einsicht, daß ich ein unentwirrbares Gemisch aus Schwindel und Aufrichtigkeit, aus Flitter und echtem Metall bin. Der Firlefanz in mir hat meinen übrigen Teilen viel Kummer bereitet.

Andererseits habe ich mir die Freude von Sonnenaufgängen gegönnt, die aus Ozeanen erblühten, und von Sonnenuntergängen, die Wolkentürme in Farbe tauchten. Mit einer Wolkenkrone um den Kopf und zuckenden Blitzen zwischen den Fingern bin ich durch Stürme gegangen. Die Götter der oberen Lüfte haben meinen Augen ihr Antlitz gezeigt. Ich habe herausgefunden, daß mein wahres Zuhause im Wasser liegt, daß die Erde nur meine Stiefmutter ist. Der Sonnenball, mein alter Herr, hat mich aus dem Meer gezeugt.

Wie alle Sterblichen wurde ich vom Meißel in der Hand des Zufalls geformt, hier geschwellt von einem Gefühl des Triumphs, dort vom Druck des Versagens und vom Bewußtsein der Nichtswürdigkeit eingefallen. Aber es ist mir gegeben, mit dem Leben zu ringen und die Angst vor dem Tod zu besiegen. Bei meinem Umgang mit der Welt lernte ich den Gleichmut der Sonne angesichts menschlicher Gefühle kennen. Ich weiß, daß Zerstörung und Werden nur die zwei Gesichter der Dame Natur sind und daß es sie kalt läßt, wenn ich aus ihren unerschütterlichen Gesetzen eine persönliche Tragödie mache.

Daher verlange ich wenig von ihr. Möge es mir vergönnt sein, Gutes nie bewußt und Schlechtes nie unbewußt zu tun, von meiner Schlechtigkeit zu wissen, bevor ich handle, und von meiner Güte, wann es der Natur beliebt. Mögen mir ein redlicher Geist und ein rechtzeitiger Tod beschieden sein.

Obwohl ich noch weit unter der zugebilligten Zeitspanne liege, fühle ich dennoch, daß ich gelebt habe. Ich habe die Freude und den Schmerz tiefer Freundschaften erlebt. Ich habe gegeben, und mir ist gegeben worden. Ich habe mir Feinde gemacht, deren ich mich nicht schäme. Ich bin untreu gewesen und dann wieder treu und standhaft, bis mir das Blut in die Schuhe rann. Ich habe selbstlos und mit der ganzen Inbrunst eines starken Herzens geliebt und mit der ganzen Kraft meiner

Seele gehaßt. Was birgt die Zukunft für mich? Ich weiß es nicht. Ich habe nicht die leiseste Ahnung, und darüber bin ich froh. Aber ich habe bereits die vier Enden des Horizonts berührt. Nach angestrengter Suche scheint mir, daß Tränen und Lachen, Liebe und Haß die Summe des Lebens sind.

Nachwort

Es gibt einen seltsamen, bisweilen traurigen, oft schönen Drang in Folklore, Lyrik und Literatur des schwarzen Amerikas. Es ist, grob gesagt, der Impuls, Geschichte zu erzählen... die eigene Geschichte... so, wie man sie von klein auf erfahren, wie man sie gelebt hat, sogar so, wie man sie gestorben ist.

Von 1619, als die ersten neunzehn Afrikaner in Jamestown, Virginia, an Land gebracht wurden, bis zur einfältigen Fernsehserie unter Schwarzen unserer Tage hat es unzählige weiße Schriftsteller gegeben, die sich nicht nur für fähig hielten, sondern geradezu für berufen, »die Geschichte des schwarzen Mannes« aufzuzeichnen.

Es ist verblüffend, wie viele zwar gebildete, doch in diesem Punkt ganz oder beinahe ahnungslose Menschen im Glauben waren und bis heute sind, daß sie, auch wenn sie das Stöhnen, das Jammern und das Seufzen ihrer schwarzen Zeitgenossen niemals selbst hervorbringen könnten, diese Laute doch erklären, ja sogar sagen könnten, welche Wünsche und Sehnsüchte dahintersteckten. Oft genug hat sich gegen diese so leichtfertig gezeichneten Porträts unter den schwarzen Amerikanern Widerspruch geregt.

Langston Hughes verleiht dem Protest in seinem Gedicht »Note on Commercial Theatre« Ausdruck:

Ihr habt mir den Blues gestohlen –
Ihr singt ihn am Broadway
... Und ihr habt ihn verfremdet,
Daß er nicht nach mir klingt.
Ja, ihr habt mir meinen Blues gestohlen

Und ihr habt mir meine Spirituals gestohlen
... Aber eines Tages wird einer
Aufstehen und über mich sprechen
Und über mich schreiben –
Schwarz und schön –
Und über mich singen
Und Stücke über mich spielen!
Ich glaube, das werde ich sein,
Ich selbst!

Ja, das bin ich selbst.

Zora Neale Hurston wollte in *Ich mag mich, wenn ich lache* ihre eigene Sicht des Lebens aufzeichnen. An ihren Bildern spürt man rasch, daß die Verfasserin dazu geboren war, hinaus unter die Menschen zu gehen, eine Vielzahl von Geschichten in sich aufzunehmen und sie dann wiederzuerzählen. Ihre forschende Neugier führte sie durch den tiefen amerikanischen Süden, wo sie die Stimmungen und Sprache ihres Volkes sammelte, wie ein fleißiger Farmer die Eier einsammelt. Als sie zu schreiben begann, setzte sie all diese Eindrücke um, beschrieb die Menschen, die ihr begegnet waren, und die Abenteuer, die sie erlebt hatte. Man braucht nur ein paar Seiten Hurston zu lesen, dann weiß man, wie dramatisch ihr Leben gewesen sein muß, und man kann sich vorstellen, daß sie eine Frau war, die immer auf die Füße fiel. In *Ich mag mich, wenn ich lache* lesen wir davon, wie eine Muttersau mit Ferkel der kleinen Zora das Laufen beibrachte. Angelockt von dem Brot, das Zora in der Hand hatte, kam das Schwein grunzend auf sie zu, und die Kleine, die noch nie einen Schritt getan hatte, sah, daß es Zeit war, die Weigerung aufzugeben. Sie stand nicht nur auf, sondern hangelte sogar an einem Stuhl entlang, so daß das neugierige Borstenvieh ihr nichts mehr anhaben konnte.

Die muntere, pragmatische Art, die sich schon in so jungen Jahren zeigte, sollte Hurston fast ihr Leben lang erhalten bleiben. Das war der Impuls für sie, Geschichte immer wieder neu in Worte zu fassen. Ihre Romane und Folkloreerzählungen flirren nur so von Tragik, Humor und der echten Musik der schwarzamerikanischen Sprache. In einem Brief schrieb sie, sie wolle »einen Negerprediger zeigen, der weder lächerlich sein soll noch ein nachgemachter puritanischer Besenstiel ohne Talar. Ich will einfach den Menschen und Dichter zeigen, der er sein muß, wenn er auf einer Negerkanzel Erfolg haben will.« Und so erzählte denn ihr erster, 1934 erschienener Roman *Jonah's Gourd Vine* auch unverhohlen die Geschichte ihres Vaters John Hurston, der Häuser bauen konnte, Bäume umstürzen, bei Prügeleien Sieger bleiben, der Frauen liebte und das Blaue vom Himmel predigte.

Hurston kam in Eatonville, Florida, zur Welt, der einzigen rein schwarzen Stadt in Amerika. Ihr Vater, mit dem sie selten auch nur eine Stunde ohne Streit zusammenleben konnte, war Stadtrat gewesen, dreifacher Bürgermeister und hatte Ende des 19. Jahrhunderts viele der Stadtgesetze verfaßt, die heute noch gelten.

In dieser Autobiographie beschreibt Hurston sich als kluge, hartnäckige, streitlustige Frau. Die Lebensgeschichte, die sie erzählt, hätte niemals überzeugend von einem Nichtschwarzen erzählt werden können, und selbst von ihrer eigenen Hand und in ihren eigenen Worten bleiben immer noch genügend Widersprüche, Ungereimtheiten und Unglaubwürdigkeiten, um selbst den wohlwollendsten Betrachter zu verwirren.

Ihre Mutter, für die sie zwar Mitgefühl, aber offenbar nicht allzuviel Liebe empfand, starb, als Zora neun Jahre alt war. Der Vater heiratete wieder, und die Feindseligkeit zwischen beiden wurde durch die Gegenwart und das Betragen der störrischen und bösartigen Stiefmutter nur um so schlimmer. Das erste Mal, daß Hurston die Kräfte entdeckte, die in ihr schlummerten, geschah auf Kosten der Frau ihres Vaters.

> Das Untier in mir erwachte schlagartig zum Leben. Ha! Das war Wasser auf meine Mühle. Kämpfen! Nicht mehr erdulden müssen, was sie uns durch Papa antat! Endlich handeln und alles selber in die Hand nehmen. Ich sah sie durchdringend an. Und, wie es sich für einen ordentlichen Feind gehört, vermischten sich ihr Aussehen, ihre Gerüche und ihre Geräusche mit ihren Taten und ließen sie um so strafwürdiger erscheinen. Die in sechs Jahren angestauten Gefühle setzten mich unter Druck wie angestauter Dampf ein Ventil. Ich hatte keine

> nennenswerten Gedanken, nur das grimmige Verlangen, ihr Fleisch in die Finger zu kriegen … So ging ich in den Kampf, und so focht ich ihn aus …

Dies seltsame Buch entstand in den Jahren 1940 und 1941, beschäftigt sich jedoch größtenteils mit dem Anfang des 20. Jahrhunderts. Hurston gab als ihr Geburtsjahr 1901 an, doch läßt sich nachweisen, daß sie ein Jahrzehnt früher zur Welt kam; sie muß also die Rassenverfolgungen und andere Greueltaten jener Zeit miterlebt haben. Doch in *Ich mag mich, wenn ich lache* ist nicht ein einziger Rassenkonflikt beschrieben. In der Südstaatenluft, in der sie groß wurde, knisterten mit Sicherheit die Flammen der Hütten, die der Ku-Klux-Klan anzündete, doch in ihrem Buch beschreibt Hurston nicht einen einzigen Vorfall dieser Art.

Daß sie die wohlbekannten Tatsachen schweigend übergeht, wirft eine Reihe von Fragen auf: Warum hat Hurston *Ich mag mich, wenn ich lache* geschrieben? Wes' Lied sang sie? Und wer sollte zuhören? Erzählt dieses Buch eine Geschichte oder eine Reihe von Geschichten, die einem weißen Publikum gefallen sollten? Will Hurston sich wirklich als Dornröschen zeigen, das schon beim kleinsten Kuß eines weißen Prinzen zu seiner ganzen Pracht erwachen wird?

Tatsächlich legt das Buch nahe, daß die freundlichsten Menschen, die sie in ihrer Jugend kannte, Weiße waren, die ihr Gutes taten. Es war ein Weißer, der ihre Mutter in den Wehen fand und half, Zora auf die Welt zu bringen, und der das Kind später auch unter seine Fittiche nahm. Hurston erinnert sich, wie der gutmütige, brummige alte Mann mit dem achtjährigen schwarzen Mädchen zum Fischen ging und ihr Ratschläge für das Leben gab, die klangen, als sei Shakespeares Polonius bei William Faulkner wiedererstanden.

> Er nannte mich *Snidlits*, weil er fand, daß Zora ein lausiger Name sei für ein Kind.
>
> »Snidlits, werd nie ein Nigger*«, sagte er immer wieder

* Hurstons eigene Fußnote: »Das Wort ›Nigger‹ hat in diesem Zusammenhang nichts mit der Rasse zu tun. Es bezeichnet eine schwache, verachtenswerte Person gleich welcher Rasse.«

> zu mir. »Nigger lügen wie gedruckt! Immer wenn du Leute beim Lügen ertappst, haben sie Schiß vor irgendwas. Wer lügt, ist feige. Leute mit Mumm in den Knochen lügen nich. Sie sagen die Wahrheit, und wenn's sein muß, prügeln sie sich dafür. Wenn du lügst, gibst du dir ne Blöße. Der andre weiß sofort, du hast Schiß vor ihm, und dann fackelter nich lange mit dir. Aber wenner dir nix antun tut, dann kuckter von da bloß noch auf dich runter. Die Wahrheit sagen isn Zeichen von Mut. Ich will, daß du dir mit der Zeit Mumm zulegst. Ich will nie zu hören kriegen, daß du gelogen hast. Du kommst prima klar, wenn du machst, was ich dir sag. Dir kann keiner, wenn du nie Schiß kriegst.«

Eine solche Weisheit bekamen nicht viele schwarze Mädchen im Süden mit auf den Weg – und Jungs ebensowenig. Ja, nur die wenigsten in den Südstaaten, ganz gleich welcher Rasse und welchen Geschlechts, hätten überhaupt verstanden, daß der alte Mann etwas anderes sagen wollte als »sei keine Schwarze, wenn du es irgend vermeiden kannst; zu deinem eigenen Nutzen und zum Wohl der ganzen Gemeinschaft: Sei weiß, oder benimm dich wenigstens so.«

Zwei weiße Frauen, die Hurston als liebenswürdige Schönheiten beschreibt, schenkten ihr Süßigkeiten, Kleider und Bücher. Sie sagt über sie:

> Sie hatten glänzende, überwiegend bräunliche Haare. Die eine hatte eine lange Goldkette um den Hals geschlungen. Die andere war ganz in Schwarz und Weiß gekleidet und trug einen hübschen Fingerring an der linken Hand. Was meine Augen aber vollends in Bann zog, waren ihre Finger. Sie waren lang und dünn und sehr weiß, außer an den Fingerspitzen. Dort waren sie babyrosa. Solche Finger hatte ich noch nie gesehen. Eine faszinierende Entdeckung für mich. Ich hätte gerne gewußt, wie sie sich anfühlten …
>
> Als erstes boten mir die Damen wunderliche Dinge wie gefüllte Datteln und kandierten Ingwer an und ermunterten mich, davon zu essen, soviel ich wollte. Dann

> zeigten sie mir ihre japanischen Puppen und plauderten fröhlich drauf- los …

Ist es denkbar, daß Hurston, die ihr ganzes Leben lang so mutig und eigensinnig gewesen war, hier die Tradition fortführt, die sie 1925 mit *Spunk* begonnen hatte? War es als Tadel für eine bestimmte Art von Schwarzen gedacht, die sie ihrer Meinung nach mißachtet und verspottet hatten? Der Kritiker des *New Yorker* sah in der Autobiographie jedenfalls »ein freundliches, geistreiches, phantasievolles, lohnendes und sympathisches Buch einer Autorin, die zu unseren wenigen wirklich guten Folkloreschriftstellern gehört«.

Man spürt in diesem Buch bei allem Erfolg, den es bei dieser Art von Publikum hatte, eine merkwürdige Distanziertheit. Daß die Sprache den richtigen Ton hat und die Dialoge authentisch sind, steht außer Frage, doch die Autorin steht zwischen Inhalt und Leser. Es ist schwierig, wenn nicht sogar unmöglich, zur echten Zora Neale Hurston durchzudringen. In seiner Einführung zur Ausgabe von 1971 von *Ich mag mich, wenn ich lache* schrieb Larry Neal: »Bisweilen klang sie ausgesprochen nationalistisch. Dann hörte man wieder Äußerungen von ihr, die dem Kampf um die Befreiung der Schwarzen abträglich waren, reaktionär sogar.«

Es gibt unter Schwarzen ein Sprichwort: »Wenn dich jemand fragt, wohin du gehst, dann erzähle ihm, wo du gewesen bist. Dann belügst du ihn nicht, noch verrätst du ihm deine Geheimnisse.« Hurston hat sich einmal die »Queen of the Niggerati« (Königin der Negerliteraten) genannt, und sie sagte auch von sich: »Ich mag mich, wenn ich lache.« Und so ist *Ich mag mich, wenn ich lache* denn auch mit königlichem Humor und gebieterischer Kraft verfaßt. Es ist die Kraft der Kreativität, und daß Zora Neale Hurston von ihr beseelt war, steht außer Frage.

Maya Angelou
Aus dem Amerikanischen von Frieda Ellman

Zora Neale Hurston: »Für eine schwarze Sprache«

I.

Der Reverend Harry Middleton Hyatt, ein Geistlicher der Episkopalkirche, dessen fünfbändiger Klassiker *Hoodoo, Conjuration, Witchcraft, and Rootwork* die vierzig Jahre Forschung, die darinstecken, mehr als nur wert ist, fragte mich einmal bei einem Interview im Jahre 1977, was denn aus einer anderen, seinerzeit von ihm bewunderten exzentrischen Folkloristin geworden sei. »Ich habe sie in den dreißiger Jahren bei meinen Feldforschungen kennengelernt. Ich glaube«, fügte er nach kurzem Überlegen hinzu, »mit Vornamen hieß sie Zora.« Es war eine unschuldige Frage, und man konnte sie ihm bei der Vielzahl an wirren und oft widersprüchlichen Gerüchten nicht verdenken, die um den Namen Zora Neale Hurston eine Legende gewoben haben, nicht minder kurios und nicht minder undurchdringlich als die Mythen der Schwarzen, für deren Bewahrung sie in ihren klassischen anthropologischen Werken *Mules and Men* und *Tell My Horse* und in ihren literarischen Arbeiten so viel getan hat.

Zora Neale Hurston, die am Barnard College unter Franz Boas studiert hatte, veröffentlichte in der Zeit zwischen der Harlem Renaissance und dem Ende des Koreakrieges sieben Bücher – vier Romane, zwei Folkloresammlungen und die Autobiographie – und über fünfzig kürzere Arbeiten und war zu dieser Zeit die angesehenste schwarze Schriftstellerin der Vereinigten Staaten. Das jähe Ende dieser Karriere erklärt sich aus ihren politischen Überzeugungen, zu denen sie sich mutig bekannte, und nicht aus einem Nachlassen ihrer künstlerischen Kräfte. Von den frühen fünfziger Jahren an fand sie kaum noch Beachtung, nicht einmal in der Black-Arts-Bewegung, jener turbulenten Zeit in den Sechzigern, als Bild und Mythos der Schwarzen mit solchem Elan geprägt und so viele ältere schwarze Autoren der Vergessenheit entrissen wurden. Für solche Bewegungen ließ sich Hurston, eine zwar durchaus harmonische, doch stets problematische Vereinigung von Gegensätzen, nicht vereinnahmen. Sie ist von einer Komplexität, der sich kein simples Etikett anhängen läßt, sei es nun »radikal« oder »konservativ«, »schwarz« oder »Neger«, »Revolutionärin« oder »Onkel Tom« – Kategorien, die in der Literaturkritik ohnehin nicht von großem Nutzen sind. Dieselbe Komplexität prägt auch ihre Werke, und das ist der Grund dafür, daß sich, bevor Alice Walker 1975 in der Zeitschrift *Ms.* ihren grundlegenden Essay »In Search of Zora Neale Hurston« publizierte, Hurstons Name in der Geschichte der schwarzamerikanischen Literatur bestenfalls am Rande findet.

Die Neubewertung afro-amerikanischer Schriftsteller dreht sich meistens um grundsätzlichere politische Fragen, als deren bloßes Echo die literarischen Werke gelten. Das durch und durch Befriedigende an der Wiederentdeckung Zora Neale Hurstons ist hingegen, daß schwarze Frauen diese Bewegung mit der erklärten Absicht in Gang brachten, der mütterlichen Linie ihres literarischen Erbes zum gebührenden Ansehen zu verhelfen. In ihrem mitreißenden Aufsatz erzählt Alice Walker von ihrer Suche nach Hurstons von keinem Grabstein markierten Grab im Garden of Heavenly Rest, einem Friedhof für Schwarze in Fort Pierce, Florida. Hurston wurde zum Inbegriff für die Suche der schwarzen Schriftstellerin nach einer Tradition. Die Arbeiten von Alice Walker, Gayl Jones, Gloria Naylor und Toni Cade Bambara zeigen, wenn auch jede auf ihre ganz eigene Weise, eine starke Verwandtschaft mit Hurstons Werk. Daß diese Autorinnen Hurston lesen, läßt sich auch als Zeichen nehmen, daß die schwarzamerikanische Literatur eine neue Entwicklungsstufe erreicht hat: Sie lesen sie nicht nur der Geistesverwandtschaft, sondern auch der schwarzen Umgangssprache und Rituale wegen, mit denen Hurston subtil und differenziert vermittelt, wie schwarze Frauen zu ihrem eigenen Bewußtsein finden, einem Bewußtsein, das anderer schwarzer Literatur so offensichtlich fehlt. Diese Verwendung der Umgangssprache wurde zum Grundmuster aller (bis auf einen) ihrer Romane und ist besonders effektvoll in ihrem 1937 erschienenen Meisterwerk *Their Eyes were Watching God (Und ihre Augen schauten Gott)* eingesetzt, einem Buch, das mehr mit Henry James' *Bildnis einer Dame* und Jean Toomers *Cane* gemeinsam hat als mit den in der Depression so populären proletarischen Werken von Langston Hughes und Richard Wright.

Und ihre Augen... ist ein lyrischer Roman, in dem wir mitverfolgen können, wie die Heldin Janie Crawford zu einer eigenen Vorstellungswelt findet. Das Streben ihrer ersten beiden Ehemänner nach immer größerem Landbesitz (und der Ausstaffierung mit den äußeren Zeichen des neuen Wohlstands) geht mit der Unterdrückung des eigenen Bewußtseins ihrer Frau einher. Erst beim dritten und letzten Liebhaber, einem Tunichtgut namens Tea Cake, der mit seinen unberechenbaren Launen die Sümpfe von Florida unsicher macht, blüht Janie schließlich auf, genau wie der große Birnbaum, der neben der winzigen Blockhütte ihrer Großmutter steht.

Um uns Janies Verwandlung vom Objekt zum Subjekt vor Augen zu führen, wechselt die Perspektive des Romans von der ersten zu einer Mischung aus erster und dritter Person (»erlebte Rede«), zum Zeichen, daß Janie sich nun ihrer selbst bewußt ist. *Und ihre Augen ...* ist ein kompromißlos feministischer Roman, der erste in der afroamerikanischen Tradition, der sich ausdrücklich dazu bekennt. Doch in der Thematik, dem Streben danach, eine eigene Stimme zu finden, in der Sprache, die Schmerz zufügen wie auch ein Mittel der Befreiung, der Ichfindung und Stärke sein kann, klingen viele Themen an, die Hurstons Œuvre insgesamt bestimmen.

II.

Zu den ergreifendsten Passagen der gesamten amerikanischen Literatur zählt Zora Neale Hurstons Bericht über die letzte Begegnung mit ihrer sterbenden Mutter, in einem Kapitel mit dem Titel »Wanderschaft« ihrer Autobiographie *Ich mag mich, wenn ich lache* (*Dust Tracks on a Road,* 1942):

> Als ich mich ins Zimmer drängte, hoben sie gerade das Bett hoch und stellten es so auf, daß Mamas Augen nach Osten blickten. Während das Kopfende herumgedreht

> wurde, war mir, als schaute sie zu mir. Ihr Mund war leicht geöffnet, aber es kostete sie so viel Kraft zu atmen, daß sie nicht sprechen konnte. Mir schien, als wollten ihre Augen mir sagen, daß ich für sie sprechen solle. Sie war auf meine Stimme angewiesen.

Allmählich begreifen wir die Distanz der Sprache, die Hurston von ihren Zeitgenossen trennte, wenn wir diese Passage mit einer ähnlichen Szene vergleichen, die nur drei Jahre später in *Black Boy: Bericht einer Kindheit* von Richard Wright beschrieben wird, Hurstons erfolgreichstem männlichen schwarzen Zeitgenossen und Rivalen: »Einmal rief meine Mutter mich nachts zu sich ans Bett. Sie könne die Schmerzen nicht mehr ertragen, sagte sie, sie wolle sterben. Ich nahm sie bei der Hand, ich bat sie, so etwas nicht zu sagen. Von jener Nacht an empfand ich nichts mehr für meine Mutter; meine Gefühle waren wie erfroren.« Hurston beschreibt die letzten gemeinsamen Augenblicke mit ihrer Mutter als die Suche nach einer Stimme, Wright hingegen erfährt eine gewisse »Düsternis des Geistes, die ich nie wieder abstreifen sollte« und die »in meinem Denken bald zu einem Symbol wurde, das die Armut, die Ignoranz, die Hilflosigkeit um sich versammelte...« Wenige Autoren innerhalb der schwarzen Tradition haben so wenig miteinander gemein wie Zora Neale Hurston und Richard Wright. Wright hielt seinen Rang als führender schwarzer Schriftsteller des Landes die gesamten vierziger Jahre hindurch; Hurstons Ansehen erreichte hingegen 1943, als die *Saturday Review* den Erfolg von *Ich mag mich*... mit einer Titelgeschichte ehrte, seinen Höhepunkt. Sieben Jahre darauf arbeitete Hurston als Dienstmädchen in Rivo Alto, Florida; nach weiteren zehn Jahren starb sie in einem Wohlfahrtsheim in Fort Pierce in Florida.

Wie konnte eine Schriftstellerin, die zwei Guggenheim-Stipendien erhalten hatte, die vier Romane, ein Dutzend Kurzgeschichten, zwei Musicals, zwei Bücher über die Mythologie der Schwarzen, Dutzende von Essays und eine preisgekrönte Autobiographie geschrieben hatte, volle drei Jahrzehnte lang so vollkommen aus den Augen der Leserschaft »verschwinden«? Es gibt auf diese Frage keine einfache Antwort, auch wenn eine ganze Schar von Gelehrten sich um die Lösung dieses Rätsels bemüht hat. Fest steht jedoch, daß die Begeisterung, mit der Hurstons Werk heute in einem weiten Leserkreis Aufnahme findet, von etlichen einflußreichen, männlichen schwarzen Zeitgenossen nicht geteilt wurde. Die Gründe dafür sind komplex und haben großteils mit dem zu tun, was man die Ideologie der Rassendebatte nennen könnte.

Hurston war mit der Vorstellung großgeworden – vielleicht die eine Vorstellung, die mehr als alle anderen den Sittenroman der Harlem Renaissance, den sozialen Realismus der dreißiger Jahre und die kulturelle Emanzipation der Black-Arts-Bewegung verbindet –, daß der Rassismus die Schwarzen zu einem bloßen Ding herabgewürdigt hatte, zu einer schieren Reaktion auf die allgegenwärtige Unterdrückung ihrer Rasse, deren Kultur »verarmt« war, wo sie sich von der offiziellen unterschied, Zeichen einer im Grunde »pathologischen« schwarzen Psyche. Der Schriftsteller und Sozialkritiker Albert Murray spricht vom »Social Science Fiction Monster«, dem monströsen Phantasieprodukt der Sozialwissenschaften. Sozialisten, Separatisten, Bürgerrechtler hat dieses Ungeheuer schon ohne Ansehen der Person verschlungen.

Für Hurston war all das eine Beleidigung, eine Falle für die Schwarzen, und sie wehrte sich nach Kräften dagegen. Für ihre Begriffe war es die Haltung von »weinerlichen Negern, die glauben, die Natur hätte ihnen immer nur die schlechten Karten ausgeteilt«. Anders als Hughes und Wright wollte Hurston sich nicht auf dieses »falsche Zerrbild« einlassen. Freiheit, schrieb sie in *Moses, Man of the Mountain*, »war etwas Inneres. ... Er mußte seine Emanzipation in sich selbst erschaffen.« Ihren ersten Roman erklärte sie zum Manifest gegen die »Arroganz« der Weißen, die glauben, daß »das Leben eines Schwarzen nur Defensive ist, nur Reaktion auf die weiße Aktion«. Mit solchen Ansichten machte man sich nicht beliebt.

Das, was wir Hurstons mythischen Realismus nennen könnten, üppig und dicht, erfüllt von lyrischem schwarzem Idiom, schien den Vertretern eines sozialen oder kritischen Realismus politisch rückwärtsgewandt. Wenn man sich vorstellt, daß Wright, Ellison, Brown und Hurston miteinander im Kampf um die angemessene Darstellung des Schwarzen in der Literatur lagen, dann war es ein Kampf, den Hurston eindeutig verlor.

Aber sie verlor nur eine Schlacht, nicht den Krieg.

Fast drei Jahrzehnte lang waren Hurston und ihre Art, einen schwarzen Roman zu schreiben, zum Schweigen gebracht, doch seither haben wir die phänomenale Rückkehr der Unterdrückten erlebt. Denn Zora Neale Hurston ist »wiederentdeckt« worden, auf eine für die schwarze Tradition bisher beispiellose Art: Eine ganze Reihe von schwarzen Schriftstellerinnen, darunter einige führende literarische Persönlichkeiten des heutigen Amerikas, haben ganz offen Hurstons Werk als Quelle für ihre erzählerischen Techniken genommen, die sie aufgreifen, nachahmen und weiterentwickeln: ein Band, das die Texte zwischen ihr und ihnen knüpfen. Als Antwort auf Wrights Kritik hatte Hurston verkündet, daß sie endlich einen schwarzen Roman schreiben wolle »und keine soziologische Abhandlung«. Derselbe Drang ist in Toni Morrisons *Solomons Lied* und *Menschenkind* zu spüren und in Walkers Wort von Hurston als bestem Beispiel für ein »gesundes Verhältnis zur eigenen Rasse – die Überzeugung, daß Schwarze vollständige, komplexe, *nicht minder wertvolle* Individuen sind, eine Überzeugung, die man bei so vielem, was von Schwarzen geschrieben wird, vermißt«. In einer Tradition, in der männliche Autoren ihre Wurzeln in der schwarzen Literatur entschieden leugnen, ist das eine wichtige Entwicklung, in deren Verlauf der Begriff der Tradition selbst eine neue Deutung erfährt: Zora und ihre Töchter sind eine Tradition-in-der-Tradition, die Stimme der schwarzen Frauen.

Daß Hurstons Werk vom Publikum und an den Universitäten nun wieder gelesen wird, zeigt, daß sie gleich dreifach in den Kanon eingegangen ist, in die schwarze, die amerikanische und die feministische Literatur. In der Wissenschaft haben Akademiker jeglicher Couleur für jeden Anlaß den richtigen Text bei ihr gefunden. Mehr Menschen haben seit 1975 Hurstons Werke gelesen als zwischen der Veröffentlichung ihres ersten Romans im Jahr 1934 und 1975.

III.

Wenn ich Hurston wiederlese, bin ich jedesmal überrascht von der Dichte der genau beobachteten Erfahrungen, die sie in ihre kunstvollen Bilder kleidet. Dieser Sinn für die darstellerischen Möglichkeiten der schwarzen Sprache, für das, was ein Protagonist in *Mules and Men* das »Geheimnis der Wörter« nennt, »wie in der Bibel ... das, was innen in den Wörtern steckt«, verbindet Hurstons anthropologische Arbeiten mit ihrem erzählerischen Werk. Denn aus der Folklore, die Hurston in ihrer Studienzeit unter Franz Boas am Barnard College mit solcher Sorgfalt sammelte, wurden Metaphern, Allegorien, Szenen in ihren Romanen, die überkommenen, immer wiederkehrenden kanonischen Metaphern der schwarzen Kultur. Von Anfang an ist Hurston eher Romanschriftstellerin als Sozialwissenschaftlerin gewesen, und auch bei ihren Feldforschungen drehte sich alles um die Phantasie, die diesen Leben eine solche Fülle und eine solche Pracht verleiht. Doch erst im Roman kommt Hurstons Verwendung des schwarzen Idioms wirklich zur Blüte. In *Jonah's Gourd Vine* zum Beispiel, ihrem ersten Roman, ist der Wanderprediger John, um Robert Hemenway zu zitieren, »ein Dichter, der seiner Welt die Gnade der Sprache schenkt, doch keine Sprache findet, mit der er seine eigene Gnade erlangen könnte«. Dieser Sinn für die Sprache und die »natürlichen« Dichter, die »den urtümlichen Glanz von Lied und Wort mitten hinein in das Lager der Spötter tragen«, ist nicht nur das Verbindende zwischen den beiden Tätigkeitsbereichen Hurstons, sondern sorgt auch dafür, daß der »Augenblick der Sprache in der Schwebe« die Aufmerksamkeit bekommt, die er verdient. Stets bezieht Hurstons Werk seine Stärke aus dem Text, nicht dem Kontext, wie es auch an Johns Predigt auf dem Höhepunkt des Romans augenfällig wird, einer Tour de force aus Bildern und Metaphern der schwarzen Sprache. Bilder und Metaphern bestimmen Johns Welt; seine Unfähigkeit, sein eigenes Tun und Denken zu deuten, wird ihm am Ende zum Verhängnis. »Solche Passagen«, faßt Hurstons Biograph Robert Hemenway zusammen, »verbinden sich nach und nach zu einer Theorie der Sprache und des Verhaltens.«

Sie nimmt das »Vergrößerungsglas der Anthropologie« und präsentiert eher, als daß sie moralisiert, zeigt in ihrem Werk eher, als daß sie erzählt, so daß »Verhalten und Kunst beide offenkundig werden, je mehr erzählter Text und je mehr Hoodoo-Rituale sich im Laufe der Lektüre versammeln«. Als Autorin ist sie »eine Hebamme, die bei der Geburt eines Geschöpfs der Folklore assistiert, … der ersten staunenden Begegnung mit dem Gesetz der Natur«. Die Mythen, die sie mit solcher Genauigkeit beschreibt, sind im Grunde »alternative Arten, die Wirklichkeit wahrzunehmen«, und niemals einfach nur gefällige Beschreibung des Kuriosen. Für Hurston ist zum Beispiel das »Zwölferspiel«, jenes uralte schwarze Ritual der phantasievollen Beleidigung, nicht zuletzt eine verbale Verteidigung der Unantastbarkeit der Familie, zum Ausdruck gebracht im geistreichen Spiel mit Worten. An solche Vorstellungen Hurstons von Sprache und Handwerk knüpfen, auch wenn Wright sie verurteilte und dessen literarische Erben sie mißachteten, heute gerade die erfolgreichsten Werke der afro-amerikanischen Literatur oft an.

IV.

Wir werden Hurstons widersprüchliche und komplexe Hinterlassenschaft besser verstehen, wenn wir uns *Ich mag mich, wenn ich lache* ansehen, den umstrittenen Bericht, den sie über ihr eigenes Leben schrieb. Vieles darin ist Produkt von Hurstons Phantasie, so als verkleide sie sich für einen Maskenball oder als beschreibe sie eine Gestalt in ihren Romanen. Auf diese Weise *schrieb* Hurston sich selbst und wollte in ihren Werken dem »Ich« der »Rasse« neue Gestalt geben, der Vielzahl von größtenteils ideologisch bedingten Erscheinungsformen im Privaten wie im Öffentlichen. Was sie von sich enthüllt, ist das Leben der Phantasie, die ihre Umwelt zu formen und zu deuten versuchte. Und ebenso ist das, was sie abmildert oder ausläßt, dasjenige, was ihr Publikum benutzt hätte, ihr Leben auf das bloße Moment der »Rasse« zu reduzieren, den herausragenden Zug, der für das verkommene Ganze stünde.

Zwei Dinge sind an *Ich mag mich* ... bemerkenswert. Zunächst vermittelt Hurston uns ein *Schriftsteller*leben und nicht einen Bericht über, wie sie gesagt hätte, »die Negerfrage«. So viele Ereignisse in diesem Text werden mittelbar dargestellt, über Hurstons Auseinandersetzung mit und Aneignung von Büchern und Sprache, von Sprache und sprachlichen Ritualen, sowohl der kanonischen westlichen Schriftsteller wie der einfachen Schwarzen in ihrer Umgebung. Diese beiden »Sprachgemeinschaften« sind Hurstons große Inspirationsquelle, nicht nur in ihren Romanen, sondern auch in der Autobiographie.

Ihre sprachlichen Quellen wiederzugeben scheint ihr Hauptanliegen, denn sie wechselt ständig zwischen der »gebildeten« Erzählerstimme und der ausgesprochen idiomatischen schwarzen Stimme in den wunderbaren Passagen erlebter Rede. Ohne Bruch, ohne Mühe schaltet Hurston zwischen diesen so unterschiedlichen Stimmen hin und her, genau wie sie es in *Und ihre Augen* ... tut, um das erwachende Bewußtsein Janies zum Ausdruck zu bringen. Diese *geteilte* Stimme, diese zwei Stimmen, die sich niemals mischen, scheint mir ihre größte Leistung, eine sprachliche Entsprechung zu ihrer doppelten Erfahrung als Frau in einer von Männern beherrschten Welt und als Schwarze in einer weißen Welt, eine neue weibliche Form jenes »Doppelbewußtseins«, als das W. E. B. DuBois die zwiefache Identität des Afroamerikaners beschrieben hatte.

Hurstons Sprache, stets abwechslungsreich durch die beiden den ganzen Text hindurch ineinander verschränkten Stimmen, hat ihre Kraft, uns zu verblüffen, bis heute nicht verloren.

> Armut hat etwas, das nach Tod riecht. Nach abgestorbenen Träumen, die vom Herzen fallen wie verdorrte Blätter und am Boden verrotten; nach Lebensgeistern, die in der muffigen Luft unterirdischer Höhlen ersticken. Ein ungesundes Klima für die Seele. Menschen können wandelnde Sklavenschiffe sein.

Und unmittelbar nach der Passage über den Tod der Mutter schreibt sie:

> Gottvater hatte bei der Erschaffung der Welt auch Gevatter Tod gemacht. Hatte ihn mit großen, weichen Füßen und quadratischen Zehen gemacht. Hatte ihn mit einem Antlitz gemacht, welches das Antlitz aller Dinge widerspiegelt, ohne sich selber je zu ändern oder in irgend etwas zu spiegeln. Hatte den Körper des Todes aus grenzenlosem Hunger gemacht. Hatte ihm eine Waffe nach seinen Bedürfnissen in die Hand gegeben. So war es geschehen am Morgen des Anfangs aller Dinge.

Sprache ist an solchen Stellen nicht einfach nur »Verzierung«, wie Hurston eine der Schlüsseltechniken schwarzer Sprache nennt; Inhalt und Darstellung stehen hier in perfektem Einklang: Was sie sagen will, sagt sie auf die sinnvollste denkbare Weise. Es liegt ihr nichts daran, »putzig« zu sein oder einer gönnerhaften weißen Leserschaft gefällig zu sein. Sie »benennt«, wie sie sagt, Emotionen in einer Sprache, die ebenso tief persönlich wie kulturell spezifisch ist.

Der zweite Grund, weshalb *Ich mag mich*... als Literatur überzeugt, ergibt sich aus dem ersten: Die unaufgelöste Spannung zwischen Hurstons zwei Stimmen zeigt, daß sie auf der Höhe der Moderne war. Sie bringt mit dieser Dualität der Stimmen die psychologische Zerrissenheit der Moderne ebenso zum Ausdruck wie jene des schwarzen Amerikas. Sie arbeitet, wie Barbara Johnson sagt, mit einer Rhetorik der Trennung, nicht mit einer Fiktion psychologischer oder kultureller Einheit. Zora Neale Hurston, die »echte« Zora Neale Hurston, die wir so gern in diesem Text finden möchten, steckt in dem Schweigen, das die beiden Stimmen voneinander trennt: Sie ist beides zugleich und doch keines von beiden, zweisprachig und doch stumm. Das ist auch die Erklärung dafür, daß sie so viele heutige Schriftsteller und Kritiker fasziniert, die sich immer wieder mit ihren Werken beschäftigen und jedesmal neu von ihrer Kunst beeindruckt sind.

Doch das Leben, das Hurston beschreiben konnte, war nicht das Leben, das sie auch leben konnte. Tatsächlich zeigt die Autobiographie viel deutlicher als jede soziologische Darstellung, wie sehr ökonomische Grenzen, weit mehr noch als Gewalt oder Liebe, unsere Entscheidungen bestimmen. Einfach ausgedrückt: Hurston schrieb gut, wenn sie keine Geldsorgen hatte, und schlecht, wenn sie in Schwierigkeiten war. Finanznöte – schlechter Absatz der Bücher, zu wenige oder zu knappe Stipendien, unverständige Lektoren und ein übermächtiger Mäzen – sorgten für jene Art von Abhängigkeit, die sich in ihrem Stil niederschlug, ja ihn sogar bestimmte; mit einer gewissen Ironie erforschte sie diese Zusammenhänge in »What White Publishers Won't Print«. Wir dürfen die Beziehung zwischen Hurstons Kunst und ihren Lebensumständen allerdings auch nicht zu schematisch sehen, ebensowenig, wie wir die Komplexität ihrer politischen Einstellungen der Nachkriegszeit simplifizieren dürfen, bei der die Empörung über das herrschende Bild der Schwarzen als einer minderwertigen Rasse sie zu ausgesprochen konservativen und republikanischen Positionen trieb.

Auch den Niedergang ihres letzten Lebensjahrzehnts sollte man nicht beschönigen, wo sie zu der Zeit, zu der in der *Saturday Evening Post* ihre Kurzgeschichte »Conscience of the Court« erschien, schon als Dienstmädchen arbeitete und oft genug mittellos war; nach 1957 lebte sie von Arbeitslosengeld, von Aushilfsstellen als Lehrer und von der Wohlfahrt. »In ihren letzten Tagen«, beschließt Hemenway lakonisch seine Biographie, »war Zoras Leben nicht einfach – sie war allein, verbittert, krank, besessen von einem Buch, das sie nicht zu Ende bekam.«

Daß dieses verschüttete Leben ans Tageslicht kam, half einer neuen Generation, Hurston wieder zu lesen. Hauptsächlich müssen wir aber Hurstons Erbe in ihrer Kunst finden, wo sie »ein wenig Bewußtsein beackert und ein paar Buchstaben gesät« hat. Ihre Bedeutung liegt in der Literatur, die sie hinterlassen, und der Legende, die sie mit solchem Geschick geschaffen hat. Hurston schrieb: »Rollt verzückt mit den Augen und äfft die Weißen in jeder Bewegung nach, aber solange wir nicht an ihre Straßenecken etwas stellen, das uns gehört, stehen wir wieder genau da, wo wir schon standen, als sie uns die eiserne Halskrause abnahmen«, und so wie ein Freund einmal lobte: »Sie kam nie mit leeren Händen«, könnte man sagen, daß sie die schwarze Literatur auch nicht mit leeren Händen zurückließ. Wenn es uns heute kaum mehr vorstellbar scheint, daß sie einmal in Vergessenheit geraten war, dann vielleicht deshalb, weil sie, wie sie von Moses schrieb, »den Schritt getan« hat.

Henry Louis Gates, Jr.
Aus dem Amerikanischen von Frieda Ellman

Anmerkungen

Kapitel 1: Mein Geburtsort

Zum Gebrauch des Wortes »Negro« in Hurstons Autobiographie (s. auch das Kapitel »My People! My People!« im Hauptteil und im Appendix)
In ihrem Buch *Black Talk* schreibt die schwarzamerikanische Linguistin Geneva Smitherman, »Negro« sei von etwa 1930 bis in die sechziger Jahre die in schwarzen Intellektuellen- und Mittelklassekreisen bevorzugte Bezeichnung für Personen afrikanischer Herkunft gewesen. Schwarze Amerikaner aus der Arbeiterklasse hätten sich jedoch mit dem Wort »Negro« nie angefreundet, vermutlich, weil es oft wie »Nigra« ausgesprochen wurde, was in die Nähe von »Nigger« rückte. Während des Freiheitskampfes der Schwarzen in den sechziger und siebziger Jahren sei der Begriff in Ungnade gefallen und werde seither nur noch für Afroamerikaner verwendet, die schwarze Ziele ablehnten und sich mit europäischen Amerikanern identifizierten. Obwohl der Begriff »Neger« auch im deutschsprachigen Raum inzwischen verpönt ist, muß man sich bei der Übersetzung an Hurstons zeitgeschichtlich geprägte Wortwahl halten.

Seite 5: *Ich wurde in einer Negerstadt geboren.*
Die Filmproduzentin Kristy Anderson, die seit zehn Jahren an dem Dokumentarfilm »Black South« über Hurstons Lebensgeschichte arbeitet und mit ihrem Filmteam in sieben Südstaaten intensive Recherchen durchführte, schrieb in ihrem Bericht »The Tangled Southern Roots of Zora Neale Hurston«, Hurston sei nicht, wie von ihr selber behauptet und bis 1990 allgemein angenommen, im Jahre 1901 geboren, sondern bereits 1891. Robert Hemenway meint in *Zora Neale Hurston. Eine literarische Biographie*, Hurston habe zeit ihres Lebens irreführende Angaben über ihr Geburtsdatum gemacht, mal habe sie 1898, mal 1899, 1901, 1902, 1903, ja sogar 1910 als Geburtsdatum angegeben. Sie hatte verschiedene Gründe, ihr wahres Alter zu verschleiern, einer davon war der Umstand, daß sie aufgrund des Zerfalls der Familie nach dem frühen Tod der Mutter erst spät die Chance hatte, den Highschool-Abschluß nachzuholen. Andersen und ihr Team fanden auch heraus, daß Huston nicht in Eatonville, in Florida, auf die Welt kam, sondern, wie einer Familienbibel und in der bundesweiten Volkszählung von 1900 zu entnehmen ist, in dem Flecken Notasulga in Alabama, wo sowohl ihre afrikanisch-amerikanischen als auch ihre deutsch-holländischen Vorfahren

herstammten und wo sie bis kurz vor ihrem dritten Geburtstag mit ihrer Familie gelebt haben soll.

Seite 7: *Die Cherokee und die meisten Seminolen wurden … ins Territorium des heutigen Oklahoma deportiert*
1840 wurden gemäß der sogenannten »Indian Removal Bill« Tausende von Indianern und Schwarzen auf dem »March of Tears« gewaltsam nach Westen umgesiedelt, in eine Gegend, in die nach damaligem menschlichen Ermessen nie ein Weißer würde ziehen wollen.

Seite 10: … *keine Angst mehr vor dem Wüten der Rekonstruktion.*
Rekonstruktion nannte man in den USA die Jahre von 1865 bis 1877, die Ära unmittelbar nach dem Bürgerkrieg, in der man versuchte, die amerikanische Gesellschaft neu zu ordnen, indem man die schwarzen Amerikaner in den Staaten der Konföderation im »Reconstruction Act« von 1867 erstmals verfassungsmäßig mit uneingeschränkten Bürgerrechten ausstattete und die praktische Durchsetzung ihrer neuen Rechte durch den Einsatz von Besatzungstruppen im besiegten Süden überwachte. Schwarze, von denen sich manche das Lesen und Schreiben selber beigebracht hatten, nahmen an verfassunggebenden Versammlungen teil, dienten als Vizegouverneure oder Staatssekretäre, wurden ins Repräsentantenhaus und in den Senat gewählt, sie arbeiteten mit im ersten umfassenden staatlichen Bildungsprogramm in den Südstaaten und begannen, das durch die Sklaverei erzwungene Analphabetentum abzubauen. Die amerikanischen Regierungen unter Präsident Johnson und Präsident Grant versuchten jedoch bald, das Rad wieder zurückzudrehen. So tat man alles, schwarzen Bürgern den Landbesitz unmöglich zu machen. Das einzige System, das man ihnen gestattete, war das »sharecropping«, eine besondere Form der Pacht in den Südstaaten, die der Leibeigenschaft noch immer sehr ähnlich war. Und abgesehen von wenigen Ausnahmen wehrten sich die weißen Südstaatler in einer Art »Gegen-Rekonstruktion« vehement gegen alle verfassungsmäßigen Gleichstellungsmaßnahmen für Schwarze, zunächst mit gerichtlichen Maßnahmen und Petitionen und schließlich mit grimmigem Terror und rassistischen Ausschreitungen. Weiße Terrororganisationen wie der Ku-Klux-Klan, die Schwarze und ihre weißen Verbündeten einschüchterten, verprügelten und umbrachten, breiteten sich im Süden aus. In manchen Staaten des Südens herrschte Anfang der siebziger Jahre des 19. Jahrhunderts praktisch Anarchie, und die anfängliche Unterstützung durch die Bundesregierung ließ nach. Selbst der US Supreme Court machte die Rekonstruktionsgesetze quasi zu Makulatur. Die Rekonstruktion war gescheitert. Erst hundert Jahre später versuchte die amerikanische Bürgerrechtsbewegung, die Versprechen dieser hoffnungsvoll begonnenen Ära einzulösen.

Kapitel 2: Meine Angehörigen

Seite 13: *die Fron der Pfandschuldpacht*
»Sharecropping« bezeichnet die nach dem amerikanischen Bürgerkrieg von weißen Landbesitzern in den ökonomisch schwachen Südstaaten eingeführte typische Existenzweise ehemaliger schwarzer Sklaven und landloser weißer Tagelöhner. »Sharecroppers« besaßen weder Land noch Vieh oder Werkzeuge, sie brachten nur ihre Arbeitskraft ein und mußten ihren Ernteanteil für Lebensmittel und andere Grundbedürfnisse verpfänden. Der Begriff »Kleinpächter«, den deutschsprachige Wörterbücher und Enzyklopädien dafür angeben, verschweigt die Tatsache, daß die »sharecroppers« in der Regel aufgrund der Verpfändung der nächsten Ernte von den Krediten der Ladenbesitzer und Pachtherren lebten, daß sie durch exorbitante Zinsen in einen Teufelskreis von Schulden getrieben wurden und ökonomisch völlig von ihren Kreditgebern abhängig waren, denen sie quasi für immer ihre Arbeitskraft schuldeten. Begriffe wie »Pfandschuldpacht« oder »Schuldknechtschaft« kommen der Realität näher. »Sharecropping« war in Wirklichkeit eine Art verkappte Leibeigenschaft, die die Sklaverei ablöste.

Seite 13: *Irgendwie hatte John Hurston zwischen dem Hacken der Baumwollfelder und dem Baumwollpflücken lesen und schreiben gelernt.*
Als der Baumwollanbau noch nicht mechanisiert war, säte man die Baumwolle, indem man mehrere Körner in einen Meter voneinander entfernte Löcher legte, dann wurden von den schnell hervorkeimenden Keimpflanzen die schwächlichen mit der Hacke entfernt und nach drei bis vier Monaten die Schößlinge mit der Hacke ausgedünnt, damit die Pflanzen schön buschig würden. Mit »cotton-chopping« ist dieses Aushacken der jungen Baumwollpflanzen und das Unkrauthacken zwischen den Pflanzen und zwischen den Baumwollreihen gemeint. Es war eine der arbeitsintensivsten Phasen im Baumwollanbau, die überwiegend schwarzen Kleinpächtern, Wanderarbeitern oder Sträflingen oblag.

Seite 14: *Wer isn der hoch gestochne gähle Nigger?*
»(High-)yellow«, »yella«, »yelluh« oder »yaller« sind mundartlich verschliffene Abwandlungen von »yellow«. Damit beschreiben Sprecher des Black Slang seit dem 18. Jahrhundert die Hautfarbe relativ heller Afroamerikaner, die man in Zeiten der Sklaverei auch Kreolen, Mulatten oder »quadroons« nannte, letztere sind Nachkommen aus erzwungenen oder freiwilligen Verbindungen zwischen Mulatten und Weißen. Der Ausdruck wird eher von ungebildeten Leuten für hellhäutige Schwarze benützt und von gebildeten Schwarzen abwertender empfunden als »bright« oder »red«. In deutschen Mundarten gibt es für »gelb« vielfältige Abwandlungen von »jelb« oder »jälb« im Berlinischen über »gehl« (»Safran macht den Kuchen gehl«) bis hin zu »gähl« im Badischen. Durch die Verbindung mit »high« zu »highyellow« wird aus

»yellow/yaller« eine der vielschichtigsten und schillerndsten Chiffren afroamerikanischen Selbstverständnisses. Dahinter steckt zunächst der optische Eindruck der eher blaßbraunen, gelbbraunen, goldbraunen, honigbraunen oder bernsteinfarbenen Haut gemischtrassiger Menschen, unter welcher der rosige Teint der Weißen durchschimmert, was manche »schwarze« Frauen durch viel Wangenrouge betonen. Es schwingt aber auch die in Verachtung gepackte Bewunderung mit, die viele dunkelhäutigere Schwarze für die Blaßbraunen mit ihrer oft ungewollten, gesellschaftlich aber durchaus nützlichen Nähe zu einem weißen Elternteil hegen. Auch Lucy drückt in ihrer Frage dieses Gemisch aus Bewunderung und Verachtung aus. Zugleich schwingt der Verdacht bzw. das Wissen mit, daß die Hellhäutigen sich besser dünken als ihre dunkleren Brüder und Schwestern. Der Begriff deutet einen jahrhundertealten und bis heute währenden psychosozialen Krieg an.

Seite 20: *An mondhellen Abenden spielten zwei Drittel der Dorfkinder …*
Für viele Begriffe, Namen, Redensarten und Kulturtatsachen aus der Welt der schwarzen Südstaatler findet man nur in Hurstons Schriften eine Erklärung. In ihrem Aufsatz »New Children's Games« schreibt Zora Neale Hurston: »Das am weitesten verbreitete Kinderspiel unter amerikanischen Negern ist ›Chick-Mah-Chick-Mah-Craney-Crow‹. Man findet es in jeder Negergemeinschaft im Süden. Eine abgewandelte Form davon ist derzeit gerade in Westindien Mode. Melville Herskovits fand eine Variante in West-Afrika, ebenso wie die ursprüngliche Zeremonie, von der das amerikanische Spiel eine profane Abart darstellt.« Dann beschreibt sie Inhalt und Dramaturgie des handlungsreichen Spiels, in dem eine Henne ihre Küken gegen eine Krähe zu verteidigen versucht und in dessen Verlauf erst die Küken und dann die Krähe umkommen. Im gleichen Aufsatz schreibt Hurston noch: »Die Spiele, die Negerkinder in Florida spielen, lassen sich in drei Kategorien aufteilen: (1) rein weiße Spiele, die Negerkinder durch Kontakt mit Weißen gelernt haben … (2) weiße Spiele, die von Negern abgewandelt wurden … und (3) reine Negerspiele wie ›Bama‹, ›Rabbit Dance‹ und ›Chick-Mah-Chick‹. Für alle sind die Trommelrhythmen kennzeichnend, die in Amerika, in Ermangelung afrikanischer Trommeln, durch Händeklatschen lebendig erhalten wurden.«

Seite 21: *sie wolle mir »den Mumm nicht ausbleuen«*
Typische Mundart- oder Eigenschöpfung im Black American English: Durch Zusammenziehung zweier oder mehrerer Verben aus der amerikanischen Hochsprache wird ein neues Verb geschaffen. Da die Autorin das Verb selber in Anführungszeichen setzt, und da ihre Mutter eine der besten Schülerinnen in ihrer Schule gewesen war und sehr auf die gute Schulbildung ihrer Kinder achtete, ist auszuschließen, daß sie ein Wort falsch verwendete. Entweder stammt es aus dem schwarzen Südstaaten-Slang, der in keinem Black Slang- oder Regional-Wörterbuch auch nur

annähernd vollständig erfaßt ist, oder es ist eine Eigenschöpfung von Lucy oder Zora. In jedem Fall scheint es eine ironische verfremdende Kombination aus Standardverben wie »to squish« oder »to squelch« (zermalmen, unterdrücken, jemandem den Mund stopfen) und »to quench« (unterdrücken, auslöschen, vernichten; abkühlen; abschrekken, löschen, zum Schweigen bringen) zu sein. Auch in der deutschen Umgangssprache und in deutschen Mundarten machen wir vergleichbare »Wippchen«. Man kann von »jemandem etwas einbleuen« die Wendung »jemandem den Mumm ausbleuen« ableiten.

Seite 22: *Früher oder später würden »Posses« mit Stricken und Gewehren kommen und mich abschleppen …*
Das sonderbare amerikanische Wortgebilde »posse« – vollständig: »posse comitatus« – ist, im Zusammenhang mit der Geschichte der schwarzen Amerikaner gebraucht, ein absoluter Euphemismus. Alle mir zur Verfügung stehenden Erläuterungen in Wörterbüchern und Enzyklopädien unterschlagen den hier von John Hurston gemeinten Bedeutungsaspekt. Selbst die *Encyclopedia of Black America* verschweigt ihn in merkwürdiger Zurückhaltung. In englischen und englisch-deutschen Wörterbüchern werden »posse« bzw. »posse comitatus« für den amerikanischen Sprachraum definiert als »Aufgebot (eines Sheriffs)«, als »(Polizei-, etc.) Aufgebot« oder als »Haufen«, »Schar«. Lateinisch »possum, potui, posse« bedeutet »können«, »vermögen«, »imstande sein«, lateinisch »comitatus« bedeutet »Begleitung«, »Geleit«, »begleitende Menge«, »Gefolge«, »Umgebung«, »Reisegesellschaft«, »Hofstaat«, »Hof«. Nirgends wird auf eine ganz andere Verwendung des Begriffs in den USA verwiesen, auf die Hurstons Vater hier anspielt. Während der Sklaverei und der darauffolgenden Ära der Rekonstruktion und der Segregation lösten Weiße in den Südstaaten, deren Polizei- und Gerichtswesen nach Auskunft der *Encyclopedia of Southern Culture* »rudimentär und schwach« waren, viele Probleme mit außergesetzlichen Mitteln. Sklavenhalter übten auf ihren Plantagen nach Belieben Justiz, und »Sklavenpatrouillen«, überwiegend aus Nicht-Sklavenhaltern zusammengesetzt, dienten als Privatpolizei, um entflohene Sklaven zu ergreifen und Aufstände zu unterbinden. Nach Beendigung der Sklaverei nahmen sich weiße Sheriffs oder selbsternannte »Ordnungshüter«, von der weißen Südstaatenbevölkerung unwidersprochen oder unterstützt, das Recht, sich von Banden von Helfershelfern bei paramilitärischen Übergriffen auf Schwarze unterstützen zu lassen. Solche Banden bewaffneter weißer Rassisten – verschleiernd und beschönigend »posses« oder »vigilance committees« (»Selbstschutzkomitees«) genannt – führten im Süden regelrechte Feldzüge gegen die schwarze Minderheit, beispielsweise um sie daran zu hindern, nach dem Bürgerkrieg die ihnen erstmalig von der Verfassung verbürgte Gleichberechtigung in die Praxis umzusetzen, also Gewerkschaften zu gründen, in weiße Wohnviertel zu ziehen, das Wahlrecht auszuüben usw.

In den achtziger und neunziger Jahren des 20. Jahrhunderts fand ein Bedeutungswandel des Wörtchens »posse« statt, das nun im Black Slang »Bande«, »Gruppe von Drogendealern«, »Musikgruppe« oder »Gruppe enger Freunde« bedeutet.

Seite 22: ... *wegen der bockbeinigen Tour, die ich am Leibe hatte. Ich mit meiner vorlauten Art würde später mal Kohldampf schieben.*
Das Verb »to tote« gehört wie »bodacious« oder »jook« zu den Black Slang-Wörtern, bei denen mit großer Sicherheit eine afrikanische Herkunft angenommen werden kann. Clarence Major schreibt dazu in *Juba to Jive*, seinem Wörterbuch des African American Slang, das Verb »tote« sei etwa von 1650 bis 1940 verwendet worden und sei hergeleitet von »tota« aus dem Konga, Kikonga und Gullah (»aufheben, nehmen«), von »tuta« aus dem Kimbundu (eine Last tragen), von »tot« aus Sierra Leone, »tut« aus Kamerun (»tragen«) und aus verschiedenen Bantu-Sprachen. Auch andere Wissenschaftler seien heute vom afrikanischen Ursprung von »tote« überzeugt, obwohl noch andere Abstammungsmöglichkeiten – aus dem Lateinischen, Englischen, Holländischen – diskutiert würden. Bei dem Versuch, »to tote« ins Deutsche herüberzuholen, stößt man allerdings an die Grenzen des Übersetzungshandwerks. Black Slang-Substantive wie ›juke‹ oder ›juju‹ o.ä., die fast unverändert aus afrikanischen Sprachen ins schwarzamerikanische Englisch übernommen wurden, kann man im deutschen Text so stehenlassen und in Anmerkungen erläutern oder so nah wie möglich am Original übersetzen. Aber ursprünglich afrikanische Verben, die im Amerikanischen heimisch geworden sind und konjugiert werden, lassen sich kaum ins Deutsche herüberbringen. Man kann nur mit sehr bildhaften umgangssprachlichen oder mundartlichen Wendungen mit fremdsprachigen Einsprengseln arbeiten: Für »to tote a stiff neck« wäre »eine bockbeinige Tour am Leibe haben« eine inhaltlich und von der Sprachebene her adäquate deutsche Wendung, oder bei der Nachinszenierung von »to tote a hungry belly« kann man mit »Kohldampf schieben« aus dem Rotwelschen schöpfen, das für Deutsche fast ebenso exotisch sein dürfte wie afrikanische Sprachen für schwarze wie weiße Amerikaner. »Kohldampf«, seit dem frühen 19. Jahrhundert im Deutschen gebräuchlich, ist eine typisch doppeltgemoppelte umgangssprachliche Wendung, sowohl »koll« als auch »Dampf«, beide aus dem Rotwelschen, meinen »Hunger«, ebenso wie »kalo« aus der Zigeunersprache (»mittellos« und »ohne Essen«). Bei der Übertragung der Wendung »The store-bought things had to be toted and helped around« ahme ich das afrikanische und das umgangssprachliche Element »toted and helped around« im Deutschen nach durch die umgangssprachliche Wendung »von hinten bis vorne« und das nordwestdeutsche, auch im Berlinischen heimische »betutteln« oder »betuddeln«: »Die gekauften Dinger mußten von vorne bis hinten betuttelt werden.«

Seite 22: *meine wird mal n Mordserfolg*
Das Umfunktionieren von Verben oder Substantiven zu Adverbien oder Adjektiven und umgekehrt von Adjektiven zu Substantiven ist ein typisches Element des African American English wie auch deutscher Mundarten. Hurstons Mutter verwandelt das transitive Verb »to conquer« (erobern, siegen) in ein Adverb. Nicht zu übersehen ist auch die Anspielung auf St. John the Conqueror, den größten Helden der afrikanisch-amerikanischen Volkserzählungen, der selbst in der schwierigsten Situation obsiegt. In Hurstons Folkloresammlung *Mules and Man*, in der Geschichte »Warum die Frauen immer die Männer ausnützen«, sagte der Teufel zu einer Frau, die sich bei ihm beschwert, weil der liebe Gott ihrem Mann mehr Kraft gab als ihr: »You listen to me and you'll come out mo' than conqueror.« Bei der Übersetzung muß man dem Original alle Aspekte und Untertöne ablauschen. Im Fall von »to come out more than conquer« kann man versuchen, das Deutsche mit vergleichbaren superlativischen umgangssprachlichen Steigerungen wie »Mords« oder mit verballhornten Fremdwörtern wie »bomforzionös« auf ähnliche Weise gegen den Strich zu bürsten, wie es Black Slang-Sprecher gerne mit der amerikanischen Standardsprache und mit Bildungswörtern wie »conqueror« tun. Eine dem *»conquer«* vergleichbare mundartliche deutsche Wortschöpfung, die ebenfalls eine fast übernatürliche Größe andeutet, ist der Genitiv von »Mord« = »Mords-« als Bestandteil eines zusammengesetzten Substantivs (»Mordsfrau«) oder als unflektiertes Adjektiv »mords« (wie in »mordsgroß«). Heinz Küpper schreibt dazu in seinem »Wörterbuch der deutschen Umgangssprache«: »›Mords-‹ als erster Bestandteil einer meist doppeltbetonten substantivischen oder adjektivischen Zusammensetzung übt eine das Grundwort steigernde Wirkung aus.« Er meint, es sei »vielleicht zusätzlich beeinflußt von ›mort‹ (Teufel), ebenfalls im Sinn einer superlativischen Steigerung«. Den Aspekt der Übermächtigkeit von St. John the Conqueror kann man im Deutschen auch nachahmen, indem man tief in die Kiste der pleonastischen Wendungen greift (»mordsmächtig groß«). Die typisch mundartliche Wortbildung »bonforzionös« (bonfortionös, bongfortzionös), eine Wortspielerei mit frz. »bon« und »fort« und einer frz. Endung, auch beeinflußt von frz. »bonne force« und »confort« (Behaglichkeit), käme ebenfalls zur Nachinszenierung von »conquer« in Frage, wären nicht die für einen schwarzen Südstaatendialog vielleicht allzusehr regional gebundenen berlinerisch-französischen Anklänge.

Seite 24: *»dat Cal'line«*
Eine dieser wundersamen Übereinstimmungen zwischen Black Slang und deutschen Mundarten, in diesem Fall dem rheinischen Platt. Afroamerikaner sagen, weil es in westafrikanischen Sprachen kein »th« gibt, aus Bequemlichkeit lieber »dat« als »that«, und auch im Rheinland sagt man aus Maulfaulheit lieber »dat« anstelle von »das«. Daß man dort zu einem Mädchen oder einer Frau auch »dat Martina« statt »die Martina«

sagt, hat allerdings einen etwas anderen Hintergrund: Im rheinischen Platt ist es nämlich sehr beliebt, Menschen liebevoll zu versächlichen, auch Männer (»dat Peter«). Ähnlich wie in der amerikanischen Umgangssprache aus »Caroline« »Cal'line« wird, würde aus »Karoline« im Deutschen »Karline« oder, noch weiter verschliffen, »Kalline«. Obwohl »dat Kalline« als Übersetzung für »dat Cal'line« zu passen scheint, wurde diese Lösung hier verworfen, weil Namen von Personen, vor allem wirklicher Personen wie in Hurstons Autobiographie – anders als zum Beispiel Namen von Phantasiegestalten oder Fabelwesen –, besser amerikanisch bleiben sollten. Das Beispiel zeigt nur die Vergleichbarkeit mancher Veränderungen der Standardsprache im African American English und deutschen Mundarten.

Kapitel 3: Ich werde geboren

Seite 32: *sie glaube, daß eine Frau, die ihr übel wolle, am Tag meiner Geburt »Wanderstaub« auf der Türschwelle verstreut habe.*
In *Mules and Men*, dem Bericht über ihre Feldforschungen in den Südstaaten, beschreibt Hurston das Rezept für »running feet«, das Hoodoo-Doktoren empfehlen, wenn man will, daß ein Gegner, ein unerwünschter Liebeskonkurrent oder dessen Kinder von der Unruhe gepackt und fortgetrieben werden. »Um zu erreichen, daß jemand das Laufen kriegt, nimmt man etwas Sand aus einer seiner Fußspuren und vermischt den Sand mit rotem Pfeffer: Davon wirft man etwas in ein fließendes Gewässer. Das hat zur Wirkung, daß die betreffende Person von einem Ort zum anderen rennt, bis sie sich schließlich zu Tode rennt.« Oder eine als »Hexe« verschriene Person schleicht sich nachts zum Haus der Person, der sie schaden will, zum Beispiel, weil sie ihr einen Mann weggeschnappt hat, und verstreut Wanderstaub an deren Türschwelle oder im Garten.

Kapitel 4: Die innere Suche

Seite 33: *das Warum der Dinge*
Das meist gebrauchte Passepartout-Wort in Hurstons Autobiographie ist »thing« bzw. »things«. Clarence Major schreibt, »thing« bzw. die schwarze Südstaatenvariante »thang« könne im African American English fast alles bedeuten: jemandes Hauptanliegen, Lebensstil, Talent, Begabung, Hobby, Tätigkeit, Partei, Politik, Philosophie, Vagina, Penis. Für diese Sesam-öffne-Dich-Funktion des Wörtchens ist Hurstons Autobiographie ein schlagender Beweis. Es steht darin als flapsiges Kürzel für alles von allerhand über Angelegenheit, Anliegen, Begebenheit, dergleichen, derlei (mehr), Dilemma, Enthüllung, etwas, Frage, das Ganze, Gebilde, Geschichte, Geste, Glück, Handlung, Haufen, Hin und Her,

Kerl, Kopf, Konzept, Kram, Leben, Lebensart, Liebe, Neuigkeiten, Problem, Rassenproblem, Reaktion, Rolle, Solidarität, Sache, Szene, Situation, Sprüche, Streiche, Stück, Träume, Vorfall, Vorkommnis, Verrichtung, was es (sonst noch) so gab, (weibliches) Wesen, Weibsperson, Weibstück, Welt, Wonne, Wunde, Zeug(s) bis hin zu Zusammenhang. Und noch viel mehr. Die umgangssprachliche Worthülse verleiht der Autorin ironische Distanz zu den »Dingen«, und der inflationäre, von keinem Lektor eingedämmte Gebrauch des Worts zeigt, daß sie fast schon verzweifelt um diese Distanz bemüht gewesen sein muß. Wie sie selber sagte, fiel es ihr ungeheuer schwer, über persönliche »Dinge« zu schreiben. Besonders deutlich wird das, wenn sie den Rassenkonflikt »the racial thing« nennt oder über die Liebe ihres Lebens sagt: »I have known the real thing.« Wenn man aus Werktreue all diese Stellen im Deutschen mit »Ding« übersetzte, entstünde ein linkischer, hölzerner Text, mit dem man das Original vor lauter Treue verriete. Ich habe es da verwendet, wo »Ding« im Deutschen die textimmanente Ruppigkeit oder Lässigkeit oder Ironie ausdrückt, und habe ansonsten dem afroamerikanischen Alleskönner »thing« mit dem Seismographen die jeweiligen Inhalte und Untertöne abgelauscht und auf der jeweils angemessenen Sprachebene ins Deutsche gebracht.

Seite 37: … *und verzog mich mit meinem Weltschmerz in den Kriechraum unters Haus.*
Viele Wohngebäude in den Südstaaten der USA und auf den Karibik-Inseln haben einen meist nach mehreren Seiten offenen »crawl space« unterm Haus, von wo aus man Zugang zu elektrischen Leitungen und Rohren hat, wo man Dinge verstauen kann und wo Kinder sich verstekken oder spielen können. Die kellerlosen Häuser stehen auf meist hölzernen Stelzen, die dadurch entstehenden Freiräume sind teilweise mit Holz verkleidet, so daß man nur von bestimmten Seiten hineingelangen kann. Diese Bauweise ist zum einen billig, zum anderen schützt sie gegen die in flachen, küsten- oder seeufernahen Landstrichen häufig vorkommenden sturmbedingten Hochwasser.

Seite 41: *Der andre weiß sofort, du hast Schiß vor ihm …*
Der weiße Südstaatler benutzt »skeered«, eine Variante von »scared«, und die doppelte und dreifache Verneinung genau wie die Schwarzen. Die Mehrfachverneinung, die auch bei deutschen Mundartsprechern beliebt ist, ahme ich im ersten Fall nicht nach, weil sich dadurch im Deutschen eine unbeholfenere Sprache ergäbe als im Original. Dafür inszeniere ich die Mundartlichkeit mit der in manchen deutschen Regionen gängigen Wendung »wenn er dir nix antun tut« nach. Im neunzehnten Jahrhundert spielten die Söhne und Töchter der Plantagenbesitzer in den Südstaaten viel mit Sklavenkindern und lernten so deren »Plantation Creole«. Die Söhne verlernten es wieder, wenn sie auf Colleges und Universitäten geschickt wurden, aber die Töchter blieben zu

Hause und verlernten die »Sklavensprache« nie ganz. Der britische Schriftsteller Charles Dickens und der Geologe Charles Lyell berichteten über die auffallende Ähnlichkeit der Sprache von »Southern White Belles« und afroamerikanischen Sklaven – eine Ähnlichkeit, die Ralph Ellison im zwanzigsten Jahrhundert erneut aufzeichnete. Von den weißen Ladies ging dieses Sprachgemisch wieder auf deren Kinder über, also auch auf die männlichen Nachkommen. Daher enthält auch die Sprache von Zoras angesehenem weißen Gönner viele Elemente des Black American English.

Seite 46: *... um die Dorfschule zu besichtigen. Eine Negerschule war für sie etwas Ungewohntes ...*
Hurston besuchte die »Robert Hungerford Normal and Industrial School« von Eatonville, die 1899 nach dem Muster des berühmten, von Booker T. Washington gegründeten »Tuskeegee Normal and Industrial Institute« (Alabama) gebaut und gestaltet wurde und zu ihrer Zeit als eine der besten »Negerschulen« des Südens galt.

Seite 46: *Mrs. Calhoun stand immer hinter uns und hielt zur Abschreckung den entblätterten Stiel eines Palmwedels in der Hand.*
»Hickory« ist der englische Name des nordamerikanischen Walnußbaums. Das zähe, biegsame Holz des Hickorybaums wird für Sport- und Turngeräte, Leitersprossen oder Werkzeugstiele verwendet und eignet sich so vorzüglich für Ruten, daß »hickory« in der amerikanischen Umgangssprache mit dem Züchtigungsinstrument gleichgesetzt wird, was sich in der Redewendung »to give someone the hickories« (jemandem die Rute geben) niederschlägt. Die Gegend, in der Zora Hurston aufwuchs, war überreich an »palmettos« (Palmettos, Zwerg- bzw. Fächerpalmen) und Pfirsichbäumen. Lehrer und Eltern oder betrogene Ehefrauen, die damals offenbar reichlich von der Prügelstrafe Gebrauch machten, benutzten, was sich ihnen anbot, nämlich die geilen Triebe von Pfirsichbäumen oder, wie hier, Mittelrippen und Stengel der entblätterten Palmwedel als Ruten. Das Wort »hickories« wird aus Gewohnheit einfach drangehängt (»peach hickories«, »palmetto hickories«).

Seite 52: Der schweizerische Robinson
Johann Rudolf Wyß, ein schweizerischer Dichter, schrieb Idyllen, Volkssagen, Legenden und Erzählungen aus der Schweiz. Zu seinen bekanntesten Werken gehört der Abenteuerroman *Der schweizerische Robinson* (1812) über eine schiffbrüchige Familie, der, in viele Sprachen übersetzt, auch in Amerika zu einem Kinderklassiker wurde.

Kapitel 5: Phantasiegestalten

Seite 67: *Gott … hat gen Australien geschaut …*
Nach Auskunft von Afroamerikanern wird »Australia« hier, anstelle von Süden, als ein mythischer Phantasiebegriff für einen exotischen Kontinent verwendet, der ungeheuer weit weg ist, irgendwo im Süden.

Seite 71: *Is mir ein Scheuß so ein Lügenmaul.*
Hurstons Großmutter mischt, wie es nicht nur für den Black Slang, sondern auch für deutsche Mundarten typisch ist, aus zwei Wörtern – dem veralteten Verb »abominate« (»verabscheuen«) bzw. dem dazugehörigen Substantiv »abomination« (»Abscheu«, »Gemeinheit«, »Greuel«, »Scheusal«) und dem Verb »vomit« (»sich erbrechen«) ein neues, noch drastischeres Verb zusammen, nämlich »vominate«, das sich obendrein noch flotter sprechen läßt als »abominate«. In geglätteter Übersetzung würde im Deutschen daraus »Ich find so ein Lügenmaul zum Kotzen«, aber damit würde die urwüchsig-witzige Verballhornung in Hurstons Original unterschlagen. Dabei ist eine Nachinszenierung im Deutschen durchaus möglich. Von meiner ostpreußischen Großmutter ist mir die Wendung »So ein Scheuß!« für etwas Scheußliches oder ein Scheusal vertraut, eine Vermischung von »Scheusal« und »Graus«, in der deutlich das damals verpönte »Scheiß« mitschwingt.

Seite 80: *Angeblich gab sich die alte Frau ein wenig mit Hoodoo ab …*
»Hoodoo«, ein Begriff, dem eine Herkunft aus verschiedenen afrikanischen Sprachen zugeschrieben wird, bezeichnet die nordamerikanische Variante von »Voodoo«, »Vaudou« oder »Vodun«, einer afrikanisch-amerikanischen Religion, die ihren Ursprung in westafrikanischen Glaubensvorstellungen und -praktiken hat. Mit »Hoodoo« können auch »Glücks-« oder »Unglücksbringer« oder unheimliche Personen mit übernatürlichen Kräften gemeint sein. Die afrikanischen Sklaven, die nach Nord- und Südamerika verschleppt wurden, hatten ihre Wurzeln in vielen verschiedenen afrikanischen Stämmen. Alle Stämme hatten ihre eigenen Götter und Glaubensrituale, die sich in der Neuen Welt zu einer neuen Volksreligion vermischten. Diese wurde verbrämt mit vielen christlichen, vor allem katholischen Bräuchen der weißen Sklavenhalter, mitsamt den darin enthaltenen Spuren heidnischer Vorstellungen aus Europa (die meisten der Wunderdoktoren von New Orleans, bei denen Hurston lernte, waren nebenher auch Katholiken oder Protestanten). Da entlaufene Sklaven oft mit Indianern zusammenlebten und -kämpften, ging auch indianisches Brauchtum in die neue Volksreligion der schwarzen Amerikaner ein. In *Mules and Men* schreibt Hurston: »New Orleans ist heute und war seit jeher die Hoodoo-Hauptstadt von Amerika … Hoodoo, oder Voodoo, wie es die Weißen aussprechen, ist eine Flamme, die in Amerika mit der Intensität einer unterdrückten Religion brennt. Sie hat Tausende heimlicher Anhänger. Wie das Christen-

tum paßt es sich den lokalen Gegebenheiten an und vereinnahmt sogar einige seiner Grundzüge, so zum Beispiel die Verehrung des Feuers, die in der christlichen Kirche vom Altar mit den Kerzen verkörpert wird. Und den Glauben an die heiligende Kraft des Wassers wie in der christlichen Taufe.« Voodoo ist noch heute in Teilen Afrikas, in den Südstaaten der USA, in der Karibik und in Teilen Südamerikas die vorherrschende Religion. Aber das Wissen wurde (und wird teilweise bis heute) unter den Gläubigen von Mund zu Mund weitergegeben und so heimlich ausgeübt, daß niemand weiß, wie viele Anhänger Voodoo bzw. Hoodoo hat. Hurston bezeichnet »hoodoo« als »sympathetic magic«, als »Sympathiezauber«.
Im Unterschied zu allen Anthropologen, Volkskundlern und Neugierigen vor ihr ging Hurston monatelang bei verschiedenen Hoodoo-Doktoren von Louisiana in die Lehre und machte verschiedene Initiationsrituale durch. Die Praktiken der »two-headed doctors«, die sie beschreibt, ähneln sowohl den urtümlichen Heilmethoden der Schwarzwälder Sympathiedoktoren wie dem Schadzauber, den »schadenstiftende Hexen« unter Mißbrauch ihrer Begabung dort gegen Mensch und Tier anwenden. Wie die Zauberkunst des Hoodoo schwankt die Kunst der »Heiler« und »Hexen« »zwischen weißer und schwarzer Magie«. Die Heilkunst steht zwischen Aberglauben und uraltem Heilwissen. Die passionierten und unbeirrten Sammlerinnen kamen »im letzten Moment«, um die Kunst der Heiler und Zauberer, deren Blütezeit schon Jahrzehnte zurücklag, noch kennenzulernen und für Wissenschaft und Nachwelt aufzuzeichnen.

Kapitel 6: Wanderschaft

Seite 86f.: *Hatte ihn mit großen, weichen Füßen und quadratischen Zehen gemacht ... hatte er seine Wohnstatt in unserem Garten ... beendete seine samtfüßige Pirsch durchs Haus.*
In *Und ihre Augen schauten Gott* beschreibt Hurston Gevatter Tod als »dies sonderbare Wesen mit den Quadratzehen, das weit weg im Westen lebte«, und hier als einen mit »großen weichen Füßen und quadratischen Zehen ... auf seiner samtfüßigen Pirsch«. In Kapitel 10 spricht Hurston allerdings vom »alten klumpfüßigen Tod«. Da scheint sie den Tod mit dem klumpfüßigen Teufel gleichzusetzen. Das mag daher rühren, daß es in afrikanischen Religionen keinen Teufel gibt und daß der Teufel in der afroamerikanischen Mythologie nicht der Inbegriff des Bösen, sondern ein pfiffiger »trickster«, ein Schwindler ist. Die ungewöhnliche Vorstellung von einer Todesfigur mit »viereckigen Zehen« und »gepolsterten Füßen« oder gar mit »Klumpfüßen« könnte ihren Ursprung in grob geschnitzten afrikanischen Skulpturen haben, wie denen, die in Melville Herskovits' zweibändigem Werk über *Dahomey* abgebildet sind und deren kantige Füße aussehen, als stünden sie auf qua-

dratischen Plateausohlen. In Teil zwei von *Mules and Men*, den Hurston ihren Erfahrungen mit dem Hoodoo widmet, schildert sie einen »zeremoniellen Hoodoo-Tanz«, der den »Tod eines Feindes« bewirken sollte und bei dem »der Tod seinen schwarz verkleideten Thron bestieg und seine Königskrone aufsetzte. Der Tod wurde von einer grob geschnitzten Holzstatue verkörpert.« Sieben Zettel mit dem Namen der Person, die sterben sollte, wurden in »seinen grinsenden Mund« gesteckt. Diese geschnitzten Todesfiguren auf Voodoo-Altären in den Südstaaten der USA dürften den Holzstatuen aus Dahomey gleichen. Hier sehe ich einen möglichen Zusammenhang zu Hurstons Todesbild. Die ebenso ungewöhnliche Wohnstätte des Todes, die »Plattform, die die vier Winde behaust«, beschrieb Hurston in *Und ihre Augen schauten Gott* ähnlich wie in der Autobiographie: »Er steht in seinem hoch gelegenen Haus, das die Welt überschaut. Den ganzen Tag lang steht er dort, aufmerksam und reglos mit gezogenem Schwert, und wartet darauf, daß der Bote ihn ruft.« In der Autobiographie stellt sie den Tod obendrein als den Inbegriff eines Hoodoo-Doktors dar: »that two-headed spirit that rules the beginning and end of things called Death« (»der zweimalkluge Geist namens Tod, der über Anfang und Ende der Dinge herrscht«), als einen, der mit der gleichen doppelten Klugheit ausgestattet ist wie die Zauberdoktoren.

Seite 89: *Mama lag da auf dem Totenbrett …*
»Cooling board« oder »cooling-board« ist ein allmählich aus dem Sprachgebrauch verschwindender, im Süden und dem Midland der USA gebräuchlicher Begriff für ein »flaches, breites Brett, gewöhnlich aus Kiefernholz«, auf dem ein Toter während der Totenwache aufgebahrt wurde. Die Enden wurden auf zwei Stühle oder Sägeböcke gelegt. In schwarzen Südstaatenfamilien mußte mitunter das nächstbeste Brett, wie hier bei den Hurstons ein Bügelbrett, dafür herhalten. In Hurstons Erzählung *Spunk* besteht das »cooling board« aus »drei Vierzigzentimeterbrettern auf Sägeböcken«. Angemessener als der vornehme Ausdruck »Bahre« ist für die schlichte, ländliche Vorrichtung der in manchen entlegenen Gegenden bei uns verwendete Begriff »Totenbrett«, laut Lexikon »das Brett, auf dem ein Verstorbener vor der Einsargung ruht«.

Kapitel 7: Jacksonville und danach

Seite 103: *… mit einem Flunsch, der tiefer herunterhing als ein Freimaurerschurz.*
Freimaurerlogen, »Masonic Lodges«, spielten in der Geschichte der Afroamerikaner eine wichtige Rolle. In Schwarzafrika spielen Selbsthilfebruderschaften und Geheimorganisationen eine große Rolle im gesellschaftlichen Leben. In den USA gründeten befreite Sklaven 1791 die erste schwarze Freimaurerloge, die »African Grand Lodge«. In der Dia-

spora von Amerika war der Zusammenschluß zu Selbsthilfe-Bruderschaften ein um so wichtigerer Beitrag zu Selbsthilfe, Zusammenhalt, Steigerung des Selbstbewußtseins, beruflicher Qualifikation und Besserstellung der schwarzen Amerikaner. Ihre Mitglieder trugen bei Versammlungen Abzeichen, »Schurz« und weiße Handschuhe. Auf einem Foto von 1897 in der *Encyclopedia of Black America* sieht man die schwarzamerikanischen Mitglieder der »Grand Lodge of Mason No. 1«, die alle den typischen weißen Schurz mit abgerundeter Unterkante unter dem Jackett tragen. Der kam Hurston in den Sinn angesichts der griesgrämig nach unten verzogenen Unterlippe ihrer Stiefmutter.

Seite 109: *Mannsgroße Katzenfische, die die Schiffsumgebung wie Armenhäusler nach Küchenabfällen absuchten.*
Ein Beispiel für die Fehler, die einem bei den Übersetzungen aus dem afrikanisch-amerikanischen Englisch unterlaufen können. Als mögliche Bedeutungen für »porpoises« findet man in den Lexika: Tümmler, Meerschweine, Schabelfische, Wale, Walartige, Delphine. Bei der weiteren Suche erfährt man, daß es etwa sechzig Walarten gibt, die alle bis auf die Flußdelphine im Meer heimisch sind. Also kämen, da Zora die »porpoises« hier während ihrer Fahrt auf dem St. John's River in Ost-Florida sieht, nur Delphine in Frage. Bei der weiteren Recherche in der zoologischen Fachliteratur stellt sich heraus, daß der Tümmler die häufigste Art der Delphine und die am besten untersuchte Walart überhaupt ist und daß auch einige Arten der Schweinswale als Tümmler bezeichnet werden, so z.B. der Kleintümmler oder Braunfisch. »Schweinswale« oder »Kleintümmler«, die sich von Fischen (Heringen usw.), Krebsen, Kopffüßern, aber auch von Meerespflanzen ernähren, halten sich aber nicht ausschließlich im Meer auf, sondern schwimmen mitunter auch kilometerweit große Flüsse hinauf. Aha, die kämen im St. John's River bei Jacksonville in der Nähe des Atlantiks auch in Frage. Trotz der Wahrscheinlichkeit, daß im St. John's River Tümmler bzw. Schweinswale vorkommen, erscheint die Übersetzungslösung unbefriedigend. Die sprachmächtige, stilsichere Autorin sollte Katzenfische, die neben dem Flußdampfer im St. John's River in Florida auftauchen, einfach mit fischähnlichen, schwimmenden Säugetieren, mit »Tümmlern« oder »Schweinswalen« vergleichen? Schwaches Bild. Obendrein ist in den Fachbüchern keine Rede davon, daß Tümmler Abfälle von Schiffen fressen. Dagegen liest man über den »Katzenwels« (die »Welsähnlichen« werden im Englischen Sprachgebrauch als »cat-fishes« bezeichnet), daß er alles frißt, »was er bewältigen kann«. Den sollte Hurston mit einem Tümmler vergleichen, der sich für Abfälle gar nicht interessiert? Die Textstelle blieb als ungelöst auf Halde liegen, bis mir beim x-ten Durchblättern von Hurstons nicht alphabetisch geordnetem Glossar zu ihrem ersten Roman *Jonah's Gourd Vine,* das Wort »porpoise« ins Auge sprang. Im *Black Talk* ist »porpoise« gleichbedeutend mit »pauper« (»Armer«, »Unterstützungsempfänger«), in den alten Wörterbüchern finden sich

noch die Bedeutungen »bettelarmer Mensch«, »Almosenempfänger«, »Wohlfahrtsempfänger«, »jemand, der das Armenrecht genießt«. Von den älteren Synonymen von »Armer« käme für den Anfang des 20. Jahrhunderts noch »Armenhäusler« in Frage. Also »Katzenfische, die das Schiff wie Armenhäusler nach Abfällen absuchen«! Für diese Interpretation spricht außer einleuchtenden stilistischen Gründen auch die Tatsache, daß Hurston die Katzenfische als »mannsgroß« beschreibt, was den Vergleich mit Menschen nahelegt. In einer TV-Sendung über schwarze Amerikaner in New Orleans bekam ich kürzlich einen zweiten Schlüssel zu dieser Wortvertauschung: Die Vokabel »person« wird von manchen Sprechern des African American English wie »poison« ausgesprochen, d.h. »per« wird zu »poi« verschliffen. Das gleiche kann logischerweise mit den »paupers« geschehen, die dann zu »pohpois« werden und sich durch den im *Black Talk* typischen doppelten Plural schließlich zu »pohpoises« verwandeln und Anlaß geben zur Verwechslung mit dem zoologischen Namen »porpoises« = Delphine, Schweinswale, Tümmler. Leider kann das Spiel mit der mundartlichen Verballhornung eines Bildungsworts wie »paupers«, die unvermeidlich zur Verwechslung mit einem Säugetier führt, im Deutschen nicht nachgeahmt werden. Es bleibt nur diese langatmige Erklärung.

Seite 112: *Meine Stiefmutter schlief auf Mamas Daunenmatratze* …
Im Amerikanischen ist »featherbed« nicht immer gleichbedeutend mit »Federbett« – was im Deutschen üblicherweise eine mit Federn oder Daunen gefüllte Bettdecke bezeichnet –, sondern es kann, wie im vorliegenden Kontext, auch eine »Matratze mit Feder- oder Daunenfüllung« sein.

Seite 113: *Seine gutgeschnittenen Tuchanzüge, seine breitkrempigen Stetson-Hüte, seine handgearbeiteten Alligatorlederschuhe und sein Spazierstock hatten ihm bei seinen Kindern den Spitznamen Big Nigger eingetragen.*
»Big Nigger« ist wie der französische Bruder »gros nègre« (etwa auf Haiti) ein unter Nachfahren der afrikanischen Sklaven in der westlichen Hemisphäre gern gebrauchter ironischer Spitzname für einen tonangebenden, meist gebildeten, rhetorisch begabten, oft aber auch großspurigen, großkotzigen Schwarzen, für das »große Tier«, gegen das der »humble negro«, der einfache, kleine Neger, eine gesteigerte Abneigung hegt. Für Hurston und ihre Geschwister war der wortgewaltige, hochfahrende und offenbar auch etwas dünkelhafte Vater der Inbegriff des »Big Nigger« – ursprünglich hatte sie für ihren ersten Roman, in dem er die Hauptrolle spielt, den Titel »Big Nigger« vorgesehen (später wurde daraus *Jonah's Gourd Vine*).

Kapitel 8: Hinter der Bühne und auf der Bahn

Seite 140 f.: *Fünf meiner Unglücksvisionen* ...
Kritiker haben Hurstons Konzept der Visionen, die sich nach ihrer Ankündigung in Kapitel 4 als roter Faden durch die Autobiographie ziehen sollten, kritisiert und bemängelt, daß sie die ursprünglichen zwölf Visionen in den folgenden Kapiteln nicht wieder schlüssig aufgreift. Hier, am Ende von Kapitel 8, stellt man fest, nachdem man das Gelesene vergeblich noch einmal rekapituliert hat, daß Hurstons eigene Rechnung nicht aufgeht. In der Beschreibung der Visionen in Kapitel 4 kommt man allenfalls auf acht, und von denen kann man später nur etwa die Hälfte konkreten Lebensabschnitten zuordnen. Hurston erzählt gar nicht alle Etappen, die sie als Erfüllung der Visionen betrachtet. Z.B. die Erfüllung der hier angedeuteten »siebten« (nach den in Kapitel 4 geschilderten Bildern die sechste) mit dem »notdürftig zusammengezimmerten Haus«, die sie »klamm vor Entsetzen aus dem Schlaf jagte«, wird nirgends auch nur angedeutet. Welche Episode aus ihrem wirklichen Leben meint sie? Das Haus ihres Vaters (in Eatonville? in Sanford?) zur Zeit, als die Stiefmutter darin residierte? Oder nach der Trennung von ihr? Oder eines der Häuser, in denen Zora zeitweilig Unterschlupf fand oder arbeitete? Oder das Zusammenleben mit Bruder John, bei dem sie Kinder hüten mußte, anstatt in die Schule zu gehen? Wenn sie »in dem geschenkten blauen Popelinekleid« vor der Verwirklichung dieser Vision weglief, wie sie schreibt, müßte es nach ihrer eigenen Darstellung in Kapitel 8 das Leben bei John gewesen sein, vor dem sie sich zur Operettentruppe flüchtete. Aber in den einschlägigen Szenen ist weder von einem ramponierten Haus die Rede noch von Entsetzen. Nur von Enttäuschung. Die Unstimmigkeiten könnten mit den rund zehn Jahren zu tun haben, um die Hurston sich offenbar stets jünger machte und die sie logischerweise in der Autobiographie unterschlagen mußte. Kristy Andersen und ihr Filmteam fanden u.a. heraus, daß Zora im Alter von etwa 20 Jahren, bevor sie den Highschool-Abschluß nachholte, in Nashville, Tennessee lebte, daß sie danach, mit etwa 26 Jahren, in Baltimore einen Laden mit Zigaretten, Süßigkeiten und Getränken führte (ähnlich wie Janie in *Und ihre Augen schauten Gott*) und daß sie bereits 27 war, als sie am Morgan College die Hochschulreife erwarb. Heutige Hurston-Forscher munkeln von einer mehrjährigen Ehe in dieser Zeit, die Hurston verschwiegen haben könnte. Ein Grund, warum Hurston trotz dieser Unstimmigkeiten am Visionen-Konzept festhielt, mag in der Tatsache zu suchen sein, daß sie im Laufe ihres Lebens und ihrer Feldforschungen mehr als nur ethnographisches Interesse am Hoodoo und an der »Spiritualist Church« entwickelte, einer afroamerikanischen Kirche, die europäisch-christliches Brauchtum ablehnte und statt dessen afrikanische Rituale und Voodoo-Praktikten pflegte – unter anderem Séancen zur Herbeirufung der Toten und das Erscheinen von Visionen, welche angeblich denjenigen geschickt wurden, die auserwählt waren,

Gottes Befehle auszuführen. Am Ende von Kapitel 4 schreibt Hurston ja über die »Last des Gebots« und die »kosmische Einsamkeit«, die ihr mit diesem vorzeitigen »Wissen« auferlegt waren. Hemenway bemerkt: »Die in New Orleans erlebten Zeremonien veränderten sie für immer.«

Kapitel 9: Wieder in der Schule

Seite 146: *...fuhr ich zum Morgan College und meldete mich im dortigen High-School Department an*

Zu den wichtigsten der von Kirchen gegründeten historischen Bildungsstätten für Schwarze gehörte das von der Methodist Episcopal Church gegründete »Centenary Biblical Institute« in Baltimore, Maryland, das für den Unterricht zunächst mit einem Raum in einer Kirche vorliebnehmen mußte. 1872 eröffnete die Schule ein eigenes Gebäude und bildete zunächst junge schwarze Männer zu Priestern aus. Später kamen andere Bildungszweige dazu, und es wurden auch junge Frauen zugelassen. Durch Stiftung von Dr. Lyttleton F. Morgan konnte die Schule 1890 erstmalig ihr Bildungsangebot auf die Hochschulebene ausweiten, wurde umgesiedelt an den heutigen Standort und erhielt den neuen Namen »Morgan College« (1890–1938). Das war die Phase, in der Hurston das »High-School Department« des College besuchte (1917/18), wo Schwarze die Hochschulreife nachholen konnten. Bis 1930 waren alle Präsidenten von Morgan College weiß gewesen (wie Dr. Spencer zu Hurstons Zeit). Ab 1930 waren es nur noch Afroamerikaner, unter anderen Dwight D. Holmes, bei dem Zora in Baltimore in die Abendschule gegangen war. 1938 wurde Morgan College verstaatlicht und in »Morgan State College« umbenannt (1938–75), heute nennt es sich »Morgan State University«.

Seite 152: *N.A.A.C.P.*

Als sich die Situation der Afroamerikaner in den USA um die Jahrhundertwende zunehmend verschlechterte und 1908 in Illinois Rassenunruhen ausbrachen, entwickelte sich aus einer Handvoll schwarzer und weißer Sozialarbeiter, Schriftsteller, Pastoren und Verleger eine Bürgerrechtsgruppe. An Abraham Lincolns Geburtstag im Jahre 1909 unterzeichneten prominente Weiße und Schwarze den Aufruf zu einer Konferenz, um, anknüpfend an die Tradition der Abolitionisten, den Kampf gegen Diskriminierung aufgrund von Rasse oder Geschlecht und gegen Segregation aufzunehmen und um Chancengleichheit und uneingeschränkte Bürgerrechte für alle Afroamerikaner zu verwirklichen. Ein »Nationalausschuß für die Besserstellung der Negerrasse« wurde ins Leben gerufen, aus dem sich dann die »National Association for the Advancement of colored People« entwickelte. Der N.A.A.C.P. hat seine Ziele, über alle sozialen, religiösen, politischen und rassischen Schranken hinweg, stets, selbst im Angesicht offener Gewalt, mit friedlichen Mitteln verfolgt und sich dabei nur gesellschaftlicher Instrumente wie Petitionen, Wahlurne, Justizwesen und Presse bedient. Das Organ des N.A.A.C.P. war die phänomenal erfolgreiche Zeitschrift *Crisis*, in der auch Werke von Hurston rezensiert (und mitunter wegen mangelnden politischen Engagements verrissen) wurden.

Seite 159: *Logan sei ein ganz Schlimmer ...*
Das Adjektiv »mean«, das im Standardenglischen »gering«, »niedrig«, »gemein«, »ärmlich«, »schäbig« bedeutet, fungiert hier als ein typisches Black Slang-Wort, das, von einem Schwarzen in einem bestimmten Kontext ausgesprochen, das genaue Gegenteil dessen bedeutet, was es in der Hochsprache ausdrückt, nämlich »das feinste«, »(super)gut«, »solide«, »ehrlich«, »kräftig«, »gefühlsstark«, »urig«. Die schwarzamerikanische Linguistin Geneva Smitherman nennt als Synonyme für das bedeutungsgewandelte »mean« die Adjektive »bad«, »def« (das ist »death« in schwarzer Aussprache und vom Substantiv zum Adjektiv gewandelt), »cool«, »hip« u.a.m., alles superlativische Bezeichnungen für etwas, das »so gut ist, daß es schon wieder schlecht ist«, eine Sprachfigur, die Smitherman vom westafrikanischen Mandingo herleitet. Bernard Schmid schreibt in seinem Wörterbuch *American Slang*: »›Bad‹ kann in der Sprache der Schwarzen Bewunderung ausdrücken, und das bereits seit den Zeiten der Sklaverei. Die in der Mundart der amerikanischen Schwarzen gar nicht so seltene Erscheinung, normalerweise Negatives bezeichnende Wörter umzudrehen, um damit seine Bewunderung zum Ausdruck zu bringen, gilt als Erbe afrikanischer Sprachen. Gerade die schwarze Mundart ist hochgradig kontextbezogen, und so gilt es aufzupassen, was gemeint ist.« In der deutschen Umgangssprache und in deutschen Dialekten (vor allem im Berlinischen) spielt man ebensogern mit solchen Bedeutungsumkehrungen als Ausdruck höchster Bewunderung. Das belegen Wörter wie »toll« (ursprünglich »irr«), »irre«, »Wahnsinn«, »brutal« oder, etwas abgemildert, Wendungen wie »er ist ein ganz Schlimmer« oder Wortkombinationen mit »mords-«, »bös«, »sau-«, »teufels-«, »satans-«, also superlativische Steigerungsformen, die auch von ursprünglich negativen Wörtern ausgehen.

Seite 162: *... ich dem Jim Crow-System Vorschub geleistet hatte ...*
Für Clarence Majors ist »Jim Crow« gleichbedeutend mit erzwungener Segregation. Der Ausdruck stammt aus dem Song »Jump Jim Crow«, in dem der schwarz angemalte weiße Varietékünstler Thomas Rice zu Beginn des 19. Jahrhunderts die Schwarzen veralberte. Der Begriff bedeutete zunächst schwarze Person, war gleichbedeutend mit »Nigger« und wurde dann um die Jahrhundertwende zum Inbegriff für Segregation und Diskriminierung der Schwarzen und aller dazu gehörenden Gesetze und Praktiken (»Jim Crow statutes«, »Jim Crow toilets«, »Jim Crow cars«). Der afroamerikanische Dichter Langston Hughes verwendete das Unwort sogar als Verb: »the people who Jim Crow me have a white heart.«

Seite 164: *Lorenzo Dow Turner*
gilt als der Pionier unter den schwarzamerikanischen Linguisten. Er fand bei seinen Forschungen auf den Sea Islands mehrere tausend Wörter afrikanischen Ursprungs, Überreste von rund dreißig westafrikanischen Sprachen, die dort in der Sprache der »Gullahs« – Nachfahren der Ngola-Angola, einem Bantu-Stamm, oder cer Cola, einem liberianischen Stamm – noch immer lebendig sind.

Seite 165: *Ich wurde in den* Stylus, *den kleinen Literaturzirkel oben auf dem Hügel, aufgenommen.*
Hurstons literarische Ambitionen wurden von mehreren hervorragenden Englischlehrern der Howard University gefördert. Alain Leroy Locke, damals ein junger Philosophie- und Englischdozent der Howard University, nahm sie auf in den *Stylus*, die kleine literarische Gesellschaft der Universität, die er gegründet hatte. Er nahm nur nachweislich begabte Studenten auf, die bei einem jährlich stattfindenden Wettbewerb ausgewählt wurden. Hurston veröffentlichte ihre erste Geschichte *John Redding Goes to Sea* in der gleichnamigen Zeitschrift des Clubs.

Seite 166: *Spiritus rector war Alain Leroy Locke.*
Alain Locke war promovierter Harvard-Absolvent und der erste schwarze Rhodes-Stipendiat – der er sechzig Jahre lang auch bleiben sollte. In Oxford erwarb er einen weiteren akademischen Grad und studierte ein Jahr lang in Berlin Philosophie. Über vierzig Jahre wirkte er als Dozent für Englisch, Philosophie und Pädagogik und als Leiter der Philosophischen Fakultät an der Howard University. Er verfaßte zahlreiche Bücher über schwarzamerikanische Kultur und ist Herausgeber von *The New Negro*, einer Sammlung wichtiger Artikel, Gedichte, Erzählungen und anderer Texte junger Künstler (u.a. Hughes, Hurston, Bontemps), die den neuen Geist des schwarzen Amerika verkörpern sollten. Die Sammlung war ein Riesenerfolg und wurde zum zentralen Text der Harlem Renaissance. Locke spielte eine bedeutende Rolle als Mentor der jungen Intellektuellen von Harlem, er leitete sie an, gab ihre Werke heraus oder half ihnen, Verleger zu finden. Und er brachte einige von ihnen – u.a. Langston Hughes, Zora Neale Hurston, Nellie McKay, Richmond Barthé – in Verbindung mit Mäzenen, allen voran Mr. Charlotte Osgood Mason. Robert Hemenway bezeichnet ihn als »einen der kultiviertesten Menschen von ganz Amerika«. Hurston, die anfänglich auf sein Urteil größten Wert legte, distanzierte sich mit den Jahren mehr und mehr von seiner »besitzergreifenden«, »gluckenhaften« Art.

Seite 166: *die sogenannte Negro Renaissance*
Was in den zwanziger Jahren »Negro Renaissance« und später »Harlem Renaissance« hieß, war eine der dynamischsten Epochen afroamerikanischer Kunst. Es war eine Zeit großer sozialer Umbrüche, ausgelöst durch die Unterdrückung der schwarzen Bevölkerung nach dem Ersten

Weltkrieg und die erste Migrationswelle schwarzer Südstaatenbewohner in den Norden. Der schwarze Nationalismus, den Marcus Garvey predigte, wurde zwar von den wenigsten jungen schwarzen Dichtern bejaht, aber er war vielleicht verantwortlich für eine Stärkung des Gemeinschaftssinns und eine gewisse Radikalisierung in der Dichtkunst der Afroamerikaner. Etwas vom allgemeinen Wohlstand der zwanziger Jahre sickerte auch bis zur schwarzen Bevölkerung durch und ermöglichte ein stärkeres Engagement für Gleichberechtigung und ein neues schwarzes Selbstbewußtsein. Der »New Negro« betrat die Szene. Erstmalig verfügte eine nennenswerte Anzahl schwarzer Talente über die Muße zu schriftstellerischer Tätigkeit, und zum erstenmal lebte eine größere Zahl schwarzer Schriftsteller an einem Ort (in Harlem). Die meisten jungen Autoren der Zeit besaßen College-Bildung. Freuds Lehren machten sich breit, und auch die junge schwarze Elite begann, tradierte moralische und soziale Zwänge in Frage zu stellen. Bei vielen Weißen führte der Wunsch nach Befreiung von bürgerlichen Konventionen dazu, daß sie in Scharen in die Nachtclubs von Harlem strömten, um dort die »urwüchsige Natürlichkeit« der Schwarzen auf sich abfärben zu lassen und die Zwänge von Zivilisation und Kultur abzuwerfen. In seiner Hurston-Biographie schreibt Robert Hemenway: »Zora Hurston war ein ›Neuer Neger‹, aber das bedeutete nicht, daß sie ein Revolutionär war.« W. E. B. du Bois (Mitbegründer des N.A.A.C.P.) und Alain Locke, die einflußreichsten Intellektuellen der Epoche, stellten die »neuen Neger« zur Schau und wollten jeder seine Vorstellungen von der ästhetischen Dimension des »Neue Negertums« und von der Rolle des Elitekünstlers für die sprachlose Masse durchsetzen. Einige der jungen Schriftsteller der Harlem Renaissance – allen voran Langston Hughes, Zora Neale Hurston und Wallace Thurman – wollten sich aber von den Vorgaben von Du Bois, Charles S. Johnson oder Alain Locke nicht einengen lassen und gründeten eine eigene, selbstfinanzierte Literaturzeitschrift mit dem Titel *Fire!!*, die frei sein sollte »von soziologischen Problemen und politischer Propaganda« und ausschließlich künstlerischen Zielen dienen sollte. Es würden »mehr Ventile für Neger-Feuer« gebraucht, meinte Hurston. Ihre Figuren und Stoffe holten sie sich eher aus dem Proletariat als aus der Bourgeoisie, bei Menschen, »an denen noch nicht alles, abgesehen von der Hautfarbe, weiß geworden war«. Sie nannten sich die »Niggerati«, sahen sich als »Bohemiens« und wollten die älteren Vertreter der schwarzen Rasse mit ihrer viktorianischen Moral provozieren, die Spießer schockieren und »den alten überkommenen schwarz-weißen Müll in Flammen aufgehen lassen« (Hughes). Sie diskutierten sich die Köpfe heiß, feierten wilde Feste und strebten nichts Geringeres an als eine »Revolution des ästhetischen Bewußtseins«. Hurston war die »Königin der *Niggerati*«, ihre Wohnung stand immer offen für »*Niggerati*-Treffen«, für die sie Südstaatengerichte oder Eintöpfe aus Mitgebrachtem kochte. Das wirtschaftlich prekäre und chaotische, aber literarisch und historisch bedeutende Unternehmen ging nach dem Erscheinen der ersten Nummer von *Fire!!* aufgrund einer unglückseligen Verkettung widriger Umstände wieder ein. Der »Geniestreich« (Hughes) der »ästhetischen Freiheitskämpfer« (Hemenway) war gescheitert und dennoch wesentlicher Bestandteil der »Racial Renaissance« (Hughes) mit ihrer Hinwendung zur schwarzen Volkskunst und eine »absolut zentrale Etappe in Zora Neale Hurstons Entwicklung als Künstlerin« (Hemenway).

Seite 167: *... landete ich schließlich am Barnard College.*
Das Barnard College in New York City ist eines der angesehensten Frauen-Colleges in den USA, die sich heute wieder zunehmender Beliebtheit erfreuen (jüngst in *Marie-Claire* als verheißungsvolle Bildungsinstitution für Europäerinnen gepriesen). Es ist ein relativ kleines, privates geisteswissenschaftliches College für »undergraduate women«, d.h. es bietet ein Grundstudium an, das zum »Bachelor of Arts« führt. Für ein Aufbaustudium bietet sich die Columbia University an, in deren Ausbildungssystem das Barnard College integriert ist und wo auch Fächer belegt werden können, die Barnard nicht anbietet. So absolvierte Hurston einen Teil ihres Studiums an der anthropologischen Fakultät von Columbia, und nach dem Bachelor studierte sie mit Hilfe eines Guggenheim-Stipendiums eine Zeitlang an der Columbia University weiter. Das College ist nach Frederick Augustus Porter Barnard benannt, einem ehemaligen Präsidenten der Columbia University, der sich im Kampf für höhere Bildung für Frauen engagiert hatte.

Seite 168: *Franz Boas*
Der amerikanische Ethnologe und Anthropologe Franz Boas (1885–1942) war in Minden, in Deutschland, geboren worden und hatte an den Universitäten von Heidelberg, Bonn und Kiel studiert. Als Teilnehmer einer geographischen Arktis-Expedition erforschte er die Eskimo-Kultur von Baffin Island. Er wurde Assistent am Königlichen Ethnologischen Institut in Berlin und lehrte an der Universität von Berlin Geographie. Nach seiner Übersiedlung in die USA leitete er viele bedeutende anthropologische Expeditionen in Nord- und Südamerika. Er lehrte an verschiedenen Instituten, unter anderem von 1896 bis 1937 an der *Columbia University*, wo er die erste Professur für Anthropologie und Ethnologie erhielt und zum eigentlichen Begründer der modernen amerikanischen Ethnologie wurde. Er hatte in Kiel in Physik promoviert und brachte die strengen Methoden und Standards dieser Wissenschaft in die Erforschung des Menschen und seiner Kultur mit. Boas war einer der ersten, die Statistik in der Anthropologie anwendeten. Seine Forschungen berührten fast alle Aspekte der Anthropologie. Besonders interessierten ihn die amerikanischen Indianerkulturen und -sprachen und die Auswirkungen von Rassenvermischung und Umweltveränderungen und sozialen Bedingungen auf den menschlichen Körper. Er legte Wert auf Feldforschung und die objektive Untersuchung der Phä-

nomene und hielt nichts von der Methode, mit einem »System« anzufangen, und diesem dann die »Fakten« anzupassen. Zu seinen Werken gehören *Das Geschöpf des sechsten Tages, Ethnology of Kwakiutl* und *Race, Language and Culture.*

Seite 170: *Booker T. Washington*
Booker Taliaferro Washington war um die Jahrhundertwende eine beherrschende und umstrittene Figur im öffentlichen schwarzen Leben. Als Sklave auf einer kleinen Farm in Virginia geboren, arbeitete er nach der Befreiung als Salzsieder und im Kohlenbergbau, holte das Abitur nach, studierte und wurde schließlich ein führender schwarzer Pädagoge. 1881 gründete er das »Tuskegee Normal and Industrial Institute« und um 1900 die »National Negro Business League«. Er wurde bekannt für seine Kontroverse mit W. E. B. Du Bois (dem Mitbegründer des N.A.A.C.P.) über die Frage, welche Bildungspolitik den Schwarzen am meisten nützen würde. Washington vertrat eine den Leistungsnormen der herrschenden weißen Klasse angepaßte Strategie der Berufsbildung, während Du Bois für die Förderung einer breiteren intellektuellen schwarzen Führungsschicht und für eine bessere Bildung der breiten (schwarzen) Masse plädierte. Washingtons von vielen Afroamerikanern als »Gefälligkeitsphilosophie« kritisierte Haltung gipfelte in dem Satz: »Die Schwarzen sollten nicht die volle gesellschaftliche Gleichstellung verlangen« …

Kapitel 10: Feldforschungen

Seite 174: *Mrs. R. Osgood Mason*
Über Hurstons »Patin« schreibt Robert Hemenway: »Mrs. Rufus Osgood Mason …, geborene Charlotte van der Veer Quick … war eine sehr reiche, schöne, arthritische, großzügige, zur Mystik neigende ältere Mäzenin der afroamerikanischen Künste«, die ihren Schützlingen verbot, über sie und ihre Unterstützung zu sprechen. Auf Langston Hughes »übte sie einen so starken Einfluß aus, daß der Bruch mit ihr ihn physisch krank machte«. Zora Hurston, die nicht gerade ein kleinmütiger Geist war, verehrte sie als spirituelle Patin. »Selbst ein weltläufiger Intellektueller wie Alain Locke wurde in ihrer Gegenwart ehrerbietig. Sie war mit Präsidenten und Botschaftern befreundet (und) verfügte über uralten Familienbesitz. Dennoch hatte sie, als sie jünger war, monatelang im Präriestaub bei den Plains Indians gelebt, während sie Natalie Curtis auf den von ihr finanzierten Feldforschungen begleitete.« Ganz besondere Beachtung schenkte Mrs. Mason dem »Neuen Neger«. Alain Locke empfahl ihr, neben den Literaten Hurston und Hughes auch den Maler Miguel Covarrubias und den Bildhauer Richmond Barthé zu unterstützen. Als weiße Hobby-Anthropologin hatte Mrs. Mason ihre Vorstellung von Negern, von ihrer Kultur und von der Art, wie diese zu

präsentieren war. Neger hatten urwüchsig zu sein und intuitiv zu handeln, und wenn Hurston oder Hughes oder Locke diesen Vorstellungen nicht entsprachen, warf sie ihnen vor, sie seien nicht echt, sie benähmen sich »zu sehr wie Weiße«. 1927 unterzeichnete Zora in der Park Avenue einen juristisch verklausulierten Vertrag, den man heute als »Knebelvertrag« bezeichnen würde. »Der Vertrag offenbart viel über das Wesen weißen Mäzenatentums gegenüber schwarzen Künstlern ... Einerseits befähigte Mrs. Masons Großzügigkeit Zora, die Feldforschungen zu unternehmen, die ihren Ruhm als Volkskundlerin begründeten, andererseits führte er zu Abhängigkeit und Verbitterung.« Durch ihn übte Mrs. Mason »fünf Jahre lang eine starke, fast schon perverse Macht über Hurstons Karriere aus«. Zora mußte der »Patin« die exklusiven Besitzrechte an ihrer Arbeit übertragen und sich verpflichten, ihrer Mäzenin »sämtliche Aufzeichnungen, Informationen, Musiktranskriptionen usw. ... abzuliefern und vorzulegen«, diese niemandem zu zeigen, geschweige denn, sie ohne Masons Einwilligung zu veröffentlichen, weil Mrs. Mason »Zora nicht zutraute, davon sinnvoll Gebrauch zu machen«. Hurstons Erfolge als Folkloresammlerin blieben jahrelang von Fachwelt und Öffentlichkeit unbemerkt. Außer in konspirativen Briefen an Langston Hughes getraute sie sich nicht, die Fülle ihrer aufregenden Funde mit irgend jemandem zu teilen – nicht einmal mit Franz Boas –, und schon gar nicht, das Material zu bearbeiten, zum Beispiel für die Bühne, und damit an die Öffentlichkeit zu gehen. Für Zoras Ego und ihre ökonomische Lage war die Bevormundung durch die »Patin« verheerend. Aber um sie nicht zu verlieren, fügte sie sich und schickte das gesamte von ihr in zwei Jahren gesammelte und aufgearbeitete Material an Mrs. Mason nach New York, die es in einem ihrer Safes lagerte. Mrs. Mason untersagte Zora, im Auftrag von Franz Boas für die Columbia University in New Orleans schwarzes Liedgut zu sammeln, bevor die vorhandene Sammlung in der von ihr gewünschten Form publikationsreif war. Auch einer von Franz Boas vorgeschlagenen Fortführung von Hurstons Recherchen unter der Ägide der Columbia University, die Zoras Karriere ganz neue Dimensionen eröffnet hätte, stellte sie sich in den Weg.

Seite 180: *Der Vorsänger unterbricht seinen Singsang.*
Ein »line-man« ist ein »Streckenarbeiter« beim Eisenbahnbau. In den Tonbandaufzeichnungen über ihre Feldforschungen in Arbeitslagern der Eisenbahn bei Miami und Lakeland in Florida sagt Hurston: »Der ›singing liner‹ ist ein Mann, der nicht bei der eigentlichen Gleisarbeit mitmacht, sondern auf und ab geht und einem Trupp von Streckenarbeitern beim Ausrichten und Festnageln der rund achthundert Pfund schweren Schienen den Rhythmus vorgibt«, damit sie im richtigen Moment Pause machen, um dann mit vereinten Kräften das Schienenstück mit dem langen Stemmeisen in die richtige Richtung zu wuchten oder, wenn es richtig liegt, mit dem Hammer die langen Nägel einzuschlagen. Der Vorsänger beginnt immer, und der ganze Trupp fällt mehrstimmig

in seinen Worksong mit ein. »Manche fügen auch eigene Strophen hinzu.« Die Eisenbahngesellschaft muß den Vorsänger bezahlen, damit die Männer nicht aus dem Takt kommen. Von der szenischen Aufführung eines Arbeitstags in einem solchen Arbeitslager der Eisenbahn, die Hurston unter dem Titel *From Sun to Sun* auf die Bühne stellte und bei der sie die Ansage machte und mitsang, existiert eine sehr schöne Tonbandaufnahme mit solchen vielstimmigen Worksongs.

Seite 180: *Der Rottenführer deutet mit einer Handbewegung eine kurze Pause an.*
In *Mules and Men* erläutert Hurston: »Der ›straw-boss‹ ist der schlecht bezahlte weiße Chef eines Streckenabschnitts beim Gleisbau«, also ein Streckenvorarbeiter. Früher nannte man in Deutschland einen Gleisbautrupp »Rotte« und den Anführer einer Gruppe von Streckenarbeitern »Rottenführer«. Beide Wörter sind auch heute im Fachjargon noch gebräuchlich.

Seite 181: *Nach Sonnenuntergang die Musikpinten.*
Clarence Major definiert »juke« als einen Black Slang-Begriff, der nach dem neuesten Stand der Forschung von etwa 1650 bis in die sechziger Jahre unseres Jahrhunderts in den USA gebräuchlich war und sich von ähnlich lautenden Wörtern aus verschiedenen westafrikanischen Sprachen herleitet: z.B. von »juka« (Bantu) bzw. »dzug« (Wolof) (andere Varianten davon sind »dzog« oder »dzugu«), die soviel bedeuten wie »heruntergekommen«, »verrufen«, »böse«. Major unterscheidet »juke« und »jook«. Für das Verb mit der Schreibweise »jook« gibt er an, es sei ein afrikanisches Wort, das »stoßen« bedeute – wie beim Geschlechtsverkehr – und auch in der Karibik gebräuchlich sei. Von daher komme zweifellos die Bedeutung des Substantivs »jook«: »Amüsierlokal«, »Kneipe«, »Hurenhaus«. Daraus wurde im »Gullah«, dem Plantagenkreolisch, das bis heute auf den Sea Islands gesprochen wird, »jukehouse«, womit Freudenhaus oder Straßenlokal gemeint ist oder das Treiben in einem »juke-joint« oder »jukebox-house« bzw. die Art Musik, die in solchen Bumslokalen gespielt wird. Hurston definiert »jooks« im Glossar zu ihrem Roman *Jonah's Gourd Vine*: als »Vergnügungslokale in der Nähe von Arbeitscamps, wo ein zügelloses Treiben und Kartenspiele stattfinden, wo es Musik gibt und geschwoft wird. Nebenbei waren sie die Wiege des Blues.« Nicht zuletzt waren es Kneipen, in denen illegal hergestellter Fusel verkauft und konsumiert wurde.

Seite 181: *Ganz Polk County in den Pinten am Schwofen. Den Squaredance. Den Scronch. Den Bellyrub.*
In *Mules and Men* beschreibt Hurston in mehreren Kneipenszenen in einem Sägemühlencamp von Polk County, wie sich die Lagerbesatzung ausgelassen dem Squaredance hingab, bevor die langsameren Tänze wie der Scronch drankamen – ein Name, den in Amerika kaum noch ein Mensch kennt. Clarence Major stellt ihn als einen in den

zwanziger Jahren in Harlem populären »bluesigen« Tanz vor, bei dem man sich langsam, Bauch an Bauch, bewegte. In den Dreißigern entwickelten sich daraus Tänze wie der Drag und der Mooch. Der Bellyrub dürfte eine weitere Variante davon oder die Urform dieses »Schiebers«, »Schleichers« oder »Schwofs« gewesen sein (der ostmitteldeutsche »Schwof« oder »Schwoof« stammt von »Kuhschwof«, d.h. »Kuhschwanz«, und bezeichnet einen Gesindeball, ein niederes Tanzvergnügen).

Seite 182: *Der Lagerwart!*
»Quarters« waren früher die Sklavenhütten auf den Plantagen. Zu Hurstons Zeiten war es die Bezeichnung für die Barackensiedlungen der schwarzen Wanderarbeiter im Phosphatbergbau, in den Sägemühlencamps oder beim Eisenbahnbau. Der »quarters boss« war der weiße Aufseher einer solchen Siedlung, der Lagerwart. Daß der »quarters boss« damals, in den dreißiger Jahren, ein Weißer gewesen sein muß, besagt zum einen das Wörtchen »Boss« und zum anderen aus der Tatsache, daß er an anderer Stelle »dat Cracker Quarters Boss« genannt wird. Ein »cracker« ist im Black Slang ein armer ungebildeter Weißer, ein weißer Hinterwäldler oder der Weiße schlechthin, vermutlich in Anspielung auf den früheren peitschenknallenden (»crack a whip«) weißen Plantagenbesitzer. Zudem schreit Big Sweet den »quarters boss« an, als er mit der Pistole in der Hand auf sie zukommt und ihr das Schnappmesser abnehmen will: »Don't you touch me, white folks!«

Seite 185f.: *... hörte ich eine Frauenstimme Klartext reden ... Die tut grade wem den Fuß auf die Treppe stellen ... Sie gab jemandem eine »Charakterdeutung« ... »in Familie machen« ... eine Redensart für »Angehörige vergackeiern«*
Hier vereint Hurston in einer archetypischen Szene einen ganzen Reigen von Begriffen aus der bis in die fünfziger Jahre unter schwarzamerikanischen Jugendlichen hochgeschätzten und ritualisierten Kunst des gegenseitigen Verunglimpfens und Beschimpfens. Einige dieser Wörter und Wendungen sind, obwohl schon längst Klassiker des Black Slang, nicht in den einschlägigen Slang-Wörterbüchern aufgeführt. Manche erklärt Hurston als gute Ethnographin selber, bei den übrigen muß man den Standard-Wörterbüchern und dem jeweiligen Kontext alle nur möglichen Bedeutungen ablauschen. Von »specify« (»genaue Angaben machen«), »specific« (»bestimmt«, »definitiv«, »präzise«) kann man ableiten, daß »specifying« hier verkürzt steht für »jemandem laut und deutlich (detailliert, glasklar, unverblümt, frisch von der Leber) die Meinung (die Wahrheit) sagen«, »Klartext« oder »Tacheles reden« oder »ins Eingemachte gehen« (d.h. »eine Sache ausführlich, bis in die letzte Folgerung erörtern«). »Reading« als Substantiv bezeichnet «Deutung«, »Interpretation«, »Auslegung«; »my reading of his character« ist »meine Deutung seines Charakters«, von daher die »Charakterdeutung« der Wahrsager. »(Playing) the (dirty) dozens« ist ein vor allem unter schwar-

zen Jungen (seltener unter Mädchen) beliebtes Wortspiel, dessen Teilnehmer (meist Freunde, Bekannte, Eingeweihte) die gegenseitige Verwandtschaft (vor allem Mütter, Großmütter und sonstige weibliche Verwandte) mitunter in kunstvollen, gereimten Stegreifversen beleidigen, üblicherweise in Form von zwölf ausgefallenen, maßlos übertriebenen, witzigen Verbalinjurien voller sexueller Anspielungen. Ziel des Spiels ist es, die meisten Lacher zu bekommen und zu testen, ob der Gegner »cool« bleibt. Wer sich als erster ärgert, hat verloren. Eine der Grundregeln ist, daß die Verleumdungen nicht wahr sein dürfen, weil damit das spielerische Element verlorenginge. Der Name des Spiels, nicht jedoch das Spiel selber, geht nach Meinung afroamerikanischer Sprachwissenschaftler auf die Zeit der Sklaverei zurück, als Sklavenhändler untaugliche »Ware«, z.B. kranke oder ältere Sklaven, im Dutzend verkauften. Das Spiel kommt in dem populären Film *White Men Can't Jump (Weiße Jungs bringen's nicht)* zur Sprache. Eine Fortsetzung hat »playing the dozens« in der Verbalkunst der modernen Hiphop-Kultur gefunden.

Seite 197: *Dort unterhielt ich mich mit Cudjo Lewis. Das ist die amerikanische Version seines Namens ...*
Es herrscht allgemein noch Verwirrung über die Herkunft der Namen schwarzamerikanischer Sklaven, selbst bei Hurston (die lange mit Kossola zusammen war) und selbst bei Major (der über »Cudjo« schreibt: »einer der sieben Tagesnamen für einen afrikanischen Mann während der Zeit der Sklaverei« i. »Cudjo« ist wie »Cuffy« (oder »Kofi«) ein afrikanisches Wort für einen der sieben Wochentage. Im Fall von »Cudjo« ist es der Montag. Melville Herskovits schreibt in seinem 1938 erschienenen Buch *Dahomey*, daß es in Afrika in vielen Ländern, z.B. in Togo und an der (damaligen) Goldküste, Sitte sei, einem Kind den Namen eines Wochentags zu geben. Nur die Dahomeer und die Yoruba hätten es nicht so gehalten (in Dahomey gibt es nur vier Wochentage). Der Name Cudjo Lewis kann also nicht insgesamt »die amerikanische Version seines Namens« gewesen sein, wie Hurston schreibt. Denkbar wäre allenfalls, daß Kossola, als er von den Kriegerinnen von Dahomey gefangengenommen wurde, einen afrikanischen Tagesnamen anstelle seines bisherigen Namens zugeteilt bekam (um ihm als Sklaven seine Identität zu nehmen). Kaum vorstellbar jedoch, daß weiße amerikanische Sklavenhalter ihren schwarzen Leibeigenen die afrikanischen Eigennamen weggenommen haben sollten, um ihnen statt dessen afrikanische Wochentagsnamen aufzuzwingen. Die kannten sie im Zweifelsfall gar nicht. »Lewis« hingegen dürfte der Name von Kossolas weißem Besitzer gewesen sein.

Seite 198: *höfische »Tributfeiern«*
Melville Herskovits *(Dahomey)*: »Die spektakulärste Phase in der rituellen Verehrung der toten Könige war die große öffentliche, alljährlich

stattfindende ›Customs‹-Feier, die viele Reisende teilweise miterlebt haben ... Die Bezeichnung ›custom‹ ist in der Literatur ein feststehender Begriff.« Herskovits zitiert einen anderen Autor mit der folgenden Definition: »Mit dem Wort ›custom‹ wird der fällige Tribut bezeichnet, der dem König an einem bestimmten Zeitpunkt im Jahr gezahlt wird. Wir haben das Wort von unseren Vorgängern an der westafrikanischen Küste – den Franzosen – übernommen, die den Vorgang ›coutume‹ nannten ..., was Gewohnheit oder Sitte bedeutet.« Es gab »grand customs« (große höfische Feiern) und die alljährlichen »customs« (höfische Tributfeiern). Die Großen Feste wurden nur nach dem Tod eines Königs veranstaltet. Sie übertrafen die jährlichen Feste an Glanz und Blutvergießen. Gemetzel und Greuel begleiteten sie. Es gab »customs«, die drei Monate lang dauerten, und während dieser Zeit gab es fast an jedem Tag Blutvergießen. Unter dem Deckmantel der Frömmigkeit wurden Männer, Frauen und Kinder, Kriegsgefangene und eigene Untertanen demonstrativ umgebracht.

Seite 204: *Bei einer Voodoo-Zeremonie auf Haiti wurde ich Canzo*
In ihrem Glossar zu *Der Tanz des Himmels mit der Erde* erläutert Maja Deren den Begriff »Canzo« folgendermaßen: »Feuerprobe, eine wichtige Stufe auf dem Weg der Initiation in den Vaudou-Kult. Jemand, der diese Probe bestanden hat, wird als Canzo beziehungsweise Hounsi canzo bezeichnet.« Im Kapitel »Zeremonien für den Serviteur« und im Kapitel »Die Initiation: die spirituelle Geburt des Menschen« schreibt sie: »Der Rang des Canzo, der nur eine Stufe unter dem des Hougan (des Priesters) steht, ist für das Mitglied der spirituellen Gemeinschaft sowohl verbunden mit einer vollentwickelten spirituellen Reife als auch mit der Anerkennung als vollentwickeltes Mitglied dieser Gemeinschaft ... Jemand, der zum Rang eines Canzo aufgestiegen ist, hat eine bestimmte Anzahl von Zeremonien hinter sich ... Psychische Macht beginnt erst mit dem Eintritt einer Person in ein Société ... die bewußte Kontrolle über jene Kräfte beginnt mit einem freiwilligen Einfügen in die Gemeinschaft. Diese Zeremonie macht ihn zu einem Bossale. Bereits bei diesen Ritualen, ... sind zwei fundamentale Elemente vorherrschend ... spirituelle Reinigung und Beherrschung der psychischen Kräfte ... Insgesamt betrachtet, stellt die Initiationszeremonie von dem Zeitpunkt an, in dem sich der Neophyt als Bossale von der Welt zurückzieht, bis zu dem Moment, in dem er als Canzo aus dem Ritual hervorgeht, einen Prozeß des Sterbens und der Wiederauferstehung dar, eine Nachempfindung der spirituellen Schöpfungsgeschichte.«

Seite 204: *Secte Rouge*
In *Mules and Men* läßt Hurston sich von einem Hougan, einem Voodoo-Priester, erklären, »daß ›Cochon Gris‹ eine vom Gesetz verbotene Geheimgesellschaft sei und von allen außer den eigenen Mitgliedern verabscheut würde. Sie benutzten den Namen Voodoo als Deckmantel für

ihre Versammlungen, um der Verhaftung und der Zerschlagung der Gesellschaft zu entgehen.« Ein bekannter Arzt von Port-au-Prince sagte ihr über die Sekte, die als Cochon Gris, Secte Rouge oder Vinbrindigue bekannt sei, daß sie aufgrund ihrer üblen Machenschaften sehr verhaßt und gefürchtet sei. Während der französischen Zeit sei sie durch die Sklaverei in Schach gehalten worden. Aber in den Wirren der haitischen Revolution hätte sie mit ihren Geheimversammlungen begonnen und sei gut organisiert gewesen, bevor die Öffentlichkeit überhaupt von ihrer Existenz erfuhr. Aufgrund ihrer Heimlichkeit und der Angst, die sie verbreitete, sei es schwer, sich von ihr zu befreien.

Kapitel 11: Bücher und anderes mehr

Seite 207: *vom Wecken in den Baracken bei Morgengrauen …*
Im Programmheft zur Aufführung des Folklorestücks *From Sun to Sun*, das Hurston 1933 im Rollins College auf die Bühne brachte, schreibt sie: »In den Arbeitslagern der Eisenbahn, der Holz- und der Terpentinindustrie ist es üblich, die Arbeiter wecken zu lassen. Der Mann, dem es obliegt, die Runde durch die Barackensiedlungen zu machen und mit einem Stock an Wände, Türen oder Veranden zu klopfen, nennt sich Shack Rouser. Als Neger beschränkt er sich allerdings nicht auf bloßes Klopfen und Rufen. Er singt in Versen. Manche sind altbekannt, andere spontan improvisiert.« Auf der Tonbandaufnahme der Library of Congress in Washington D.C., auf der Hurston den lautstarken Gesang und den Lärm des »Wachrüttlers« imitiert, hört sich das Singen und das Stockklopfen wahrlich markerschütternd an, was auch nötig war, schließ- lich mußte er die Leute schon um fünf Uhr in der Frühe aus dem Schlaf reißen.

Seite 207: Mules and Men
Hurstons Bericht über ihre Feldforschungen in den schwarzen Arbeitscamps des Südens und bei Hoodoo-Doktoren in New Orleans ist bislang noch nicht ins Deutsche übersetzt. Eine deutsche Ausgabe ist im Ammann Verlag geplant.

Seite 208: *… veranstaltete ich drei Folklore-Aufführungen auf dem Campus.*
Die Wendung »folk concert« kann man nicht mit »Volkskonzert« übersetzen. Erstens handelt es sich hier um die ersten Aufführungen authentischer »volkstümlicher« Work- und Bluessongs und die von Trommeln begleiteten Tänze von Afroamerikanern aus den Südstaaten und aus Westindien. Unter »Volksliedern«, »Volksmusik« oder »Volkstänzen« stellt man sich im deutschsprachigen Raum eher Auftritte bayrischer oder badischer Volkstanztruppen vor. Zweitens bezieht sich »Konzert« im Deutschen auf die Aufführung von »Musikwerken«, nicht auf tänzerische oder gar sprachliche Darbietungen. Unter schwarzen Amerika-

nern dagegen ist »concert« gleichbedeutend mit stimmlichen, mimischen, tänzerischen oder erzählerischen Darbietungen. Hurston läßt im übrigen in der Autobiographie – vermutlich mit Rücksicht auf ihre weißen Förderer, Auftraggeber und Verleger – die Tatsache unerwähnt, daß nach dem großen Erfolg der ersten Aufführung auf einer kleinen Experimentalbühne von Rollins eine zweite Aufführung von *From Sun to Sun* in der Festhalle veranstaltet wurde, zu der es, wie sie an Mrs. Mason schrieb, »Eintrittskarten für die allgemeine Öffentlichkeit« gab »mit Ausnahme von Negern«. Im Archiv von Rollins College findet sich ein Brief ohne Namenskopf aus dem Jahr 1933, in dem es heißt: »Ich sehe keinen Grund, warum der Negro Folk Evening unter der Leitung von Zora Hurston nicht in der Festhalle stattfinden sollte, ich gehe jedoch davon aus, daß Sie sich die Sache genau genug ansehen, um sicherzustellen, daß nichts Vulgäres darin vorkommt. Natürlich können wir keine Neger als Zuschauer zulassen, solange es keinen abgetrennten Raum für sie gibt, und ich denke, das wäre nicht ratsam. Ich würde außerhalb unseres Lehrkörpers nicht zu sehr für die Veranstaltung werben.«

Seite 208: The Gilded Six-Bits
Von dieser Geschichte gibt es eine interessante ältere Übersetzung des Schriftstellers und Afrikanisten Janheinz Jahn. Sie erschien 1968 in dem Band *34 x schwarze Liebe* unter dem Titel *Die goldenen Sechser* im Verlag Bärmeier & Nikel und war damit das erste je auf deutsch veröffentlichte Werk von Zora Neale Hurston. In seinem Hauptwerk *Muntu* wies Jahn auf die gemeinsamen Grundvorstellungen der schwarzafrikanischen, afrokaribischen und afroamerikanischen Kulturen hin. Er übersetzte auch afrikanische Schriftsteller wie Senghor und Césaire.

Seite 208: Jonah's Gourd Vine
Hurstons erster Roman ist bislang noch nicht auf deutsch erschienen, eine deutsche Ausgabe ist beim Ammann Verlag geplant.

Seite 212: *Wer kennt nicht die Geschichte vom jungen Spartaner mit dem Fuchs unterm Gewand?*
Hurston spielt auf Plutarchs Biographie des Lykurgos an (aus der Sammlung der Biographienpaare). Darin wird – als Sinnbild für den spartanischen Stoizismus – von einem jungen Spartaner erzählt, der seine Fassung behält, obwohl ein gestohlener junger Fuchs, den er unter seinem Gewand verbirgt, sich in seine Eingeweide frißt.

Seite 212: *Sie schreit noch im Schlaf »Excelsior!«*
Lateinisch »excelsior« bedeutet »höher«. Im Amerikanischen wird der Slogan »Excelsior!« im Sinne von »Immer höher hinauf!« oder »Aufwärts!« gern als Handelsmarke oder auch als Schlagwort verwendet, so z.B. auf dem Amtssiegel des Bundesstaates New York.

Kapitel 12: My people! My people!

Seite 215: *… der »dickbramsige« Neger zur Zielscheibe allen Spotts würde*
Der »dickty Negro« ist der kleinere Bruder des »Big Nigger«. Die Herkunft von »dickty«, das vorwiegend von Schwarzen verwendet wird, ist ungeklärt (vielleicht aus dem Schottischen »dicht« bzw. »dight« in der Bedeutung »geschmückt«). »Dickty« sein bedeutet »modisch«, »wohlhabend«, »stilvoll« sein, aber auch »hochnäsig«, »eingebildet«, »herrisch« tun. Als Textbeispiel gibt das *New Dictionary of American Slang* »those dickty jigs« von Zora Neale Hurston an. Da »dickty« also eine Neuschöpfung des *Black Slang* zu sein scheint, kann ich dem im Deutschen vergleichbare umgangssprachliche Neuschöpfungen gegenüberstellen, z.B.: »etepeteterig«, oder den von Inhalt und Sprachebene her verwandten »feinen Pinkel« oder, besser noch, das morphologisch fast identische »sich dick(e) tun«, das, zum Adjektiv gewandelt, zu »dikke(e)tuerisch« wird. Noch urwüchsiger, mit dem gleichen Hauch fremder Herkunft und der gleichen Aussage wie »dickty«, bietet sich das Adjektiv »dickbramsig« an.

Seite 217: *Manche machten es sich zum Lebensinhalt, »Race Men« und »Race Women« zu sein*
Aufgrund der unsäglichen deutschen Nazivergangenheit verbieten sich Begriffe wie »Rassenmensch« als Übersetzung für »race man«, obwohl es auch in dem afrikanisch-amerikanischen Schlagwort um Rassismus geht, nur unter umgekehrtem Vorzeichen. Es muß amerikanisch stehenbleiben, damit deutsche Leser sich ohne die Zerrbrille der Lingua Tertii Imperii ein Bild von den komplizierten Verhältnissen innerhalb der schwarzen Rasse und zwischen Schwarz und Weiß in den USA machen können.

Seite 219: *das erste Blut, das für die amerikanische Unabhängigkeit vergossen wurde, war das Blut des wagemutigen Crispus Attucks*
Crispus Attucks (1723–1770) wuchs als Sohn eines Afrikaners und einer Indianerin in der Sklaverei auf. Schon als Kind wurde er ständig von einem Sklavenhändler an den anderen weiterverkauft. Irgendwann floh er und wurde Seemann und Walfänger. Er lernte lesen und schreiben und brachte sich selber Grundkenntnisse der Politik bei. Er war eingeschworener amerikanischer Nationalist und gehörte zu einer Gruppe von Amerikanern, die als erste, noch vor dem Unabhängigkeitskrieg, in Boston die britischen Rotjacken herausforderten. Attucks war der erste, der fiel und mit allen Ehren begraben wurde. Das *Boston Massacre Monument* gedenkt des schwarzen Patrioten.

Seite 219: *Und ein Neger namens Simon war der einzige gewesen, der genug Mitgefühl und Erbarmen aufgebracht hatte, dem Erlöser zu helfen, Sein Kreuz den Kalvarienberg hinaufzutragen.*

In *Die Religion in Geschichte und Gegenwart* (Handwörterbuch für Theologie und Religionswissenschaft) heißt es, »Simon von Kyrene ... trug ... Jesu Kreuz zur Hinrichtungsstätte«. Nach dem im Brockhaus zitierten Markus-Evangelium wurde er »gezwungen ..., Jesu auf dem Weg zur Kreuzigung das Querholz des Kreuzes zu tragen«. Kyrenaika war der Name eines Gebietes in Nordafrika, das heute teilweise zu Libyen gehört. Daher wird Simon von den Afroamerikanern als vorbildhafter »Neger« vereinnahmt (das *RGG* bemerkt, er sei »seiner Volkszugehörigkeit nach nicht eindeutig festzulegen«).

Seite 220: *Muß doch immer den Trottel spielen, der olle Cuffy.*
»Cuffy« ist nicht irgendein Name. In ihrem Glossar zu ihrem ersten Roman *Jonah's Gourd Vine* (erschienen 1934) schrieb Hurston: »Cuffy ist ein westafrikanisches Wort, das Neger bedeutet.« Hurston besaß zwar seit 1928 einen Bachelor der Anthropologie, aber das Fach »Black Studies« gab es 1934, als sie das Glossar schrieb, noch nicht, und die Bücher von Melville Herskovits, der Zusammenhänge zwischen westafrikanischen Kulturen und der afroamerikanischen Kultur erforschte, waren noch nicht erschienen. Daher wußte Hurston, als sie das Glossar schrieb, noch nicht, was man seit 1970 dank Clarence Major und dem *Dictionary of Regional English* weiß: »Cuffee« oder »Cuffey«, später auch »Cuffy«, kommt von »Kofi« aus dem »Akan« (die Akan sind eine Gruppe sprachlich verwandter Völker und Stämme in Westafrika, das Akan bildet eine Gruppe innerhalb der Kwa-Sprachen) und wird in Afrika als Name einer an einem Freitag geborenen männlichen Person gebraucht. Im African American English bezeichnet »Cuffey« einen schwarzen Mann und war unter Schwarzen vor dem Bürgerkrieg eine Art brüderlicher Anredeform. Angesichts der wegwerfenden Art, wie »Cuffy« hier von einem Schwarzen gebraucht wird, etwa in der Bedeutung von »dummer ungebildeter Bauer«, könnte man auf die Idee kommen, dem deutschen Leser das Original entgegenzubiegen und mit »Kaffer« zu übersetzen. Aber damit würde man nicht nur die nachgewiesene Geschichte von »Cuffy« unterschlagen, sondern einen afroamerikanischen Begriff durch ein aus dem Jiddischen stammendes Schimpfwort ersetzen (»Kaffer« kommt von jiddisch »kapher«, was soviel wie »Bauer« bedeutet).

Seite 227: *... in den Menschen wurden Erinnerungen wach, und sie erzählten einander, was früher in Georgia, in Alabama oder in West-Florida passiert war, und die Jungen bekamen Gänsehaut, so heftig teilte sich ihnen das Erinnerte mit.*
Das sind übervorsichtige Anspielungen auf die zahllosen blutigen Greueltaten, die weiße Rassisten nach Beendigung der Sklaverei und dem Abzug der Bundestruppen in blindwütiger Verteidigung ihrer Südstaatentradition an Schwarzen begingen. Schwarze wurden verbrannt, gehängt, ermordet. 1906 hielten zum Beispiel weiße Terrorbanden in Atlanta, Georgia, Schwarze mit Waffengewalt von den Wahlbüros fern und brachten viele von ihnen um. Auf ihrer kleinen schwarzen Insel

Eatonville blieb Zora als Kind von solchen Greueln weitgehend verschont. Angeheizt durch soziale und wirtschaftliche Veränderungen im Ersten Weltkrieg und durch die Wirtschaftskrise in den dreißiger Jahren, als Zora längst im Norden studierte, nahmen Brandstiftung, Lynchmorde, regelrechte Blutbäder vor allem im Süden noch zu. Im »roten Sommer« von 1919 ermordeten »Lynch Mobs« achtundsiebzig Schwarze in fünfundzwanzig Ortschaften und Städten. 1920, bei den »Florida Election Day Riots«, führten Weiße in ganz Florida einen regelrechten »Rassenkrieg« gegen ihre schwarzen Mitbürger. Auch in der Nähe von Eatonville kam es am Wahltag 1920 zum »Ocoee Riot«. Bewaffnete weiße Banden aus der Gegend von Orlando brannten den schwarzen Teil der Stadt Ocoee nieder, ermordeten fünfunddreißig Schwarze und schlugen andere nieder und verjagten sie vom Wahllokal. Hurston schrieb darüber einen Artikel, in dem sie jedoch versuchte, wie es damals üblich war, die »normalen Bürger« von Ocoee von den Gewalttaten freizusprechen. Für viele Einwohner und Beamte von Ocoee ist der Vorfall bis heute tabu. Zora Hurston verschloß nicht die Augen vor der rassistischen Realität, aber sie wollte sich dadurch nicht die Flügel knicken lassen. Sie wollte wildentschlossen ihren eigenen Weg gehen.

Seite 228: *Steh nich da und grins wie ne Chessy-Katze.*
»To grin like a Cheshire Cat« (»breit grinsen«) ist eine Anspielung auf die sprichwörtliche Katze aus Lewis Carrolls »Alice im Wunderland«, die ganz allmählich so verschwindet, daß nur ein starres Lächeln von ihr übrigbleibt. Der englische Kinderklassiker kam auch nach Amerika, selbst bis in schwarze Zwergschulen in den Südstaaten. Eine schöne, bildhafte deutsche Entsprechung für das gemeinte Grinsen wäre: »grinsen wie ein Honigkuchenpferd«, aber das »Honigkuchenpferd« ist eine europäische, wenn nicht gar rein deutsche Kulturtatsache, die sich nicht auf eine schwarze Südstaatenfamilie übertragen läßt. Deshalb übernehme ich die von Lucy verballhornte »Chessy«-Katze.

Seite 234: *»Old Tar brush«*
Ein »tarbrush« ist ein Teerpinsel, eine Teerquaste, die Redensart »he has a touch (a lick) of the tarbrush« bedeutet »er hat Negerblut (oder Indianerblut) in den Adern«. Diskriminierende, nur von den Weißen für Schwarze benutzte Bezeichnung.

Seite 235: *Womöglich hat Er die Aufgabe in einem Augenblick der Entmutigung Adolf Hitler überlassen und sich wieder an sein Werk gemacht, noch mehr Käfer zu erschaffen.*
Hurstons Autobiographie erschien 1942, als die SS begann, im Zuge der auf der Wannseekonferenz beschlossenen »Endlösung« Vernichtungslager bei bestimmten Konzentrationslagern zu errichten. Hurston konnte davon noch nicht wissen. Deshalb stellte sie Hitler als einen der üblichen Unholde der Weltgeschichte dar.

Kapitel 13: Zwei Frauen vor allem

Seite 237: *Fannie Hurst*
Fannie Hurst war eine zu Hurstons Zeiten populäre amerikanische Romanautorin. Zu ihren beliebtesten Büchern zählten einfühlsame Studien des Lebens moderner Frauen aus unterschiedlichen Gesellschaftsschichten (z.B. *Lummox, Appassionata, Back Street*). 1925 wirkte sie als Jurorin an einem literarischen Wettbewerb mit, bei dem Zoras Erzählung *Spunk* den zweiten Preis gewann. So wurde die weiße Bestsellerautorin auf die schwarze Studienanfängerin aufmerksam und stellte sie als Privatsekretärin ein. Nachdem Zora im Büro mehr Chaos als Ordnung schuf und mit unleserlicher Stenografie aufwartete, feuerte Fannie Hurst sie als Sekretärin, behielt sie aber als Chauffeurin und Gesellschafterin in ihren Diensten.

Seite 240: *Es war, als sähe man den Atlantischen Ozean von Pike's Peak herunterstürzen.*
Pike's Peak ist ein 4304 Meter hoher Berg in der Front Range der Rocky Mountains.

Seite 242: *Ethel Waters*
Ethel Waters (1900–1977) sang in den zwanziger und dreißiger Jahren in den USA populäre Schlager. Einer der berühmtesten Songs der wilden zwanziger Jahre war Ethel Waters' Version von *Shake that Thing*. Sie wurde von bekannten Jazzsolisten wie Fletcher Henderson, Duke Ellington und Benny Goodman begleitet. Seit den dreißiger Jahren trat sie auch in Filmen und im Fernsehen auf. Sie war die erste afroamerikanische Darstellerin, die eine eigene Fernsehserie hatte. Diese wurde jeden Dienstagabend unter dem Titel *Beulah* auf dem Sender ABC gesendet. Wenn das derzeit gültige Geburtsdatum von Hurston stimmt, war Ethel Waters knapp zehn Jahre jünger als Zora.

Seite 242: *Carl Van Vechten*
Der amerikanische Schriftsteller, Musik- und Theaterkritiker und Fotograf Carl Van Vechten (1880–1964) war Autor zahlreicher Romane (u. a. *Nigger Heaven*). Er war vielen Weißen verdächtig, weil er während der »Roaring Twenties« Parties und Jazzlokale von Harlem besuchte und bei lebenshungrigen weißen Nachtvögeln populär machte. Und weil er berühmt war für die schwarz-weiß gemischten, internationalen Parties in seiner Wohnung in Midtown Manhattan, die als die »Midtown-Filiale des NAACP« galt. Hurston war fester Bestandteil des Van Vechten-Kreises. Das weiße Kultur-Establishment interessierte sich nämlich auch für Literatur, Malerei und Bildhauerei der schwarzen Künstler der Harlem Renaissance. Van Vechten sammelte Fotos und Manuskripte schwarzer Autoren und frühe Musikaufnahmen schwarzer Musiker, die er später in Form der von ihm begründeten James Weldon Johnson Me-

morial Collection of Negro Art der Yale University vermachte. Seine späteren Jahre widmete er in erster Linie der Porträtfotografie – u.a. porträtierte er William Faulkner, Billie Holiday, Salvador Dali, Gertrude Stein und Zora Neale Hurston (die Fotos auf Vorder- und Rückseite der vorliegenden deutschen Ausgabe von Hurstons Autobiographie stammen von ihm). In der Originalfassung schreibt Hurston ausführlicher über ihn und seine Beziehung zu Afroamerikanern.

Seite 245: *... als wir uns über ihre Arbeit in* Cabin in the Sky *unterhielten ...*
In dem Broadway-Musical *Cabin in the Sky* trat Ethel Waters neben der Tänzerin, Choreographin und Schriftstellerin Katherine Dunham auf. Im Rahmen ihrer Anthropologiestudien lernte Dunham in der Karibik einheimische Tänze. Sie schuf später eigene Tanzformen mit afrikanischen und karibischen Elementen und gründete die Katherine Dunham Dance Company, mit der sie überall auf der Welt auftrat. Sie war die erste afroamerikanische Choreographin, die an der Metropolitan Opera von New York arbeitete.

Seite 246: *Mit fünfzehn Jahren stellte sie der Welt den* St. Louis Blues *vor. Sie hatte die Noten irgendwo entdeckt und sich das Stück vorspielen lassen. Dann schrieb sie an W. C. Handy und bat ihn um die Erlaubnis, es vorzutragen.*
Der Musiker William Christopher (W. C.) Handy (1873–1958) aus Alabama gilt als »Vater des Blues«. Als Jugendlicher hatte er sich heimlich ein Kornett besorgt und geübt, bis er in einer Band mitspielen konnte. Er war der erste, der die musikalische Bedeutung des Blues erkannte, und schrieb viele Stücke erstmalig auf und arrangierte und komponierte Musik, die in der schwarzen Volkskultur wurzelte. 1912 gab er die erste Blues-Komposition heraus, die je veröffentlicht wurde: den *Memphis Blues* (andere wichtige, von ihm arrangierte Blues-Stücke waren der *St. Louis Blues* und der *Beale Street Blues*).

Kapitel 14: Liebe

Seite 249: *Ich war bereits Studienanfängerin am College, als ich zum ersten Mal wirklich Feuer fing ...*
Der Mann, den Zora Hurston 1919 zu Beginn ihres College-Studiums an der Howard University kennen- und lieben lernte, war Herbert Sheen. Beide waren Pastorenkinder und jobbten sich durchs Studium an der Howard University – er als Kellner, sie als Maniküre. Selbst als Sheen 1921 nach New York zog, um dort an der Columbia University sein Medizinstudium fortzusetzen, und schließlich an die University of Chicago ging, wo er seinen Bachelor of Science erwarb, blieben sie einander nah und planten die Heirat. 1927 reiste Hurston zum ersten Mal zu Feldforschungen in die Südstaaten. Insgeheim unterbrach sie die Reise, um Herbert Sheen in Florida zu heiraten. Aus Sorge, ihr Forschungsstipen-

dium zu verlieren, hielt Hurston die Ehe vor ihren akademischen Förderern geheim, wie sie überhaupt ihr Privatleben zeitlebens weitgehend für sich behielt. Nach knapp acht Monaten war die Ehe jedoch am Ende, weil »die Karrierewünsche der beiden ... sich nicht vereinbaren ließen«, wie Hemenway schreibt. Für Hurston war es undenkbar, ihre Forschungsarbeiten aufzugeben, um ihrem Mann nach Chicago zu folgen. 1931 wurden sie geschieden, sollten aber immer Freunde bleiben und bis an Zoras Lebensende brieflich miteinander in Kontakt stehen.

Seite 250 f.: *als ich dem Mann begegnete, der mich in seinen Bann schlagen sollte. Ich lernte A. W. P. kennen.*
In der Werkausgabe der Library of America steht hier die aus Hurstons Originalmanuskript übernommene Abkürzung »P. M. P.«. In den Anmerkungen im Anhang heißt es dazu: »P. M. P. wurde in der Lippincott-Ausgabe und in späteren Ausgaben zu A. W. P. geändert.« Hemenway schreibt in seiner Biographie, Zora habe wie Janie Crawford in *Und ihre Augen schauten Gott* die Liebe ihres Lebens in einem wesentlich jüngeren Mann gefunden (nach seinen Angaben betrug der Altersunterschied rund zwanzig Jahre), der das Vorbild für die Figur des Tea Cake gewesen sei. Aber dieser Mann sei kein Spieler und Abenteurer wie Tea Cake gewesen, sondern habe Theologie studiert. Die beiden hätten sich Anfang der Dreißiger in New York kennengelernt, als er in dem Musiktheaterstück *The Great Day* mitwirkte, das Hurston 1932 am Broadway auf die Bühne brachte. 1935, als Zora an der Columbia University einen kurzen Anlauf zum Graduiertenstudium unternahm, seien sie einander wiederbegegnet.

Seite 253: ... *nachdem wir einen Ball der Alpha Phi Alpha Fraternity besucht hatten – ja, er ist Verbindungsstudent* ...
»Greek-letter Societies« oder »Fraternities« (studentische Verbindungen) für weiße männliche Studenten gab es in den USA seit 1776, entsprechende Vereinigungen für weiße Studentinnen (»Sororities«) seit 1851. Erst zu Beginn des 20. Jahrhunderts wurden auch schwarze »College Fraternities« und »Sororities« gegründet. Die erste »Greek-letter Society« für schwarze männliche Studenten war »Alpha Phi Alpha«. Sie entstand 1906 an der Cornell University in Ithaka.

Seite 254: ... *aussehn wie Skookums* ...
»Skookum« ist ein Adjektiv aus der Sprache der amerikanischen Holzfäller, seit der Mitte des 19. Jahrhunderts bekannt, und bedeutet »leistungsfähig«, »stark«. Ursprünglich stammt der Begriff aus der Sprache der Chinook-Indianer (ausgestorbener Indianerstamm im nördlichen Mündungsgebiet des Columbia River), die sich mit Elementen anderer Sprachen zu einer im Nordwesten weitverbreiteten Handelssprache vermischte, und dort bedeutet »skukum« »mächtiger böser Geist«.

Seite 257: *Miss Barnicle ... Forschungsreise in den Süden zu machen.*
Alan Lomax, der Sohn von John Lomax, einem der ersten und berühmtesten Volkskundler der USA und selber ein junger, aber relativ erfahrener Volkskundler, reiste mit einer Mitarbeiterin, Mary Elizabeth Barnicle, in den Süden, um für die Musikabteilung der Library of Congress Folkloregmaterial zu sammeln. Hurston schloß sich bereitwillig der Expedition an und führte die beiden Weißen in entlegene schwarze Gemeinden. Mitunter malten sie sich auf Hurstons Rat schwarz an, um Zusammenstöße mit weißen Passanten oder Polizisten zu vermeiden (nicht um die Schwarzen zu täuschen). Als Lomax dennoch einmal von einem weißen Polizisten in Maitland verhaftet wurde, bekam Zora ihn wieder frei. Hurston wußte, wo es interessante Zeitzeugen gab und wie man mit den Menschen umgehen mußte. Dank ihrer Anwesenheit fanden die beiden weißen Forscher überall offene Türen. Begeistert schrieb Lomax an die Library of Congress, Hurston sei »vermutlich gegenwärtig die bestinformierte Person auf dem Gebiet der westlichen Neger-Folklore«.

Kapitel 16: Alles in allem

Seite 281: *Ich bin in der Küche des Kummers gewesen und habe alle Töpfe ausgeleckt.*
Mary C. Lyons stellt ihrem Buch *Sorrow's Kitchen, The Life and Folklore of Zora Neale Hurston* das Motto voran »I been in sorrow's kitchen and I done licked the pots clean.« Darunter schreibt sie: »Florida folk saying.« Es handelt sich also um eine volkstümliche Redensart, der man immer wieder, in immer neuer, leicht abgewandelter Form begegnet.

Seite 283: *Und so sehe ich keinen Sinn darin ...*
Hurston spielt an auf Samuel Taylor Coleridges Ballade *The Rime of the Ancient Mariner* (*Der alte Matrose*, 1798). Darin geht es um einen alten Seemann, der als Buße für ein früheres Vergehen (bei einer dramatischen Schiffsfahrt hatte er einen Albatros, der als Glücksbringer galt, getötet) nicht sterben kann, sondern für immer umgehen und Menschen über die Lektion aufklären muß, die ihn das Leben gelehrt hat.

Appendix

Seite 293: *»Tante Hagars Kinder«*
Abraham hatte zwei Söhne: Isaak und Ismael, den einen von einer Freien (Sara) und den anderen von einer Sklavin (Hagar). In Genesis 21,9 wird die Frau, die dem Abraham den Sohn Ismael geboren hatte, die »Ägypterin Hagar« genannt. Auf Saras Bitte verstieß Abraham Hagar und ihren Sohn, weil Sara Ismael als Rivalen ihres Sohnes ansah.

Weil Ismael jedoch Abrahams Sohn war, wollte Gott aus Ismael »ein großes Volk« machen. Die Afroamerikaner identifizieren sich mit der verstoßenen Hagar und ihren Nachkommen, weshalb der Name »Aunt Hagar's Children« in der ersten Jahrhunderthälfte ein Synonym für das afrikanisch-amerikanische Volk bzw. die schwarze Rasse war.

Seite 296: *Die Söhne von Ham*
Afroamerikaner sehen sich als Nachfahren des Geschlechts von Ham (Cham). Nach der Völkertafel des ersten Buch Mose war er einer der drei Söhne von Noah und Stammvater der Hamiten, einer sprachverwandten Völkerfamilie, die alle europiden, nichtsemitischen Nord- und Nordostafrikaner einschließt, deren Rassen- und Kulturmerkmale jedoch auch im ganzen Süden und Osten Afrikas erkennbar sind.

Seite 296f.: *Kommt er nicht auf das tolle Wort, nach dem er fahndet, ersinnt er einfach ein neues ... Einmal kannte einer weder »total« noch »komplett«, da erfand er »ratzekahl«. Und dann gibt's da noch »hochschnoplig« und so weiter und so fort.*
Laut Clarence Major ist »bodacious« (auch »bowdacious« oder »bardacious«, manchmal »bo-dacious« ausgesprochen) im African American English seit etwa 1680 gebräuchlich und bedeutet »extrem«, »exzessiv«, »gewaltig« oder »wunderbar«. Als Beispiel aus jüngster Zeit nennt er »bodacious tatas« für »große Brüste«. Afroamerikanische Sprachforscher fuhren den Ausdruck nach dem heutigen Stand der Forschung auf »botesha« zurück, ein Wort aus dem Bantu (die Bedeutung im Bantu wird nicht angegeben). Im modernen Ghetto-Slang, schreibt Smitherman, bedeute »bodacious« soviel wie »frech«, »unerhört angesagt« und sei, wie so viele Wörter des Black Talk, als »crossover term« auch in die Sprache der Weißen eingedrungen. Zu Hurstons Zeiten fing man erst damit an, afrikanische Wurzeln des schwarzamerikanischen Idioms zu erforschen. Nach »mählichem Herumtappen« verfiel ich schließlich auf den Gedanken, den komplexen Begriff »bodacious« im Deutschen mit »ratzekahl« nachzuinszenieren, was »völlig kahl«, »völlig leer«, »ganz und gar« bedeutet. Es wurde laut Küpper entweder volksetymologisch eingedeutscht aus »radikal« oder hergenommen von »kahl wie eine soeben geborene Ratte« und ist bei uns seit dem 18. Jahrhundert im Schwange. Andere bildhafte Wendungen wie »In Bausch und Bogen«, »mit Stumpf und Stiel«, »pauschal«, die einem einfallen könnten, gehören in die Hochsprache und bezeugen nicht wie »bodacious« oder »ratzekahl« den frechen Zugriff der »kleinen Leute« auf die Sprache. Die schwarze Wortschöpfung »asterperious« (oder »astorperious«) erläutert Hurston in einem ihrer Glossare als Synonym von »biggity« (großkotzig, »hochmütig«). Major rückt es in die Nähe von »dicty«. Das Wort könnte aus der Verschmelzung von zwei Fremdwörtern oder Teilen von Fremdwörtern – z.B. von »aster-« und »hyper« – entstanden sein. Fast alle Wörter mit »aster« haben mit den Sternen zu tun, also mit etwas »Höherem«, und »hyper« ist sowieso einer der beliebtesten Superlative.

Von daher drängen sich Inhalte wie »hoch(mütig)«, »groß(kotzig)«, »wichtig(tuerisch)« auf. Den gleichen Inhalt und den gleichen Eindruck von etwas frisch aus Volkesmund Ausgespucktem vermitteln in meinen Augen das aus meinem Familienkauderwelsch stammende »hochschnoplig« oder das ostpreußische »dickbramsig« (das sich für »dickty« anbot).

Seite 299: *Black Yankees, Black Giants*
Die »Black Yankees« waren ein schwarzes Baseballteam, das sich nach den weißen New York Yankees so nannte. Bis 1947 wurden schwarze Baseballspieler in der obersten (weißen) Spielklasse nicht zugelassen (als erster Schwarzer bekam Jackie Robinson Zutritt zu den Brooklyn Dodgers). Bei den Black Giants handelt es sich um ein schwarzes Footballteam, das seinen Namen beim weißen Vorbild, den New York Giants, entlieh.

Seite 299: *einen schwarzen Dillinger*
Das weiße Vorbild des »schwarzen Dillinger« war John Dillinger, ein berüchtigter Gangster, den in Amerika jeder kennt und der einen berühmten Ausbruch aus dem Gefängnis Crown Point unternahm.

Seite 301: *»J. P. Morgan« legte ein paar scharfe Black-Bottom-Schritte aufs Parkett*
Auch »(black) bottom« ist ein zentraler Begriff der afroamerikanischen Geschichte und Sprache. Smitherman definiert »bottom« (bzw. »bottoms«) als Bezeichnung für den Teil einer Ortschaft oder Stadt, in dem Afroamerikaner leben. Mit der Zeit bezog sich der Begriff auf heruntergekommene schwarze Slumgebiete »jenseits der Eisenbahn« oder »auf der anderen Seite vom Fluß«. Von Major erfährt man, daß solche Gebiete von Weißen auch »Coon Bottom« (»Negerarsch«) genannt wurden. Die schwarzamerikanische Autorin Anne Moody beschreibt in ihrer Autobiographie *Coming of Age in Mississippi* den »Bottom« genannten Stadtteil, in dem sie aufwuchs, als die Gegend, die am tiefsten lag, am feuchtesten war und am meisten Mücken hatte. Im Schwarzwald hießen und heißen solche Elendsregionen buchstäblich »Elend« (z.B. im Münstertal »Hinteres Elend« bzw. »Vorderes Elend«). Ihre Bewohner sind im Amerikanischen die »bottom folks«, die Elenden am Arsch der Welt. Der Black-Bottom wurde gegen Ende der zwanziger Jahre von Afroamerikanern kreiert und war, wie Major behauptet, »so ordinär, daß er vor Außenseitern geheimgehalten wurde«. Das kommt auch in dem in seiner Bedeutung gewendeten Slang-Adjektiv »mean« zum Ausdruck, was hier soviel wie »scharf« bedeutet. Der Black Bottom wurde später in den USA zum Modetanz, der den Charleston ablösen sollte. Musikalisch gesehen gehört der Black Bottom zur Gattung des Ragtime.

Seite 305: *Andre sind in die grauenvolle Gegend im Westen und Süden der ursprünglichen Hölle geflogen*
Über »West Hell« schrieb Hurston in ihrem Aufsatz »Negro Mythical Places«, sie sei der heißeste und schlimmste Teil dieser heißen Gegend. Nur die gemeinsten Übeltäter würden verurteilt, in der Westhölle zu schmoren, die etliche Meilen westlich der »regulären Hölle« liege. Um in diesen »Vorort der Hölle« zu gelangen, müßten die verurteilten Seelen die normale Hölle durchqueren. Zuvor würden sie in Gummisärge verwandelt, damit sie ohne Zutun der Hilfsteufel durch die Hölle bugsiert werden konnten. Vier Meilen südlich der Westhölle liege »Ginny Gall«, ein weiterer berüchtigter Vorort der Hölle, in dem es noch viel schlimmer zugehe als in der regulären Hölle. »Ginny *(Negro)*« (auch »Ginee«, »Ginn(e)y«, »Guiney«, »Guinie« oder »Guinny«) ist außerdem ein abfälliger Begriff für Menschen mit dunkler Hautfarbe, der vermutlich von »Guinea« abgeleitet ist und ursprünglich jemanden bezeichnet, der aus der Gegend von Guinea in Westafrika stammt. Von daher erklärt sich auch die Redewendung »Go to Guinea!« (»Fahr zur Hölle!«, »Geh dahin, wo der Pfeffer wächst!«). Den Völkern des alten Orients, über deren Höllenvorstellungen wir etwas wissen, war im übrigen die Annahme einer im Westen gelegenen Unterwelt gemeinsam, die als höchst unerfreulicher Aufenthalt galt.

Seite 306: *Man muß einmal miterlebt haben, ... und sich tief vor mir verbeugen.*
In seiner Hurston-Biographie schreibt Robert Hemenway, Fannie Hurst habe in dem Restaurant in Vermont die Rassenintegration erzwingen wollen, und Zora habe nach dem Essen bemerkt: »Man sollte nicht denken, daß ein gutes Essen so bitter schmecken kann.« (Zitat aus Fannie Hurst, *Zora Hurston, A Personality Sketch*, in *Yale University Library Gazette, 35* [1961], S. 20.)

Seite 310: *So kämpfte sie zum Beispiel für die Erhaltung der Küstenmammutbaumwälder*
»Redwood« bezeichnet im Amerikanischen den »Küstenmammutbaum« (auch Küstensequoia oder Eibenzypresse, *Sequoia sempervirens*), die einzige in der Küstenregion Nordamerikas (Kalifornien, Oregon) vorkommende Art der Gattung *Sequoia*. Die Bäume werden vierhundert bis tausenddreihundert Jahre alt und liefern das sehr dekorative und wertvolle Rotholz, das auch wegen seiner hohen Dauerhaftigkeit und Resistenz gegen Schädlinge sehr geschätzt wird. Der nächste Verwandte der *Sequoia sempervirens* ist *Sequoiadendreon giganteum*, der Mammutbaum. Die »Küstensequoias« werden zwar bis zu einhundertzehn Meter hoch und sind damit manchmal größer als die »Riesensequoias«, aber viel zierlicher als die teils über zehn Meter dicken Mammutbäume der hohen Sierra.

Seite 331: *Präsident Roosevelt sollte seine vier Freiheiten lieber ein paar Leuten hier bei uns in Amerika einräumen …*
Am 6. Januar 1941 schrieb Roosevelt in einer Botschaft an den amerikanischen Kongreß: »Wir stellen uns eine Welt vor, die auf vier menschlichen Grundfreiheiten basiert: Redefreiheit, Religionsfreiheit, Freiheit von Not und Freiheit von Angst.«

Seite 333: *Ich kann mich nicht für Protestaktionen begeistern … um seine Baumwollfelder zu hacken … eine Klasse Menschen zum Baumwollehacken verdonnern?*
»Cotton chopping« war in der Zeit vor der Mechanisierung der Inbegriff der Fron schwarzer Sklaven und Kleinpächter auf den Baumwollfeldern. In *Meyers Konversationslexikon* von 1885 heißt es zu dieser Arbeitsphase im Baumwollanbau: »Man säet die Baumwolle, indem man mehrere Körner in einen Meter voneinander entfernte Löcher legt, beseitigt von den schnell hervorkommenden Keimpflanzen die schwächlichen und entspitzt nach drei bis vier Monaten die Schößlinge, damit die Pflanzen recht buschig werden.« Mit »cotton chopping« ist sowohl das Unkrauthacken um die Baumwollpflanzen herum und zwischen den Strauchreihen als auch das Ausdünnen der schwächlichen Keimlinge und etwas später der zu dicht stehenden Baumwollschößlinge mit einer Hacke oder einem ähnlichen Werkzeug gemeint. Man muß also kontextbezogen übersetzen.

Zeittafel

»Jede Stunde bleibt dir fremd,
wenn du sie nicht lebst.«
Zora Neale Hurston

1891	7. Januar: Zora Neale Hurston wird als fünftes von acht Kindern von John und Lucy Potts Hurston in Notesulga, Macon County, Alabama geboren. Der Vater ist Zimmermann und Prediger der Baptistengemeinde, die Mutter hatte als Lehrerin gearbeitet.
1917/18	Besucht die Morgan Academy in Baltimore, Highschool-Abschluß.
1918	Während der Sommermonate arbeitet sie als Kellnerin in einem Nachtclub und als Maniküre in einem von Schwarzen betriebenen Barbershop, in dem nur Weiße bedient werden.
1918/19	Besucht Howard Prep School, Washington, D.C.
1919–1924	Besucht die Howard University.
1921	Ihre erste Kurzgeschichte *John Redding Goes to Sea* erscheint in *Stylus*, einer literarischen Studentenzeitung.
1925	Gewinnt mit der Kurzgeschichte *Spunk* wie mit dem Stück *Color Struck* je den zweiten Preis in Wettbewerben der Zeitschrift *Opportunity*.
1925–1927	Studiert am Barnard College bei Franz Boas Anthropologie.
1926	Unternimmt für Boas Feldstudien in Harlem. Sommer: Gründet gemeinsam mit Langston Hughes und Wallace Thurman die Zeitschrift *Fire!!*, es erscheint nur eine Nummer mit Hurstons Kurzgeschichte *Sweat*.
1927	Februar: Sammelt Folk-Tales in Florida. 19.Mai: Heiratet Herbert Sheen. September: Sucht finanzielle Unterstützung für ihre Projekte, trifft Mrs. Rufus Osgood Mason, eine weiße Mäzenin. Dezember: Unterzeichnet einen Vertrag mit Mason, der es ihr ermöglicht, in den Süden zurückzukehren, um an ihrer Folk-Sammlung weiterzuarbeiten.
1928	Wird in Wallace Thurmans *Infants of the Spring*, einem Schlüsselroman über die Harlem Renaissance, satirisch als »Sweetie Mae Carr« dargestellt. Bachelor of Arts am Bar-

nard College. Januar: Die Beziehung zu Herbert Sheen bricht ab.

1930–1932 Überarbeitet ihre Feldstudien, aus denen eine Sammlung von Folk-Tales entstehen wird: *Mules and Men.*

1930 Mai–Juni: arbeitet mit Langston Hughes an dem Stück *Mule Bone.*

1931 Zerstreitet sich mit Langston Hughes über die Autorschaft von *Mule Bone.* 7. Juli: Wird von Herbert Sheen geschieden.

1932 Schreibt und inszeniert die Revue *The Great Day*, Uraufführung im John Golden Theatre am Broadway am 10. Januar, Wiederaufnahme am Rollins College, Winter Park, Florida, und in Chicago.

1933 *The Gilded Six-Bits* erscheint, es sollte ihre bekannteste Kurzgeschichte werden.

1934 In Nancy Cunards Anthologie *Negro* ist sie mit sechs Essays vertreten. Januar: Wechselt an das Bethune-Cookman-College, um eine Schauspielklasse zu gründen, die auf der Grundlage von »pure Negro expression« arbeitet. Mai: Ihr erster Roman erscheint, *Jonah's Gourd Vine*, Vorschlagsband des Book-of-the-Month-Club.

1935 Januar: Unternimmt einen Abtreibungsversuch, um an der Columbia University, New York, mit einem Stipendium in Anthropologie zu promovieren, besucht die Seminare aber selten. August: Wird Dramaturgin am WPA Federal Theatre Project. Oktober: *Mules and Men* erscheint.

1936 Erhält ein Guggenheim-Stipendium, um den Obikult in der Karibik zu untersuchen. April–September: auf Jamaika. September–März.

1937 Auf Haiti. Schreibt in sieben Wochen *Their Eyes were Watching God – Und ihre Augen schauten Gott*, ihren zweiten Roman, der ein Klassiker der schwarzen Literatur Amerikas werden sollte. Mai: Das Stipendium wird verlängert, sie kehrt nach Jamaika zurück. September: Rückkehr nach New York. 18. September: *Und ihre Augen schauten Gott* erscheint.

1938 Schreibt *Tell My Horse* nieder, das den Voodoo-Kult in der Karibik untersucht. Das Buch erscheint im gleichen Jahr. April: In Florida Mitarbeit an *The Florida Negro.*

1939 Ehrendoktor des Morgan State College. 27. Juni: Heiratet in Florida Albert Price III. Sommer: Als »drama instructor« am North Carolina College for Negroes in Durham. Trifft Paul Green, Professor für Schauspiel an der Universität von North Carolina. November: Der Roman *Moses, Man of the Mountain* erscheint.

1940 Februar: Beantragt die Scheidung von Price, obwohl sie sich zwischenzeitlich versöhnen. Sommer: Reist durch South Carolina, um Folklore zu sammeln.

1941	Frühling–Juli: Arbeitet an ihrer Autobiographie *Dust Tracks on a Road – Ich mag mich, wenn ich lache.*
1942	»Story Consultant« bei Paramount Pictures. November: *Ich mag mich, wenn ich lache* erscheint.
1943	Februar: *Ich mag mich, wenn ich lache* wird für seine Darstellung der Rassenverhältnisse mit dem Anisfield-Wolf-Buchpreis ausgezeichnet, Hurston ist auf dem Titelblatt der *Saturday Review.* März: Mit dem Alumni-Preis der Howard University ausgezeichnet. Mai: Veröffentlicht einen Aufsatz über das »Hütschel-Neger«-Syndrom – *The »Pet-Negro« Syndrome.* November: Die Scheidung von Price wird ausgesprochen.
1947	Mai: Reise nach Britisch-Honduras, um schwarze Siedlungen in Mittelamerika zu untersuchen. Schreibt ihren dritten Roman *Seraph on the Suwanee,* bleibt in Honduras bis März 1948.
1948	September: Fälschlicherweise angeklagt, einen 10jährigen Jungen sexuell belästigt zu haben, verhaftet. Das Verfahren wird im März 1949 eingestellt. Oktober: *Seraph on the Suwanee* wird veröffentlicht.
1950	März: Arbeitet als Dienstmädchen in Rivo Island, Florida Kritische Zeitungsartikel, die sich mit dem Gerichtswesen, der Benachteiligung schwarzer Schriftsteller *(What White Publishers Won't Print)* und schwarzer Wähler befassen *(I Saw Negro Votes Peddled).* Winter: Zieht nach Belle Glade, Florida.
1956	Mai: Anerkennungspreis des Bethune-Cookman-College. Juni: Bibliothekarin der Patrick Air Force Base, 1957 gekündigt.
1957–1959	Schreibt eine Kolumne über Voodoo und Schwarze Magie für das *Fort Pierce Chronicle.*
1958	Aushilfslehrerin der Lincoln Park Academy, Fort Pierce.
1959	Januar: Schlaganfall. Oktober: Muß in das St. Lucie County Welfare Home eingeliefert werden.
1960	28. Januar: Stirbt im St. Lucie County Welfare Home an »pathologischem Bluthochdruck«, wird in einem nicht weiter gekennzeichneten Grab im Garden of Heavenly Rest, Fort Pierce, beigesetzt.
1973	August: Alice Walker setzt den Grabstein.
1975	Alice Walkers *Auf der Suche nach Zora* erscheint und löst ein Hurston-Revival aus.
1977	Robert E. Hemenway: *Zora Neale Hurston. A Literary Biography* erscheint.

Inhalt